本书列入

2017年国家社会科学基金重大委托项目

"十三五"国家重点图书出版规划项目

中华传统文化百部经典

诗经（节选）

李 山 解读

国家图书馆出版社

图书在版编目（CIP）数据

诗经：节选／李山解读 . — 北京：国家图书馆出版社，
2017.9（2024.12 重印）
（中华传统文化百部经典／袁行霈主编）
ISBN 978-7-5013-6221-9

Ⅰ．①诗… Ⅱ．①李… Ⅲ．①古体诗－诗集－中
国－春秋时代 Ⅳ．① I222.2

中国版本图书馆 CIP 数据核字（2017）第 215826 号

国家图书馆出版社官方微信

书　　名	诗　经（节选）
著　　者	李　山 解读
责任编辑	南江涛
重印编辑	潘肖蔷
特约编辑	况正兵
封面设计	敬人设计工作室

出版发行	国家图书馆出版社（北京市西城区文津街 7 号　100034）
	010-66114536　63802249　nlcpress@nlc.cn（邮购）
网　　址	http://www.nlcpress.com
印　　装	北京科信印刷有限公司
版次印次	2017 年 9 月第 1 版　2024 年 12 月第 3 次印刷

开　　本	710×1000　1/16
印　　张	26
字　　数	313 千字
书　　号	ISBN 978-7-5013-6221-9
定　　价	68.00 元（精装）

中华传统文化百部经典

顾　问

编委会

主任委员

副主任委员

编　委

编纂缘起

　　文化是民族的血脉，是人民的精神家园。党的十八大以来，围绕传承发展中华优秀传统文化，习近平总书记发表了一系列重要讲话，深刻揭示出中华优秀传统文化的地位和作用，梳理概括了中华优秀传统文化的历史源流、思想精神和鲜明特质，集中阐明了我们党对待传统文化的立场态度，这是中华民族继往开来、实现伟大复兴的重要文化方略。2017年初，中共中央办公厅、国务院办公厅印发《关于实施中华优秀传统文化传承发展工程的意见》，从国家战略层面对中华优秀传统文化传承发展工作作出部署。

　　我国古代留下浩如烟海的典籍，其中的精华是培育民族精神和时代精神的文化基础。激活经典，熔古铸今，是增强文化自觉和文化自信的重要途径。多年来，学术界潜心研究，钩沉发覆、辨伪存真、提炼精华，做了许多有益工作。编纂《中华传统文化百部经典》（简称《百部经典》），就是在汲取已有成果基础上，力求编出一套兼具思想性、学术性和大众性的读本，使之成为广泛认同、传之久远的范本。《百部经典》所选图书上起先秦，下至辛亥革命，包括哲学、文学、历史、艺术、科技等领域的重要典籍。萃取其精华，加以解读，旨在搭建传统典籍与大众之间的桥梁，激活中华优秀传统文化，用优秀传统文化滋养当代中国人的精神世界，提振当代中国人的文化自信。

这套书采取导读、原典、注释、点评相结合的编纂体例，寻求优秀传统文化与社会主义核心价值观之间的深度契合点；以当代眼光审视和解读古代典籍，启发读者从中汲取古人的智慧和历史的经验，借以育人、资政，更好地为今人所取、为今人所用；力求深入浅出、明白晓畅地介绍古代经典，让优秀传统文化贴近现实生活，融入课堂教育，走进人们心中，最大限度地发挥以文化人的作用。

《百部经典》的编纂是一项重大文化工程。在中宣部等部门的指导和大力支持下，国家图书馆做了大量组织工作，得到学术界的积极响应和参与。由专家组成的编纂委员会，职责是作出总体规划，选定书目，制订体例，掌握进度；并延请德高望重的大家耆宿担当顾问，聘请对各书有深入研究的学者承担注释和解读，邀请相关领域的知名专家负责审订。先后约有 500 位专家参与工作。在此，向他们表示由衷的谢意。

书中疏漏不当之处，诚请读者批评指正。

2017 年 9 月 21 日

凡　例

一、《中华传统文化百部经典》的选书范围，上起先秦，下迄辛亥革命。选择在哲学、文学、历史、艺术、科技等各个领域具有重大思想价值、社会价值、历史价值和学术价值的一百部经典著作。

二、对于入选典籍，视具体情况确定节选或全录，并慎重选择底本。

三、对每部典籍，均设"导读""注释""点评"三个栏目加以诠释。导读居一书之首，主要介绍作者生平、成书过程、主要内容、历史地位、时代价值等，行文力求准确平实。注释部分解释字词、注明难字读音，串讲句子大意，务求简明扼要。点评包括篇末评和旁批两种形式。篇末评撮述原典要旨，标以"点评"，旁批萃取思想精华，印于书页一侧，力求要言不烦，雅俗共赏。

四、原文中的古今字、假借字一般不做改动，唯对异体字根据现行标准做适当转换。

五、每书附入相关善本书影，以期展现典籍的历史形态。

毛詩卷第一

唐國子博士兼太子中允贈齊州刺史

吳縣開國男陸　德明　釋文附

周南關雎詁訓傳第一

周者代名其地在禹貢雍州之域岐山之陽於漢屬
扶風美陽縣南者言周之德化自岐陽而先被南方
故序云化自北而南也漢廣序又云文王之道被於
南國是也　雎七余反且旦邊佳且餘反旁或作

鳥詁舊不多作故今或作詁音古又音故故
案詁故皆是古義所以兩行然前儒多作詁解而章
句有故言耶案雅則作釋故今不煩改字
等頗雅本皆為釋詁樊孫
爾雅本皆為釋詁故今宜隨本不煩改字

毛詩國風

詩是此書之名毛者傳詩人姓既有
齊魯韓三家故題姓以別之或云小
毛公加毛詩二字又云河間獻王所加故大題在下
葉馬融盧植鄭玄注三禮並大題在下班固漢書陳

詩集傳卷第一

周南關雎

文王之風謂之周南召南何也文王之治周也
所以為其國者屬之周公所以交於諸侯者
屬之召公詩曰昔先王受命有如召公曰辟
國百里言其治外也故九詩言周之內治由內
而及外者謂之周公之詩其言諸侯被周之澤
而漸於善者謂之召公之詩其風皆出於文王
而有內外之異內得之深外得之淺故召南之
詩不如周南之深周南稱后妃而召南稱夫人

目　录

大　雅

颂

导　读

关于"诗经"

　　《诗经》是中国最早的一部诗歌总集，共305篇，所以又称"诗三百"。其创作时间大约从西周早期到春秋中期①。这段时期，是中国精神传统形成的重要时期。

　　说《诗经》是"总集"并不错，却也可能引起误会，让人误以为"三百篇"就像后世诗人作品文本的汇集，因而忽略了它的"原生形态"，亦即《诗经》许多篇章原属于周代"礼乐"组成部分这样的特点。这样说未免抽象，还是让我们举个例子来说明。《诗经·周颂》中有一首《敬之》：

　　　　敬之敬之，天维显思，命不易哉！无曰高高在上，陟降厥士，日监在兹。维予小子，不聪敬止。日就月将，学有缉熙于光明。佛时仔肩，示我显德行。

诗篇的大意是：要恭敬上天，天威是显赫的，不要以为老天高高在上（管不到你），其实上天每天都上下来往，监视着它人间的事业。我是晚生后辈，敢不竭诚地敬奉？我要不断努力学习，天天学习，月月进步，以期达到光辉境地。一定要辅助我，明示我什么是显耀的德行！

诗篇是周王继位典礼的乐歌，一篇之中明显有两个抒情主体：前六句，为大臣勉励继位新君的唱词；后六句，则是新王的答辞。也就是说，这样看上去像"一首诗篇"的诗篇，其实包含着周王与大臣两者的歌唱。后来的诗人如杜甫、白居易，所写的一些乐府诗，篇中往往也有"对话"句，然而篇中人物的对话，是同一诗人为表现主题设计的，它统一于诗篇的主题。而《敬之》则不然，一篇之中，却含着周王、大臣两方面的意味。照着"一首诗"的路数去解读这首诗，就难免扞格不畅。这就是《诗经》的一些篇章与后世诗人诗篇的重要不同。也就是说，读《诗经》的篇章，还应该有一个"礼乐"的视角，应该有一个古代典礼"场合"的意识，如此，《诗经》篇章"原生态"亦即礼乐形态，才能映入阅读视野，才有助于更准确地理解篇章。后人看到的《诗经》文本，是礼乐形态解体后写定的，与当初诗篇的歌唱形态，已经颇有距离。

关于《诗经》"六义"

研读《诗经》，就会遇到"风、雅、颂，赋、比、兴"等所谓"六义"问题。其实这些都是"诗经学"的一些概念。按照唐代以来的说法，前三项是篇章分类，后三项是艺术手法。下面对"六义"略作说明。

1. "风"的神秘含义

关于"风"，古代有"乐操土风，不忘旧也"（《左传·成公九年》）之说，所言的"风"是"土风"，也就是地域之风、家乡土调。中国古代文明发祥于一个极为辽阔的地域上，地域既辽阔，风土人情也就多姿多彩，各地的音乐曲调当然也就多种多样，犹如今天有秦腔、梆子、豫剧、越剧和黄梅戏等等。然而，"风"的含义若只理解到这一层，还远远不够。有一个问题必须先要考虑：是何等的观念意识，让如此辽阔地域上的众多的"风诗"得以收集和保存？这仍需要从"风"字的神秘含义来理解。郭沫若的《殷契粹编考释》（科学出版社 1962 年，第 562 页）指出："风"与"凤凰"的"凤"音义相近，而"凤"在甲骨文中又是"帝史"，即传达上天命令的使者。上天有命令，是由"风"来传达的。"风"这一古老而神秘的含义，经过商周之际的精神变革后仍得到保留延续，成为新的天命观念的一部分。周人认为，自古以来王朝政权的变更，都是上天选择的结果。天生万民不能亲自管理万民，于是选择人间代理人，被选中即是"得天命"（也叫"配命"）。上天选择的标准就是"德"，而"德"的最重要的内涵，就是在政治上能善待民众。那么，上天如何判断"配命"者是否善待了万民呢？答曰：从民众的心声来判断，而民众心声的表达渠道之一，就是民间流传的歌谣。歌谣，周人也称之为"风"。《国语·晋语》有所谓"风听胪言（传言、歌谣）于世"，所说的"风"就指歌谣，所表达的内容，就是上天判定政治好坏的依据。此即所谓"天听自我民听"，意思是天意和民意一致，若想听老天的意思，就听取百姓的歌吟。正是这样的思想观念，导致王朝统治者对民间歌唱的重视及有意识的采集加工（李山：《礼乐大权旁落与"采诗观风"的高潮——"王官采诗"说再探讨》，《社会科学家》2014 年第 12 期）。其结果，就有了《诗经》内容广泛的非凡"国风"诗篇。

2. "十五国风"辽阔的地域

"国风"一共一百六十篇。"国风"本来叫"邦风"，新近出土的"上博简"《孔子诗论》"邦风其纳物也博"句可证。"邦风"改称"国风"，应该是西汉人避刘邦的名讳所致。"国风"共分十五：周、召、邶、鄘、卫、王、郑、齐、魏、唐、秦、陈、桧、曹、豳。其中有些"国"是当时的诸侯国，如"卫""郑""齐"等，有的如"周南""召南"以及"豳"，就很难说是"国"或"邦"了，因为上述几个地方，都属于周王朝管辖的地区。如此，所谓"十五国风"的"国"，应该理解为地区、区域更妥当。而且，"十五国"地域是有重叠的，例如"周南"之地即与后来"王风"的"王"有重叠，又如"召南"与"秦风"的"秦"有重叠等。此外，"十五国"的"国"，有不少到春秋时早已不复存在，例如"邶鄘卫"，"邶"和"鄘"，早就并入卫国，其诗也全表现卫地的生活。诗篇还保留着"邶""鄘"的"国"名，大概是因为诗篇演唱的音乐源自邶、鄘之地的曲调。

"十五国风"地域涵盖十分辽阔，西起陕甘一带，东至泰山南北，北自黄河以北，南达江汉平原。这一广阔地区，正是新石器时代文化"多元发生"的空间范围，也是夏商至春秋时期中国文化发展的中心地带。值得注意的是，十五个地域的风诗，八"风"（周南、邶、鄘、卫、王、郑、陈、桧）在今天的河南境内，也与新石器时代晚期华夏文明中心在中原情况相符。还有，各地风诗分布，与考古发现的新石器时代文化的区域性分布大体吻合。例如，同是在今天的河南省境内，洛阳地区（与"周南"相关地区）的史前文化，与今天郑州附近（与"郑风""桧风"相关地区）的地域文化，与今天黄河北岸河南地区（与"邶鄘卫"地域相关）的文化，有明显的分别；而"陈风"之地的史前文化，与上述区域文化又有明显分别。魏、唐两地风诗的情况也大致如此。看来古人"风诗"的地域划分是有其文化上的根据的，就是说，"风诗"根植于不同区域文化的土壤中。古老的习俗与西周至春秋时期新的社会生活内容兼容，正是"风诗"有别于《雅》《颂》篇章的特点。

如上所说，"风"即歌谣，表达的是民意，而且古人认为民意与天意密不可分。这样的文化观念决定了"风诗"另一个重要特点：风诗不仅覆盖的地域辽阔，而且许多篇章表现的是社会下层人士的情感。例如《卫风·氓》，表现的是一位养蚕女子不幸婚姻的苦楚，艺术上十分成功。在两千六七百年以前，我们的文学触觉就已经伸向了最广大的社会下层。此外，"风诗"还保存了许多古老的风俗，例如《郑风》中就有《褰裳》那样表现春天水畔男女相悦的诗篇，这样的风情，春秋以后在中原地区就逐渐式微了，因而《褰裳》的保存尤为可贵。还有，今天乡间还有闹洞房的风俗，有意思的是《唐风·绸缪》就记录了上古时期同样的风俗。这对于追溯一些风俗的源流也是有帮助的。总之，源于辽阔地域的"风诗"，是生活的万花筒和民意的传声筒。

3. 什么是"雅"

"雅"的意思就是"夏"，而"夏"即"夏商周"的"夏"，夏王朝的中心地带在今河南洛阳一带，所谓的"夏"亦即"雅"，应指这一带的乐调。周人与夏人关系密切，西周人大概操的是夏人语音，使用的是夏人的乐调，所以把自己歌唱的诗篇称为"雅"。这在《诗经》本身是有证据的。《小雅·钟鼓》篇中有"以雅以南"句，其中的"南"指南方乐调，而"雅"则指的西周乐曲。"雅"又分大、小。其分类标准过去有诸多说法。由《孔子诗论》可知，这一问题原本很简单，时间在先的称"大雅"，在后的为"小雅"，如同先出生的为大儿子、大女儿，后出生的叫小儿子、小女儿一样。大概孔子时代的《诗经》文本就是如此。但是，到了后来，很可能是经过秦火以后，诗篇重新排列，原本的次序就乱了，一些西周后期的体式宏大的哀怨诗篇，也被排在了《大雅》部分。

大小《雅》的内涵是丰富的，前人言"雅"与"王政"相关是不错的。在百余篇的《大雅》《小雅》中，有宣示周王朝"德治"天下大政的"开国乐章"，有高扬祖先创业精神的"史诗"，有强调遵循农耕传统的篇章，有各种宴饮上倡导精神和谐的歌唱，有出征班师典礼的吟咏，有对生活德行的揭示，有对黑暗政治的抨击，也有对小民不幸的哀叹，等等。总之，阅读《诗经》，不重视大小《雅》作品中的内涵是不行的。

4. 关于"颂"

《诗经》中的"颂"包括《周颂》《鲁颂》和《商颂》三部分。那么"颂"的意思是什么呢？有学者研究，"颂"就是"舞容"，就是祭祀鬼神时的歌舞的样子。所以"颂"多祭祀鬼神篇章。《周颂》是西周王室宗庙祭祖或与祭祀相关的诗篇。要注意的是，《周颂》中的诗篇，并不全是祭祀主题的作品，也有隆重迎送客人的乐歌，还有周王悔过的悲歌等。更重要的是，《周颂》赞歌并非平均地献给各代先王，得到赞扬的都是对历史做出贡献的先公先王。质言之，《周颂》的赞歌只敬献有德者，《周颂》颂神的标准是德行。

《鲁颂》的时间较晚，可能都是春秋时的诗篇，且篇章体式与大小《雅》、甚至与一些《风》诗很像。《商颂》是西周宋国人祭祀祖先的诗篇，这一说法来自王国维《说商颂》（见《观堂集林》）。本书所以采纳这样的说法，除了上述的理由外，还有感于这样的事实：各种证据显示，因为周王朝对殷商遗民采取宽大包容的政策，导致殷周两大族群迅速融合，这一融合促成了诗篇创作的高潮，《商颂》正是这个高潮的一部分（李山：《西周礼乐文明的精神建构》，河北教育出版社 2003 年，第156—172 页）。

综上可知，风、雅、颂指的是诗篇分类。此外，有一点应当指出，在一些大小雅篇章与《周颂》祭祀主题的诗篇之间，还存在着密切的关联。

下面谈赋比兴。

5.“赋”与“比”

赋、比、兴指的是表现手法。它们的定义，先后有所变化。赋，就是铺叙，问题不大，主要分歧在比和兴的解释。例如东汉的郑玄《周礼注》就说：比，是见政治有不善，不敢直说，就打比喻，婉转地表达意见；兴，是见政治良善，怕直接颂扬有阿谀之嫌，所以要婉转地表达，比、兴的区别是批评与颂扬。这样的说法明显与《诗》语言表达的实际不符，所以后来的学者另寻解释。例如朱熹作《诗集传》，就对赋比兴分别作出新的界说，广为接受。关于“赋”，朱熹说：“敷陈其事而直言之者也。”就是有话直说，如《周南·关雎》“窈窕淑女，君子好逑”。所谓“比”，就是打比喻，朱熹说：“比者，以彼物比此物也。”例如《召南·野有死麕》“有女如玉”将女子比喻为美玉，又如《魏风·硕鼠》“硕鼠硕鼠，无食我黍”，将统治者喻为贪婪的大老鼠。《诗经》有很多精彩的比喻句。例如《邶风·柏舟》篇的“我心匪鉴，不可以茹”，“我心匪石，不可转也；我心匪席，不可卷也”，所用的比喻十分新奇而贴切。善于比喻，是诗人才华的表现，《诗经》时代的诗人，不仅善于比喻，还善于博喻，例如《大雅·常武》篇的“如飞如翰，如江如汉，如山之苞，如川之流，绵绵翼翼”，几个比喻联翩而至，令人惊叹。

6.关于“兴”

什么是“兴”呢？这个问题较诸“赋”和“比”要复杂得多。朱熹说：“兴者，先言他物以引起所咏之词也。”例如《周南·关雎》前四句：“关关雎鸠，在河之洲。窈窕淑女，君子好逑。”《毛传》在“关关雎鸠，在河之洲”两句之后注释说：“兴也。”②表示这两句不是下文“窈窕淑女，君子好逑”的环境描写，只是起“引起”的作用，就如同“一二三四五，上山打老虎”，数数字与“打老虎”没有任何意思上的关联，唯一的联系是“五”与“虎”韵母相同，只是押韵关系。

　　但是，现代学者认为，像上面这样理解"兴"，并不全面，也不深入。有学者发现，许多属于"兴"的句子，往往积淀着某些文化的内涵。例如《邶风·燕燕》的"燕燕于飞，差池其羽"句，诗篇表送别之情而以燕子飞翔起兴，就与殷商人崇拜"玄鸟"有关（赵沛霖：《兴的源起》，中国社会科学出版社1987年，第18—20页）。就是说，"兴"看上去是一种自由联想，实际却有一种自觉不自觉的文化意识规则隐含其中。例如《诗经》中，有人观察，一些出现"采"的诗句，与怀念人有关，例如《周南·卷耳》篇的"采采卷耳，不盈顷筐。嗟我怀人，寘彼周行"，就是妇女思念远行在外的丈夫的。还有，古人一想到家，就与树木特别是桑梓发生联想，古语也有所谓"故国乔木"之语，都与乡关之思相连。说到桑梓，又让人想起桑树。《卫风》有一首《氓》，写的是被抛弃的女子的情感，很感人。为什么被抛弃？原来她是"自由恋爱"的，是自作主张跟别人结婚。具体说，这位《氓》中的不幸女子是在与"氓"的"抱布贸丝"时久而久之结合的。这位蚕娘的不幸爱情故事，其开始就发生在桑林里。而桑林在后来的文学艺术中又常与某些男女风情之事相关，如汉乐府诗中有《陌上桑》，不正经的官员调戏采桑女，就在桑林旁边的大路上。还有一篇《秋胡行》，后来被改编成了戏剧《秋胡戏妻》，故事也是在桑林。在古代，许多风情之事总与桑林连在一起。这也是一种文学创作的自由联想，一定深深隐藏着值得追求的因由。就是说，貌似自由联想，实际受民族文化风习和固定的文化心理制约。再举一个更明显的例子，中国人喜欢月亮，其他民族也喜欢。但是中国人特别爱满月，视之为美满的象征。可是在其他一些民族，一钩新月，弯弯的，却是神圣的表征，而中国人把弯弯的月亮说成"残月""杨柳岸晓风残月"。差异竟是这样的大。所以，所谓的自由联想，是一只牵线的风筝，飘得再高再远，也有一个民族文化心理的牵制，不是绝对自由。

　　简要地说，"兴"所以不同于"比"，就在于它的自由联想性质，背后有着深厚的民族文化心理。能打比方，显示的是诗人的想象力，"兴"则涉及带有文化含义的自由联想，比和兴很相近，都关乎艺术的自由。所以，后来就用"比兴"来称谓中国古典诗歌营造意象、意境的艺术特征。因此，从《诗经》开始，"比兴"就成为中国诗歌艺术的生命。而且，《诗经》在以比兴手法营造艺术境界上，已经取得了很高的成就，典型的例子就是《秦风》中的《蒹葭》："蒹葭苍苍，白露为霜。所谓伊人，在水一方。"不用翻译，不用解释，读一下，玲珑剔透的艺术境地就能感受到了。《诗经》这方面的例子不胜枚举。

《诗经》，文明进步的结晶

古代开始记录自己的诗篇，是从西周开始的。这有其特定原因，质言之，诗篇能被记录，是精神文明上升到一定程度的结果。这涉及《诗经》中《商颂》五篇的年代问题。前面说过，关于《商颂》，本书采用的王国维的说法。然而，至今当代很多学者都相信《商颂》是商王朝作品，其理由是：商代有那么发达的物质文明，会没有诗篇吗？所以，商代考古发现越多，这样的质疑就越强烈，相信《商颂》为商代作品的意念也越坚定。但是，物质文明与精神文明固然关系密切，却还没有密切到相互等同的地步。有发达的物质文明，未必有高度的精神文明。让我们看下面一则故事。

《左传·襄公十年》记载：鲁襄公十年，当时霸主国家的君主晋悼公在大臣的陪同下与宋国君臣相会。宋人要讨好晋国君臣，把他们的"桑林之舞"表演给晋国看。结果，《左传》记载："舞，师题以旌夏。"舞乐一开始，打出一面名叫"旌夏"的大旗，即五颜六色的羽毛制成的旗帜，意外就发生了："晋侯惧而退入于房。"堂堂一国之君晋悼公，一见乐工挥舞这样的大旗，"旌夏"变惊吓，惊慌失措、不顾礼节躲到偏房中去了。最后，去掉旗帜，典礼勉强完成。故事没有完，晋国君臣回国，走到一个叫著雍的地方时，晋悼公生病了。巫医观察病因，原来是"桑林见（现）"，即"桑林"的神附在晋君身上了。

这就是从文献中看到的商代的"文艺"。"桑林之舞"大家不陌生，《庄子·养生主》"庖丁解牛"就用"合于桑林之舞"来形容庖丁解牛的节奏。这个古老的乐舞始于商汤，一直保存在殷商后裔建立的宋国也不奇怪，这个西周封国的贵族和民众主要为殷商遗民，其所以被封建就是让他们"血食"（古代杀牲取血祭祀）自己的"先王"。宋国保存了大量殷商旧俗也是可以从考古发现得到证明的。考古曾在今天的河南鹿邑发掘出一座西周时的贵族墓葬，发现其中有十几具殉葬尸骨。这很让考古专家纳闷，因为西周贵族墓葬从未发现过如此严重的殉葬现象。后来考古学家恍然大悟：这是宋国人的墓葬，沿袭的是殷商旧俗。用人殉葬现象起源于史前，到殷商时期变本加厉，考古发现，殷商殉葬人数最多的，可达三百九十人。

"桑林之舞"究竟是怎样的阴森可怖，今人是难以领教了。但是，商文化的异样，在那些有三百多殉葬人头的发掘现场可以感受；到博物馆去，在那些铸有"饕餮"形象的青铜器面前还可以感受。青铜器制造代表高度发达的古代科技文明，但是，科技文明的发达并不能代表精神文明的提高。在博物馆看大方鼎的同时，人们还会看见许多大小青铜器上的饕餮纹（学术上称"兽面纹"）。饕餮纹很有审美价值，但那是一种李泽厚《美的历程》所说的"狞厉之美"，是吓人的美。关于饕餮纹过去多有争论，有人说，这是统治者吓唬劳动人民的；又有人说，器物制造后就埋到地下去了，劳动人民看不到。其实这不是谁吓唬谁的问题，而是那个时代内心世界的映象，是内心高度恐惧、高度紧张，甚至可以称之为精神痉挛的"相由心生"。这样的阴森可怖，不是孤立的，它一定与墓葬主人旁边的活人殉葬息息相关。饕餮的阴森与墓葬中数以百计的死于非命的尸骨的阴森，是同一种阴森，都是精神上鬼魅缠身的症候。

再举一个例子，是关于盖房子的仪式。因为恰好《诗经》中也有关于盖房子的诗篇，方便比较，从而观察两代精神文明的显著差别。

盖房有相应的仪式，始于新石器时代，至今犹然。商代修建房屋，特别是重要房屋的仪式，总是伴随着杀人现象。宋振豪先生《夏商社会生活史》说：考古队从殷墟乙组 21 座宗庙建筑群中发现了商代建房的步骤为：先挖基，挖坑，用小孩 4 具，犬 12 具；之后置础，其中 3 座，用人 2 具；之后安门，内外两侧用人，其中 5 座共用人 50 具；最后为落成典礼，128 坑，用活人 378 具。总计乙组宗庙群落用人牲 641 具。这就是考古为我们展示的殷商盖房子的情形，其阴森可怖一如墓葬的人殉，也是用活人的生命为建筑祈求福祉，其蛮昧竟可如此。在杀人为房屋增福的仪式中，一定也有相应舞乐乃至歌唱（流传下来就是诗篇），因为甲骨文显示商代有"乐政"，有各种乐舞。然而，在数以百计的活人被杀死填入房基或者门旁的仪式中，他们乐舞的演出效果和气氛，其与晋悼公看到的"桑林"又能相去几何？

那么，西周人盖房子又如何？首先要说的是，在今长安丰镐和周原等西周遗址中都发现了一些大型贵族住宅基址。然而，就迄今为止的西周考古发掘而言，尚没有发现建筑过程中有"用人"现象。《左传》记载说，周人信奉的祭祀原则是"六畜不相为用"，看来是有根据的③。殷修建宫室，要用制造冤魂的方式为建筑物禳灾祈福，现在，周人既然放弃了殷商的做法，他们又如何为新的建筑祈求吉祥如意呢？回答是用优美的诗篇。

《小雅·斯干》就是这样一首为建筑祈福之作。诗是西周宣王时期的篇章，距今三千年了。《毛序》说诗篇是"宣王考室"的作品，所谓"考室"就是为宫室落成写诗。诗篇是这样的：

秩秩斯干，幽幽南山。如竹苞（丛生）矣，如松茂矣。兄及弟矣，式相好矣，无相犹（图谋）矣。

似（继）续妣祖，筑室百堵，西南其户。爰（在此）居爰处，爰笑爰语。

约之阁阁，椓之橐橐。风雨攸除，鸟鼠攸去，君子攸芋。

如跂斯翼，如矢斯棘，如鸟斯革，如翚斯飞，君子攸跻。

殖殖（宽阔）其庭，有觉（高大）其楹。哙哙其正，哕哕其冥。君子攸宁。

下莞上簟，乃安斯寝。乃寝乃兴，乃占我梦。吉梦维何？维熊维罴，维虺维蛇。

大人占之：维熊维罴，男子之祥。维虺维蛇，女子之祥。

乃生男子，载寝之床，载衣之裳，载弄之璋。其泣喤喤，朱芾斯皇，室家君王。

乃生女子，载寝之地，载衣之裼（小袄），载弄之瓦（纺锤）。无非无仪（偏差），唯酒食是议，无父母诒（带来）罹（忧虑）。

诗共八章，先表建筑的环境，继而言建筑的结实、实用，继而再表建筑优美的形态，庭院堂室的大小明暗，最后以由实入虚，以生男生女的梦境祝愿房屋主人的家室兴旺。其中第三章即"如跂斯翼"那一章，简直像是在为后世中国古典建筑审美原则立法。然而，这里需要特别注意的是开始的一章。"秩秩斯干"，"干"就是涧，溪涧的涧，山涧有溪水；"秩秩"是水清澈、有波纹的样子。房屋建筑讲究靠水而居，这就是诗篇表现的房屋近景。远望，则是"幽幽南山"。"南山"是终南山，"幽然"，是在传达远看山景的感受。两句八字，展现的是一种优美的意境。后来中国古典诗歌的一大长处就是善于营造意境，亦即能将你的心带到心旷神怡的境地，享受自然天地之美的浸润。这就是审美。这样的诗句，身处鬼魅缠身的状态是唱不出来的。盖房子不再杀人禳灾，代之以歌声的祝福，毫无疑问，是精神在摆脱了鬼魅缠身后获得的能力，是心灵解放的结果，是内在文明水准提升的表现。

殷商以牺牲人命为住房祈福消灾的方式中的歌舞，不会有这样的歌唱。今存于《诗经》中的《商颂》五首诗篇，没有任何以牺牲人命为房屋祝福的迹象，相反，诗对宫殿建筑的歌咏，与《斯干》有高度一致的地方。请看《商颂·殷武》，也写到建筑宫室，如其最后两章：

> 商邑翼翼，四方之极。赫赫厥声，濯濯厥灵。寿考且宁，以保我后生。
>
> 陟彼景山，松柏丸丸。是断是迁，方斫是虔。松桷有梴，旅楹有闲，寝成孔安。

在这样的诗句里，还能见"桑林"那样的阴森吗？这样的诗句，与上面的《斯干》不是没有什么大的分别嘛！是的，这些诗句，既不阴森，也不鬼魅，实际上它正是前辈王国维先生所说，是"宗周中叶"的作品④。《殷武》与"桑林"巨大差别，正是宋国人接受西周文化原则的表现，是精神文明进步的表现。

精神文明的进步，必定有其深刻的历史根源。那么，《诗经》精神进步背后的历史原因又是什么呢？要回答这一问题，需要将文化的视野放远一点看。

中华文明的发祥，如上所说，是在一个辽阔的地域上实现的。现代考古证明，自仰韶文化时期开始，中国文化在源头上是多元发生的。举其大端有仰韶文化区域、河姆渡文化区域、红山文化区域、大汶口—龙山文化区域、良渚文化区域、屈家岭文化区域、大溪文化区域以及甘肃青海一带的马家窑文化区域等，它们星罗棋布地分布在黄河流域、长江流域以及辽河流域这样一个辽阔的空间范围内。远古文化的多元发生，预先就向后来的历史提出了一个重大问题：要经过何等艰难的历程，才能使这样辽阔地域上各有源头的远古人群凝结为一个统一的文化人群？考古显示，到前3500年左右，即新石器时代文明演进到"铜石并用"阶段时，华夏、东夷和苗蛮三大文化群落分布的格局出现。然而，历史的演进不会就此而止。到夏初，《左传》《史记》等记载，禹举行涂山大会，与会者有万国；商汤建国后，三千诸侯大会；周武王灭商前夕孟津会师，据说"不期而会"的诸侯有八百，加上那些"期而会"的，也就是那些受邀请的，总数大概在一千七八百左右。那时候，何以有那么多"国"呢？对此，早就有史学家给出过回答：那时一个族群，有其居住的城郭及土地，有其族群的领袖等，就是一个所谓的"国"。

这就是思考中国历史问题时必须要有的一根弦：中华文明是在黄河、辽河、江汉等诸大河流域建立的，地域辽阔，人群也众多。这些人群，地域不同，来历不同，乃至宗教信仰、生活习俗，甚至语言都各不相同。大家都知道从夏代开始，中国进入了王朝时代，也就是进入了文明的国家时代。可是，一个中心王朝的建立，并不一定就意味着这样地域众多的人群就真正走向了一统，特别是文化的统一。从夏代开始，王朝对本族群以外的人群，服从的，要统御；不服从的，手法也很直接：武力征服。《尚书·甘誓》记载夏启对有扈氏的"剿绝其命"就是例证。这样的征服，到商代并未改变，甚至变本加厉。前辈学者研究甲骨文，发现殷商经常与十几个方国存在征战关系。殷墟出土的甲骨文所记那些在殷商各种祭祀仪式中死于非命的人，大多数来自被殷商武力征伐的方国。然而，迷信武力可以包打一切的强大王朝，是没有办法在精神上将众多人群凝聚为一个文化整体的。西周建立，情况大变，历史的瓶颈终被突破。于是有文化的高峰，《诗经》正是这高峰的一个重要组成。

周人克商，是典型的以弱胜强，也正因周人自知实力不足，所以在战胜殷商王朝后，马上向天下人宣布和平政治的方向，西周初年的诗篇《周颂·时迈》说："我求懿德，肆于时夏。"宣示"懿德"政治，颇有开国宣言的意思。与此同时是封建的实施，七十多个诸侯受封，其中除五十多个周贵族之外，异姓也被封建，例如尧舜的后裔，也都得到生存的空间，甚至殷商遗民也有一部分被封建到宋国去。从此，林林总总的人群就这样在政治上得到安顿。

然而，单有政治上的安顿，仍然不能真正造成一个文化人群的形成，还需要精神上的凝聚。《诗经》三百篇特别是其中的"雅颂"篇章，正是那个非凡时代以巨大努力在精神上缔造共同信念、共同情感的结果。

那么，在《诗经》的篇章中，又记录了哪些精神内涵呢？

"三百篇"的四重精神和谐

《诗经》蕴含了民族精神重要的内容。这些特征，具体而言，有如下四大精神线索：一、族群之和；二、上下之和；三、家国之和；四、人与自然之和。分述如下：

第一个精神线索即族群之和，主要表现在大量婚恋题材的诗篇之中。这里先提这样一个问题：为什么《诗经》以《关雎》为开篇？这难道是无意的巧合吗？

这仍需要从西周建立后凝聚众多族群的历史来看。西周实施封建，然而七十多个封建邦国的遍布各地，可能出现两种相反的结果：一是周人广泛地与众多人群的融合，一是广泛的冲突。历史表明，西周封建得到的是前一种结果。因为周人妥善处理了与众多人群的关系，那就是包容与联合。其中重要的做法之一，就是广泛地与异姓异族的通婚。这是一种历史的大智慧。"非我族类，其心必异"应该是当时广泛信奉的生活意识。既如此，周人就顺势而为，利用这样的普遍意识。其具体做法就是与各地上层人群建立广泛的婚姻关系，打通血亲团体的壁垒。因此，贵族婚姻关系的缔结就是关于王朝政治的大事。用后来儒家的说法就是：婚姻可以"合二姓之好"，可以"附远厚别"（《礼记·郊特牲》），一言以蔽之，婚姻可以把不相干的人群联系在一起。《礼记》说，周道"尊尊而亲亲"，"亲亲"是"尊尊"的基础与前提，周人就用缔结婚姻关系这一法宝，广泛缔结"亲亲"关系。王国维《殷周制度论》言西周封建打造的是一个"道德团体"，与婚姻亲戚关系的缔结密不可分。可见，婚姻关系的缔结是西周社会中至关重要的大事。而《诗经》以《关雎》开篇，正是因为它是一首关于婚姻关系缔结的诗篇，其中寄寓着不同人群之间和谐凝聚的精神内涵。

　　这是隐藏在《诗经》中的第一条精神线索。其中，还有一个"一正一反"的关联。西周社会处于上升阶段，他们用缔结婚姻的方式联合众多异姓人群。可是到了西周后期以及春秋时期，贵族家庭婚姻关系上的败道，也成为普遍现象。周幽王偏爱褒姒，废嫡立幼，导致西周崩溃。稍后的春秋时期诸侯贵族上层追求"桑中之喜"更是普遍，像《邶风·新台》等表现的就是这方面的内容。当时的诗人们也特别关注婚姻败道现象并加以讽刺，如《鄘风·墙有茨》等篇，究其根源，就在西周赋予婚姻联合族群的社会涵义，所以诗人们把这等事情看得很重。的确，周贵族的精神没落，表现之一就是他们忘记了合法婚姻生活的社会意义。这在当时已经引起社会的关注，因此风诗中表现家庭关系破裂女子饱受伤害的诗篇特别多。这正映现了历史的变化。

　　第二条精神线索就是上下之和。任何社会都有等级分别，都有上下关系，统治被统治、领导被领导，关系安排得好，大家各安其位，齐心协力，反之则人心涣散、离心离德。周人自然也懂得这一点，然而周人社会团体需要上下一心，还有其更特殊的原因。这也得从封建说。西周封建众多诸侯时，总体人数不大，封建同姓诸侯五十多个，每个诸侯国，即使是最大的，人数也很少。试想：一个诸侯受封，例如鲁国，诸侯率领数量很小的周人群体，从当时的宗周即今天陕西来到遥远山东泰山以南，在土著居民众多的地方建立统治一方的邦家，筑城围墙作为屏障，面对的是国郊之外广大的"野"之范围，那里有广大的土著居民。在这样的局面下，若内部不能上下精诚，那不是很危险的局面吗？这就是诸侯国内上下关系必须团结的必要性，实际的情况也是如此。再以鲁国为例，《左传》记载的"曹刿论战"中，鲁国要和齐国人打仗，曹刿连"肉食"者都不算，一介平民，国家面临战争时有话要对君主说，居然他就能见到君主。庶人可以干预国家大事，正是鲁国乃至西周春秋各诸侯国君民关系的一个写照。

那么，《诗经》又如何表现这样的上下和谐关系？答案是吃饭。《诗经》中有诸多的燕饮诗篇。全人类都吃饭，但是在吃饭的事情翻出那样多礼节的花样，唯古代周人为最。周代有乡一级的饮酒礼，称"乡饮酒礼"，也有贵族的高级饮酒礼，称飨礼；一般节日族群内要饮酒，招待宾客也要饮酒；耕种典礼时要宴飨，祭祖之后要行饮酒礼，射箭典礼之后也要行饮酒礼等。

一般的饮酒礼，主人要敬宾，宾要回敬主人，然后主宾共饮，一来一往一合，称"一献之礼"。平时可能你是大夫，我是士，你身份高，我身份低，但是在饮酒礼上，一来一往是平等的。而且，一般性的饮酒礼，还是"序齿"的，不按身份贵贱，而是以年纪大小论敬酒次序，饮酒礼要的就是这一点，一次吃饭，是消除上下隔阂，恢复一种基本的人际关联：大家是亲人，是共同利益的分享者，这是最根本的。官身高低，是出于社会需要，不该因而忘掉那最基本的一点。有时君主参加宴飨，礼节有所变化，要在君主和众宾之间，设立一个中间人，古代称为"宥"，代替君主与大家杯酒酬酢。君主身份尊贵，那他不参与一般臣属的宴飨不行吗？不行，论根本，他也是人群中的一员，他参加宴饮，就表明这一点。这就是宴饮典礼的精神价值，每一次成功的宴饮，实际是在恢复着人群被忘记基本的关联：大家是一群人。这样的精神也贯穿其他典礼，例如春天春耕时的亲耕大典，君主亲自下地，演出似的耕种几下，以示他和万民的一致。再如大蒐礼，周王穿上和大家一样的鹿皮衣服，一起追逐猎物等等，都是恢复精神传统的仪式。只不过以宴饮典礼最突出罢了。

平日的社会生活，是要讲究差别、讲究上下尊卑的，但是，这样久了，要生分，要离心离德，而饮酒的典礼就是要消除分别，同心同德。《礼记·乐记》对此有很好的阐明：

> 乐者为同，礼者为异。同则相亲，异则相敬，乐胜则流，礼胜则离。合情饰貌者，礼乐之事也。礼义立，则贵贱等矣；乐文同，则上下和矣。

"礼"代表社会差异、分别，"乐"则代表超越分别之上的精神联系和同一。典礼既要体现差别，又要讲究整体和谐。"乐胜则流，礼胜则离"说得多精彩，偏于"礼"或偏于"乐"都不行，既讲差别，又讲同一，才是积极的、有生命力的。这就是第二条线索。

第三条精神线索就是家国之和。《诗经》大小《雅》特别是《小雅》，有许多战争诗篇，同时在《小雅》《国风》还有不少思念出差行役在外家人的篇章。为什么有这些篇章呢？一言以蔽之，抚慰（主要是《雅》）或同情（主要是《风》）那些为国家出力而牺牲了小家利益者的心灵。任何一个社会，都有基本的单位，他们组成社会的共同体。这就是"家"和"国"之间的关系。任何国家都有边防，有公共领域的工作要由个体来承担。在西周，《诗经》所反映的边患主要是西北的猃狁和东南的淮夷。要打仗，劳役的事情也就多，许多的小家成员就要为国家外出，于是就出现一个矛盾，即古语说的"忠孝不得两全"的冲突，而且弄不好就是悲剧性的冲突。要弥合这种伦理冲突，周人的办法，见诸诗篇，是用隆重的典礼以及歌唱来承认社会成员为国家做出的牺牲。以情感的方式补充抚平小家受伤的心灵。当国家用典礼方式颂扬这为国家牺牲小家的人们时，实际是在用精神的方式消除悲剧性冲突或者说是不让"忠孝不得两全"的抵牾发展到破坏性的悲剧冲突的地步。这就是"礼乐"文明的精神取向。在古代希腊，人们擅长演出悲剧，以此来净化心灵。可是在周代礼乐文明社会，家国之间的伦理悖论，是一个尽力要抚平的对象。

可是到了西周晚期，就出现了王朝只顾国家而不管个人的情况，"孝子不得终养"的恶性事件就出现了。例如《小雅·蓼莪》篇所暴露的不幸：一个孝子长期在外服役，致使家中父母无人照料双双亡故。王政如此，那可真是"王室如燬"，王朝社会破败的噩耗作响了！

《诗经》三百篇，如前说是礼乐文明的精神之花，她歌唱的方式映现着一个时代的精神盛衰。强盛时，人们高扬着这些时代的精神原则；衰落（也就是"变风变雅"）时，诗篇则重在揭示那些精神原则是如何败坏的。同时，在衰落的时代，一些抗议、控诉的篇章，还表现出一些有识之士对那些精神原则的坚持，这是他们干预社会的法宝。

最后一条精神线索，是《诗经》农事诗篇所表达的天人关系的和谐。在此可以找到在古代"天人合一"哲学理念的文化根源。

具体而言，这一精神线索隐含在《诗经》的农事诗篇中。农事诗篇既见于《周颂》和《小雅》，也见于《豳风·七月》。在此就以《七月》为例子吧。这首诗一共八十一句，句子中的时间词就有四十多个。这些时间词参差错落地构成一个时间回环，周而复始，年复一年，表现的是一个流转不息的世界。中国人对宇宙的基本认识就是变动不居的，就源于这样的农耕文化实践。诗篇叙述一年的农桑狩猎，一方面是时光流转，一方面是有条不紊的劳作，然而就诗篇的笔法言，描述时令光景流转时惜墨如金，述说劳作进行也很简洁。两方面的尽量减省，是因为诗篇更倾向于将人事、自然两方面绾合为这样的旋律：在流转时光中，人们按时劳作，仿佛人伴着这天地的节奏翩翩起舞。两方面的简笔，正突出了人应和着大自然固有的节律，天行健，人则自强不息。这形成了诗篇特有的大韵律，是诗篇的大美所在。诗篇表达的是一种颇为成熟的文化经验，表现出的是农耕文化人群对人与自然关系的深刻把握和自信。

　　还有，《诗经》的农事诗篇，表现了人从大自然中获得生活的资料，但是，从没有出现农耕劳作是追求"财富"这样的概念。这一点，与古希腊赫希俄德的《工作与时日》相比，尤其引人关注。古希腊诗人的农事诗篇，是教训体，强调劳动带来财富，贫穷意味着耻辱。于是，一种无意识的观念宛然而现：当人把劳作当作获取财富的手段时，人与自然最纯朴的原始关系就变得疏离了，自然就变成了可以从中获取财富的客观对象。《诗经》的农事诗篇没有这样的疏离感，诗篇充溢的是瓜果的清香，禾苗的蓬勃以及收获时场圃的堆堆垛垛，以及祭祀祖先食物的芬芳香气。这些诗篇中，宛然映现的是大自然、是母亲的深厚情怀。《周易·系辞下》说"天地之大德曰生"，实际就是对这样的农耕情感的概括。儒家解释《周易》的卦象时，实际把从农耕实践得来的观念掺入其中了。

　　《诗经》是文学的，也是文化的。上述几大精神线索，其实是维系一个国家一个时代生存的生命线，所以当时人们不断靠着典礼来弹奏它们，提醒自己的社会成员不要忘怀这些生死攸关的精神原则，所以宴饮的歌唱反复提倡"令德令仪"，用婚礼的歌唱提倡夫妻情深等等。礼乐说起来是一套典礼，典礼都是对生活意义的强调和宣示，那经由什么来宣示典礼的生活意义呢？这是"歌以发德"的唱诗。故可以说：《诗经》三百篇是礼乐文明的精神花朵。

《诗经》的艺术

三百篇是中国诗歌文学的开山之作，它的艺术精神为后来的古典文学所延续。

作为中国文学的开山，三百篇是有韵律的抒情诗。这首先关系到一个困扰学者多年的难题，即中国文学一开始，不像古印度，也不像古希腊，以有韵律地讲述英雄传奇故事的叙事诗开始。如此巨大的区别，究竟因何而成，也许永无确切答案。但是，这样的问题，可以促使我们转而关注《诗经》的"抒情"究竟达到了何等的艺术境地。

有一位身居海外多年的老学者在他的一篇文章里曾这样说过：当他问西方人对中国古典诗歌艺术的感受时，得到的回答是：极端细腻、曲折而多层地表现现实生活的诸多情感，是中国诗歌的显著特点（陈世骧《原兴：兼论中国文学特质》）。这是不错的。从有诗歌记录起，中国诗篇就把注意力放在人间世界上，婚姻、家庭、劳作、狩猎、征战、劳役，按时地祭祀古人，欢畅地宴饮亲朋，表现着生活的美好，也抨击着社会的邪恶，等等。中国的诗篇，从一开始，就没有走长篇叙事之路，所抒发的情感，都是现实的人生遭际，诗篇重视一切人间美好情感的倾诉，重视对弱者的同情，重视对善的高扬。与此相伴，综观《诗经》三百篇，在距离我们三千年到两千五六百之间的这段时间里，先民的歌唱竟然没有对"牛鬼蛇神"的巫觋世界有多少表现，他们也祭祀神灵，但是诗篇更愿意表现对祭祀传统的遵循和奉行，以及祭祀时人们的各种表现。这实在是很奇特的事。就是那些祭祖的献歌，歌唱的也只是注重发扬"不显文王之德之纯"的人性之光。那时的先民诚然有浓郁的宗教观念、鬼神思想，可是，三百篇的世界是最少鬼神色彩的，是最现实色彩的，是最充满人间情味的，因而也是最清澈透明的。这可能意味着一种觉悟和觉悟后的摆脱。究竟是什么导致了这样的觉悟，不是这里要讨论的问题，但有一点可以确定，三百篇所显示的先民的身影，是背对着神秘的超验世界而前行的，他们对如何行动即可在世界上生存这样的大问题，已经了然于心。

同时，诗篇中也没有暴力的英雄。荷马史诗中的阿喀琉斯让人印象深刻。《诗经》中固然有许多关于战争的优美篇章，但是，读者很难找到一位以杀伐为能事的英雄。相反，诗篇着意表现的是出征前的"仆夫"的"况瘁"与忧心悄悄（《小雅·出车》），是士卒身处疆场时的"曰归曰归"，以及征战结束时"昔我往矣，黍稷方华；今我来思，雨雪载途"的复杂情绪。如此的情感表明：《诗经》时代的先民，对做一个和平居民的兴趣要大于做战场杀伐的英雄。

于是，在《诗经》的艺术世界中，人们看到是脚踏大地，不断迁移，不断扎根于土地，深耕易耨的创造者形象。他们中的某些人如后稷，还被夸饰为"感天而生"的半人半神，但是他所从事的事业并不是嗜血好杀、怪力乱神，而是耕稼，神降的天赋是侍弄庄稼。我们也看到《诗经》中被赞美的一些人间大人物，然而他们被赞美，是因为"如金如玉""如切如磋"的高雅形象，是因为"柔亦不茹，刚亦不吐"的明德。当然，《诗经》中最动人的还是那些表现离别相思、表现人间苦难、表现对弱者的同情的篇章。其中又尤以《国风》中对男女情感的表现最为突出。例如同样是弃妇题材的作品，风诗起码展现了三类在婚姻家庭生活失败面前截然有别的意态，即《邶风·柏舟》《邶风·谷风》和《卫风·氓》三篇所代表的三种类型。三首诗篇显示，诗人在表现人物内心世界方面，是可以以力透纸背来概括的。风诗是生活的万花筒，例如《邶风·北门》篇，就把一个政事多、家里家外全然不讨好的小官员苦闷无奈的内心世界表现得入木三分。

说到三百篇的艺术，人们会很自然想到"比兴"一词。是的，比兴是《诗经》的重要特点，也是由《诗》率先表现出来的中国古典诗歌艺术的灵魂。那么，这种代表古典诗歌艺术灵魂的"比兴"又是什么呢？是对天地自然的亲近，是对天地自然在变化中所呈现的春花秋月极度的敏感与多情，以及由此而来的对诗篇艺术境界的营造。用一句很通常的话说，中国古典诗歌艺术的精髓在其善于表达情景交融的境界。顾随先生曾说过：西方诗歌的语句往往是思考得出的格言，例如"冬天到了，春天还会远吗"，然而中国的诗歌，则擅长引起一种印象，例如李商隐《蝉》"五更疏欲断，一树碧无情"；所谓的引起印象，又不能和盘托出，而是要耐人寻味，李商隐的《蝉》是如此，陶渊明的"采菊东篱下，悠然见南山"也是如此。这耐人寻味的"印象"，其实就是人们常说的"境界"。实际上，在《诗经》篇章，就已经开始出现这样的富于"境界"效果的片段了。如《小雅·伐木》开篇一章，山林伐木的"丁丁"之声，伴奏的是嘤嘤然"迁于乔木"的群飞之鸟，是何等清灵的世界；再如《周南·葛覃》，诗篇居然在开始用了一章的篇幅，以绿色葛藤和黄色小鸟，以及鸟的叫声组成的一副光景，以此来渲染将要出嫁的少女的惆怅之情，十分动人；更为人熟知的还有"昔我往矣，杨柳依依"的妙句，令多少读者为之神魂颠倒；其中，最能代表情景交融艺术精神的，自然要数《秦风·蒹葭》了："蒹葭苍苍，白露为霜。所谓伊人，在水一方。"短短四句，直可以将人带入竹风仙影般的奇妙境地，令灵魂得到审美的洗礼。全部《诗经》，实际就是一个由青绿色的植物、作物，斑斓的花草，鸟、鱼、昆虫等各动物交织而成的烂漫的世界，物换星移，四时常新，其本身就是一大境界，读之可以让人心旷神怡。

　　说《诗经》的比兴，还有一个有意思且值得进一步研究的现象。《诗经》第一篇就是《周南·关雎》，而《关雎》的开篇"关关雎鸠，在河之洲"的句子，暗示的是鸟儿开始在北方河流沙洲上捕鱼，传递的是春天来临的消息。不可思议的是，由考古发现可知，鱼鸟共处的主题居然在《诗经》之前的数千年，就已经见于彩陶器物的画面。例如在仰韶文化姜寨遗址 H467 房址层出土的葫芦形状双耳彩陶瓶上，就绘有成横纵关系的游鱼与水鸟，正可以理解为鸟捕鱼的对立关系；更直接地表现着这种关系的是北首岭遗址 M51 墓葬出土的大头细颈彩陶壶上的图案：一只鸟儿口衔一条有点像泥鳅的鱼（严文明：《仰韶文化研究》，文物出版社 2009 年，第 344—345 页）。其鱼鸟的关系与"关关雎鸠"也是一样的。《关雎》这首距今三千年左右的歌唱，其优美的韵律中竟有着更为久远的音符，这不是很有意思也很耐人寻味的吗？这便是《诗经》艺术的独特性表现。这方面的研究，还有许多工作要做。

历代《诗经》研究

《诗经》的创作大约结束于春秋中期，"断章取义"地引用《诗经》章句以"赋诗言志"，又是流行于春秋贵族社交中的有趣现象。到春秋后期，孔子对《诗经》进行了整理，应该也是孔子开始从义理上解释《诗经》，近年出现的《孔子诗论》就是这方面的文献。从汉代到今天，《诗经》的研究可大致划分经学时代、理学时代、清代重文献考据的"朴学"时代以及近现代研究四大阶段。经学时代主要是两汉，魏晋至隋唐是经学的延续期。理学时代主要指北宋、南宋和明代。清代音韵、文字、训诂以及文献辑佚、校勘的学术发达，《诗经》研究方向也主要为朴学，在小学和文本校勘取得巨大成就。近现代的研究严格说应该从五四运动后开始。

经学时代是把《诗经》作为圣贤大法来看待的，经学时代研究流传下来的完整《诗经》著作是《毛诗正义》。该书由《毛传》《毛序》《郑笺》和唐代孔颖达疏（称"正义"）四部分组成。《毛传》本为汉代"四家诗"之一（其他为齐、鲁、韩三家诗，属于今文学派，毛则为古文派），主要是《诗经》字词的训诂；《毛序》是对《诗经》及各篇大旨的说解。到东汉末年，郑玄或修补《毛传》，或别立新说，就是《郑笺》。到了唐初，官方组织孔颖达等学者对《毛诗》的序、传、笺进行疏解，采取"疏不破注"的原则，即对序、传、笺三者分头解释，以求疏解各家说法，无所偏废，疏解时还引用了不少魏晋南北朝以来的各家之说，以此，《毛诗正义》成为汉代以来经学研究的总结性著作。

北宋时期，《诗经》研究进入宋学时期。经过唐五代大乱，在思想上又有佛学的广泛传播，特别是禅宗对经典"不立文字""非佛非圣"的态度，都强烈影响了当时的经典研究。在北宋，欧阳修首先站出来，对经学解释的《诗经》进行批评。在解读《诗经》上，欧阳修主张"据文求意"，即强调用自己的眼睛、头脑和学识，重新审视经典的文本，阐释其蕴含的意义。汉代以来经学解释经典，是要遵从师法、家法的，具体表现就是读解诗篇，要以《毛序》为准。欧阳修作《诗本义》则先审读《诗经》文本，了解其内涵，然后据自己的理解，检验《毛序》等经学旧说，合理的就接受，不合理就推翻。一代新的学风由此开始。新学术的矛头所指，就主要集中在《毛诗序》对诗篇大旨的说法上。欧阳修之后，郑樵作《诗辨妄》，将《诗序》斥为"村野妄人"之言，朱熹也作《诗序辨说》，对《毛序》多有批驳。同时，维护《诗序》的学者也颇有人在。于是"废序"还是"尊序"成为宋代诗经学的一个焦点。然而，无论"尊序"还是"废序"，大体而言，"据文求义"的研究思路还是被大多数学者承认的。要做到对《诗经》文本准确理解，必须了解《诗经》时代的文化，要了解《诗经》时代的文化，必须将《诗经》与同时代相关文献记载相联系，甚至彝器铭文的资料，在宋代也开始用于解读《诗经》的某些篇章。

总体来说，宋代《诗经》研究的成绩还是很不错的，因为出现了集理学研究之大成的朱熹《诗集传》。此书总结北宋以来的研究，吸收各家之说，而且简明扼要，虽有理学家以"天道性命"抽象理论解释诗篇的理学气味，却能不枝不蔓，平实雅致，颇适合读者阅读。元代《诗经》大体宗奉朱熹《诗集传》，其中刘瑾《诗传通释》在宗朱之余，偶有新见，是那个时期的代表性著作。明朝前期延续元代研究风尚，到中后期就有何凯《诗经世本古义》出现，摆脱宗朱习气，在字句解释方面，也有新的做法。

清代考据学风流行，在《诗经》研究领域显示新风气的，是康熙时期陈启源《毛诗稽古编》。此后，像马瑞辰《毛诗传笺通释》、胡承珙《毛诗后笺》、陈奂《诗毛氏传疏》及方玉润《诗经原始》等先后问世，或者考订诗旨，或训释文字，或阐发文义，都是后来《诗经》研究的重要参考著作。此外，遵从汉代经文经学的研究也不少。例如魏源的《诗古微》、陈乔枞《三家诗遗说考》以及王先谦《诗三家义集疏》等，都是这方面的著作。

近现代以来，王国维依"二重证据法"解释《诗经》，有《周大武乐章考》、《说商颂》（上下篇）、《与友人论诗书中成语》（一、二）等，至今仍有启发意义。郭沫若《卷耳集》白话翻译《诗经》风诗四十篇。以辩证唯物论讨论《诗经》篇章，如朱自清《诗言志辨》，闻一多《诗经通义》《风诗类钞》等，都显示着"五四"《诗经》研究的新成就。1949年以后于省吾《泽螺居诗经新证》、孙作云《诗经与周代社会研究》代表了当时的水平；新时期以来夏传才《诗经研究史概要》、赵沛霖《兴的源起》、扬之水《诗经名物新证》等都有较大影响。注释本有较大影响的如余冠英《诗经选》、高亨《诗经今注》、陈子展《诗经直解》、程俊英和蒋见元《诗经注析》和王宗石《诗经分类诠释》等，都各有特点。台湾屈万里《诗经诠释》简明扼要，学风严谨。季旭升《诗经古义新证》利用金甲文材料解读《诗经》字句，解决了一些问题。

此外，随着文化交流广泛，美国学者王靖献的《钟与鼓》、法国学者葛兰言《中国古代的节庆与歌谣》等先后传入国内。这些著作，或采用人类学理论或者采用西方诗歌研究范式，对《诗经》进行讨论，也是值得重视的。

此次整理，以清阮元刻《十三经注疏》（中华书局影印本）为底本，个别地方参照了今人注本。注解广采众家，力求简明。一些语词注解以"一说"的方式，列出不同说法，供读者参考。对每首诗的大意及艺术特点的评说，力求要言不烦。为方便读者欣赏，注释、点评之外，还选取了前人一些精彩"评点"，有的加入了笔者的提示性文字，作为旁批。最后，敬请读者不吝赐教。

① 这里涉及《商颂》的年代判断问题，古来学者相信《商颂》是商代作品，照此而言，诗篇创作就是从商代开始。然而，本书不相信这一说法，而认为王国维《说商颂》中关于《商颂》作于"宗周中叶"即西周中期的说法是可信的。还有，某些记载显示，春秋后期似乎也有诗篇创作，但篇章数量已经是大大减少了。所以，本书还是采春秋中期结束一说。

② 《诗经》的"六义"有"赋比兴"三项，可是在今天所见汉代《诗经》注解《毛传》中，却只给一些诗句加注"兴也"的注释，未标"赋"和"比"，这就是所谓"独标兴体"。《毛传》为何只标"兴体"，曾引起后来学者不少的讨论。

③ 这不是说到西周墓葬殉人现象就已经弊绝风清，零星的殉葬现象还是有的，但数量已经大大减少。这也是进步，因为数量减少，意味着正在朝着消灭各种"用人"现象的方向进步。

④ 王国维《说商颂》，见《观堂集林》。王国维这样说，不是推理的结果，而是在观察了大量甲骨文和西周金文的基础上实证出来的结果。笔者也有《商颂作于"宗周中叶"的证明》（《北京师范大学学报》2004 年第 4 期），赞成王先生的说法。文献时代的考证确定，不能用推论，只能以实实在在的文本为依据，是基本常识。

诗 经

国 风

周 南

　　西周建国后，实行东西两都制，西都为宗周镐京（今陕西西安），东都为成周雒邑（今河南洛阳）。据载，周公旦曾居成周，管理东南诸侯；召公奭则主宗周，负责镐京及南至江汉一带的方国事务。《周南》《召南》的"周""召"即由此而来。又据《仪礼·燕礼》，饮酒典礼有一个环节是所谓"歌乡乐"，所歌诗篇出自《周南》《召南》。由此可推断两者都是王畿境内（周家之"乡"）的诗篇。东都、西都境内之诗所以称"南"，旧说周人王化"自北而南"，南即南土。照后来学者的理解，"南"是指南方乐调。两者说法，实有其关联。考古显示自商朝就开始向南扩张，至于周人，从古公亶父迁岐，到文王、武王广泛联络南方诸部族人群，进取的大方向都是"自北而南"，就是西周建立后，昭、穆、恭、厉、宣几代，仍然持续对淮水、江汉一带南方族群加以征服，把当地人民变成向王朝缴纳贡赋的"帛晦臣"。持续的"自北而南"，是军政的经略，也是文化的学习，其中就包括音乐的吸收，《小雅·鼓钟》篇"以雅以南，以籥不僭"句，"雅""南"对举，"南"为南方乐调无疑。《周南》诗篇的地域北起黄河，南到汝水、江汉，有几首诗与王朝的南征有关。《周南》之诗，多婚姻、妇德方面的内容。《孔丛子·记义》载孔子曰："吾于《周南》《召南》，见周道之所以盛也！"即指这些表现妇德礼法的诗篇而言。《周南》多西周作品，有些还是西周较早时篇章。

《周南》十一篇，今选其九。

关　雎

关关雎鸠[1]，在河之洲[2]。窈窕淑女[3]，君子好逑[4]。

参差荇菜[5]，左右流之[6]。窈窕淑女，寤寐求之[7]。

求之不得，寤寐思服[8]。悠哉悠哉[9]，辗转反侧[10]。

参差荇菜，左右采之。窈窕淑女，琴瑟友之[11]。

参差荇菜，左右芼之[12]。窈窕淑女，钟鼓乐之[13]。

方玉润曰："此诗佳处，全在首四句，多少和平中正之音，细咏自见。"（《诗经原始》）

许谦曰："以荇起兴，取其柔洁。"（《诗集传名物钞》）

以琴瑟喻君子、淑女的般配，预言婚后和谐。后世以"琴瑟"比夫妻，发源于此。文义至此，回归典礼主题。

近人姚莹谓此诗有七胜：格局、运笔、文法、字法、造词、用韵、音节。又云："此诗擅上七胜，情文并茂，所以独有千古。"（《二南解症》）

［注释］

[1]关关：状声词，形容鸟叫声。雎（jū）鸠：又名王雎，水鸟，是一种候鸟，初春时节出现在北方。　[2]洲：河流中的小高地。又称沙洲。两句的意思是：北方的河洲上出现了捕鱼的雎鸠。　[3]窈窕：联绵词。女子内有气质，外有仪容，称窈窕，庄重高雅的意思。淑女：贤德女子。淑，善。　[4]君子：这里指贵族男子。《诗》中君子一词多次出现，多指有官位的人，有时也用于妇女称自己丈夫。此处当为后者。逑（qiú）：配偶。　[5]参差（cēn cī）：长短不齐貌。荇（xìng）菜：水菜。《毛传》称接余，今名杏菜，又名水荷、金莲儿等；生水中，叶圆形，浮在水面，夏日开黄花，花朵数瓣组成伞形，茎白可食。　[6]流：通"摎"，

求取，捞取。 [7]寤寐：寤，醒着；寐，睡着。不分睡着醒着的意思。一说寤寐为持续不断的意思。 [8]思：语助词，如《楚辞》"兮"字。服：想念，放在心上。一说思与"服"同义。 [9]悠：持久。悠哉可指夜漫长，也可指思绪悠长。 [10]辗转：翻来覆去。双声叠韵词。反侧：与辗转同义。 [11]琴：乐器名。传说为神农或伏羲发明，今见最早古琴器物遗留多为战国时期，如曾侯乙墓出土的十弦琴，琴身用整木雕成，有音箱和尾板两部分。瑟：乐器名。与琴一样古老，今所见为战国遗物，器身多刻文和彩绘，据出土实物，瑟一般为二十三或二十五弦。友：亲近，加深情感。 [12]芼（mào）：择取。 [13]钟：青铜铸造的敲击乐器。此种乐器起源于商代，至西周又有长足发展，多件为一套编钟，多有发现。鼓：木质敲击乐器。据考古发现，早在大汶口文化时期，就有用鳄鱼皮蒙制的陶鼓。周代贵族典礼，堂上有乐工用琴瑟伴奏歌唱，称为"升歌"，堂下则有钟鼓笙磬等乐器演奏。诗言琴瑟、钟鼓，正显示的是典礼的用乐。乐之：令其愉悦。

[点评]

《关雎》，西周贵族结婚典礼上的乐歌。周代婚礼仪节众多，然而特重亲迎，《关雎》即这一礼节上的乐歌。诗篇先以河中沙洲鸟鸣起兴，继表夫妻深情，祝愿婚姻美满，又以琴瑟、钟鼓的齐鸣，显示典礼的隆重。全诗格调温润娴雅，特别是开头的起兴，为诗篇增添了许多意味。

葛 覃

葛之覃兮 [1]，施于中谷 [2]，维叶萋萋 [3]。黄鸟于飞[4]，集于灌木[5]，其鸣喈喈[6]。

　　葛之覃兮，施于中谷，维叶莫莫[7]。是刈是濩[8]，为𫄨为绤[9]，服之无斁[10]。

　　言告师氏[11]，言告言归[12]。薄污我私[13]，薄澣我衣[14]。害澣害否[15]，归宁父母[16]。

牛运震云："飞、集、鸣三项略一点逗，物色节候，宛然如画。"（《诗志》）

张次仲云："即物赋景，即景赋事，即事赋情而作此诗。"（《待轩诗记》）

[注释]

[1]葛：蔓生植物，今名葛藤。藤条纤维可以纺织成布，为衣服、鞋子布料，根块可以提炼葛粉，嫩叶可食。覃（tán）：蔓延。兮（xī）：语气词，相当于"啊"。　[2]施（yì）：蔓延、延长。中谷：山谷之中。　[3]维：结构词，无实在意思。萋萋：茂盛貌。　[4]黄鸟：即黄雀，栖于山地平原，冬天在山隅或林间避寒，以裸子植物种子为食，也食昆虫。《诗经》中"黄鸟"数见。于飞：飞。于，介词，《诗经》中往往加在动词之前。　[5]集：落。《周颂·小毖》"未堪家多难，予又集于蓼"可证。　[6]喈（jiē）喈：状声词，形容黄鸟叫声。　[7]莫莫：茂密的样子。与"萋萋"意同。　[8]刈（yì）：割。濩（huò）：煮。　[9]𫄨（chī）：细葛布。绤（xì）：粗葛布。　[10]服：穿上。斁（yì）：厌烦。也作"射"。　[11]言：语助词。师氏：教导妇道的陪嫁保姆。　[12]归：回娘家探亲。　[13]薄：与动词放在一起，有赶快做什么的意思。污：同"污"，去污。私：私衣，贴身内衣。一说日常服装。　[14]澣（huàn）：同"浣"，洗涤。衣：外衣。一说为典礼的礼服。　[15]害（hé）：何。害、何古音相通。这句是以知道什么衣服该洗、什么衣服不该洗，来表示女子出嫁后掌握了做媳妇的分寸。　[16]归宁：回家探望父母。按周代礼法，父母在世，出嫁女子可以按时

回家探望。不过此处"归宁"可能还属于婚礼的延伸部分，犹如后世偕新女婿的"回门"礼，表示婚姻缔结的成功。

[点评]

《葛覃》，表现贵家女子出嫁前接受妇德教育的篇章。诗篇首章专门营造了一个暮春时节女儿思嫁的情景，传神地表达待嫁之人的惆怅之情。这在全诗为虚。次章则由虚变实，取葛为布，纺绩衣服，是写女子的女红（gōng），也是在表妇德培育有素。最后一章写女子的婚后探望父母，语句跳跃，充满喜悦之情。蓬勃的葛藤变成布料衣服，比喻女孩子一次人生重大转变，而"害澣害否"的分寸拿捏，又暗示女子顺利通过了重大转变的考验。虚实相生，妙于取譬，是诗篇的明显特点。

卷　耳

采采卷耳[1]，不盈顷筐[2]。嗟我怀人[3]，寘彼周行[4]。

陟彼崔嵬[5]，我马虺隤[6]。我姑酌彼金罍[7]，维以不永怀[8]。

陟彼高冈，我马玄黄[9]。我姑酌彼兕觥[10]，维以不永伤[11]。

陟彼砠矣[12]，我马瘏矣[13]；我仆痡矣[14]，云何吁矣[15]！

想念远方的丈夫，做事心不在焉。《荀子·解蔽》曰："顷筐易满也，卷耳易得也。然而不可以贰周行。"

牛运震云："四'矣'字急调促节。"（《诗志》）

[注释]

[1]采采：茂盛。卷耳：植物名。又名苓耳、枲耳、胡枲，叶青白色，开白花、细茎蔓生，可煮食，滑而少味。　[2]顷筐：斜口浅筐。　[3]嗟：感叹、伤叹。怀人：所怀念之人。　[4]寘：同"置"，弃置。周行（háng）：大道。言所怀之人长在路途，如同弃置在大路上。一说指筐放在大路上。　[5]陟：登。崔嵬（wéi）：山顶有土者。　[6]虺隤（huī tuí）：极度疲劳的样子。　[7]姑：姑且。金罍（léi）：青铜酒器，圆形，鼓腹，刻有花纹。考古发现西周的罍，多为早期器物，如燕国琉璃河遗址的克罍等。　[8]维：语助词。以：以使、以便。永：深长，深陷。　[9]玄黄：玄，深青色，玄黄意思是马由玄变黄，马极度劳累而变色。用语夸张。　[10]兕觥（sì gōng）：牛角状弯曲的酒器。20世纪在安阳曾出土一件觥，弯曲如牛角，粗大一头为口，有盖。另《西清续鉴甲编》也有一件，形制与安阳出土者相近。兕，犀牛。此器当初或用犀牛角做成，或取其弯曲为名。觥，据《说文》，字本作"觵"。　[11]伤：伤怀。　[12]砠（jū）：土山顶上有岩石之称。　[13]瘏（tú）：马因疾病不能前行。　[14]痡（pū）：人因疾病不能前行。　[15]何：多么。吁：忧叹。一作"盱"，张目远望。似更传神。

[点评]

《卷耳》，男女互表思念的篇章。诗篇实际是对舞台演出的男女对唱歌词的记录，这有新近出土的战国竹简文献《孔子诗论》为据。《孔子诗论》说："《卷耳》不知人。""不知人"的语词结构与《论语》"以不教民战是为弃之"中的"不教民"相同，意思是"不相知的人"，"相知"即相互交流沟通。据此可知，竹简所记孔子的意思是说：《卷耳》

这首诗是两位"不相知",即没有真正进行交流之人的歌唱。具体说,诗篇的第一章"嗟我"之"我"亦即采卷耳的"我",与其余三章"我马""我姑"之"我"并非一人,前者指代的是思念丈夫的女子,后者则是被思念的远行在外的男子。诗篇原本是一对相思男女各表思情的唱词,后来被记录在一起,就成了"一首诗"。弄清这一点,有助于了解周代"礼乐"中的演唱。

螽 斯

螽斯羽 [1],诜诜兮 [2]。宜尔子孙 [3],振振兮 [4]。

螽斯羽,薨薨兮 [5]。宜尔子孙,绳绳兮 [6]。

螽斯羽,揖揖兮 [7]。宜尔子孙,蛰蛰兮 [8]。

[**注释**]

[1] 螽(zhōng)斯:蝗虫,又名蚣蝑、斯螽、中华负蝗等,翅目蝗科,繁殖力很强。　[2] 诜(shēn)诜:众多貌。一说象声词,形容螽斯羽翅振动的声音。　[3] 宜:适合,有益。动词。　[4] 振振:盛壮貌。　[5] 薨(hōng)薨:螽斯群飞所发出的声音。　[6] 绳(mǐn)绳:绵绵不绝。一说戒慎。　[7] 揖(jí)揖:会聚貌。　[8] 蛰(zhí)蛰:众多貌。

[**点评**]

《螽斯》,祝愿子孙众多的乐歌。螽斯繁殖力强,所以诗篇取以为喻，表达祝愿。诗篇是"多子多福"观念较早的记录。值得注意的是诗取法自然的意识，求生育，不是乞灵于神，而是期盼人如螽斯那样繁育，显示出古代先民对自然界生命现象的观察。

桃　夭

桃之夭夭[1]，灼灼其华[2]。之子于归[3]，宜其室家[4]。

桃之夭夭，有蕡其实[5]。之子于归，宜其家室。

桃之夭夭，其叶蓁蓁[6]。之子于归，宜其家人[7]。

桃花起兴，既表嫁娶时，又表之子的韶华。钱锺书说："'夭夭'总言一树桃花之风调，'灼灼'专咏枝上繁花之光色。"（《管锥编》）

［注释］

[1]夭夭：盛壮貌。　[2]灼灼：闪耀的样子，在此为红花耀眼的意思。华：花。　[3]之子：指出嫁的女子。之，此、这；子，《诗经》中常见的指代词，意为"这个人"，不分男女。于：虚词，《诗经》中常见，其义相当于曰、聿。归：出嫁。女子出嫁为归。　[4]室家：家庭、家族。所谓"男有室、女有家"，"室家"及下文"家室"意思一样。　[5]蕡（fén）：大、硕大。　[6]蓁（zhēn）蓁：叶茂盛细密貌。　[7]家人：与家室义同。变换字序以协韵。

［点评］

《桃夭》，预祝出嫁女子家庭生活美满的诗。灿灿桃花，以喻新娘的适龄风华；硕大果实、蓁蓁其叶，则进而预祝新人在未来的日子里为家庭带来丰饶，福禄成荫，子女满堂。诗人这种花盛子多的赞美和祝福，反映的不仅是当时的观念，亦可以说是一个民族自古及今的婚姻理想。花，是生命力的象征，以桃花赞美女子，更是从天地生机方面赞美女子的可爱。

兔 罝

肃肃兔罝[1]，椓之丁丁[2]。赳赳武夫[3]，公侯干城[4]。

肃肃兔罝，施于中逵[5]。赳赳武夫，公侯好仇[6]。

肃肃兔罝，施于中林[7]。赳赳武夫，公侯腹心。

姚际恒云："干城，好仇，腹心，知一节深一节。"（《诗经通论》）

[注释]

[1] 肃肃：网绳整饬细密的样子。兔：老虎。据闻一多《诗经新义》，兔当为"於菟"之"菟"，《左传·宣公四年》："楚人……谓虎於菟。"一说野兔。罝（jū）：网，兔罝即捕获猎物的网。　[2] 椓（zhuó）：击打，指击打固定兔罝的木桩。丁（zhēng）丁：击打木桩声。　[3] 赳赳：威武雄壮貌。武夫：武士。　[4] 干城：盾牌和城墙。此指捍卫者。　[5] 中逵：陆地、原野。中逵即逵中。据于省吾《泽螺居诗经新证》。　[6] 好仇（qiú）：好帮手，好伙伴。仇，匹偶。　[7] 中林：林中。

[点评]

《兔罝》，赞美那些来自诸侯的为王朝效力武士的篇章。理解此诗，应对封建制有所了解。《左传》说西周封建是"王臣公，公臣大夫"，一级统治一级；对此，西周金文如《过伯簋铭》《班簋》《禹鼎》《不期簋》等有更具体的表现。这些铭文显示，王朝有征调诸侯军队为王朝征战的惯例，越到晚期王朝对来自诸侯的军队就越是更为倚重。而且，金文显示，征调诸侯将士，王只能对诸侯下令；奖赏这些将士，王也只能奖赏诸侯，然后再由诸侯奖励将士。本诗赞美诗中的"武夫"为"公侯"的"干城"、"公侯"的"好仇"等，原因就在于此，周王不能直接对诸侯的下属发号施令。诗篇的格调雄壮而奔放，肃肃、丁丁、纠纠等叠音词的使用，令诗篇更有气势。

芣 苢

采采芣苢[1]，薄言采之[2]。采采芣苢，薄言有之[3]。

采采芣苢，薄言掇之[4]。采采芣苢，薄言捋之[5]。

采采芣苢，薄言袺之[6]。采采芣苢，薄言襭之[7]。

袁枚云："三百篇如'采采芣苢，薄言采之'之类，均非后人所当效法……今人附会圣经，极力赞叹，章艧（huò）斋戏仿云：'点点蜡烛，薄言点之。点点蜡烛，薄言剪之。'……闻者绝倒。"（《随园诗话》卷三）

[注释]

[1]采采：茂盛的样子。芣苢：草本植物，一名马舄，又名车前、车前草、蛤蟆衣、牛遗等；喜生路边，叶子肥大，叶身呈卵形，有柄，嫩时可食；夏日叶间抽花茎，花细小，花后结黑色籽粒，即车前子。古人相信此籽粒可助女子怀孕，或治难产。一说芣苢即薏苡。　[2]薄言：薄、言都是语气词，用于动词之前，《诗经》中常见。　[3]有：藏。一说"有"是"若"字之误；若，择取。　[4]掇（duō）：拾取。　[5]捋（luō）：撸取籽粒。　[6]袺（jié）：兜入衣襟。　[7]襭（xié）：兜入衣襟并将衣襟系在腰间带子上。

[点评]

《芣苢》，祈子仪式的歌唱。诗篇是重章复沓的，重叠中的变化只是换用了几个动词，以此表现将车前子尽数捋采、兜入衣襟且牢系于怀的全过程。诗篇所表现的不是采摘芣苢，而是以采摘芣苢的动作表达祈求生育的愿望。

汉　广

刘克云："一诗之句凡二十有四，言'不可'者八焉。"（《诗说》）

汉广、江永句三章反复咏叹，韵味悠长；重复句置于篇后，为《诗》中别调。

南有乔木[1]，不可休思[2]。汉有游女[3]，不可求思[4]。汉之广矣[5]，不可泳思[6]。江之永矣[7]，不可方思[8]。

翘翘错薪[9]，言刈其楚[10]。之子于归，言秣其马[11]。汉之广矣，不可泳思。江之永矣，不可方思。

翘翘错薪，言刈其蒌[12]。之子于归，言
秣其驹[13]。汉之广矣，不可泳思。江之永矣，
不可方思。

[注释]

[1]南：南方，周人所谓的南，即今东起淮水中下游两岸，南
至汉水、长江中游沿岸地区。从周文王时周人就开始经营南方，
至西周中后期，更因对南方物产的依赖而多次出兵征伐。乔木：
高大的树木。　[2]思：语气词。一作"息"。　[3]汉：汉水。源
出陕西省宁羌北，东南流经湖北省境，至汉阳入长江。游女：野
游的女子，含贬义。　[4]求：追求。　[5]广：江面广阔。　[6]泳：
裸身泅渡。　[7]江：长江水。永：深长。　[8]方：用小木筏渡
江。　[9]翘翘：高而挺拔貌。错薪：杂乱的柴草。《诗经》中
析薪刈楚往往与婚姻之事有关。　[10]言：语助词。刈：割取。
楚：荆棘，此处指错薪中之高大者。　[11]秣（mò）：用饲料喂
马。　[12]蒌（lóu）：蒌蒿高大者。　[13]驹：马。驹本义为小马，
但《诗经》只一例指小马，其他均指成年马。

[点评]

《汉广》，劝告周家子弟不要追逐南方女子的训诫诗。
旧说是一首表达思慕的爱情诗篇，然而《孔子诗论》称
道此诗内容为"知极"（"极"或隶定为"恒"），并说"《汉
广》之智"为"不求不可得"，可证旧说不可信。此外，
结合篇中"游女"之称以及"错薪""刈楚"的语句，可

以确信，诗篇真正的意思是劝诫：要娶妻就应该选择好的，要结婚就要遵循礼法，非分地追求江汉水边的游女，就像贸然泅渡或用小舟板渡江汉一样，会遭遇灭顶之灾。诗是有为而发，劝诫的是江汉一带驻扎的王朝军人。传世文献和出土金文都表明，从早期开始，西周王朝就用武力经营江汉一带，且有军营驻扎。诗篇的劝诫应是针对军士追逐当地女子而发。首章正面劝告，之后的二章以翘薪刈楚喻合礼法的婚姻。三章之中，"汉之广矣"等四句重复咏叹，语殷意切。

汝　坟

担忧远方的丈夫。以饥饿喻忧愁，比拟颇新奇。

遵彼汝坟 [1]，伐其条枚 [2]。未见君子 [3]，惄如调饥 [4]。

遵彼汝坟，伐其条肄 [5]。既见君子，不我遐弃 [6]。

杜甫"国破山河在"句原本于此。

鲂鱼赪尾 [7]，王室如燬 [8]。虽则如燬，父母孔迩 [9]。

[注释]

[1]遵：沿着。汝：水名，发源河南嵩县东南天息山，流经汝阳、临汝，又东南流经郏县、襄城与沙河（古滍水）合，之后入淮。诗言汝坟，暗示了所思之人的方位，在汝水下游的南方。坟：河岸堤坝。又作"濆"。　[2]条枚：树的细枝。　[3]君子：指所思的丈夫。　[4]惄（nì）：内心焦灼忧烦。

调（zhāo）饥：早晨的饥饿感。调，通"朝"。　　[5] 肄（yì）：树木枝条斩伐后再生的蘖枝。　　[6] 遐弃：远远抛弃，死亡的隐晦说法。丈夫没有死在外面，就是没有抛弃自己。　　[7] 鲂鱼：一名鳊，身宽阔，扁而薄，细鳞。赪（chēng）：赤色。　　[8] 燬：火焚。王室如燬应指王室之事十万火急，非常急迫。　　[9] 迩：近。

[**点评**]

《汝坟》，汝水一带女子系念身处南方丈夫的篇章。诗篇年代应在西周崩溃之际（清代崔述《读风偶识》已有此说），从西周早期开始，就曾不断向今天淮河、汉江一带拓展统治空间，因而在这里驻扎军队。王朝崩溃，还有许多将士留在南方，他们的命运会如何，是许多家庭最关切的事。然而诗意又不仅限于此，王室虽毁，父母犹在，家人犹在，人们仍当为之奋斗。诗的情感是沉郁的，情感的表达是顿挫的，精彩地表现了西周崩溃之际一些社会成员坚韧的心态，隐含着不以国破而消沉的意志，十分动人。

召 南

　　召南之地北起今陕西关中，其最南端，据《江有汜》可达武昌以西长江沿岸，较诸"周南"（参《周南》说明）之地偏西，包括今河南与湖北交界地带。西南方向，据《尚书·牧誓》所言"庸、蜀、羌、髳、微、卢、彭、濮"八族，以及《逸周书·世俘解》"新荒命伐蜀"（"伐蜀""克蜀"字样亦见于周原出土甲骨文）以及铜器铭文《中方鼎》和《䌹甗》关于伐"虎方"（巴人崇拜白虎）记载，有可能到达今四川、重庆北部一带。其中汉水一线又是宗周之地通向江汉平原的要路，早期《大保玉戈铭》"王……令大保省南或（国），帅汉"可证。西周封建，汉水沿岸封建了许多姬姓诸侯，即所谓"汉阳诸姬"。另一值得注意的是"南山"一词，在《召南》中反复出现，而在大小《雅》中，"南山"一般是解作"终南山"的。同时，"召伯"（周初太保指召伯）一语，也出现于《召南》之中。这都可以作为诗篇产生地域及时代的证据。

　　《召南》十四篇，今选其十。

鹊　巢

维鹊有巢[1]，维鸠居之[2]。之子于归，百两御之[3]。

维鹊有巢，维鸠方之[4]。之子于归，百两将之[5]。

维鹊有巢，维鸠盈之[6]。之子于归，百两成之[7]。

鹊巢鸠占，比喻妇主男家。取兴于自然现象，是古人观察之深妙。

[注释]

[1]维：语首助词，《诗经》中常见。鹊：喜鹊，善筑巢。　[2]鸠：鸤鸠、鸲鹆（qú yù）等，今名八哥。据《禽经》谓鸠拙不会筑巢，所以常占鹊巢为窝。此诗比喻女子嫁得好人家。　[3]两：辆。因车都有两个轮子，所以称两，后写作辆。百辆言其多，百为虚数。御：迎。　[4]方：《毛传》："方，有之也。"即据而有之的意思。一说"方"当读为"放"，依、据的意思。　[5]将：送。　[6]盈：满，使空巢有了新主人的意思。　[7]成：成礼。

[点评]

《鹊巢》，婚姻典礼的乐歌。此诗与《周南·关雎》一样，体现了周人对婚姻关系缔结的重视。不同的是，《关雎》重在迎娶，《鹊巢》则表迎送。诗是典型的重章叠调式，首章从迎亲方面写，次章则写送亲，两章一正一反，第三章的"成"字，将迎、送两面统一起来。用字、章法都是比较讲究的。

采　蘩

于以采蘩[1]？于沼于沚[2]。于以用之？公侯之事[3]。

于以采蘩？于涧之中[4]。于以用之？公侯之宫[5]。

被之僮僮[6]，夙夜在公[7]。被之祁祁[8]，薄言还归。

姚际恒云："末章每以变调见长。"（《诗经通论》）

方玉润说："首二章事琐，偏重叠咏之；末章事烦，偏虚摹之。此文法虚实之妙，与《葛覃》可谓异曲同工。"（《诗经原始》）

[**注释**]

[1]于以：在何处，往哪里。以，何。蘩：白蒿，又名菱蒿。据陆玑《毛诗草木鸟兽虫鱼疏》，蘩有水生、陆生两种；此诗之蘩，即水生者，二月发苗，叶似艾而细，面青背白，其茎或赤或白，其根白脆，采其根茎，生熟皆可食美味，也可做调味品，《夏小正》："蘩……豆实也。"豆实，即放在容器（豆）中腌制过的菜蔬。　[2]沼：水洼泽地。沚（zhǐ）：水中小洲。　[3]事：宗庙祭祀之事。　[4]涧：山夹水为涧。　[5]宫：宗庙。　[6]被（bì）：贵族妇女用假发编成的头饰。字本作"髲"。僮（tóng）僮：端直貌。据戴震《诗经补注》。　[7]夙夜：早晚，一天到晚。公：公所，指宗庙。在公即为祭祀之事忙碌。　[8]祁祁：整齐貌。四句表贵妇从庙堂回归寝处时的从容舒缓。

［点评］

《采蘩》，表现贵妇人从事宗庙祭祀的乐歌。身份高贵的家庭主妇，遵循古老的习俗，分担着她们在家庭生活中特有的职责，诗篇的主旨就是强调这一点。诗前两章都取一问一答的方式，是歌谣本色，格调古雅。最后一章，言贵妇头饰，表现其雍容优雅的仪态。

草 虫

喓喓草虫[1]，趯趯阜螽[2]。未见君子，忧心忡忡[3]。亦既见止[4]，亦既觏止[5]，我心则降[6]。

陟彼南山，言采其蕨[7]。未见君子，忧心惙惙[8]。亦既见止，亦既觏止，我心则说[9]。

陟彼南山，言采其薇[10]。未见君子，我心伤悲。亦既见止，亦既觏止，我心则夷[11]。

牛运震曰："连用'亦既'，柔滑浓致。只是空摹虚拟，却自娓（wěi）娓有神。"（《诗志》）

［注释］

[1]喓（yāo）喓：草虫的叫声。草虫：蟋蟀、蝈蝈一类会发出鸣叫的昆虫。　[2]趯（tì）趯：跳跃貌。阜螽：蝗虫，学名中华负蝗，俗名蚱蜢。这两句只是写各种昆虫的声响，古人以两类昆虫"交合"解之，殊不当。　[3]忡（chōng）忡：心神不安的样子。　[4]亦既：就要。　[5]觏（gòu）：见面、会合。　[6]降：降下，引申为放心的意思。　[7]蕨：一种野山菜，多年生草本，根茎匍匐地下，早春时于根茎上随处生叶；初生时似鳖脚，故又称鳖菜，嫩时可食，味道滑美，至今仍为时鲜野蔬之一。　[8]惙

（chuò）惙：忧心状。俞樾《群经平议》："惙惙"即"缀缀"，即忧心不断的意思。　[9]说：通"悦"。　[10]薇：多年生草本，茎柔细，茎叶气味似豌豆，可食，籽粒可以炒食。又名野豌豆、小巢菜。　[11]夷：平，平静、高兴。

［点评］

《草虫》，思念行役在外丈夫的乐歌。秋声起愁，是此诗的一个重要特色。天地有节律地复归，勾起闺中之女怀人愁绪：一年都要结束了，在外的征人也该回来了。只有农耕时代的人，对时节物象的体察，才会如此细腻。热烈的思念与微凉的秋声秋景相映对，使诗篇中人如画图般清晰。

甘　棠

蔽芾甘棠^[1]，勿翦勿伐^[2]，召伯所茇^[3]。

蔽芾甘棠，勿翦勿败^[4]，召伯所憩^[5]。

蔽芾甘棠，勿翦勿拜^[6]，召伯所说^[7]。

戴君恩云："只说'召伯所茇'，德泽已在言表，此外更设一语，佛头着粪矣。"（《读风臆评》）

方玉润云："他诗炼字，一层深一层，此诗一层轻一层，然以轻而愈见其珍重耳。"（《诗经原始》）

［注释］

[1]蔽芾（fèi）：树叶密集细小貌。甘棠：又称杜梨，树干粗大，果实似梨，果实小而圆，青绿时味酸涩，熟后色红味甜酸，北方乡村常见。闻一多《诗经通义·召南》："古者立社必依林木……盖断狱必折中于神明，社木为神所凭依，故听狱必于社。"　[2]勿：不要。翦：剪伐。伐：砍伐，毁伤。　[3]召伯：周初大臣，又称"召公""召康公"，名奭。周初器物《大保玉戈铭》

记载其曾经营南方，《尚书》中多记载其言论。西周后期另有一召伯，为奭的后人，名虎，又称召穆公，周宣王朝大臣，曾受命帮助申侯建国（见《大雅·崧高》），又率军平息淮夷（见《大雅·江汉》）。此诗所指当系周初召公奭。茇（bá）：通"废"。《说文》："废，舍也。"在此为动词，留居的意思。　[4]败：伤害，毁折。　[5]憩（qì）：休息。　[6]拜：扒，攀爬毁坏。　[7]说（shuì）：通"税"，停歇的意思。

牛运震云："三举召伯，郑重低徊，深情绝调。"（《诗志》）

［点评］

《甘棠》，表现民众思念召公的诗篇。表达缅怀之情，却专从人们对当年召伯休息其下的棠树着笔，所谓爱屋及乌。诗的表现手法很高，也很动人。这是凭空想象难以写出来的，就是说，诗篇采自民间的可能性很大。

行　露

厌浥行露[1]。岂不夙夜[2]？谓行多露[3]。

谁谓雀无角[4]，何以穿我屋？谁谓女无家[5]，何以速我狱[6]？虽速我狱[7]，室家不足[8]！

谁谓鼠无牙[9]，何以穿我墉[10]？谁谓女无家，何以速我讼？虽速我讼，亦不女从！

王质云："此章犹婉，下章甚厉。"（《诗总闻》）

钱锺书云："明知事之不然，而反词质诘，以证其然，此正诗人妙用。"（《管锥编》）

牛运震云："雀鼠骂得痛快而风流。"（《诗志》）

［注释］

[1]厌浥（yì）：露水湿溽貌。联绵词。行（háng）：道路。　[2]夙夜：早晚，在此有早出晚归的意思。　[3]谓：通"畏"。马瑞辰《毛

诗传笺通释》："谓，疑畏之假借，凡诗上言岂不、岂敢者，下句多言畏。"以上三句言道路上早晨露水浓厚，容易沾湿衣物，人们赶路固然愿意起早贪黑，但对路上的露水还是顾忌的。 [4] 无角：没有可穿透屋室的角。 [5] 女：通"汝"。无家：即无钱财。 [6] 速：邀，在此有迫使的意思。 [7] 狱：诉讼，打官司。 [8] 室家：与上文"无家"之家同义。不足：不足以打赢这场官司。揶揄的说法。 [9] 牙：指可以啃咬墙壁的大牙。 [10] 墉（yōng）：高墙。

［点评］

《行露》，女子拒绝并斥责骗婚男子的诗。首章以道途露水为喻，犹如一声咏叹，有笼罩全篇作用。申地女子，许嫁于酆，后发现对方礼仪不备，毅然拒嫁。据此，诗篇所表，可能是民间先有其事，后被采集加工成诗，广为流传。篇中"雀无角""鼠无牙"数句或许记录的是女子当时拒斥的言辞，形象而且犀利，显示出诗中人的果决泼辣。

殷其雷

陈继揆云："'违'字与'在'字相呼应，'归'字与'违'字相呼应，一步紧一步也。"（《读风臆补》）

殷其雷[1]，在南山之阳[2]。何斯违斯[3]，莫敢或遑[4]。振振君子[5]，归哉归哉[6]！

殷其雷，在南山之侧。何斯违斯，莫敢遑息[7]。振振君子，归哉归哉！

殷其雷，在南山之下。何斯违斯？莫或遑

处 [8]。振振君子，归哉归哉！

［注释］

[1]殷其：犹言殷殷，形容远处雷声的轰隆，烘托气氛。　[2]南山：应指终南山。阳：山南称阳。　[3]何斯：犹说何其，多么。此句两个斯字，都是语助词。违：离别，指下文的君子。　[4]莫……或：固定句式，表全称否定。或：间或。遑：闲暇。此处作动词，即停下来的意思。这句是说，没有任何人敢片刻闲下来。　[5]振振：英武有为貌。君子：此处指外出的丈夫。　[6]归哉：犹言归来吧。　[7]息：停歇。　[8]处：安居。

［点评］

《殷其雷》，军士出征、家人惜别之歌。诗篇很会营造离别情绪。"南山"暗示出丈夫即将远行的方位，南山以南雷声不断，又暗示着某种危险的情势。言雷声，远远近近的风云变幻即在其中了。动荡的情势下，是执手分别者的惜别。诗中的景象是宏阔的，格调是沉郁的。文献记载说《周南》《召南》的篇章是西周王朝直属地区的"乡乐"，《殷其雷》这首诗篇，抒发的就是王朝直属之"乡"人民对战争的厌倦态度，值得注意。

摽有梅

摽有梅 [1]，其实七兮 [2]。求我庶士 [3]，迨其吉兮 [4]。

"求我庶士"两句，求爱何其质直！戴震云："梅之落，盖喻女子有离父母之道，及时当嫁耳。"（《诗摽有梅解》）

摽有梅，其实三兮。求我庶士，迨其今兮[5]！

摽有梅，顷筐塈之[6]。求我庶士，迨其谓之[7]！

牛运震云："三章一步紧一步。"（《诗志》）

[注释]

[1] 摽（biào）：抛、投。梅：蔷薇科植物，果子味酸可食，亦可作调料，所谓盐梅和羹。原产我国西南。 [2] 实：梅子的果实。七：从下文"顷筐塈之"看，当指筐里所剩下的梅子还有七成。 [3] 庶士：犹言各位男士。庶，众。 [4] 迨：差不多。吉：吉日，好日子。此句是说，有意求娶我的各位男士，现在就是好日子。 [5] 今：现在。 [6] 顷：斜口浅筐。亦见《周南·卷耳》"不盈顷筐"句。一说顷即倾，倾筐即倾其所有。塈（jì）：给予。 [7] 谓：告诉，意为告诉我一声就可以定下亲事。一说谓读为"徻"。《玉篇》和《广韵》并曰："徻，行也。"即呼喊男子快点行动的意思。

[点评]

《摽有梅》，表南方女子急于求嫁的诗。闻一多《风诗类钞》说："在某种节令的聚会里，女子用新熟的果子，掷向她所属意的男子，对方如果同意，并在一定期间送上礼物来，二人便可结为夫妇。"诗篇所表当与这一风俗有关。梅字从母，暗含生育之意，又写作"楳"，与掌管婚姻之事的"媒氏"之"媒"音义相通。诗篇女主人公主动抛出的梅子，是自主求取配偶的表现。

小 星

嘒彼小星[1]，三五在东[2]。肃肃宵征[3]，夙夜在公[4]：寔命不同[5]！

嘒彼小星，维参与昴[6]。肃肃宵征，抱衾与裯[7]：寔命不犹[8]！

[注释]

[1]嘒（huì）：光亮微弱的样子。 [2]三五：三三五五，稀少寥落貌，是傍晚光景。 [3]肃肃：疾行貌。宵征：夜间行路。一说宵征即"小正"，亦即小吏。据于省吾《泽螺居诗经新证》。 [4]在公：办公事。 [5]寔：是。《韩诗》作"实"。此处作指代词用。 [6]参（shēn）：星宿名，又称三星，三颗星，属猎户星座，天明前出现在东方。昴（mǎo）：星宿名，由五颗星组成，距参星不远。古人以此二宿辨别方向。一说上文"三五"即指此处参、昴。 [7]衾：被子。裯：贴身内衣。 [8]不犹：命不如人。

[点评]

《小星》，披星戴月的使臣行役中自叹命薄劳碌的篇章。诗人将诗中主人公，放在暗夜冷星的特定环境下，倍显凄凉。

江有汜

江有汜[1]，之子归[2]，不我以[3]。不我以，其后也悔[4]。

江有渚[5]，之子归，不我与[6]。不我与，其后也处[7]。

江有沱[8]，之子归，不我过[9]。不我过，其啸也歌[10]。

[**注释**]

[1]江：长江。汜：从江水主干分出去又合拢来的支流。江有汜、渚及沱，或为荆江一带，为“二南”所见最南之域。　[2]归：回归。《诗经》归字，亦有指一般回归者。　[3]以：带着。　[4]后：以后。句意为以后一定后悔。　[5]渚：江心小洲为渚，此处也指支流，江流遇渚则分，过渚又合在一起。　[6]与：一起。动词。　[7]处：通“癙”，忧愁。　[8]沱：与“渚”同义。　[9]过：过访、过问，引申为告知，顾及。　[10]啸：号歌，长歌，抒发内心悲苦的表现。

[**点评**]

《江有汜》，表弃妇哀怨的篇章。此诗或可与《周南·汉广》合观。本诗或可能反映的是北方南来的一些男人在婚姻上的薄幸。随着王朝势力的南扩，各种男士也随之到达这里。他们在南方娶妾，但北归的时候又始乱终弃。有人将此等现象采集加工谱写成诗篇，或许有让当局“观得失，自考正”的用意。

陈继揆云：“每章以跌笔作收笔，句法神品。”（《读风臆补》）

方玉润云：“以前二章作或然之想，以末一章寓无聊之心。”（《诗经原始》）

牛运震云：“啸歌二字拆用得妙。”（《诗志》）

野有死麕

野有死麕[1]，白茅包之[2]。有女怀春[3]，吉士诱之[4]。

林有朴樕[5]，野有死鹿。白茅纯束[6]，有女如玉。

舒而脱脱兮[7]，无感我帨兮[8]，无使尨也吠[9]。

[注释]

[1]麕（jūn）：又名麞，鹿的一种，无角。　[2]白茅：菅草，秋天花茎都变白色。白茅包肉，取其洁净。　[3]怀春：春心萌动。　[4]吉士：健壮男子，好男子。诱：引诱，献殷勤。《尚书·费誓》："窃马牛，诱臣妾。"[5]樕（sù）：丛生小树。　[6]纯（tún）束：捆束、包裹，在此纯、束同义。　[7]脱（duì）脱：迟缓貌。　[8]感（hàn）：通"撼"，动，触碰。帨（shuì）：古时的佩巾。《仪礼·士昏礼》："母施衿结帨，曰：'勉之敬之，夙夜无违宫事。'"是古代女子佩服带帨巾。《豳风·东山》"亲结其缡"的缡，就是帨巾。　[9]尨（máng）：毛茸茸的狗。

[点评]

《野有死麕》，表现男女约会的诗篇。诗篇所写，是"怀春"之女与"吉士"恋情达到高潮时的一个片断。最后一章的三句，人物丰富而细腻的内心活动层次晰然。最有趣的是诗中尨的介入，使正在发生的故事有暴露的危险，陡增几分紧张。

戴震云："盖获麕于野，白茅可以苞之；女子当春有怀，吉士宜若可诱。设言之也。"（《杲溪诗经补注》）

牛运震云："只'如玉'二字，便有十分珍惜。"（《诗志》）

女子拒绝之词。半推半就、欲依又违之态宛然。王质云："当是在野而又贫者……取兽于野，包物以茅，护门有犬，皆乡落气象也。"（《诗总闻》）

邶 风

西周灭商后，立商纣王之子武庚管理殷商遗民，同时把商王朝大片直属地一分为三，即邶、鄘、卫三地。一开始，邶由武庚管，鄘卫为管叔、蔡叔和霍叔"三监"管制。"三监叛乱"平定后，周公将康叔封建于卫（《汉书·地理志》），之后邶鄘合并于卫。虽然如此，三地的乐调一直各自流传着，所以卫地风诗有三种。近代河北涞水出土过铸有"北伯"字样的青铜器，王国维《北伯鼎跋》据此推断，邶地应在今河北北部，即后来燕国之地，"邶即燕"（见《观堂集林》）。卫地三风的"邶风"乐调，很可能是来自这里。"鄘风"的乐调，王国维《北伯鼎跋》谓"鄘即鲁也"，"鄘与奄声相近"。又，日本学者樋口隆康《西周青铜器研究》认为，鄘地在今商丘。两家之说，虽有较大差异，但都认为鄘在更远的东部。"鄘风"的风调很可能来自奄或商丘，即殷商人群曾经生活过的地方。卫国之地长期为殷商中心地区，卫风的乐调，则可能直接源于本地。班固《汉书·地理志》说："邶、庸、卫三国之诗相与同风。"这主要是指卫地三风的内容，风调虽然分为三，诗歌表现的内容都是春秋时期卫国的社会生活。有一点颇为明显，就是卫地风诗多家庭关系败坏的篇章，"桑中之喜""中冓之言"，都见于邶鄘卫三风。这也是有其文化渊源的。

《邶风》十九篇，今选其十三。

柏　舟

泛彼柏舟[1]，亦泛其流[2]。耿耿不寐[3]，如有隐忧[4]。微我无酒[5]，以敖以游[6]。

我心匪鉴[7]，不可以茹[8]。亦有兄弟，不可以据[9]。薄言往愬[10]，逢彼之怒。

我心匪石，不可转也。我心匪席，不可卷也。威仪棣棣[11]，不可选也[12]。

忧心悄悄[13]，愠于群小[14]。觏闵既多[15]，受侮不少。静言思之[16]，寤辟有摽[17]。

日居月诸[18]，胡迭而微[19]？心之忧矣，如匪澣衣[20]。静言思之，不能奋飞[21]。

[注释]

[1]泛：漂荡。柏舟：柏木做的独木舟。　[2]亦：语首助词。　[3]耿耿：内心烦躁貌。　[4]隐忧：痛苦忧愁。　[5]微：非。　[6]敖：同"遨"，与"游"同义。　[7]匪：非。鉴：铜鉴，形似圆鼎的容器，盛水后可以像镜子一样鉴照。此器后来为铜镜所取代。　[8]茹：吃，吞纳。　[9]据：依靠。　[10]愬（sù）：诉说。　[11]棣棣：仪态有度的样子。　[12]选：算，筹算、算计，引申为因计较得失而改变准则。　[13]悄悄：忧愁貌。　[14]愠：怨恨，恼怒。群小：成群的小人，指众妾。　[15]觏：遭受。　[16]静言：静静地。言：而，结构词。　[17]寤：接续，连续。通"牾"，逆、相逢的意思。也通"晤"。《诗》"寤言""寤歌""晤歌"，都

牛运震云："耿耿之义，如物不去，如火不熄，不寐人深知此苦。"（《诗志》）

钱锺书云："我国古籍镜喻亦有两边。一者洞察：物无遁形，善辨美恶……二者涵容：物来斯受，不择美恶；如《柏舟》此句。前者重其明，后者重其虚，各执一边。"（《管锥编》）

俞平伯云："取喻起兴巧密工细，在朴素的《诗经》中是不易多得之作。"（《葺芷缭衡室读诗札记》）

牛运震云："寤辟有摽，写忧极惨切，妙在静言思之，以闲恬出之，意思便蕴藉。"（《诗志》）

是连续、连续歌唱的意思。据余培林《诗经正诂》。辟：拍打胸膛。字亦作擗。摽：拍击胸膛发出的声音。有嘌，犹言嘌嘌。据闻一多《诗经通义》。　[18]日、月：《诗经》常以日月比喻夫妻关系。居（jī）、诸：语气助词。日居月诸，犹言"日啊月啊"。　[19]迭：叠，日月交叠则有日蚀月蚀。微：日蚀、月蚀。《小雅·十月之交》"彼月而微，此日而微"，微即指日月之蚀。　[20]匪：彼。澣衣：洗涤衣服，诗以衣服洗涤时的揉搓比喻内心煎熬。"澣"同"浣"。　[21]奋飞：振翅高飞，有摆脱烦恼的意思。

［点评］

《柏舟》，表现贵族家庭主妇遭众妾排挤而愤懑的诗。诗从隐忧言起，再以鉴镜之喻，表明自己不纳污浊的性格，也表露出诗中人所以遭遇隐痛的原因。第三章中"匪石""匪席"的比喻，更高扬的是煎熬中不破不碎的高傲人格，比喻恰切而出人意表，才华出众。诗篇格调阴郁，形象挺拔，颇具艺术的震撼力。

燕　燕

燕燕于飞[1]，差池其羽[2]。之子于归，远送于野[3]。瞻望弗及[4]，泣涕如雨。

燕燕于飞，颉之颃之[5]。之子于归，远于将之[6]。瞻望弗及，伫立以泣[7]。

燕燕于飞，下上其音[8]。之子于归，远送于南[9]。瞻望弗及，实劳我心[10]。

俞平伯云："始以舟之泛泛动飘泊之怀，终以鸟之翻飞兴无奈之嗟，其结构层次实至井然。"（《葺芷缭衡室读诗札记》）

陈继揆云："燕燕二语，深婉可诵。"（《读风臆补》）

吴闿生云："起二句，便有依依不舍意。"（《诗义会通》）

许顗云："'瞻望弗及，泣涕如雨'，此真可泣鬼神矣。"（《彦周诗话》）

仲氏任只^[11]，其心塞渊^[12]。终温且惠^[13]，淑慎其身^[14]。先君之思^[15]，以勖寡人^[16]。

言所送之人排行，又言其德行。别情之后，继之以思绪，余味无穷。朱熹言："不知古人文字之美，词气温和，义理精密如此！秦汉以后无此等语。……某读《诗》，于此数句……深诵叹之。"（《朱子语类》）

[注释]

[1]燕：燕子，古称玄鸟、鳦（yǐ），即家燕，为候鸟。诗称燕燕，重言而已。于飞：飞。《吕氏春秋·音初》："有娀氏有二佚女，为之九成之台，饮食必以鼓。帝令燕往视之，鸣若谥隘。二女爱而争搏之，覆以玉筐。少选，发而视之，燕遗二卵，北飞，遂不反。二女作歌，一终曰：'燕燕往飞'，实始作为北音。"《史记·殷本纪》也有类似记载，表明燕或曰玄鸟为殷商远古祖先。甲骨文等各种文献都表明，殷商人群崇拜飞鸟；"燕燕于飞"之句，又与"燕燕往飞"句很相似，或者正是殷商古歌亦即"北音"的遗响。　[2]差（cī）池：不齐的样子。　[3]野：郊外的原野。　[4]弗及：目力达不到。　[5]颉（xié）、颃（háng）：上下飞舞。分别言之，向下飞为颉，向上飞为颃。　[6]远于：远。于为语助词，无实义。将：送。亦见《召南·鹊巢》。　[7]伫立：长久地站立。　[8]下上：即上下，犹言高一声，低一声。陈梦家《古文字中之商周祭祀》言："下上"是殷商特有的用语，周人则习惯言"上下"。　[9]南：南郊。　[10]劳：忧愁。　[11]仲氏：排行第二。任：对人有恩义、讲信用。只：语气词。《荀子·成相》："穆公任之。""任之"与此诗"任只"语法相同。　[12]塞渊：性格诚实深沉。　[13]温：温和。惠：贤惠。终、且：《诗经》常见的句式，其意犹如既、且。　[14]淑慎：善良谨慎，表仲氏修养之好。　[15]先君：故世的父辈君主。之思：是思。　[16]勖：勉励。《礼记·坊记》引此诗字作"畜"，为同音假借现象。寡人：寡德之人。古代君主自称之词。

[点评]

《燕燕》，送别之诗。至于送别者为何人，因何送别，古来众说纷纭，莫衷一是。诗以"燕燕于飞"起兴，带有原始信仰的胎记，是《诗经》的特点，也是其特有的价值。其"瞻望弗及，泣涕如雨"的句子，表现送别者的深情，有"惊天地泣鬼神"之誉，流传千古，影响很大。深情的表现又不限于此，燕的颉颃飞舞、高低鸣叫，都是送别人心绪翻卷的表征。诗篇表情感又善于变化，前三章情绪激荡，最后一章则转为对所送之人品德的言说，使诗篇蕴藉更为丰厚。

终 风

终风且暴[1]，顾我则笑[2]。谑浪笑敖[3]，中心是悼[4]。

终风且霾[5]，惠然肯来[6]。莫往莫来，悠悠我思[7]。

终风且曀[8]，不日有曀[9]。寤言不寐，愿言则嚏[10]。

曀曀其阴，虺虺其雷[11]。寤言不寐，愿言则怀[12]。

[注释]

[1]终、且：《诗经》句子结构词，参《燕燕》"终温且惠"

暴风、谑浪之语，写尽丈夫的轻薄狂态。陈继揆云："顾我则笑，顾亦犹之不顾耳。真令人辄唤奈何也！"（《读风臆补》）

《郑笺》："俗人嚏，云：'人道我。'"影响所及如康进之《李逵负荆》第三折："打嚏耳朵热，一定有人说！"虽不为正诂，却颇有趣味。

句注。暴：暴雨。《说文》引《诗》作"瀑"。此句为既刮大风又下大雨的意思。　[2]顾我则笑：意思是想到我时一副嬉皮涎脸的样子。笑在此表示不庄重，与下文"谑浪笑敖"句同义。　[3]谑：戏耍。浪：放荡。敖：傲慢，放荡。　[4]中心：心中。是：这，代词，指上文"谑浪笑敖"。悼：伤心。　[5]霾：阴霾，因尘土飞扬而造成的昏暗天气。　[6]惠：好心。在此反语。此句是说，偶尔你发善心肯来看望我。　[7]两句的意思是，很想与你断绝往来，又难下决心。　[8]曀（yì）：天阴而有风。　[9]不日：没有太阳，即不见天日的意思。有：只有。　[10]寤言不寐：睡也睡不着的意思。寤、寐见《周南·关雎》注。言：语助词，而。两"言"字同义。愿：思虑。嚏（zhì）：忿恨，同"懥"。愿言则嚏：想到此事就愤恨。　[11]虺（huǐ）虺：形容雷声滚滚。　[12]怀：心思萦绕。

[点评]

《终风》，表现受无良丈夫虐待的女子内心苦闷的篇章。受难的女性不是被遗弃，而是遭虐待。诗人在展示这对变形的家庭关系时，实际揭示出重礼法、重"合二姓之好"的婚姻关系在春秋时期给人造成的性格扭曲，以及这类婚姻关系败坏时呈现出的"怪现状"。诗篇的风雨阴霾的比喻，也极具个性，既是对男子变态性格的象征，也是对女子晦暗、郁闷而又无奈心境的传达。

击　鼓

击鼓其镗[1]，踊跃用兵[2]。土国城漕[3]，我独南行。

从孙子仲[4]，平陈与宋[5]。不我以归，忧心有忡[6]。

爰居爰处，爰丧其马[7]。于以求之[8]？于林之下[9]。

死生契阔[10]，与子成说[11]。执子之手，与子偕老[12]。

于嗟阔兮，不我活兮！于嗟洵兮[13]，不我信兮[14]！

陈继揆引陈仅曰："起语极豪。"（《读风臆补》）

钱锺书云："此章溯成婚之时，同室同穴，盟言在耳。然而生离死别，道远年深，行者不保归其家，居者未必安于室，盟誓旦旦，或且如镂空画水。"（《管锥编》）

陈继揆云："玩两'于嗟'句，鼓声高亮，人声酸楚矣！"（《读风臆补》）

[注释]

[1]其镗（táng）：犹言镗镗，形容鼓声。古代敲鼓以召集民众。　[2]踊跃：跳跃、奋起，在此为喜好的意思，是穷兵黩武疯狂模样。　[3]土：筑城，动词。国：城郭。城：动词，与土同义。漕：城墙外的护城河。此句是说，挖城外壕沟的土，加固城墙。一说卫国城邑，在今河南滑县境。　[4]孙子仲：公孙文仲，出征的主将。从《毛传》说。　[5]平：调停。《左传·宣公四年》："公及齐侯平莒及郯。"此句是说，调停陈、宋两国敌对关系，使之结好。陈：春秋诸侯国，帝舜之后，都城在今河南淮阳。与：于。从《毛传》说。"平陈于宋"也是使陈宋交好的意思。宋：春秋诸侯，为殷商遗民国家，都城在今河南商丘。两国地域接近。　[6]不我句：我再也回不来的意思。以，在此有让、使、允许的意思。句含哀怨气。有忡：犹言忡忡。　[7]爰：在这里。丧马：丢失战马即意味着难以逃离战场，有丧命之虞。　[8]之：指诗中之"我"。[9]林

下：山麓树林之下。又据《左传·宣公十二年》"邲之战"所载，古时有身份的人战死疆场有人收尸，为方便寻找，以某些树木为标志。　[10] 契阔：阔别，长别。在此为偏义词，只用其中阔字义。契，合；阔，离。　[11] 子：指妻子。两句的意思是说，生死离合，已经与你约定。成说：约定，发誓。　[12] 偕老：一起到老。　[13] 洵：远，远离。《韩诗》"洵"字作"夐"，即迥远之义。　[14] 信：讲信用，此句指自己不得已违背当初的盟约。

[点评]

《击鼓》，表被迫参战军士怨恨之情的诗篇。诗从体现战争气氛的鼓声写起，渲染出一幅兵荒马乱的情景。一个"独"字，写出了主人公怨怼而又无奈的心情。战士厌恶国家强加于他的任务，是由于他忠诚于另一意义上的义务，这就是他作为一个男人、丈夫，对妻子、家庭的道义。家与国在利害上发生冲突时，人们义无反顾地倾向于个体的家庭。如不是国家政治已经腐败透顶，怎会有这样的情况呢？

凯　风

钟惺云："棘心、棘薪，易一字而意各入妙。"（《评点诗经》）

凯风自南 [1]，吹彼棘心 [2]。棘心夭夭 [3]，母氏劬劳 [4]！

"寒泉"喻母亲心境凄凉，春风难以吹暖。是孝子体恤之心。

凯风自南，吹彼棘薪 [5]。母氏圣善 [6]，我无令人 [7]！

爰有寒泉，在浚之下 [8]。有子七人，母氏劳苦！

睍睆黄鸟^[9]，载好其音。有子七人，莫慰母心！

［注释］

[1]凯风：南风，南风和煦。　[2]棘心：棘，丛生灌木，俗称酸枣棵子。春天返青晚于一般花木。棘心即棘木嫩芽，指代诗中七子。　[3]夭夭：摇摆的样子。一说少壮貌。　[4]母氏：即母亲。劬（qú）劳：劳苦。劬，劳累。　[5]棘薪：薪，柴，棘长大成柴。　[6]圣善：高尚善良。　[7]令：好、善。　[8]浚（jùn）：卫地名，在今河南省北部。　[9]睍睆（xiàn huàn）：羽毛美好的样子，一说鸟声清和婉转貌。黄鸟：黄鹂。

［点评］

《凯风》，感念母亲养育之恩的诗歌。母亲的"劬劳"在独自抚养七子；对母恩的感念则在儿子"我无令人"自责。艰辛中的母爱，惭愧的自责，感人肺腑；而南来熏风吹拂棘心的意象，形象鲜明，诗篇因此越发动人。

雄　雉

雄雉于飞^[1]，泄泄其羽^[2]。我之怀矣，自诒伊阻^[3]。

雄雉于飞，下上其音^[4]。展矣君子^[5]，实劳我心^[6]。

瞻彼日月，悠悠我思。道之云远^[7]，曷云能来^[8]？

百尔君子^[9]，不知德行。不忮不求^[10]，何用不臧^[11]！

牛运震云："'实劳我心''悠悠我思'从'自诒伊阻'生来。却为末章含蓄起势。此通篇结构贯串处。"（《诗志》）

[注释]

[1]雄雉：雄性野鸡。头上有冠，尾很长，毛色美丽。　[2]泄（yì）泄：翅膀扇动貌。　[3]诒（yí）：通"贻"，遗留。自诒即自找的意思。伊：结构助词。阻：艰难，引申为烦恼。　[4]下上：上下。参《燕燕》"下上其音"句注。　[5]展：诚，实在。君子：指丈夫。"展矣君子"与下句合起来可以译作："真的，君子，我实在劳心透了！"　[6]劳：伤神。　[7]云：助词。　[8]曷：何。来：回来，有止息的意思。此意《诗经》常见，如"我行不来""职劳不来""羊牛下来"等。　[9]百尔：凡是，任凡，所有。　[10]忮（zhì）：贪心。求：过分追求名利。　[11]何用：怎么会。臧（zāng）：好。

[点评]

《雄雉》，表女子思念丈夫的诗，因思而生恼，是其特点。雄雉的比喻很有个性。雄赳赳长了一身漂亮羽毛的雉鸡，整天在外面上飞下跳，正是那些整日为虚头名利东颠西跑的"君子"的绝好譬喻。诗中人说"君子"们"不知德行"，不是说自己的丈夫缺德，而是指他们不顾家、为虚荣而瞎忙，是不知道生活的真正幸福在哪里。这固然是因思念痛苦而生的怨言，也是一种对功名心看淡的见识。诗中女主人公因此而越发可爱。《诗经》表现闺中思念千姿百态，此篇即富于个性的一例。

匏有苦叶

匏有苦叶[1]，济有深涉[2]。深则厉[3]，浅则揭[4]。

有弥济盈[5]，有鷕雉鸣[6]。济盈不濡轨[7]，雉鸣求其牡[8]。

雍雍鸣雁[9]，旭日始旦[10]。士如归妻[11]，迨冰未泮[12]。

招招舟子[13]，人涉卬否[14]。人涉卬否，卬须我友[15]。

言渡过深水应该有所凭依，且应据水之深浅因时制宜。涉世当知深浅，是一篇大旨。格言色彩明显。

方玉润云："措词谲诡隐微。"（《诗经原始》）象征性语言，妙在若规若讽。

戴君恩云："丽藻缤纷、云蒸霞蔚。"（《读风臆评》）

牛运震云："'招招'二字画景。'人涉卬否'叠一笔，跌逗风神。"（《诗志》）

[注释]

[1]匏：葫芦，又名瓠、壶、蒲芦等，我国自古种植。瓜和叶嫩时皆可食，嫩瓜又可入药；秋天长成后，葫芦质地坚硬，可用以渡河，也可做成容器。匏瓜长成，可系于腰间渡深水。苦：同"枯"。　[2]济：津渡。涉：渡水。两句是说，匏葫老时可用以渡水。　[3]厉：衣带飘浮。厉的本义是衣服下垂的带子，《小雅·都人士》"垂带而厉"即是。一说用葫芦渡水，葫芦浮起，犹如衣服的带子漂浮。　[4]揭：撩起衣服。一说揭为搭，是说水浅时就把匏搭在身上。　[5]有弥：犹言弥弥，形容水涨满的样子。　[6]有鷕（yǎo）：犹言鷕鷕。鷕，雉的叫声。　[7]濡：湿。轨：车轴的轴头。　[8]雉：雉鸡，俗称野鸡，留鸟，广布于中国各地。雄的体型较大，颜色披金挂彩，满身点缀着发光的羽毛，受惊时飞行快，叫声大。雌性则体型较小，颜色较暗淡。据《夏小正》，正月雉鸡闻雷声而鸣叫，可据以判断时令。另外，从此

鸟习性看，求偶时一般是雄性向雌性展现羽毛和声音，所以"雄鸣求其牡"为反常现象。牡：雄雉。 [9]雍雍：雁叫声。雁：形状似鹅的候鸟，初春北来，秋天南下。古人结婚六礼纳彩、纳吉和请期等环节中以雁为挚（见面礼）。诗篇写鸣雁，或暗示了婚礼缔结时令到来。 [10]旭日：红日。旦：升起。古代婚礼，亲迎典礼在傍晚黄昏时分，其他各礼都在早晨日出之前，诗表旭日，或与此有关。 [11]士：男子。归妻：迎娶妻子。 [12]迨：趁着。泮：冰解冻。其时夏历在正月中以前。《荀子·大略》："霜降逆女，冰泮杀（结束）止。" [13]招招：招手貌。舟子：驾船摆渡的人。 [14]卬：我，俺。马瑞辰《通释》："卬者，姎之假借。《说文》：'姎，妇人自称，我也。'"杨树达《积微居小学述林》："析言之谓女子，浑言之亦人也。"意即"姎"有时也可用于男人自称。 [15]须：等待。

[点评]

《匏有苦叶》，对结婚不合时令现象表示不满的篇章。诗在表现上采用了一些象征手法，含而不露。表达对时俗的不满，却只从时令说起，河水已经"弥盈"了，雉也鹭鹭然鸣叫了，言外之意是结婚的时间已经过了。同时，诗还处处从济水的这一边着笔，叙济盈、表鸣雉、说旭日、讲招招舟子，喻示众人对礼法规矩的有意蔑视。最后以"卬须我友"表达自己的不从流俗。全诗借渡水为喻，抒发对现实不满。这样的手法在《国风》中也颇为独特。

谷 风

习习谷风[1]，以阴以雨[2]。黾勉同心[3]，不宜有怒。采葑采菲[4]，无以下体[5]？德音莫违[6]，及尔同死。

行道迟迟，中心有违。不远伊迩[7]，薄送我畿[8]。谁谓荼苦[9]，其甘如荠[10]。宴尔新昏[11]，如兄如弟[12]。

泾以渭浊[13]，湜湜其沚[14]。宴尔新昏，不我屑以[15]。毋逝我梁[16]，毋发我笱[17]。我躬不阅[18]，遑恤我后[19]！

就其深矣，方之舟之[20]。就其浅矣，泳之游之。何有何亡，黾勉求之。凡民有丧[21]，匍匐救之[22]。

不我能慉[23]，反以我为雠[24]。既阻我德[25]，贾用不售[26]。昔育恐育鞫[27]，及尔颠覆[28]。既生既育[29]，比予于毒[30]。

我有旨蓄[31]，亦以御冬[32]。宴尔新昏，以我御穷[33]。有洸有溃[34]，既诒我肄[35]。不念昔者，伊余来塈[36]！

杨慎言"行道"两句："思致微婉。《紫玉歌》所谓'身远心迩'，《洛神赋》所谓'足往神留'，皆祖其意。"（《升庵诗话》）

陈震云："'就其深矣'一章用直笔，然亦承上作转，而跌起下章。"（《读诗识小录》）

牛运震云："怨怼之切，在连用'我'字及'尔'字、'予'字。"（《诗志》）

顾镇云："此诗反复低回，叨叨细细，极凄切又极缠绵，觉《庐江小吏妻》（即《孔雀东南飞》）诗殊浅俗也。"（《虞东学诗》）

[**注释**]

[1]习习：连续不断的样子。谷风：东风，大风。　[2]以阴句：东风带来阴雨的意思。一说谷风为暴怒之风（见严粲《诗

缉》），亦通。　[3]黾（mǐn）勉：犹言勉勉，勤奋努力的样子。甲骨文有两字，形为女子怀孕之义，怀孕是辛苦耗神的事，所以才有后来的引申义。见孟世凯《甲骨学小词典》。　[4]葑（fēng）、菲：又称芜菁、蔓菁，根块硕大的植物，可以腌制咸菜，自古为农家常食之菜。　[5]下体：根块。两句意为采食葑菲主要不是取其根块吗？可现在却不看根块好坏，只看叶子如何，含指责对方贪恋姿色之意。　[6]德音：恩德。莫违：不背离。违，亦作"愇"。　[7]伊：维，语气词。迩：近。　[8]畿：门槛、门口。畿的本义为垫门轴的石头，韩愈《谴疟鬼》"白石为门畿"之"畿"即此。　[9]荼：苦菜。　[10]荠：甜菜。两句是说：都说荼菜苦，与我心情之苦比起来，荼菜那点苦反而像荠菜那样甜。　[11]宴：乐，喜欢。　[12]兄、弟：代指夫妻。据钱锺书《管锥编》，古时重血亲，所以诗用兄弟关系比喻夫妻之亲密。　[13]泾：水名，发源于甘肃，南流至长武入陕西，至高陵入渭水。以：由于。渭：水名，发源于甘肃渭源，至陇东入陕西，再东流入黄河。渭水河床多为沙底，所以浑浊。泾水则为石子底，故一年中除春夏河水暴涨，其他时都较清。两水合流后，清浊对比分明。今人史念海有《论泾渭清浊的变迁》一文，也认为春秋以前泾水远清于渭水。　[14]湜（shí）湜：清澈貌。沚（zhǐ）：水流停下来。两句意：泾水原本很清，因为渭水的缘故才变得浑浊。变浑浊的水静下来，还是清澈的。诗中人以泾水自比，喻言自己的婚姻生活失败是因遭到别人破坏。并言日久好坏自现，自己的好早晚会显出来。　[15]不我句："以我不屑"的倒装句。屑，洁净，不屑，以我为不洁，即看不上我的意思。　[16]逝：往。梁：鱼梁，古人为捕鱼在水中筑石堰，中间留有缺口，安放竹篓之物拦鱼，称为梁。毋逝等四句，又见于《小雅·小弁》，是风诗袭用前人成语之例。　[17]发：打开。笱（gǒu）：竹制的捕鱼器物。　[18]躬：

身体。阅：容留。　[19]遑：何暇，哪里有暇。恤：顾及。后：后事。　[20]方：用木筏渡水。舟：以舟渡水。　[21]民：指他人。丧：灾难。　[22]匍匐：手足爬行，有急迫、竭尽全力的意思。　[23]慉（xù）：相好的意思，《吕氏春秋·适威》引《周书》"民善之则畜也，不善则雠也"可证，"畜""慉"可通。　[24]雠（chóu）：仇人，对头。　[25]阻：拒绝。　[26]贾：出卖。用：因而。不售：卖不出去。此句以商贾比喻自己的美德不被看重。　[27]育：两育字都是结构助词。恐：恐惧。鞠（jū）：穷困、促迫。　[28]颠覆：潦倒困苦。句谓当年艰难的时候，两人心怀恐惧，怕一同陷入困境。　[29]生、育：养儿育女。　[30]毒：毒物。　[31]旨蓄：美好的积蓄。　[32]御冬：比喻的说法，抵御艰难的意思。　[33]御穷：抵御贫穷。两句是说，女子原来以为自己的努力是为抵御共同的艰难，现在发现，男人一直把自己当作御穷的手段来利用。　[34]洸（guāng）、溃：原意为水势凶猛，在此形容态度粗暴、凶恶。　[35]诒：通"贻"，给予。肄：忧愁、苦痛。　[36]墍（jì）：通"疾"，憎恨。此句谓丈夫不念过去情意对自己唯有憎恨。

[点评]

《谷风》，表弃妇哀怨的诗。从女主人公的自述看，这场婚变起因于男子的喜新厌旧。女子已经被赶出家门，仍然在陈述着自己的美德。这无益的行为，实际表现的是古代婚姻生活中造就的依附性格。诗篇以阴雨起兴，将全篇笼罩在一片阴郁之中。

式　微

式微式微[1]，胡不归[2]？微君之故[3]，胡为乎中露[4]？

式微式微，胡不归？微君之躬[5]，胡为乎泥中[6]？

[注释]

[1]式：语助词。微：微末、轻贱。 [2]归：归返自己的国家。 [3]微：若非、若不是。《论语·宪问》："微管仲，吾其被发左衽矣。"与此语例同。故：缘故。 [4]乎：于、在。中露：露中，经历风霜磨难的意思。 [5]躬：身。一说通"穷"，困穷。 [6]泥中：泥途，陷于艰难的意思。

[点评]

《式微》，劝归之歌。刘向《列女传·贞顺》记载：卫侯之女嫁给黎侯庄公，称黎庄夫人，婚后关系不好，她从娘家带来的傅母劝她回娘家，作了诗的前两句："式微式微，胡不归？"黎庄夫人以诗作答，以表贞一之志，就有了每章后两句。据近代以来发现的诸西周青铜器铭，黎国君主为周初大臣毕公之后，铭文中又称之为楷侯，其地就在今山西上党地区的黎城附近，境内有壶关之险，与卫国地域相邻近。若以上所说可信，此诗就还有一个亮点：它既是一种对唱体式，又是最早的联句体。

泉　水

毖彼泉水[1]，亦流于淇[2]。有怀于卫，靡日不思。娈彼诸姬[3]，聊与之谋[4]。

　　出宿于泲[5]，饮饯于祢[6]。女子有行[7]，远父母兄弟。问我诸姑[8]，遂及伯姊[9]。

　　出宿于干[10]，饮饯于言[11]。载脂载辖[12]，还车言迈[13]。遄臻于卫[14]，不瑕有害[15]？

　　我思肥泉[16]，兹之永叹[17]。思须与漕[18]，我心悠悠。驾言出游[19]，以写我忧[20]！

［注释］

[1]毖（bì）：水从泉眼流出的样子。　[2]淇：水名，发源于今山西太行山侧，流经卫国（今属河南）境内入黄河。淇，《诗经》数见，可知其在卫国人心目中地位。　[3]娈：美好貌。诸姬：各位姬姓女子。周制，诸侯嫁女，其他同姓国要以女陪嫁，姬姓女子多，所以诗以"诸姬"言之。　[4]聊：姑且。谋：谋划回娘家事。　[5]宿：歇宿。周贵族女子远嫁他国，往往路途遥远，中间必须歇息。泲（jǐ）：水名。据《水经注》，发源于今河南荥阳东，东北流后，分南北两支流，合流后入于巨野大泽。朱右曾《诗地理征》以为诗中之泲为北支即北泲。也有学者以为是南支。　[6]饮饯：宴饮告别。这一句还是说中间歇息的事。祢（nǐ）：水名，又名冤水、大祢沟，在今山东菏泽西南。据朱右曾说。　[7]行：出嫁、嫁人。　[8]诸姑：诸位姑母。古代姬姓贵族与异姓通婚长期反复，诗中被"问"的诸姑，应该是早嫁过来的同姓前辈。　[9]伯姊：姐妹辈年长者。"诸姑""伯姊"即上文所说的"诸姬"。又，陪嫁女中有的与嫁女同辈，有的低一辈，所以"诸姬"中，有的为姑辈，有的为姊辈。　[10]干：卫地

陈继揆曰："全诗皆虚景也。因想成幻，构出许多问答，许多路途。又想到出游写忧，其实未出中门半步也。"（《读风臆补》）最后一句表明，所有归程路径，皆是心中设想之词。

名，在今河南省清丰南。 [11]言：地名。属卫地。朱右曾以为即"聂"，其地在今山东聊城与博平镇之间。一说在春秋郑、宋之间，《春秋·哀公十三年》："春，郑罕达帅师取宋师于嵒。"又《左传·哀公十二年》言郑宋之间有隙地，其中有嵒。 [12]载：结构词，连结动词。脂：为车轴加油。本义为油脂，在此作动词用。辖（xiá）：车轴两端固定车轮的插销，亦作"辖"。 [13]迈：前行。 [14]遄（chuán）：迅速。臻：到达。 [15]不瑕（xiá）：疑问词。"瑕"通"遐"，遐即胡，胡、无通。不瑕为双重否定，不无之意。有害，古代成语，始见于甲骨文，如《甲骨文合集》有"王佳（唯）业（有）蚩（害）？""害"的本义是人脚被蛇咬。据裘锡圭《古文字论集》。此句大意是该没有害处的吧。 [16]肥泉：泉水同出而异流，称肥泉。据郦道元《水经注·淇水》，流入淇水的肥泉有两支泉源，一出朝歌西北，东南流；一出朝歌西北大岭下，东流至马沟水，两水合流，再东南流，入淇水。据此，"肥泉"与第一章的"泉水"是写的同一条水。诗言肥泉，慨叹自己不能像泉水入淇那样回返卫国。 [17]兹：滋，更加。永叹：长叹。 [18]须：地名。《水经注》："濮渠又东径须城北。"学者以为即《泉水》之须。其地在今河南濮阳西。据戴震《诗经考》。一说"须"通"沫"，"沫"即朝歌之地，曾是卫国都城。漕：即曹。卫国在遭受北狄入侵后，将都城迁至当时位于黄河东南岸之曹邑，其地在今河南滑县东，与须地距离不远。 [19]驾：驾车。言：语助词。 [20]写：排遣、抒发。

[点评]

《泉水》，表出嫁卫女思念母邦的诗。从"思须与漕"句可知，诗与卫国遭狄侵害、国都迁移即《左传·闵公二年》所谓"戴公……庐于曹"的重大变故有关。母邦

遭遇灾难，出嫁的女儿因而思念故国，在心中设想回国
所经路途，并为此询问同样身处异国深宫的姑母姐妹。
其实，诗中只有思归，没有真正上路，因为诗篇所言的
路线并非一条，甚至方位、方向也不同。就是说，诗篇
不是具体表现某位或某几位远嫁女子的故国之情，而是
这一类人的乡愁。而且，诗篇表现远嫁女儿的乡情，又
与卫国遭遇重大变故同时，这可能与许穆夫人的遭遇有关
（参《鄘风·载驰》），就是说，是许穆夫人的爱母邦之情，
引发了当时对远嫁女故国情感的关注，因而有《泉水》之
作。重大历史变故，引发了一种特定的人道关怀，正是这
首诗篇值得注意的地方。

北　门

出自北门^[1]，忧心殷殷^[2]。终窭且贫^[3]，
莫知我艰^[4]。已焉哉^[5]！天实为之^[6]，谓之何
哉^[7]！

王事适我^[8]，政事一埤益我^[9]。我入自外，
室人交遍谪我^[10]。已焉哉！天实为之，谓之
何哉！

王事敦我^[11]，政事一埤遗我^[12]。我入自
外，室人交遍摧我^[13]。已焉哉！天实为之，谓
之何哉！

牛运震云："连用数'我'字，气馁而声凄。"（《诗志》）

[注释]

[1]北门:都城北门。《毛传》:"北门背明乡(向)阴。"诗言北门,似是取其象征义。 [2]殷殷:心情沉重的样子。 [3]终……且:结构词。参《邶风·燕燕》"终温且惠"句注。窭(jù):贫困。 [4]艰:艰难。 [5]已焉哉:算了吧。 [6]为之:有意如此。 [7]谓之何:奈之何。 [8]王事:犹言国事、公事。适:抛掷。"适我"犹言扔给我。 [9]一:都,一齐。埤(pí)益:堆累、增加。 [10]室人:家人。交遍:轮番地。讁:指责。 [11]敦:投掷、扔给。 [12]埤遗:厚加。 [13]摧:折磨。

[点评]

《北门》,表现官场小人物牢骚满腹却又无可奈何的诗篇。官场不好混,家庭中也不叫人舒心。"交遍"一词用得好,不分老少谁都可以蔑视他。但诗中人却不见有什么让人提气的想头,一句"天实为之",就算得精神胜利了。小人物毕竟是小人物。这倒不是说职位和地位的小,而是精神上的小。《诗经》真不愧是一个时代人生世态的万花筒,在一个小贵族自叹自怜的磨磨叨叨中,显示了社会生活的一副"体段"——一股没出息的情绪。

静 女

陈震曰:"有写形写神之妙。"(《读诗识小录》)

陈继揆曰:"其传神处,尤在'搔首踟蹰'四字耳。"(《读风臆补》)

静女其姝[1],俟我于城隅[2]。爱而不见[3],搔首踟蹰[4]。

静女其娈,贻我彤管[5]。彤管有炜[6],悦怿女美[7]。

自牧归荑 [8]，洵美且异 [9]。匪女之为美 [10]，
美人之贻 [11]！

爱屋及乌，物
以人重。许谦曰：
"首言城隅，末言
自牧，盖不特俟于
城隅，抑且相逐于
野矣。"（《诗集传
名物钞》）

余培林曰："卒
章末二语自为翻驳
之词，巧丽而隽
永。"（《诗经正诂》）

［注释］

[1]静女：淑女、善女。"静"通"靖"。姝（shū）：美貌、
可爱。　[2]俟：等待。城隅：城墙拐角处，古代筑城，在拐角处
起台建屋，即后世所谓角楼。　[3]爱：隐蔽的意思。爱，通"薆"，
爱而即薆然。　[4]踟蹰：徘徊、焦急的样子。　[5]彤管：古代
宫中有记录后妃群妾行为的女史，彤管即女史用的赤色笔管。一说
古代针有管，乐器也有管。　[6]炜（wěi）：光泽。　[7]悦怿（yì）：
喜欢，双声词。女：汝，指彤管。　[8]牧：郊外为牧。归（kuì）：
馈赠。荑（tí）：白茅的嫩芽。　[9]洵：实在。[10]匪：非。[11]美
人：指诗中的男子。

［点评］

《静女》，描述情人约会的诗篇。"爱而不见"两句在
全诗中最有画面效果。小伙子见到姑娘了没有？结果不
需言表，说了就没意思。诗表现心理也是细腻精微的。
在姑娘、小伙子各自把玩手里的信物时，诗都用了第二
人称的"女"（汝）字。物而人称，是因为物以人贵，即
所谓的爱屋及乌；以"汝"呼物，与物对谈，是何等的
一往情深（参钱锺书《管锥编》）！诗简洁得像剪影，
但轮廓分明之中，却容纳了如此的曲折和情致。明快而
不失蕴藉，十分可爱。

新 台

新台有泚[1]，河水弥弥[2]。燕婉之求[3]，籧篨不鲜[4]。

新台有洒[5]，河水浼浼[6]。燕婉之求，籧篨不殄[7]。

鱼网之设，鸿则离之[8]。燕婉之求，得此戚施[9]。

前两句言新台地点，后两句揣想女子失落之情。格调诙谐。苏辙："国人疾之而难言之，故识其台之所在而已。"（《诗集传》）

陈震："'得此戚施'承上文两'不'字转落，令读者绝倒。"（《读诗识小录》）

[注释]

[1]新台：台名，据《水经注》，故址在今山东鄄城东北黄河故道旁。有泚（cǐ）：犹言泚泚；泚：华美貌。指新台。 [2]河水：古称黄河为河水。弥弥：盈满貌。字亦见《匏有苦叶》。 [3]燕婉：和婉、美妙。 [4]籧篨（qú chú）：不能俯身。或为残疾，或为肥胖所致。《国语·晋语四》："籧篨不可使俯，戚施不可使仰。"又《春秋》邾文公名籧篨。不鲜：该死不死、老不死的意思。《左传·昭公五年》"葬鲜者自西门"，张湛《列子注》："人不以寿死曰鲜。"是鲜即不得寿终的意思。 [5]洒（cuǐ）：高峻貌。《韩诗》作"漼"。 [6]浼（měi）浼：河水涨满时平旷的样子。 [7]殄：尽、绝。"不殄"与"不鲜"义同，都是骂人语。 [8]鸿：大雁。鸿本为天上飞鸟，落在渔网，比喻诧异、失望。又据闻一多《诗经通义》，"鸿"即"苦蠪"的合音，"苦蠪"即今所谓癞蛤蟆。亦通。 [9]戚施：不能仰身。《国语·郑语》言周幽王"侏儒、戚施，实御在侧"。此处是夸张地说宣公年老躯干弯曲。

[**点评**]

《新台》，讽刺卫宣公强娶宣姜的诗。卫宣公为自己的儿子伋从齐国娶来新妇，因见其美貌便从中打劫，据为已有，并在卫、齐两国交界处筑了新台，以取悦新人。新台的高峻华丽，是写实，也是与下面的"籧篨不鲜"作映衬。籧篨、戚施是比兴之辞，卫宣公不见得有那样的相貌疾病。诗人这样写，不过是夸张手法，是以戏谑表达鞭挞之情。另一个特点是讽刺之情并不直接表达，而是借言新妇的失落情绪婉转而出，这又是诗篇的含蓄。

鄘　风

　　《鄘风》的诗篇所表现的内容应属卫地。关于鄘，有学者以为即鲁国旧地，也有人认为在今商丘一带（见《邶风》说明）。金文中出现过鄘，见《邢侯簋》。此簋铭文记王朝把原封于今河南温县的邢，迁移到今河北邢台一带，建立新的邢侯之邦。铭文有"王令……菅（勾）邢侯服，易（赐）臣三品：州人、重人、鄘人"之语。学者认为，铭文中的"鄘"就是"鄘风"的鄘。前面说过，鄘风乐调，可能来自东方，那么，金文显示，西周早期有"鄘"之地，可能是旧地名随人群迁移的结果。而且，从《邢侯簋》铭文还可以看出，在西周早期，鄘就是一个人口稠密的地区，否则就不会从这里划拨人口给邢侯了。古代人口多，即意味着富庶。其文化发达程度也是可以想见的。

　　《鄘风》共十首，今选其九。

柏 舟

泛彼柏舟，在彼中河[1]。髧彼两髦[2]，实维我仪[3]，之死矢靡它[4]。母也天只[5]，不谅人只[6]！

泛彼柏舟，在彼河侧。髧彼两髦，实维我特[7]，之死矢靡慝[8]。母也天只，不谅人只！

陈震：“含涕茹悲，芊眠婉转，读其词者，如闻其声，且如见其人，所谓下笔有神者耶！”（《读诗识小录》）

[注释]

[1]中河：河中，亦即水中。倒文协韵。河、仪、它，古代韵母相近。　[2]髧（dàn）：头发下垂貌。髦（máo）：头发两分下垂至眉，是父母健在时男子的发式。《仪礼·既夕礼》：“既殡，主人说髦。”[3]仪：配偶。　[4]之死矢靡它：至死不移的意思。之：到；矢：誓；靡：无；它：他心。　[5]母也天只：呼母叫天，是痛苦至极的表现。一说“天”指代的是父亲，犹言母也父也。　[6]谅：体谅，理解。　[7]特：夫婿，指男子。《小雅·我行其野》“求尔新特”可证。　[8]慝（tè）：通“忒”，改变想法。

[点评]

《柏舟》，表女子忠贞于所爱的诗篇。女子有自己的生活抉择，而且在这抉择经受压力时，又能守护着自己的意志。诗篇突出的正是这种意志，也是诗篇最动人的地方。

墙有茨

墙有茨[1]，不可扫也。中冓之言[2]，不可道也。所可道也[3]，言之丑也。

墙有茨，不可襄也[4]。中冓之言，不可详也[5]。所可详也，言之长也[6]。

墙有茨，不可束也[7]。中冓之言，不可读也[8]。所可读也，言之辱也。

陈子展："诗之为刺，较之蒺藜尤为尖锐。"(《诗经直解》)

牛运震："正申明不可道之义，却用转语，意味便自深长。"(《诗志》)

[注释]

[1] 茨（cí）：蒺藜。一年或二年生草本，蔓生；夏日开五瓣黄色小花，秋天结果；其果由五颗小干果合成，每果具长短两刺，坚硬锐利。　[2] 中冓（gòu）：内室。冓为木材交积状，所以指代房室。戴震《诗经考》："中冓，则四面冓合之；中，言乎其幽隐也。"此语实指代男女交媾之事，如古语所谓"房事""床笫之言"。　[3] 所可：能说的。　[4] 襄：同"攘"，除去。　[5] 详：详细地说。《韩诗》作"扬"。　[6] 长：丑事远扬的意思。　[7] 束：捆扎。　[8] 读：细说。读的本义是抽取，细细地从文献中抽绎出主要意思就是读。在这里是活用，数说的意思。

[点评]

《墙有茨》，告诫人们不要传扬男女私密之事的诗。诗人这样告诫，是先已认定上流社会的"中冓"之事是十分丑恶的，连议论它都是不体面的。诗篇善恶分明，针砭的锋芒选择颇有特点，"也"字的连续使用是其显著特点。"也"在古汉语中往往用在那些肯定句尾，在此也确实起到了强化劝诫意味的作用。

君子偕老

君子偕老[1]，副笄六珈[2]。委委佗佗[3]，如山如河[4]，象服是宜[5]。子之不淑[6]，云如之何！

玼兮玼兮[7]，其之翟也[8]。鬒发如云[9]，不屑髢也[10]。玉之瑱也[11]，象之揥也[12]，扬且之皙也[13]。胡然而天也？胡然而帝也？[14]

瑳兮瑳兮[15]，其之展也[16]。蒙彼绉绤[17]，是绁袢也[18]。子之清扬[19]，扬且之颜也。展如之人兮[20]，邦之媛也[21]！

[注释]

[1]偕：一同。此句字面意是与丈夫一同终老，暗含女子守寡之义。　[2]副：编发为髻称副。笄（jī）：束发用的钗簪。珈（jiā）：笄上装饰的玉，是身份华贵的象征。有六种，所以言六珈。　[3]委（wēi）委佗：举止舒缓雍容的样子。此句原文应作"委佗委佗"，古代书写遇重复语词时，习惯在第一字下加"＝"符号，以示省略，"委佗委佗"即成"委＝佗＝"样。后人抄写误作"委委佗佗"。　[4]如山句：形容人物气象安稳大方。　[5]象服：据《周礼·内司服》王后礼服有六种，画有各种纹饰图案，所以称象服。一说指上面"副笄六珈"的盛装头饰。象即褖，盛装。　[6]不淑：不幸。《礼记·杂记》："吊者升自西阶，东面，致命曰：'寡君闻

言其衣服之华丽、发之浓密以及头面饰物之精美。胡然两句，承前章"不淑"，看似惊叹女子天神地仙之美，实则感慨天生丽质带给她的命运不济。

牛运震："连用'也'字调，逸气欲飞，不嫌排叠。"（《诗志》）

吕祖谦："一章……责之也。二章……问之也。三章之末，云'展如之人兮，邦之媛也'，惜之也。辞益婉而意益深矣。"（《吕氏家塾读诗记》，下简称《读诗记》）

君之丧，寡君使某，如何不淑！'"王国维《与友人论〈诗〉〈书〉中成语》："不淑一语……古多用为遭际不善之专名。"此句与开首一句"君子偕老"相应。　[7]玼(cǐ)：鲜明华丽貌。　[8]翟(dí)：绘有雉鸡图案的礼服。古代王后、君夫人的六种礼服中，有揄翟、阙翟二服，此处所言翟，清人马瑞辰《毛诗传笺通释》以为即"阙翟"。　[9]鬒(zhěn)发：美发，黑漆漆的头发。　[10]髢(dí)：假发。两句是说女子头发浓密美好，不屑于戴假发。　[11]瑱(tiàn)：发笄两端垂下的玉石，又叫充耳、塞耳，装饰用。　[12]象揥(tì)：象牙制的装饰，可以搔头、摘发。揥，簪。　[13]扬：指眉宇宽阔明亮。《诗经》常以此字赞美男女的面貌。且(jū)：语助词。皙：白。俗语"一白遮百丑"，此处以白皙指代女子的美貌。　[14]天、帝：犹言天仙、帝女。　[15]瑳(cuō)：鲜盛貌。　[16]展：展衣，后妃六衣之一。又作"襢"，白纱制成的单衣。　[17]绉(zhòu)绤：葛麻制成的带绉的细纱。　[18]绁袢(xiè fán)：内衣，犹今之汗衫。诗中展衣是外衣，绉绤是中衣，绁袢为内衣。　[19]清扬：眼睛清亮。　[20]展：确实。之人：这人。　[21]媛：美人，邦媛犹言国色。

[点评]

《君子偕老》，叹惜美貌失偶的君夫人不幸的篇章。从诗所言人物的妆扮，可知其为君夫人一级的女子。美貌年轻却守寡，令人叹息，结合历史记载，这样的叹息还有言外之意。《左传·闵公二年》记载，美丽的宣姜先是被迫嫁给卫宣公，宣公死，宣姜仍然年轻貌美，又被权臣昭伯盯上，"齐人使昭伯烝于宣姜，不可，强之"。"不可，强之"几个字，是理解此篇基调的关键。叹惜宣姜命运的"不淑"，正暗含着对强权好色人物不满，诗人对

宣姜是同情和理解的。这样又影响到诗篇表现手法。极
力夸赞君夫人之美，意在反衬其鲜花飘落污浊的无奈和
不幸。也因此，诗篇在艺术上就表现为显明与含蓄的对
峙，是出色的皮里阳秋笔法。古人称此为"风人"体式，
也称之为"温柔敦厚"。

桑　中

爰采唐矣 [1] ？沫之乡矣 [2] 。云谁之思 [3] ？
美孟姜矣 [4] 。期我乎桑中 [5] ，要我乎上宫 [6] ，送
我乎淇之上矣 [7] 。

　　爰采麦矣？沫之北矣。云谁之思？美孟弋矣 [8] 。
期我乎桑中，要我乎上宫，送我乎淇之上矣。

　　爰采葑矣 [9] ？沫之东矣。云谁之思？美孟
庸矣 [10] 。期我乎桑中，要我乎上宫，送我乎淇
之上矣。

言所思为孟
庸。钱锺书云："貌
若现身说法，实是
化身宾白，篇中之
'我'，非必诗人
自道。"又说："桑
中、上宫，幽会之
所也；孟姜、孟弋、
孟庸，幽期之人也；
'期''要''送'，
幽欢之颠末也。直
记其事，不著议论
意见，视为外遇之
簿录也可，视为丑
行之招供又无不
可。"（《管锥编》）

[注释]

[1] 爰：于焉的合音，在哪里的意思。唐：菟丝子，又名唐蒙、
菟芦，攀附在其他植物上的寄生植物。可为菜蔬。　[2] 沫（mèi）：
卫国中心地带，殷商旧都故地，在今河南淇县境内。　[3] 云：
语助词。　[4] 孟姜：姜姓大姑娘。古人用孟、仲、叔、季排行，
孟为老大。姜，姓。　[5] 期：约定。乎：于。桑中：桑林。古代
桑林之中往往有高禖（méi）之社，又叫桑社，高禖神管生育，

所以这里是男女相会的场所。　[6]要：邀。上宫：古代称庙为宫，或即高禖庙。一说为高楼。　[7]淇：水名，在今河南境内，流入卫河。　[8]弋：古代贵族姓。字当作"妢"。　[9]葑：蔓菁。见《邶风·谷风》"采葑采菲"句注。　[10]庸：古代贵族的姓。或说"庸"即"阎"，又有说"庸"即"熊"。

[点评]

《桑中》，表现卫地男女风情的篇章。诗中之"我"，不见得是诗人之"我"，孟姜、孟弋、孟庸，也未必实有其人，诗的格调也在讽刺与诙谐之间。不确定的一面显示的是一种行径的普遍，确定的一面则表明这类事情的一律。耐人寻味的是，《诗经》中大量与此类风俗相关的诗篇，其区域多在殷商文化的中心，正是此诗"可以观"的价值。诗的时代，应为东周时期；所表现的内容，或许就意味着这样的事实：周礼废弛与各地地域习俗的再兴，是相伴而生的现象。

定之方中

定之方中[1]，作于楚宫[2]。揆之以日[3]，作于楚室[4]。树之榛栗[5]，椅桐梓漆[6]，爰伐琴瑟[7]。

升彼虚矣[8]，以望楚矣[9]。望楚与堂[10]，景山与京[11]，降观于桑[12]。卜云其吉[13]，终然允臧[14]。

王柏："作室而先种树，为琴瑟之需，可见其规模深远。"（《诗疑》）

方玉润："总言建国大规。"（《诗经原始》）

灵雨既零[15]，命彼倌人[16]。星言夙驾[17]，说于桑田[18]。匪直也人[19]，秉心塞渊[20]，騋牝三千[21]！

[注释]

[1]定：星宿名，又名营室。方中：黄昏时定星正处于南天的当中，约在每年农历十月十五日至十一月初之间。《国语·周语》："营室之中，土功其始。"定星居中，土木建设就可以开始了。　[2]作于：开始营建。作，始；于，为。段玉裁《诗经小学》、王引之《经义述闻》皆有此说。楚宫：指在楚丘之地营建宗庙宫室。前660年，卫国遭受戎狄大举入侵，损失惨重，暂居漕邑，形势稍微安定后，又移至楚丘，并在这里由齐国等诸侯帮助建立新都。楚丘之地在当时的黄河东南岸，今河南滑县境内。　[3]揆（kuí）：度量、衡度。日：日影，古代建宫室，用木制标杆（名为臬）测量日影，以定南北方向。　[4]楚室：楚丘上的宫室。　[5]榛（zhēn）：树木名，果子可食。栗：又名山栗、板栗，落叶乔木。　[6]椅（yī）桐句：椅、梓为楸类，木质坚硬；桐为梧桐；漆即漆树，汁液是制作漆器的绝佳涂料。此句与上句榛栗相连，意为种上各种用材林木。　[7]爰：于此。琴瑟：制作琴瑟的木材。　[8]虚：通"墟"，高土丘。此句是说登上高地观察楚丘的地势与环境。　[9]楚：楚丘，地名。　[10]堂：邑名，与楚丘相邻。　[11]景山：大山。景山亦见《商颂·殷武》，此诗称景山，似模仿《商颂》。京：高土堆。　[12]降：从高处下来。桑：桑田。此句意即考察新都城周围可种植桑树的田野。　[13]卜云句：古代建城邑前，考察过地势后要进行占卜，由神来决断选址与否。《大雅·文王有声》"考卜维王，宅是镐京"句可证。此句是说占卜以后，

方玉润："追叙卜筑之始。"（《诗经原始》）

《郑笺》："观其旁邑及其丘山，审其高下所依倚，乃后建国焉，慎之至也。"

方玉润："终言勤劳以致富庶。'秉心'句是全诗主脑。"（《诗经原始》）

牛运震："'灵雨'字幻妙。杜诗'好雨知时节'乃'灵雨'字注脚也。一'既'字多少庆幸，后世喜雨诗不如此一字得神。"（《诗志》）

呈现出吉兆。　[14]终然：终究，最终选择。允：确实。臧：好，吉利。　[15]灵雨：犹言好雨。零：降落。　[16]倌（guān）人：驾车人。　[17]星：星星，在此为顶着星星的意思。夙驾：早早驾车出行。夙，早。　[18]说：同"税"，路途中间的短暂休息。　[19]匪：彼。　[20]秉心：持心，用心。塞渊：心思诚实而深远。亦见《邶风·燕燕》。　[21]骒（lái）：七尺以上的马为骒，即大马。牝：母马。举出大马、母马以概其余。三千：泛言其多。言卫文公晚年国力恢复。

［点评］

《定之方中》，歌颂卫文公在楚丘兴建宫室，振兴邦家的诗篇。诗篇系颂歌，却不空洞，原因在于诗人有国家兴亡的真情实感，颂扬卫公实际也是在赞美卫国的复兴。诗首章以相当多笔墨言植树，表明着眼于未来的礼乐建设。次章回溯营造之初的考察度量等活动，最后一章则专颂卫公，一位勤政国君的形象跃然纸上。诗写出了大难之后邦国的清新气象，格调也清新流畅。

蝃 蝀

蝃蝀在东[1]，莫之敢指[2]。女子有行[3]，远父母兄弟。

朝隮于西[4]，崇朝其雨[5]。女子有行，远兄弟父母。

乃如之人也[6]，怀昏姻也[7]；大无信也，不

言女子嫁人是大事，自有其规矩。虹之不可指与婚姻律条不可犯相同，言下有女子不守德行、因而婚媾亦不能持久之意。

知命也^[8]。

［注释］

[1] 蝃蝀（dì dōng）：彩虹，蝃又作"螮"。甲骨文其字像两首之虫（或龙）。武丁时卜辞有"有出虹自北，饮于河"之语，而且殷商人"以虹出为有祸"（胡厚宣《殷代之天神崇拜》），又《逸周书·时训》："虹不藏，妇不专一。"是周代又把彩虹与女子不专一联系起来。东汉刘熙《释名》："阴阳不和，婚姻错乱，淫风流行，男美于女，女美于男，恒相奔随之时，则此气盛。"东：虹出现在东方。古谚语有所谓"东虹晴，西虹雨"（见顾炎武《日知录》）之说，虹在东，含不能长久的意思。　[2] 莫之句：彩虹出现时，没有谁敢用手去指。此禁忌至今犹存。　[3] 行：出嫁。这两句是说，女子出嫁是远离父母兄弟的人生大事（一定要合乎礼法）。　[4] 陟（jī）：同"跻"，升的意思。此处指早晨云气。　[5] 崇朝：即终朝，一个早晨。其雨：下雨，在此有暗示男女性关系的意思。　[6] 乃如之人：这样的人。语含蔑视。　[7] 怀：贪恋。　[8] 命：本分。

［点评］

《蝃蝀》，斥责女子私奔的篇章。此诗与前面《桑中》的意趣恰好相反，从父母兄弟对婚姻有决定权的角度，痛斥了那些"怀昏姻"的人，很明显诗人是维护礼制的。

相　鼠

相鼠有皮^[1]，人而无仪^[2]。人而无仪，不死何为！

戴君恩："一二为三章立案也，何等步骤！'乃如'四句，语意森凛。"（《读风臆评》）

吴闿生："读此，可悟文章擒纵疏密之法。"（《诗义会通》）

牛运震："痛诃之词，几于裂眦。"（《诗志》）

相鼠有齿，人而无止[3]。人而无止，不死何俟[4]！

相鼠有体，人而无礼。人而无礼，胡不遄死[5]！

[注释]

[1]相：看，视。一说"相鼠"为一词，相州的老鼠，传说它可以像人一样站立，前两足打拱，如同人双手作揖。　[2]仪：威仪。　[3]止：容止，言行举止。　[4]俟：等待。　[5]遄（chuán）：速，快快地。

[点评]

《相鼠》，憎恶无礼之人的诗。《孔子诗论》有"言恶而不文"之语，学者推测，即说的是《相鼠》之诗。"礼不下庶人"，所讥刺的自然是君子一流。诗一则言无礼之人不如鼠辈，再则谓人而无礼不如死掉，看来所刺之人犯礼深重，所以诗当是确有所指的。但确指什么，今已难以确定。此篇不假掩饰地表达痛斥之情，在三百篇中是罕有的几例之一。

干　旄

陈震："乍见惊喜，转念珍重，情神毕出。"（《读诗识小录》）

孑孑干旄[1]，在浚之郊[2]。素丝纰之[3]，良马四之[4]。彼姝者子[5]，何以畀之[6]？

孑孑干旟[7]，在浚之都[8]。素丝组之[9]，良马五之。彼姝者子，何以予之?

孑孑干旌[10]，在浚之城。素丝祝之[11]，良马六之。彼姝者子，何以告之[12]？

姚际恒："郊、都、城，由远而近也；四、五、六，由少而多也。诗人章法自是如此。"（《诗经通论》）

[注释]

[1]孑(jié)孑：独立，旗帜高高树立的样子。干旄：军旅中指挥士卒用的旗帜，干即旗杆，又称竿，竿的顶部往往有装饰物，称干首，干首装饰牦牛尾，以长线拴系的羽毛为旗幅，即干旄。　[2]浚(jùn)：卫邑名，距卫国新都城楚丘不远，今河南濮阳南。　[3]素丝：锦缎之类的丝织品。纰(pí)：连属，缝合，在此有拴系的意思。　[4]四之：四匹良马为一组，下文五之、六之，意思一样。　[5]姝(shū)：美好。　[6]畀(bì)：赠送。　[7]干旟(yú)：旗杆顶部有山字形装饰物，以鸟头为装饰的，称干旟。　[8]都：城邑。　[9]组：连属，拴系。　[10]旌：旗帜的正幅，用羽毛编制而成，称旌。　[11]祝：束。　[12]告：好言答谢。

[点评]

《干旄》，卫人感激齐、宋等诸侯援军的乐歌。北狄入侵之后，宋桓公立戴公于曹，戴公旋即死去，文公继立。齐桓公使公子无亏率军队戍守曹地，卫国局势得以稳定。料想此后相当长一段时间，齐、宋等诸侯援军都会驻扎卫地，《干旄》之作当即此时。诗中干旄表诸侯军车马旗帜，"彼姝者子"是赞美援军士卒个个精神，都是激情中语。素丝、良马，则指诸侯对卫国的馈赠。身处大难之后的卫国人对此心存感激是自然的，所以才有诗篇"何以予之""畀之"等深情之语。

载　驰

载驰载驱，归唁卫侯[1]。驱马悠悠[2]，言至于漕。大夫跋涉[3]，我心则忧[4]。

既不我嘉[5]，不能旋反[6]。视尔不臧[7]，我思不远[8]？既不我嘉，不能旋济[9]。视尔不臧，我思不閟[10]？

陟彼阿丘[11]，言采其蝱[12]。女子善怀[13]，亦各有行[14]。许人尤之[15]，众稚且狂[16]。

我行其野，芃芃其麦[17]。控于大邦[18]，谁因谁极[19]？大夫君子，无我有尤。百尔所思[20]，不如我所之[21]！

方玉润："缠绵缭绕，含下无限思意。"(《诗经原始》)

言夫人对摆脱危局的看法。我行句，是虚笔。"控于大邦"，见识英迈。牛运震："控于大邦，以报亡国之仇，此一篇本意。妙在于卒章说出，而前则吞吐摇曳，后则低徊缭绕。笔底言下，真有千百折也。"(《诗志》)

[注释]

[1]唁：吊唁、慰问。《穀梁传》："吊失国曰唁。" [2]悠悠：形容路途遥远。 [3]大夫：来向许国通报情况的卫大夫。跋涉：艰难行进。《毛传》："草行曰跋，水行曰涉。" [4]我：指许穆夫人。据《左传》，她是卫宣公遗孀宣姜被强迫改嫁昭伯（即公子顽）所生的女儿，同出的还有宋桓夫人、戴公、文公等。 [5]我嘉：嘉我的倒文，嘉许、赞成我的意思。旋反：回转。 [6]反：

同"返"，旋、反同义。　[7]视：此处有"相较"的意思，"视尔不臧"即"相较于你们的不善而言"之意。尔：指许国人。不臧：不善，无良策的意思。　[8]远：有远见。　[9]济：渡河。　[10]闷（bì）：密，周密。　[11]阿丘：丘陵。阿，丘。　[12]蝱（méng）：当作"莔"，贝母，百合科草本植物。　[13]善怀：多怀，多愁善感。善，在此如古语所谓"岸善崩""陆云善笑"之善（杨慎《升庵经说》卷四）。许人用"善怀"讥讽许穆夫人。　[14]行（háng）：道路，道理。　[15]尤：责备。之：指许穆夫人。　[16]众：终。与且字构成终……且……结构，句型与"终风且暴"相同。稚：骄，与后文狂字意思相近。一说幼稚。　[17]芃（péng）芃：蓬勃。　[18]控：控告。　[19]因：依靠。极：本义是屋顶的大梁，在此为依仗的意思。据《列女传》，当初许穆夫人曾想嫁到强大的齐国去，且有"若今之世，强者为雄，如使边境有寇戎之事……赴告大国，妾在不犹愈乎"之语。　[20]百尔：百，百次、百种。尔，你们。意思是你们再多的思虑。　[21]所之：所想到的。

[**点评**]

《载驰》，卫国遭遇北狄入侵，许穆夫人想归唁母邦而不得的忧愤之作。北狄侵邢犯卫，齐桓公率诸侯相救，是春秋史上的一件大事。诗篇"控于大邦"的句子，正是"华夏亲昵"意识的体现。许、卫既是婚姻之国，就有同恶相恤的义务，这是《周礼》的规定，也是华夏诸侯应当奉行的大义。然而许国人既不许夫人回母邦，也没有任何"同恶相恤"的举措，这就是他们"众稚且狂"的地方了。于是，许穆夫人与许当权男性之间，既有礼法与人情的冲突，也有礼法陈规与邦国大义的纠结。较量与抉择中，有高明与鄙陋、远见与短浅之间的不同。
特别值得一提的是诗篇结尾处"百尔所思，不如我所之"
的句子，更表现出许穆夫人胜过许国男性的气派，实在
难能可贵。诗篇见于《鄘风》，当是用卫地风调演唱的，
其最初的流传也应在卫国。

卫　风

周初于殷商故地设三监，后三监联合殷商遗民叛乱。周公在平定叛乱之后，命其弟康叔镇守于此，是为卫国之封。不过，原来卫之地，是商畿内朝歌以东的诸侯之地，《逸周书·世俘解》记载在克商之后第二十一天的甲申，"百弇以虎贲誓，命伐卫"。而且，封建康叔时，还把康叔之子中旄父封到朝歌以东之卫（即百弇所伐之地）。后来，康叔后代才把殷商故地合并为一，并称卫。邶、鄘、卫的并立随而结束。卫在周初封国中很重要，康叔为周公之弟，属"文王十子"之一，是头等大邦。《尚书·康诰》显示，康叔受封之际，周公曾经就如何宽和对待殷遗民，有过谆谆教诲。西周后期，卫有著名的卫武公；至懿公时，遭赤狄入侵，几乎灭国。之后在齐、宋等诸侯帮助下，迁于黄河以南，都楚丘。再后，又迁移都城至帝丘。此后一直延续到战国。

《卫风》诗篇多春秋前期作品，共十篇，今选其七。

淇 奥

瞻彼淇奥[1]，绿竹猗猗[2]。有匪君子[3]，如切如磋[4]，如琢如磨[5]。瑟兮僩兮[6]，赫兮咺兮[7]。有匪君子，终不可谖兮[8]！

瞻彼淇奥，绿竹青青[9]。有匪君子，充耳琇莹[10]，会弁如星[11]。瑟兮僩兮，赫兮咺兮。有匪君子，终不可谖兮！

瞻彼淇奥，绿竹如箦[12]。有匪君子，如金如锡[13]，如圭如璧[14]。宽兮绰兮[15]，猗重较兮[16]。善戏谑兮[17]，不为虐兮[18]！

《孔丛子·记义》："于《淇奥》见学之可以为君子也。"

牛运震："'切磋'二语，刻划尽致。""写德性有景有情，是写生手。"（《诗志》）

刘禹昌云："中情修好，文章外观，斐斐散彩。"（《说卫风淇奥》）

牛运震云："'善戏谑兮'二语写雅人深致，何等风流。""连用'兮'字，顿挫咏叹，节奏悠然。"（《诗志》）

[注释]

[1]奥（yù）：亦作"隩""澳"。河水弯曲处。   [2]绿竹：绿色的竹子。汉代以前，淇水之岸多竹，见《水经注·淇水》。猗（yī）猗：茂密的样子。   [3]匪：斐，文彩显明貌。《大学》《列女传》引此句，字皆作"斐"。   [4]切、磋：削齐为切，打磨为磋。《毛传》："治骨曰切，象曰磋。"象即象牙。   [5]琢、磨：雕刻、磨平。《毛传》："玉曰琢，石曰磨。"据《毛传》切、磋、琢、磨分别指骨、牙、玉、石四种原料，以此形容君子修身养性如同治理牙骨玉石一样精雕细琢。   [6]瑟：牙骨玉石经切磋雕琢后花纹细密貌，引申为仪态矜庄。僩（xiàn）：美貌，牙骨玉石经切磋琢磨后花纹历历然有文采的样子。引申为威严貌。   [7]赫：显明。咺（xuān）：亦作"喧""烜"。显著貌。   [8]谖（xuān）：

忘记。句意为令人难忘。 [9]青青：茂盛的样子，古本也有写作"菁菁"的。 [10]充耳：又名瑱，塞耳的玉石，用丝线悬挂在冠冕的两侧。琇（xiù）莹：似玉的美石。 [11]会弁（biàn）：缝合处缀有玉石的鹿皮帽。会，字有作"璯"，冠缝缀玉称为璯。弁即鹿皮帽。如星：皮帽缝合处所缀的玉石，如成排之星闪耀。 [12]箦（zé）：绿竹密集貌。箦的本义为竹席子。此处为引申义。 [13]金、锡：两种贵金属，言德行如金锡一样精纯。 [14]圭、璧：言气质如圭璧一样莹润。 [15]宽：胸怀宽大。绰：舒缓。 [16]猗（yǐ）：即倚，依靠。重（chóng）：双，重复。较（jué）：又作"较"，车舆上为便于站立而安装的可以活动的扶手。据出土实物，有的扶手大体呈倒"U"字形，固定车栏短柱上；还有的车较做成可以活动的铜把手，状如摇把，一头固定在车栏柱头上，另一头即手把一端；上面还铸有各种装饰花纹。有重较的车，是公卿一级人物所乘的车。 [17]戏谑：开玩笑。 [18]虐：过分的玩笑，流于恣肆、刻薄。

[点评]

《淇奥》，歌颂卫武公之德的诗篇。文献记载，卫武公辅佐王朝平戎有功，"王命之为公"。诗篇或作于此时，即西周、东周之交，是卫风中较早的篇章。诗篇所述不外两个字："威仪"，即西周以来贵族人物特别讲究的仪态。《左传》在讲到君子威仪时也强调两方面：一是要施舍可爱，二是威严可畏，就是既要有"审美"的吸引力，又要有权威的胁迫力；两者结合即恩威并施的影响力。诗有趣的地方在表现尊贵君主的不刻板，这就是"善戏谑兮，不为虐兮"两句的意思。从艺术上说，这两句也确实给诗所塑造的卫公这尊偶像注入不少生气。另外，诗篇开始对绿竹的描写，以及"如切如磋""瑟兮僴兮"的形容，也都为诗篇增添了色彩。其"如切如磋"等句，还为儒家重要文献《论语》《大学》所引用，流传很广。

硕　人

硕人其颀[1]，衣锦褧衣[2]。齐侯之子[3]，卫侯之妻[4]，东宫之妹[5]，邢侯之姨[6]，谭公维私[7]。

手如柔荑[8]，肤如凝脂[9]，领如蝤蛴[10]，齿如瓠犀[11]，螓首蛾眉[12]。巧笑倩兮[13]，美目盼兮[14]！

硕人敖敖[15]，说于农郊[16]。四牡有骄[17]，朱幩镳镳[18]，翟茀以朝[19]。大夫夙退[20]，无使君劳[21]。

河水洋洋，北流活活[22]。施罛濊濊[23]，鳣鲔发发[24]，葭菼揭揭[25]。庶姜孽孽[26]，庶士有朅[27]。

牛运震："首二句一幅小像，后五句一篇小传。"（《诗志》）细表社会关系，突出新妇身世华贵，庆幸君主婚配得宜。

姚际恒："千古颂美人者，无出其右，是为绝唱。"（《诗经通论》）

[注释]

[1] 硕人：丰满高大的人。其颀：身材修长。犹言"颀颀"。三国时吴国铜镜所录此句即作"姬姬"。　[2] 锦：有图案色彩鲜艳的丝织品。褧（jiǒng）：绢丝制成的罩衣。古代富贵者穿丝织衣

服时，在外面罩上一层绢纱制成的外罩，据说是丝绸色彩太显眼，所以要遮掩，实际可能是起防尘、防丝绸挂扯作用。"褧"又写作"绢""颎""景"。　[3]齐侯：齐庄公，东周早期诸侯，在位（前794—前731）长达64年。　[4]卫侯：卫庄公，卫武公之子，春秋早期诸侯，在位（前757—前735年）23年。　[5]东宫：太子居住宫室称东宫，齐庄公太子为得臣，诗中女子（即庄姜）为得臣之妹。　[6]邢：诸侯国名，西周始封之姬姓国，其地在今河北邢台一带。姨：妻子的姐妹。　[7]谭：春秋时诸侯国，故地在今山东历城境内。维：是。私：姊妹的丈夫。　[8]柔荑（tí）：柔嫩的白荑。荑，白茅的嫩芽。　[9]凝脂：凝结的动物油脂，形容皮肤细腻，白中透青，是养尊处优者才有的肤色。　[10]领：颈，脖子。蝤蛴（qiú qí）：一种寄生于木上的昆虫，幼虫长而白。　[11]瓠（hù）犀：瓠瓜的籽，形容牙齿形状细长整齐。　[12]螓（qín）：俗名伏天，似蝉而小，头广而方正，形容女子的额头发式。蛾眉：细长弯曲的眉毛。蛾即蚕蛾触须，细长而弯曲。　[13]巧笑：即俏笑，甜甜的笑。倩：笑时两颊间动人的模样，今所谓酒窝。　[14]盼：眼睛黑白分明。黑白分明，方可顾盼生姿。　[15]敖敖：犹言"昂昂"，颀长貌。　[16]说：路途中间暂时停息。按当时习惯，嫁女来夫家之国的农郊，就算到达夫家之国。这时要停留一下，换下从娘家穿来的衣服，穿上君夫人的服装。说，即"税"，又见《鄘风·定之方中》"说于桑田"句。　[17]四牡：驾车的四匹公马。有骄：雄壮貌。犹言"骄骄"。　[18]朱幩（fén）：系在马嚼子上的红色饰物，也有扇汗作用。镳（biāo）镳：盛貌。　[19]翟茀（fú）：茀，遮蔽车篷的帘子，翟是雉的羽毛，翟茀即装饰有翟羽或画有雉鸡图案的车帘。朝：拜见君主，即见新婚丈夫。　[20]夙退：早退。　[21]君：君主。一说指新娘，诸侯夫人国人也称君。　[22]活（guō）

活：水流声。 [23]罟（gū）：鱼网。濊（huò）濊：网入水的声音。 [24]鳣（zhān）：鲤鱼。鲔：似鲤而大。发（bō）发：鱼出水时击尾声。 [24]葭（jiā）：芦苇。菼（tǎn）：荻子，似苇而矮，秸秆实心。揭揭：秀挺貌。 [25]庶姜：陪嫁的姜姓女子。孽（niè）孽：众多貌。 [26]庶士：护嫁而来的齐国武士。朅（qiè）：壮武。

[点评]

《硕人》，赞叹美人庄姜嫁入卫国的篇章。据《史记·卫世家》记载，卫庄公五年（前753）娶齐女为夫人，为国风中较早的诗篇之一。第一章表此次婚姻的政治意义；第二章述庄姜之美，是近笔；第三章表庄姜从卫郊进入都城，由齐国公主变为卫国君妇，为远笔，且与第二章为倒叙的关系；最后一章用大笔触描绘卫国的富饶和乐，衬托婚姻的喜庆。其中第二章写庄姜之美，"手如"等几个比喻句，仿佛是工笔画；"美目"两句则似"颊上三毫"的传神，既画美人之美，又显丽质之媚，细致刻画与神采点染并用，突出了庄姜"美而媚"的特点，是古代文学最早精心描写美人的文字。

氓

述说由相恋到订婚过程。先私订终身，再提媒。"匪来贸丝"写氓当初之态，传神。"怒"，中山狼品性初现。

氓之蚩蚩[1]，抱布贸丝[2]。匪来贸丝[3]，来即我谋[4]。送子涉淇，至于顿丘[5]。匪我愆期[6]，子无良媒。将子无怒[7]，秋以为期。

乘彼垝垣[8]，以望复关[9]。不见复关，泣涕涟涟。既见复关，载笑载言。尔卜尔筮[10]，体无咎言[11]。以尔车来，以我贿迁[12]。

桑之未落，其叶沃若[13]。于嗟鸠兮[14]，无食桑葚[15]。于嗟女兮，无与士耽[16]！士之耽兮，犹可说也[17]。女之耽兮，不可说也！

桑之落矣，其黄而陨[18]。自我徂尔[19]，三岁食贫[20]。淇水汤汤[21]，渐车帷裳[22]。女也不爽[23]，士贰其行[24]。士也罔极[25]，二三其德[26]。

三岁为妇，靡室劳矣[27]。夙兴夜寐[28]，靡有朝矣[29]。言既遂矣[30]，至于暴矣[31]。兄弟不知[32]，咥其笑矣[33]。静言思之[34]，躬自悼矣[35]。

及尔偕老[36]，老使我怨[37]。淇则有岸，隰则有泮[38]。总角之宴[39]，言笑晏晏[40]。信誓旦旦[41]，不思其反[42]。反是不思[43]，亦已焉哉[44]！

写女子翘盼之情。"不见""既见"数句，表女子痴迷、沉陷之态，极善形容。

此章为全篇转折点。言情感不专是"士"普遍品性。对天下痴情女作枯鱼河泣之警示。桑叶、鸠鸟云云，见蚕女本色。

牛运震："'矣'字黯然销魂，若作'既落'，便呆。"（《诗志》）

牛运震："称之曰氓，鄙之也；曰子曰尔，亲之也……曰士，欲深斥之而谬为贵之也。称谓变换，俱有用意处。"（《诗志》）

[**注释**]

[1]氓：民、人，犹言那个人，不确定称呼，含厌恶之意。据《周礼》，野人称"甿"，"甿"即"氓"。可知诗篇所言婚姻男女，都是"野"中之民，身份较低。蚩（chī）蚩：傻乎乎、笑嘻嘻的样子。　[2]布：布帛。贸：交换。丝：丝麻之物。由贸丝句，可知诗中女子以蚕桑为业。　[3]匪：

非。　[4]谋：图谋婚姻之事。　[5]顿丘：卫地名，在淇水之南。一说泛指土丘。　[6]愆（qiān）期：错过婚期。　[7]将（qiāng）：请。　[8]垝（guǐ）垣：垝垣即高墙。　[9]复关：复关即回来的车，关为车厢板。一说复关为地名。王应麟《诗地理考》引《太平寰宇记》：“澶州临河县，复关城在南，黄河北阜也。复关堤在南三百步。”　[10]尔卜：为你而卜。卜，占卜。筮：用蓍草算卦。　[11]体：占卜所得卦体，亦即吉凶之象。咎言：不吉利的话。　[12]贿：财物，这里指嫁妆。　[13]沃若：润泽肥美的样子。　[14]于嗟：感叹词。鸠：鸟名，一名斑鸠，性情温和而有固定的配偶，所以《诗》常用以比喻女性。　[15]桑葚（shèn）：桑树的果实。据说鸠吃多了桑葚会醉，比喻女子不可过分耽溺于对男子的爱。　[16]士：男子的通称。耽：沉溺。　[17]说（tuō）：通“脱”，摆脱。　[18]陨：飘落。　[19]徂（cú）：往，嫁到。　[20]三岁：多年。“三”字表多而已，不必坐实理解。食贫：吃苦，过苦日子。　[21]汤（shāng）汤：水盛貌。　[22]渐（jiān）：打湿，沾湿。帏裳：围车的幕布。　[23]爽：差错、过失，爽即“忒”。　[24]贰：改变。行：行事。　[25]罔极：没定准、不忠贞。　[26]二三：三心二意。　[27]靡室劳矣：家中的事情没有不是我操劳的。　[28]夙兴夜寐：早起晚睡的意思。　[29]靡有朝矣：不是一天两天的意思。　[30]言：语助词。遂：顺心，指氓的心意达成了。　[31]暴：暴虐。　[32]兄弟不知：兄弟不理解自己的苦楚。表回家后的遭遇。　[33]咥（xì）：大笑，是男子暴虐表现。　[34]静言：静而，静静地。　[35]躬：自己。自悼：自己伤悼自己。　[36]偕老：相伴到老，是当初男子发过的誓言。　[37]老：年老。　[38]隰（xí）：河流名，后世称漯河。两句是说什么事情都要有个边际，这样不幸的关系也该结束了。　[39]总角：女子正式嫁人前的发式，不加木笄，只将头发

挽结起来。《毛传》："结发也。"结即挽结。宴：欢乐。此句女子言
氓婚前对自己很好。　[40]晏晏：安乐貌。　[41]信誓：互相亲信
的誓言。旦旦：诚恳的样子。　[42]不思：不料想。反：违反。　[43]反
是不思：是"不思其反"颠倒说法。　[44]亦已句：也就罢了的意
思，表女子决绝之情。

[点评]

《氓》，表现弃妇哀怨的诗篇。诗篇是叙事又是抒情，
叙事简括而抒情浓郁，也可以说是把叙事笼罩在抒情的整
体之下，三百篇中别具一格。诗篇不仅指责了男子的负心，
而且指出"二三其德"是男人固有的品性，显示出诗中人
对生活的观察与思考，也显示出诗中人的性格特点。此诗
还有一个值得注意之处，是诗中女主人公普通劳动者身份，
就是说，早在《诗经》时代，古人已将文学表现的触觉伸
向广泛的民间。

竹　竿

籊籊竹竿[1]，以钓于淇。岂不尔思[2]？远
莫致之[3]。

泉源在左[4]，淇水在右。女子有行，远兄弟
父母。[5]

淇水在右，泉源在左。巧笑之瑳[6]，佩玉之
傩[7]。

牛运震："只
二语写出少女在
家嬉游自得态韵。"
（《诗志》）

淇水滺滺^[8]，桧楫松舟。驾言出游，以写我忧^[9]。

[注释]

[1] 籊（dí）籊：修长尖细貌。　[2] 尔思：即思尔。尔，指女子娘家。　[3] 致：到达。　[4] 泉源：淇水的源头。此处喻女子的娘家。　[5] 女子两句：言女子总得出嫁，远离父母兄弟。言外之意是女子出嫁为人生大事。《鄘风·蝃蝀》亦有此句，意思有所不同。　[6] 巧笑：俏丽的笑，参《硕人》"巧笑倩兮"句注。瑳：牙齿洁白貌。瑳的本义为玉的颜色。　[7] 傩（nuó）：婀娜，佩玉美好样。以上两句是回忆未出嫁时嬉戏于淇水之畔情景。　[8] 滺（yōu）滺：流淌貌。滺，亦作"攸"。　[9] 写：排遣，抒发。

[点评]

《竹竿》，表卫女思乡之情的诗篇。此诗应该与《载驰》《泉水》题旨相类。许穆夫人归唁母邦的事，引起诗人对出嫁女子思乡之情的关注。此诗即其一。诗篇的格调淡雅清冷，非常别致。方玉润《诗经原始》论此诗之妙曰："盖其局度雍容，音节圆畅，而造语之工，风致嫣然，自足以擅美一时。"

极言渡河便利，善夸张。方玉润："飘忽而来，起最得势，语亦奇秀可歌。"（《诗经原始》）

河　广

谁谓河广^[1]？一苇杭之^[2]。谁谓宋远？跂予望之^[3]。

　　谁谓河广？曾不容刀[4]。谁谓宋远？曾
不崇朝[5]。

陈继揆："四
'谁谓'字，何等
情绪！"(《读风臆
补》)

　　[注释]

　　[1]河：黄河。　[2]苇：苇叶形小船。杭：亦作"斻"，以小舟渡河。一说苇即苇叶；杭通"亢"，遮蔽。句谓一片苇叶即可遮蔽（俞樾《群经平议》卷八）。亦通。　[3]跂（qǐ）：踮起脚跟。　[4]曾（zēng），用在否定词不之前，表否定程度。刀：即"舠"，刀形小船。　[5]崇朝：终朝，一个早晨。

　　[点评]

　　《河广》，思念宋国的篇章。因为诗篇语言单纯，透露的本事方面的信息实在太少，一味求其本事就徒劳。可以确定的是诗篇如下三大特点：一是语言单纯而语义丰富，这是诗篇特有的隽永；二是快人快语的调子，明爽可人；三是夸张中豪迈的气概。三点也就是诗的妙处：反诘常人之见，格调爽朗；虚语夸诞，情趣豪迈；奇语秀句，简洁活泼。

伯　兮

　　伯兮朅兮[1]，邦之桀兮[2]。伯也执殳[3]，为王前驱[4]。

　　自伯之东[5]，首如飞蓬[6]。岂无膏沐[7]，谁适为容[8]？

牛运震："女
为悦己者容，翻得
新妙。"(《诗志》)

其雨其雨 [9]，杲杲出日 [10]。愿言思伯 [11]，甘心首疾。

焉得谖草 [12]，言树之背 [13]。愿言思伯，使我心痗 [14]。

[注释]

[1]伯：女子对丈夫的称呼。朅：勇武。见《硕人》注。 [2]邦：邦国。桀：杰，杰出。 [3]殳（shū）：击打的兵器。湖北随县擂鼓墩墓葬曾有出土。殳与矛、戈等同为"五兵"，《周礼·夏官·司右》云："凡国之勇力之士，能用五兵者，属焉。"诗称伯为"邦之桀"，正因其能执五兵之殳。 [4]王：诸侯在自己的地盘内也可以称王。据王国维《古诸侯称王说》。 [5]之东：去往东方。 [6]飞蓬：头发散乱貌。 [7]膏沐：洗头润发的油脂。 [8]谁适：适，当；谁适即对谁、为谁的意思。据于省吾《新证》。容：容貌。 [9]其雨：祈使句，盼望下雨的意思。 [10]杲（gǎo）杲：日出貌。两句是说，盼望着下雨，但太阳却升起来了，表示盼夫不归的失望心情。出日：日出。甲骨文有此语例，如："辛未卜，又（侑）于出日。"是殷商语在诗篇中的遗存。 [11]言：而，语助词。 [12]谖（xuān）草：一种据说可以令人忘忧的草。 [13]背：北堂。背即"北"。 [14]痗（mèi）：心病。

[点评]

《伯兮》，表思妇因丈夫离别而备受煎熬的诗。丈夫"为王前驱"，做妻子的对此先是有一股自豪情绪。这是诗篇先表现的情感。这也为下文的苦楚思念做了铺垫。人前的荣耀马上就被长时间夫妻分离的苦楚所替代，而苦楚是要由她一个人独自消受的。难耐的苦楚之下，想以忘忧草来止痛。诗表现闺中思妇的心理，很有层次。

木 瓜

投我以木瓜[1]，报之以琼琚[2]。匪报也[3]，永以为好也[4]。

投我以木桃[5]，报之以琼瑶[6]。匪报也，永以为好也。

投我以木李[7]，报之以琼玖[8]。匪报也，永以为好也。

陈继揆："千古交情，尽此数语。"（《读风臆补》）

[注释]

[1]木瓜：今名相同，又叫榠楂，木本植物，果实长椭圆形，状如小甜瓜，一端有鼻状突起，水煮后可食。一说木瓜、木李和木桃，都不是真正的果实，而是木质的假果。 [2]琼琚（jū）：佩玉，美玉为琼。 [3]匪：即非。 [4]以为好：因为琼琚是玉石，要比木瓜贵重很多，所以诗说回报不是为交换，而是为真情交好。 [5]木桃：与木瓜树科属相同，为可观赏植物，枝有刺，果实较木瓜小。 [6]琼瑶：美玉名。 [7]木李：今名榠楂，落叶灌木，枝小纤弱，果实味酸，气味香，形状与木瓜相似却无鼻端突起。 [8]琼玖（jiǔ）：美玉名。

[点评]

《木瓜》，歌唱报施情谊的诗篇。古语说"礼尚往来"，而且世道人情往往还是小"往"大"来"，诗篇言"木瓜""琼瑶"的小投大报，就是在于这样的道理。然而，这还只是一个基础的层面，投报交往，可以维系人间交情的持久，才是诗篇重点强调的内容。《孔子诗论》中也谈到这首诗的意思，大意是说：真情不能只用言语来表达，还需要伴之以某些实在的东西。这就是真实的人情。诗篇的价值在洞达了人性的一个侧面，表述了生活的某种真实。

王　风

　　王风之地在今河南洛阳地区，此地西周称雒邑，西周崩溃，周平王率众东迁于此。《王风》篇章即来源于东周王室直属地区，被称为"风"，是因周天子权威下降，与诸侯无异。西周青铜器铭文《作册矢令方尊方彝》记载，被周王委以"尹三事四方"之任的明保，到东都后曾"用牲于王"一项，"王"是地名，东周王的"风"被称呼"王"，或许与此有关。有学者指出，此"王"就是王城，当时与成周并存，居住者主要是殷商遗民，所以称为"王"或"王城"。这里的殷遗民多为"商王士"，即殷商王室有血缘关系的人，为殷遗民上层（彭裕商《新邑考》，见《西周青铜器年代综合研究》一书）。如此，东周王都的诗篇所以称为"王"或"王风"，可能是因为这个殷遗民居住的"王"。就是说，随着大量殷商遗民的西迁雒邑，在王城这个殷遗民聚集的城邑出现了一种新曲调，这就是"王风"的乐调，带有强烈的殷商因素，所以要单独分出来为一"风"。

　　《王风》十篇，今选其六。

黍　离

彼黍离离[1]，彼稷之苗[2]。行迈靡靡[3]，中心摇摇[4]。知我者，谓我心忧。不知我者，谓我何求。悠悠苍天，此何人哉[5]！

彼黍离离，彼稷之穗。行迈靡靡，中心如醉。知我者，谓我心忧，不知我者，谓我何求。悠悠苍天，此何人哉！

彼黍离离，彼稷之实。行迈靡靡，中心如噎[6]。知我者，谓我心忧。不知我者，谓我何求。悠悠苍天，此何人哉！

吴闿生：“起二句满目凄凉。结句含蓄无穷，唏嘘欲绝。”（《诗义会通》）

陈继揆：“开口着一彼字，见他凄凉满目。结尾着一此字，见他怨恨满怀。”（《读风臆补》）

写时序：“苗”“穗”“实”；写心情：“摇”“醉”“噎”。时序节节渐晚，心情则一层深过一层。牛运震云：“悲凉之调，沉郁顿挫。”（《诗志》）

[注释]

[1]黍：一种谷物，今称黄米、黏米。离离：低垂貌。　[2]稷：高粱。据程瑶田《九谷考》说。　[3]行迈：行进，前行。一说即行道。靡靡：迟缓貌。　[4]摇摇：忧心无主貌。“愮愮”的假借，《方言》：“愮，忧也。”　[5]悠悠两句：呼唤苍天睁开眼看看人间，语含控诉之意。　[6]噎（yē）：气逆为噎，形容心情郁结不通。

[点评]

《黍离》，抒发内心忧伤的诗篇。诗篇的忧伤之情，究竟缘何而发，自来说法不一。这里是据《毛诗序》的说法。周朝东迁后，宗周故地为戎狄所据，二十余年后，秦国收复此地并献之于周，后终为秦国所有。《毛诗序》

说东周的大夫到西周故地行役而作此诗。若《序》说可信，则诗篇当作于王朝复有其地之时，此时距西周灭亡起码三十年以上的光景（在周幽王死、平王东迁之前，据研究，中间还有十几年"二王并立"的间隔期，参晁福林《论平王东迁》一文）。诗人没有细说所见荒残，只是用"谓我何求"来强调内心孤独和无以言传的苍凉。荒圮的景象，旷远的天地，孤独的个体，浓烈的伤悼，构成诗篇沉郁而悠远的特征。

君子于役

君子于役[1]，不知其期，曷至哉[2]？鸡栖于埘[3]，日之夕矣，羊牛下来[4]。君子于役，如之何勿思？

君子于役，不日不月[5]，曷其有佸[6]？鸡栖于桀[7]，日之夕矣，羊牛下括[8]。君子于役，苟无饥渴[9]！

姚际恒："日落怀人，真情实境。"（《诗经通论》）

[注释]

[1]君子：丈夫。于役：服徭役。　[2]曷至哉：到哪儿了呢？或者，什么时间才回来呢？　[3]埘（shí）：在墙壁上挖洞修成的鸡窝。　[4]下来：归圈。　[5]不日不月：没有定期、时间漫长的意思。　[6]佸（huó）：会见、见面。　[7]桀：木橛，搭有横木，鸡可以栖居。　[8]括：会集。　[9]苟：但愿。

[点评]

《君子于役》，挂念服役不归的丈夫的诗篇。"暝色起愁"即借助落日晚景来抒情，是表现上的一大特点（参钱锺书《管锥编》）。诗的主题是不满徭役的沉重的，但对此并不直说，而是表现女子对在外丈夫的无限牵挂，以此显示徭役对民众的伤害。诗的格调是平静的，人物内心活动却是千回百转的。"鸡栖""羊牛"的描述，使诗篇极富生活气息。其格调用"怨而不怒，哀而不伤"来概括是十分合适的。

扬之水

扬之水 [1]，不流束薪 [2]。彼其之子 [3]，不与我戍申 [4]。怀哉怀哉 [5]，曷月予还归哉 [6]？

扬之水，不流束楚 [7]。彼其之子，不与我戍甫 [8]。怀哉怀哉，曷月予还归哉？

扬之水，不流束蒲 [9]。彼其之子，不与我戍许 [10]。怀哉怀哉，曷月予还归哉？

[注释]

[1] 扬：浅濑激扬。以"扬之水"为首句的诗，又见于《郑风》《唐风》。　[2] 流：漂浮。束薪：捆成束的薪。束薪、束楚，《诗经》数见。　[3] 彼其（jì）：那个、那些。指其他那些有戍守责任之侯国人，可能是指与申、许同姓的姜姓国人。其字或作"己""记"。《左传·文公十四年》："齐公子元不顺懿公之为政也，终不曰

'公'，曰'夫己氏'。"夫己"与"彼其"古代读音同。　[4]申：姜姓诸侯国，本诗之申，其地在今河南南阳北部。《括地志》："邓州南阳县北三十里。"周宣王曾把元舅即姜姓申侯封建到南阳一带，捍卫周朝南大门，见《大雅·崧高》篇。又《国语·郑语》载史伯言："南有……申、吕、应、邓、陈、蔡、随、唐。"是周幽王时申国尚在，入东周后不久即被楚国吞并。此诗当作于申灭之前。　[5]怀哉：思恋。　[6]曷：何。　[7]楚：荆条。　[8]甫：姜姓侯国，又名吕，王先谦《集疏》："甫即吕国。……甫、吕古同声。"《国语·郑语》："申吕方强。"是申国之外，又有吕国亦即甫国。据《一统志》，南阳西有董吕村，即古吕城所在。　[9]蒲：蒲柳，又名水杨，生长于水边，长不高，丛生，质性柔弱且树叶早落。　[10]许：姜姓侯国，其地在今河南许昌附近，与申、甫相距不远。

[点评]

《扬之水》，戍守南国士卒埋怨周平王政令不均的诗篇。西周东周之际，伴随周王朝衰落的是南方楚国迅速崛起并大举北进，申、吕等西周封邦被楚国吞并。诗篇的年代当在申、吕等国被吞并之前。诗篇的哀怨，不是不愿戍守南方的情绪，而是"为什么只有我们戍守"的不满。因此篇中"彼其"所指，很可能指的是姜姓诸侯之国。

兔 爰

有兔爰爰[1]，雉离于罗[2]。我生之初，尚无为[3]。我生之后，逢此百罹[4]。尚寐无吪[5]！

有兔爰爰，雉离于罦^[6]。我生之初，尚无造^[7]。我生之后，逢此百忧。尚寐无觉！

有兔爰爰，雉离于罿^[8]。我生之初，尚无庸^[9]。我生之后，逢此百凶。尚寐无聪^[10]！

[**注释**]

[1]爰爰：同"缓缓"，自由自在的样子。　[2]离：遭到。罗：网。　[3]为：各种作为。《郑笺》："军役之事也。"　[4]罹：忧患。　[5]尚：庶几，希冀之词。吪（é）：动。这句是说希望永远沉睡不动，以避免忧愁。　[6]罦（fú）：一种装有机关的网，可自动掩捕鸟兽，又称覆车网。　[7]造：同上文之"为"。　[8]罿（tóng）：罗网的一种。　[9]庸：用，与"为""造"同义。　[10]聪：闻，听。

[**点评**]

《兔爰》，生不逢时的哀叹。大概为宣王、幽王至平王期间作品，表达的是厌世悲观心理。世道的变迁带给诗中人是处境的没落，诗中人除了抱怨之外，就是采取"尚寐无吪""无觉"和"无聪"的鸵鸟政策，很没出息。诗中人又自比为雉，说一切苦难应由被他称为"兔"的人们承担，这就面目可憎了。诗篇可视作西周、东周之交贵族没落情绪的写照。

采　葛

彼采葛兮^[1]！一日不见，如三月兮！

彼采萧兮^[2]！一日不见，如三秋兮！

彼采艾兮[3]！一日不见，如三岁兮！

方玉润："千古怀友佳章。"（《诗经原始》）

[注释]

[1]彼：那。采：采集。　[2]萧：香蒿，又叫牛尾蒿。枝干晒干后燃烧，有香气。古代祭祀时常用牛尾蒿和动物油脂放在一起献给神灵。　[3]艾（ài）：一种可用以治病的草。《孟子·离娄上》："七年之病，求三年之艾。"艾草存放三年，药效才好。

[点评]

《采葛》，极言思情迫切的诗篇。诗篇的第一句以采葛、采萧和采艾起兴，以葛萧之物的茂盛引发思情的迫切。诗的妙处不在谁是诗中人、诗中所想为谁，而在表达出的思念的真切感受。以夸张之词表现深切的思情，且简捷明快，令人过目难忘。

大　车

大车槛槛[1]，毳衣如菼[2]。岂不尔思，畏子不敢[3]。

大车啍啍[4]，毳衣如璊[5]。岂不尔思，畏子不奔[6]。

榖则异室[7]，死则同穴。谓予不信，有如皦日[8]。

[**注释**]

[1]槛槛：车行走声。　[2]毳（cuì）衣：细毛做的衣服。菼：初生的芦荻，此处形容毳衣的嫩绿色。　[3]子：你。与上一句"尔"所指为同一人。　[4]啍啍：大车行走的沉重响声。　[5]璊（mén）：字当作"穈"，谷子的一种，幼苗为暗红色。此处指暗红色。　[6]奔：私奔。　[7]穀（gǔ）：活着。　[8]如：那。皦：白。

[**点评**]

《大车》，女子向心爱者表誓言的诗。此诗的情感是生死恋情，"谓予不信"四字表白可证。诗篇头两句，可以照旧说理解为写出巡大夫，而他的出巡，对诗中的男女私情是不利的，或许大夫出巡就是为压制一些地方上残留的男女自由相会的风俗。如此，诗篇可能表现的是这样历史：随着东周时代的到来，一些东方地域的原始婚姻风俗，或许遭到王朝有意地禁绝。

郑　风

郑国始封于西周晚期宣王朝，始封之君为宣王弟，名友，即郑桓公；初封之地在郑（今渭南华州区西北）。友做幽王朝司徒，深感王朝将乱，向太史伯请教逃亡之地，太史帮他选中了济、洛、河、颍四河之间包括虢（今河南荥阳北）、桧（今河南新郑西北）之国在内的地区，作为未来的生存之地。不久，王室大乱，郑桓公死，桓公之子武公率众东迁，灭掉虢、桧，将新的都城都于郑（今河南新郑）。此地受西周礼乐文明的影响不大，远古文化累积却十分深厚。《郑风》诗篇，男女相会的歌唱，与流行于卫地的"桑间之喜"有明显分别，其曲调也应属当时的新声。

《郑风》共二十一首，今选其十六。

缁　衣

缁衣之宜兮[1]，敝[2]，予又改为兮[3]。适子之馆兮[4]，还[5]，予授子之粲兮[6]。

缁衣之好兮，敝，予又改造兮[7]。适子之馆兮，还，予授子之粲兮。

缁衣之蓆兮[8]，敝，予又改作兮。适子之馆兮，还，予授子之粲兮。

陈继揆："敝字一句，还字一句，诗家折腰句之祖。"（《读风臆补》）

牛运震："只是改衣、适馆、授粲三事，写得绸缪缠绵。"（《诗志》）

[注释]

[1]缁衣：黑色朝服。《毛传》："卿士听朝之正服也。"缁衣布料为麻，要经过七次浸染才成缁色，工序最为繁多，所以贵重。宜：合身。 [2]敝：同"弊"，破旧。 [3]为：制作。 [4]适：往。馆：官署。 [5]还（xuán）：通"旋"，归来。 [6]予：我，在此指代周王。下面"改为""改作"之"予"，都指周王。粲：鲜亮貌。 [7]造：制作。 [8]蓆（xí）：宽大。

[点评]

《缁衣》，郑武公、庄公父子相继为周王卿士，诗篇即赞叹此事。"周之东迁，晋、郑焉依"（《左传·隐公六年》），郑是东周初期王室特别倚仗的诸侯之一。郑武公和郑庄公父子相继入朝为王卿士，辅佐大政，这让郑国人感到自豪，诗篇即表此情。在表现上诗采取的是模拟兼比喻的手法，"敝"了"缁衣"又"改为"，暗示的是两代卿士的更迭；"予"（指代周王）的"适馆"又"授粲"，则模拟王对郑两代君主的殷勤与尊重，情感的表达十分委婉又十分真切。诗每章之中三易句式，一句一转，缠绵往复；其中一字句"敝""还"的使用，令诗篇特具曲折变化之妙。

将仲子

将仲子兮[1]，无逾我里[2]，无折我树杞[3]。岂敢爱之[4]？畏我父母。仲可怀也[5]，父母之言，亦可畏也。

将仲子兮，无逾我墙，无折我树桑[6]。岂敢爱之？畏我诸兄。仲可怀也，诸兄之言，亦可畏也。

将仲子兮，无逾我园[7]，无折我树檀[8]。岂敢爱之？畏人之多言。仲可怀也，人之多言，亦可畏也。

牛运震："仲可怀也，亦可畏也。较量得细贴婉切，至情至性，恻然流溢。"（《诗志》）

《孔子诗论》："将仲之言，不可不畏也。"

以他人之言提醒仲子。吴闿生："语语是拒，实语语是招，蕴藉风流。"（《诗义会通》）

[注释]

[1] 将（qiāng）：请，祈求、央告之意。仲子：古代兄弟排行，第二称仲，仲子，对心上人的昵称。　[2] 逾：翻越。里：院墙。古代乡村，五家为邻，五邻为里，每一里都用墙围着。　[3] 树杞：即杞树。严粲《诗缉》谓《诗经》中杞有三种，一为柳属，即此篇所唱；另外一为山木，一为枸杞。　[4] 爱之：爱惜，舍不得。之，指代树杞。　[5] 怀：思念。　[6] 树桑：桑树。　[7] 园：园墙，

院墙。　[8]树檀：檀树，高大而木质坚硬的树。

［点评］

《将仲子》，女子以拒绝口吻提醒心上人行事小心的诗篇。高墙大树的防范，翻墙折木的相会，这样表现古老乡里的爱情，十分特别，却不让人觉得陌生。仲子的胆大心粗，与女子类似祷告的声声吁求，相映成趣。诗中人的声声告诲，都是对"仲子"的提醒，是保护爱情的继续，也是维护着自主的恋情。在"可畏"与"可怀"之间，隐含着爱情和礼教的冲突。这正是诗篇的动人之处。

叔于田

叔于田[1]，巷无居人[2]。岂无居人？不如叔也，洵美且仁[3]！

叔于狩，巷无饮酒[4]。岂无饮酒？不如叔也，洵美且好！

叔适野[5]，巷无服马[6]。岂无服马？岂不如叔也，洵美且武！

孙鑛："'巷无居人'句，下得煞是陡峻。"（《评诗经》）

［注释］

[1]叔：男子的称谓，《诗经》中常见。一说叔即郑庄公弟共叔段，他的封地在京，《左传·隐公元年》谓："请京，使居之，谓之京城大叔。"后被郑庄公赶出国，死于国外。于田：田，

即"畋"（tián），狩猎。于田即去打猎的意思。　[2]巷：里巷。　[3]洵（xún）：实在。仁：自得貌。仁、夷古通，仁即夷。据于省吾《新证》。　[4]饮酒：古代狩猎之后，有饮酒之礼。　[5]野：野外，即狩猎之处。　[6]服马：指驾车之马。

[点评]

《叔于田》，盛赞中暗含讽刺的诗篇。诗篇赞一个人却专从他的英武上说，无半个字直接或间接地涉及人物内涵，多读一遍即觉得有言外之意。稳妥地说，诗人这样写，是有意表达些什么。表达什么呢？回答是："叔"的张狂。"巷无居人""饮酒"等，正是表诗中"叔"的眼空无物的意态。这样，旧说诗篇与共叔段有关，倒也合情合理。诗篇豪爽而不失婉曲。

清　人

清人在彭[1]，驷介旁旁[2]。二矛重英[3]，河上乎翱翔[4]。

清人在消[5]，驷介麃麃[6]。二矛重乔[7]，河上乎逍遥。

清人在轴[8]，驷介陶陶[9]。左旋右抽[10]，中军作好[11]。

孙鑛："只貌其闲散无事，而刺意自见。其色态乃在介、矛等字面上。"（《评诗经》）

牛运震："偏说得安闲自在。安有以三军之重而翱翔、逍遥者？不必说到师溃，隐然已见。"（《诗志》）

牛运震："'作好'字嘲笑入妙，极无聊，却说得极兴致。一篇游戏调笑之词。"（《诗志》）

[注释]

[1]清人：清邑的人，指高克及其军队。清，据郦道元《水经注》，在今河南省中牟西。彭：黄河边卫国地名。《毛传》："彭，卫之河上，郑之郊也。"《孔疏》："卫在河北，郑在河南，恐其渡河侵郑，故使高克将兵于河上御之。"　[2]驷介：披着铁甲的马，一车四马，所以称驷。旁旁：马强壮貌。三家《诗》作"骄骄"，《说文》："马盛也。"　[3]二矛：古代战车上通常要装备各种长短兵器，此处仅言两矛，即酋矛和夷矛，酋矛短，夷矛长，故称二矛。英：矛柄上的羽毛装饰。　[4]翱翔：彷徨，徘徊，进退不定的样子。下文"逍遥"义同。　[5]消：地名。　[6]麃（biāo）麃：雄武貌。　[7]乔：雉鸟的羽毛。《韩诗》作"鷮"，即用鷮羽为矛柄装饰。　[8]轴：地名。　[9]陶（yáo）陶：车马驱驰的样子。　[10]左旋：战车向左旋转，是车战基本战术动作。古代战车，若车上有两人，御者居左，甲士居右，若三人，则一人居中，还是左为御者，右为甲士。而居右的甲士又是手执戈矛的勇力之士，是战阵中的攻击手，所以，战车左转，才可使甲士处在外侧向敌的位置，以便其攻击和防御。据孙机《中国古舆服论丛》。右抽：车右在战车左旋时，作抽矢或抽戈作射击刺伐动作。这句是说御者与甲士战术动作配合得很好。抽字亦作"搯"。　[11]中军：即军中。作好：各种军容阵势做得好。与上两章"翱翔""逍遥"同意。

[点评]

《清人》，写高克之师徘徊黄河岸边的诗篇。此诗的背景与《鄘风·载驰》相同，都是卫国遭受北狄入侵时的作品。郑、卫系周同姓国家，在卫国遭受灭顶之灾的危急时刻，郑国装备精良的将士们却在边境上"翱翔""逍遥"，徒作军容之好，这是很具讽刺意味的。《毛序》说诗刺郑文公，字面看不出这样的意思，其实是暗藏在字面后头的。这是诗的含蓄处。

遵大路

遵大路兮[1]，掺执子之祛兮[2]。无我恶兮[3]，不寁故也[4]。

遵大路兮，掺执子之手兮。无我魗兮[5]，不寁好也[6]。

[注释]

[1]遵：循、沿着。　[2]掺（shǎn）：执，持。祛（qū）：有边缘的袖口。　[3]恶：厌恶。　[4]寁（zǎn）：速去，很快离去。故：故旧。这句是说不宜这样快地离开故旧。　[5]魗（chǒu）：厌弃。　[6]好：亲好。

[点评]

《遵大路》，郑国迎送各国路过使臣的乐歌。考郑国地理位置，正处于东西南北的交通大道。"无我恶（魗）""不寁故（好）也"等句，不过是在以自谦的方式，向对方表示结好之意。外交辞令，却表达得缠缠绵绵如同情歌，正是《郑风》"新声"特有的可喜之处。

女曰鸡鸣

女曰鸡鸣，士曰昧旦[1]。子兴视夜[2]，明星有烂[3]。将翱将翔，弋凫与雁[4]。

弋言加之[5]，与子宜之[6]。宜言饮酒，与子偕老[7]。琴瑟在御[8]，莫不静好[9]。

知子之来之[10]，杂佩以赠之[11]。知子之顺之[12]，杂佩以问之[13]。知子之好之[14]，杂佩以报之[15]。

[**注释**]

[1]昧旦：黎明，天将亮未亮的时刻。 [2]子：你，指丈夫。兴：起床。 [3]明星：启明星，此星升起天就要亮了。子兴两句，当为女子之词。 [4]"将翱将翔"二句：是说天亮后水鸟就要飞起来了，正好射猎。弋：弋射，古代用拴系丝绳的箭射取高飞禽鸟，叫作弋。弋射的箭叫作矰，不开刃，平头。据考古发现，讲究的矰，还有各种纹饰。弋射连着矰的绳，叫作缴（zhuó），以生丝制成；丝线的另一头还要拴系长圆形石头。弋射难度高，对飞鸟发矰，需要把握好角度，当矰与鸟相撞的时候，矰会在连着磻的丝绳作用下翻转下折，缠绕鸟的脖颈。据扬之水《诗经别裁》。凫：野鸭，潜水候鸟，体型大。雁：大雁，候鸟，体型似鹅，劲和翼较长，尾和足较短，善飞，能游水，最常见的为鸿雁。古语凫、雁常连言，其实指的是一种鸟，如《荀子·富国》："飞鸟凫雁若烟海。"两种候鸟迁徙有相当准确的时令；又，两鸟因形体较大，被一般箭射伤犹能飞走，所以古人多用弋射加之。 [5]言：而。加：射中，以矰缴相加。 [6]与：为，介词。宜：肴，烹饪，以适当的方法烹饪。《周礼·天官·食医》："凡会膳食之宜，牛宜稌，羊宜黍，豕宜稷，犬宜粱，雁宜麦，鱼宜苽。"郑注："会，成也。谓其味相

張爾岐云："此诗人凝想点缀之词，若作女子口中语，似觉少味，盖诗人一面叙述，一面点缀，大类后世弦索曲子。《三百篇》中述语叙景，错杂成文，如此类者甚多，《溱洧》《齐·鸡鸣》皆是也。"（《蒿庵闲话》）

牛运震云："庄正和雅，《周南》风调复见于此。"（《诗志》）

成。"主要讲的是食物间的搭配。　[7]"宜言饮酒"二句：射猎回来一起饮酒。偕老：一起生活到老。以上四句为女子之言。　[8]琴瑟：比喻和谐的夫妻关系，又见《周南·关雎》《小雅·常棣》。御：用，弹奏。　[9]静好：嘉好。　[10]知子：了解你的人。来之：来之，即前来。　[11]杂佩：集诸玉石制成的佩戴饰。杂，聚集。故《毛传》以"珩、璜、琚、瑀、冲牙之类"释之。一说杂佩不仅限于玉石之类，据《礼记·内则》，凡觽、燧、箴、管之物件，古人都佩戴。两句是说，你的知己好友来了，我也会尽女主人之谊，赠送对方佩戴之物以示好。《左传·庄公二十一年》："王以后之鞶鉴予之。"与此处女子以杂佩送人相似。　[12]顺：顺心，在此有喜爱的意思。　[13]问：赠送。《左传·哀公二十六年》："卫出公自城鉏使以弓问子赣。"即其例。　[14]好：喜欢，令其欢喜。　[15]报：答谢。女子口吻，送物品给"知子"者，是表示对他与自己丈夫交好的答谢。

[点评]

《女曰鸡鸣》，赞美贤内助的诗篇。诗篇所表，是一段恩爱夫妻黎明之际的体己话，勤劳是对话的主旨，女子是对话的主角。她是丈夫生产的催促者，也是甜美生活的主理者，还是丈夫生活交往的辅佐者。诗篇这样写，表明那时的诗人是承认女性在家庭生活中的作用的。艺术上，前两章主要为对话，第三章全是女子独白，颇有循循善诱的大姐姐气息。虚词"之"字的用法，就使得语气相当和顺，颇符合说话人的口吻。

山有扶苏

山有扶苏[1]，隰有荷华[2]。不见子都[3]，乃见狂且^[4]！

山有桥松^[5]，隰有游龙^[6]。不见子充^[7]，乃见狡童^[8]！

[注释]

[1]扶苏：即唐棣树。又称杨（yí）、夫杨，字又作"扶疏"。适宜生长在山地疏林间或灌木丛中，不耐潮湿。　[2]隰：低洼湿地。荷华：荷花。　[3]子都：古代美男子之称。《孟子·告子上》："至于子都，天下莫不知其姣也。"　[4]狂且（jū）：愚狂。且，马瑞辰《通释》："且当为伹字之省借。"伹：笨。　[5]桥松：高大的山松。桥通"乔"，高大。　[6]游龙：红蓼，又称红草。喜生在水边湿地，枝叶和果实均可入药，有清热化痰、解毒、明目之疗效。红蓼所以称游龙，郑玄解释，是因为该草枝叶放纵，恰如红色游龙。　[7]子充：指美男子。《孟子·尽心下》："充实之谓美。"　[8]狡童：狡黠的年轻人。骂人的话，犹言家伙、小子。

[点评]

《山有扶苏》，男女相会时节女子对男子的俏骂之辞。古代有桑间水畔男女自由相会的风俗，此诗当是这一风俗的表现。诗篇看上去是斥骂，实际是喜爱，俗语"打是亲，骂是爱"，即诗中之"骂"的实情。诗的风调豪爽，画面也十分绚丽。高处是茂盛的唐棣、高松，低地有枝叶纵放的红蓼、荷花，色彩何等鲜艳，美景何等明媚。茂林花丛之中，男女自由地抒发恋慕之情，正是此诗特有的青春气息。

萚 兮

萚兮萚兮[1]，风其吹女[2]。叔兮伯兮，倡予和女[3]。

萚兮萚兮，风其漂女[4]。叔兮伯兮，倡予要女[5]。

戴震："以槁当风，吹摇不定之象。"（《诗经考》）

[**注释**]

[1]萚（tuò）：枯叶。 [2]女：汝，指萚。 [3]倡：即唱。和：以歌声相应和。 [4]漂：飘。 [5]要：约请，邀。

[**点评**]

《萚兮》，邀人唱和之词。《左传·昭公十六年》记载郑国六卿饯晋国大臣韩起（谥号宣子）："子柳赋《萚兮》，宣子喜，曰：'郑其庶乎！二三君子以君命贶（kuàng，赠，赐）起，赋不出郑志，皆昵燕好也。'"可见在春秋较晚时《萚兮》被认为是表达"昵燕好"的诗，而所谓"昵燕好"就是亲昵和好。诗为男女情人之间的相和歌词。

狡 童

彼狡童兮[1]，不与我言兮。维子之故[2]，使我不能餐兮！

彼狡童兮，不与我食兮。维子之故，使我不能息兮[3]！

言寝不安枕。陈继揆云："若忿，若憾，若谑，若真，情之至也。"（《读风臆补》）

[注释]

[1]狡童：见《山有扶苏》注。在此为亲昵之词。　[2]维：惟，因为。　[3]不能息：息，吸气。不能息是因憋闷而不能安歇的意思。

[点评]

《狡童》，女子的怨歌。情人闹别扭后，彼此赌气不再理睬对方，于是女子寝食不安，心生怨艾。全诗似直而曲，一咏三叹。诗先表男的勉强与自己一起吃饭，却不理不睬；后来干脆连饭都不在一起吃了。一路写来，将身处情爱困扰中难以自拔的女子情怀，描摹得入木三分。

褰　裳

子惠思我[1]，褰裳涉溱[2]。子不我思，岂无他人？狂童之狂也且[3]！

子惠思我，褰裳涉洧[4]。子不我思，岂无他士？狂童之狂也且！

戴君恩云："多情之语，翻似无情。"(《读风臆评》)

[注释]

[1]惠：疑问词，相当于"其"。字应作"叀"，甲骨文中常见。据于省吾《甲骨文字诂林》引唐兰说。句意为你可思我吗。　[2]褰裳（qiān cháng）：撩起衣裳。古代上衣下裳，裳，类似今天的裙。溱（zhēn）：郑国水名，古又称潧水、邻水，发源于今河南新密境内，东南流与洧水合流。东南流经郑国都城，至今河南西华入颍。溱洧水畔，与卫之桑中、陈之宛丘一样，为当时男女会合之

地。　[3]狂童：狂妄、任性的小子。且（jū）：语气词。　[4]洧（wěi）：郑水名，发源于今河南登封阳城山地，东南流接纳溱水后（今称双洎河），经郑国都城西南，东南流至今河南西华入颍。《左传·昭公十九年》："郑大水，龙斗于时门之外洧渊。"渊即深潭，在新郑东南不远处。

［点评］

《褰裳》，最后通牒式的"男女相悦"之诗。理解诗的感情基调，在诗篇两章的最后一句。发出"通牒"的女方，要的只是对方的一个明确答复，泼辣真够泼辣，烈性也真烈性。"狂童"如何狂不写，女的如何受"狂"之折磨不写，都从一句骂詈中带出。诗篇用笔十分经济，却突出了女子性情的爽利。准确说，这应该是溱洧河畔男女相会打情骂俏的歌唱，是古老的"野性"婚恋习俗下的男女风情之诗。

风　雨

风雨凄凄，鸡鸣喈喈[1]。既见君子，云胡不夷[2]！

风雨潇潇[3]，鸡鸣胶胶[4]。既见君子，云胡不瘳[5]！

风雨如晦，鸡鸣不已。既见君子，云胡不喜！

陈震云："'凄凄'第动于气，'潇潇'则传于声矣。'喈喈'犹清音乍引，'胶胶'则长吭迭赓矣。'夷'则惬怀人之素愿，'瘳'则愈忧世之深衷矣！妙！"（《读诗识小录》）

[注释]

[1]喈喈：拟声词，鸡鸣声。　[2]夷：喜悦。　[3]潇潇：风雨声。　[4]胶胶：鸡鸣声。胶，或应作"嘐"。　[5]瘳（chōu）：病愈为瘳，在此有心情变好的意思。

[点评]

《风雨》，风雨暗夜中喜见归人的诗篇。一说，乱世思君子的诗。两种理解的分歧在如何理解诗篇头两句。若是理解为起兴之词，那就是一种象征，如此，诗篇即表达的是深处乱世，幸遇君子的欣喜。主此说的是《毛诗序》。诗篇也可以作另外的理解，"风雨凄凄，鸡鸣喈喈"，也就是对现实境况的白描。诗篇所表，是风雨夜归人的篇章。诗表达的情感十分雄沉，抑郁而能破闷，逆境而见前景，身处黑暗犹不失信念。对"鸡鸣"这一光明与黑暗交替之际特有现象的精彩描摹，仿佛不经意间一下子唤醒了天地精神，读之令人神形超旷。

牛运震云："'悠悠'二字，有无限属望。"（《诗志》）

责对方不来相见。上文言佩玉之丝带，此处言丝带所系之物，两者合为一物。暗示思与所思两者关系。

子　衿

青青子衿[1]，悠悠我心。纵我不往[2]，子宁不嗣音[3]？

青青子佩[4]，悠悠我思。纵我不往，子宁不来？

挑兮达兮[5]，在城阙兮[6]。一日不见，如三月兮！

[注释]

[1]青：黑色。古代青指黑颜色，如戏剧行当青衣即指穿黑色衣服的女子。子：你的。衿（jīn）：佩玉的丝带。《尔雅·释器》："佩衿谓之褑。"郭璞注："佩玉之带上属。"　[2]纵：纵然。　[3]宁：难道。嗣音：续通音信的意思。嗣，继续。音，音信。嗣，《韩诗》《鲁诗》作"诒"，送信的意思。　[4]佩：可以佩戴的玉石。《礼记·玉藻》："凡带必有佩玉。"　[5]挑兮达兮：乍往乍来貌。一说为欢跃的意思。　[6]城阙：古代城门外左右两旁的高台，登之可以游观。

[点评]

《子衿》，表怨望之情的诗。此诗之情，要不出友情、爱情两端，而更像后者。诗中有意思的是"纵我不往，子宁不嗣音""不来"几句。怜惜对方而又先自忍着，观察对方的表现，考查对自己的态度。对方还没有怎么样，自己就又先自怨自责起来了。这都是情人之间的常态惯伎。善体人情，是《诗经》亘古常新、魅力永恒的地方。小诗情调幽怨，自有其风致嫣然处。

扬之水

扬之水[1]，不流束楚。终鲜兄弟[2]，维予与女[3]。无信人之言，人实迋女[4]。

扬之水，不流束薪。终鲜兄弟，维予二人[5]。无信人之言，人实不信[6]。

[注释]

[1]扬之水：浅濑之水。见《王风·扬之水》注。 [2]终：既。鲜：少。 [3]维：只有。维、惟古代通用。 [4]迋（guàng）：欺骗。字义同"诳"。 [5]二人：同心者极少的意思。 [6]不信：不可信。陈奂《传疏》："不信，犹诳也。"

[点评]

《扬之水》，告诫亲人团结互信的篇章。诗篇拿他人与兄弟相比，强调手足兄弟人少，应当倍加珍惜，他人虽多，却不可信赖。

出其东门

出其东门^[1]，有女如云。虽则如云，匪我思存^[2]。缟衣綦巾^[3]，聊乐我员^[4]！

出其闉闍^[5]，有女如荼^[6]。虽则如荼，匪我思且^[7]。缟衣茹藘^[8]，聊可与娱！

[注释]

[1]东门：郑国都城的东门即城关地带，是交通要道，市集繁华。 [2]思存：思念，挂怀。 [3]缟（gǎo）衣：白色衣服。缟是未经染色的绢布。綦（qí）巾：浅绿色的佩巾。 [4]聊：姑且。员：同"云"，语气词。如《石鼓文》："君子员猎，员猎员游。"一说云即妘，祝融后代之姓。 [5]闉闍（yīn dū）：筑有高台的瓮城。《毛传》："闉，曲城也。闍，城台也。"曲城（古本也作城曲）是城门外的护门城墙，半圆形，城墙上又常筑高台。 [6]荼：茅草、

茜草之类，秋天杆、穗皆呈白色。《国语·吴语》："万人以为方阵，皆白裳、白旂、素甲、白羽之矰，望之如荼。"诗用以形容东门女子服装颜色。　[7]且（cú）：存，留意。通"徂"，《尔雅·释诂》："徂，存也。"　[8]茹蘆（lú）：一种可以做染料的茜草，可以染绛。此指代绛红色衣巾。

[点评]

《出其东门》，表达专一感情的诗篇。用语中"聊"字即聊且，含所需甚少的意思。需求少是因知足，知足是因心中有定，有定则可以不受浮靡的诱惑。值得注意的是诗中"东门"之外女子的"如云""如荼"，都是说女子的服装为白色。殷人尚白，在周代殷人又多从事商业活动，如此，诗篇中女子，似乎都是殷商遗民。果然如此的话，诗篇让我们看到了殷商遗民在郑国城门忙碌生计的吉光片羽，十分难得。

野有蔓草

野有蔓草[1]，零露漙兮[2]。有美一人，清扬婉兮[3]。邂逅相遇[4]，适我愿兮[5]！

野有蔓草，零露瀼瀼[6]。有美一人，婉如清扬[7]。邂逅相遇，与子偕臧[8]！

言各适其愿。陈继揆云："'婉如清扬'是倒句，亦是妙句。"（《读风臆补》）

[注释]

[1]蔓草：蔓延的草，即茂盛的草。　[2]零：落。漙（tuán）：

露珠圆团的样子，一说露珠盛多貌。　[3]清扬：眉目之间清秀貌。婉：美好貌。　[4]邂逅（xiè hòu）：佳偶巧合，一见钟情。此处指所遇之人。　[5]适：顺，遂心。　[6]瀼（ráng）瀼：露水浓郁貌。　[7]婉如：婉然。　[8]偕：一起。臧（zāng）：藏。偕臧，即一起隐藏。一说，臧，好。

[点评]

《野有蔓草》，男女相会一见钟情、各遂心愿的诗。春天男女相会，"邂逅""适愿"又与《召南·野有死麕》中"吉士诱之"之事相类。不过此诗只是抒发遂愿后的喜悦心情，表现方法上有所不同。诗的格调清新明丽，硕大的露珠零落在青青的野草上，生机勃勃。诗之所表，也是属于原始婚俗的恋情。

溱 洧

陈继揆云："始用'方'字，下转一'既'字，继转一'且'字，而复转一'洵讦且乐'字、'伊其'字，诗家转折之妙，无逾于此者。"（《读风臆补》）

牛运震云："两'方'字神色飞动。"（《诗志》）

溱与洧[1]，方涣涣兮[2]。士与女，方秉蕳兮[3]。女曰："观乎[4]？"士曰："既且。""且往观乎[5]！洧之外，洵讦且乐[6]。"维士与女，伊其相谑[7]，赠之以勺药[8]。

溱与洧，浏其清矣[9]。士与女，殷其盈矣[10]。女曰："观乎？"士曰："既且。""且往观乎！洧之外，洵讦且乐。"维士与女，伊其相谑，赠之以勺药。

[**注释**]

[1]溱、洧：郑国都城附近河流。参《褰裳》"涉溱""涉洧"两句注。　[2]涣涣：春水荡漾貌。　[3]秉：手持。蕳（jiān）：泽兰，多生泽旁，喜潮、阴凉，茎叶有香气，佩之可以避邪气。郑国人喜爱兰，誉之为国香。兰草而名之曰蕳，与坚谐音，秉蕳、赠蕳，坚定情意也。　[4]观：看。　[5]且（cú）：通"徂"，往，去。此两句为男女对话，女子劝男子再次前往溱洧之地游观。　[6]洵：实在，真的。訏（xū）：大。指场面大、热闹。　[7]伊：他们。相谑：互相戏谑、调笑。　[8]赠：互赠。勺药：即芍药花，又名将离、可离，多年生草本，根子粗壮。又，芍与妁、药与约谐音，所以诗言"赠芍药"是表达成约定情之意。　[9]浏：水清澈貌。　[10]殷：众多。

通篇所写都是局外人视角。姚际恒云："诗中叙问答，甚奇。"（《诗经通论》）

[**点评**]

《溱洧》，表现郑地溱洧河畔男女相会场面的篇章。诗篇所表，与夏历三月三日即所谓上巳之日的河畔被禊礼俗有关。诗篇的述说，表明诗人是局外的观察者，以记录一对男女相约对话的方式，表现郑国特有的男女相悦的风俗。诗因记录对话，句子长短不齐，是汉乐府杂言的先声。春光明媚、绿水荡漾的和畅光景，古老而人性的淳朴风俗，男女青年适意的交往，这些已让诗篇十分迷人，两种花草的出现，又不啻锦上添花，活色生香！

齐　风

西周建立后，封太师姜尚于泰山以北地区，是为齐国。考古显示，"最初齐地的淄、淠地区，从新石器到商周时代，其文化发展水平始终处于这一大片地区的最前列"〔苏秉琦主编《考古学文化论集》（二），文物出版社 1989 年，第185 页〕。在大汶口文化墓葬中曾发现过产于美洲的地平龟甲（房仲甫《殷人航渡美洲再探》，《世界历史》1983 年第3 期），即可知此地先民交流之广泛了。齐国地处平原山地交错地带，东部又分布广大的莱夷。人群错杂，文化开放。姜太公建齐，在文教上主要因袭旧有传统，古老习俗得以延续。齐国长女不嫁，作为"巫儿"的习俗（见《汉书·地理志》）以及文姜与齐襄公兄妹之间的私情，可能就是古老婚姻习俗延续的结果。齐国还深受土著东夷人群的文化影响。《后汉书·东夷传》言东夷人"喜饮酒歌舞"，又有学者说"东方夷人好战好猎"（朱骏声《说文通训定声》），起码其"好猎"的风尚在《齐风》中是有所体现的。齐风舒缓，风格宏大。《左传·襄公二十九年》记载"季札观乐"："为之歌《齐》，曰：'美哉！泱泱乎大风也哉！表东海者，其大公乎！'"是很高的评价。

《齐风》十一篇，今选其九。

鸡　鸣

男女对答之辞，或许诗篇歌唱为歌舞形式。女曰鸡鸣，男曰苍蝇。男子之言，令人发笑。

鸡既鸣矣[1]，朝既盈矣[2]。匪鸡则鸣[3]，苍蝇之声[4]。

东方明矣，朝既昌矣[5]。匪东方则明，月出之光。

虫飞薨薨[6]，甘与子同梦。会且归矣[7]，无庶予子憎[8]。

[注释]

[1]鸡既鸣矣：鸡已经叫了。《史记·历书》："鸡三号，卒明。"以鸡鸣三遍判断黎明早晚的做法，在北方乡间，一直使用到二十世纪六七十年代。又，周代设有鸡人之官，《周礼·春官宗伯·鸡人》："掌共鸡牲，辨其物。大祭祀，夜呼旦以叫百官。凡国之大宾客、会同、军旅、丧纪，亦如之。"朝有大事，鸡人则负责报时。又，还有一种名为《鸡鸣》的古曲，《尚书大传》："夫人御君，太史奏《鸡鸣》于阶下，少师奏《质明》于陛下。"此篇歌唱，不知是否为太师所奏古曲在齐国的流传。　[2]朝：朝堂。盈：满。上朝的人已经满了。　[3]匪：非，不是。　[4]苍蝇：俗称绿豆蝇，个头较大，声响也大。一说蝇字当作"䖵"，即"蛙"。　[5]昌：盛，人多的意思。　[6]虫：即上文所说的苍蝇。薨薨：犹言"轰轰"，状声词。亦见《周南·螽斯》。　[7]会：朝会。古代上朝，一般在黎明时分。归：归去，犹言"散会"。　[8]庶：幸而，侥幸。此句是说希望不要因为我而使人们憎恨你。

[点评]

《鸡鸣》是一阕劝诫早起、不贪睡的歌曲。篇章的形式是对话体，可知当初演唱形式为歌舞对唱。诗篇中男女一庄一谐，讽刺的意味颇浓。诗篇的巧妙处在于此，刻画鸡鸣时该起不起的懒样，实含劝诫的意味。

还

子之还兮[1]，遭我乎猺之间兮[2]。并驱从两肩兮[3]，揖我谓我儇兮[4]。

子之茂兮[5]，遭我乎猺之道兮。并驱从两牡兮[6]，揖我谓我好兮。

子之昌兮[7]，遭我乎猺之阳兮[8]。并驱从两狼兮，揖我谓我臧兮[9]。

姚际恒云："多以'我'字见姿。"（《诗经通论》）

方玉润云："猎固便捷，诗亦轻利。神乎技矣！"（《诗经原始》）

[注释]

[1]还（xuán）：通"旋"，轻便灵活。一说还即"环"，亦即营邱之营，为地名，下文的"茂""昌"也是地名。　[2]遭：相遇。乎：于。猺（náo）：齐国山名，在今山东临淄齐都镇南，今考齐都镇以南数十公里范围内，从海拔一百米到四百米的山有数座，具体哪一座，则无法确定。　[3]从：追逐。两肩：三岁的野猪称豜。肩，通"豜"。　[4]揖：作揖，拱手。儇（xuān）：敏捷利索。　[5]茂：有风采。　[6]两牡：野兽雄的称牡。　[7]昌：盛壮貌。　[8]阳：山南为阳。　[9]臧：强壮。据俞樾《群经平议》，臧、壮音近义通。

[点评]

《还》，猎人相遇相惜的歌唱。诗篇固然透露出的是齐人的崇尚狩猎，反复的"揖我谓我"句式，则又清晰显出一副自负自矜的兀傲之态。诗每章开首一句，是赞誉对方，结束一句，对方赞己，中间写并辔而驱，是棋逢对手。寥寥数语，开合有致，富于变化。

著

俟我于著乎而[1]，充耳以素乎而[2]，尚之以琼华乎而[3]。

俟我于庭乎而，充耳以青乎而[4]，尚之以琼莹乎而[5]。

俟我于堂乎而，充耳以黄乎而[6]，尚之以琼英乎而[7]。

言俟我于两门之间。牛运震云："别调隽体。通篇借新妇语气，奇妙。"（《诗志》）

[注释]

[1]俟：等待。著：屏门和正门之间。亦作"宁"。　[2]充耳：又名瑱，塞耳的玉石，用丝线悬挂在冠冕两侧。素：白，指系玉石的丝绳。乎而：语气词。　[3]尚之：尚，加。之：指丝绳。尚之即在丝绳上系上玉石的意思。琼华：似美玉的石头。　[4]青：青色的丝绳。　[5]琼莹：似玉的美石。　[6]黄：黄色的丝绳。　[7]琼英：与"琼华""琼莹"义同。

[点评]

《著》，齐地婚仪上的乐歌，颇带调笑色彩。诗篇的特别之处，在其选取了符合新娘子身份的一个细节，即偷眼观看新郎的举动，来反复歌咏之。诗篇善戏谑的格调由此而定，浓郁的生活气息也由此而生。妙的是，偷眼观瞧了半天，也只是瞧到"他"耳旁的佩戴，最终也没敢往人家的脸上瞄。小小的细节，把古代女子特有的羞涩之情淋漓尽致地表现出来。

东方之日

东方之日兮[1]，彼姝者子[2]，在我室兮。在我室兮，履我即兮[3]。

东方之月兮，彼姝者子，在我闼兮[4]。在我闼兮，履我发兮[5]。

言姝子履我膝。以初升旭日喻姝子，奇妙。

[注释]

[1]东方之日：比喻女子美丽。马瑞辰《通释》："古者喻人颜色之美，多取譬于日月。……宋玉《神女赋》：'其始出也，耀乎若白日初出照屋梁；其少进也，皎若明月舒其光。'义本此诗。"　[2]姝（shū）：美丽。　[3]履：踩。即（xī）：膝盖。于鬯《香草校书》："'即'即'卩'，亦即'膝'。"杨树达《积微居小学述林》亦有此说。古代跪坐在席上，所以能踩到膝。　[4]闼（tà）：门内，屋里。　[5]发：脚、足。于鬯《香草校书》："'发'即'足'，古人席地跪坐，两足在后脚心朝上，成八字状，此即'发'。"杨树达《述林》说同。

[点评]

《东方之日》，齐地闹洞房的戏谑歌。诗中"履我"膝、足云云，就是闹洞房者自比新郎"占便宜"的话。这是诗篇中"我"字的来历。更多情况的说明，请参看《唐风·绸缪》篇。另外，诗篇以东方旭日的明丽比喻少女的娇美，曾启发过宋玉、曹植等。

东方未明

东方未明，颠倒衣裳[1]。颠之倒之，自公召之[2]。

东方未晞[3]，颠倒裳衣。倒之颠之，自公令之。

折柳樊圃[4]，狂夫瞿瞿[5]。不能辰夜[6]，不夙则莫[7]！

[注释]

[1] 衣裳：古时服装，上为衣，下为裳。　[2] 公：指齐国君主。　[3] 晞：天亮。　[4] 樊：动词，圈围篱笆。　[5] 狂夫：无知的人。瞿（qú）瞿：疑惑貌。两句的意思是柳枝柔弱不能用来做篱笆，如那样做，连无知的人也会疑惑。古有所谓司时之官，称挈壶氏，两句是比喻司时官的用人不当。　[6] 辰夜：早晨和夜晚。　[7] 夙、莫：早、晚。两句是说不能掌握时间的人报时，不是晚了，就是早了。斥责政令不当、瞎指挥。

[点评]

《东方未明》，讽刺朝廷司时错乱的诗。古代早朝本有确定时刻，现在却乱了套，致使臣子们衣裳颠倒、狼狈不堪。诗人说大臣们的不满和愤慨，都在第三章中表达出来。朝堂之上，连议政的时间都弄不准，其政务的一般也就不言而喻了。

南 山

南山崔崔[1]，雄狐绥绥[2]。鲁道有荡[3]，齐子由归[4]。既曰归止[5]，曷又怀止[6]？

葛屦五两[7]，冠緌双止[8]。鲁道有荡，齐子庸止[9]。既曰庸止，曷又从止[10]？

艺麻如之何[11]？衡从其亩[12]。取妻如之何[13]？必告父母[14]。既曰告止，曷又鞠止[15]？

析薪如之何[16]？匪斧不克[17]。取妻如之何？匪媒不得。既曰得止，曷又极止[18]？

言婚姻必有媒妁之言。陈继揆云："全用诘问法，令其难以置对，的是妙文。"（《读风臆补》）

[注释]

[1]南山：齐国山名。一说即泰山。崔崔：高大貌。　[2]雄狐：公狐。比喻齐君襄公。《左传·僖公十五年》载秦晋交战，秦人占卜，"其卦遇蛊☶☴，曰：'千乘三去，三去之余，获其雄狐。'夫狐蛊，必其君也。"是以雄狐比喻晋君。绥绥：毛茸茸的样子。古代嫁娶在秋冬之际，文姜自齐至鲁，《春秋》记载在九月，即

今阳历十月、十一月间，正是狐狸毛开始变厚时。　[3]鲁道：从齐国通往鲁国的大道。有荡：平坦。有，结构词。　[4]齐子：齐国之女公子，历来以为此齐子即指文姜，鲁桓公之妻，庄公之母。归：嫁人。　[5]止：语尾助词。下文同。　[6]怀：思恋、贪恋。可能指文姜和齐襄公，讥讽其贪恋非分之情。　[7]葛屦（jù）：麻布鞋。屦，鞋。鞋子因成双，故用以暗示夫妻。五：行列。此处"五"即"伍"。两：两两成双。通"緉"。《说文》："緉，履两枚也。"段玉裁注："《齐风》'葛屦五两'，履必两而后成用也，是谓之緉。"伍两，指麻鞋必成双成对地摆放。刘向《说苑·修文》："诸侯以屦二两加琼，大夫庶人以屦二两加束修二……夫人受琼，取一两屦以履女。"是诸侯和大夫迎接夫人时，要送给新人两双鞋子、一块玉琼或一束干肉。　[8]冠緌（ruí）：帽带打结后下垂到胸前的部分，为两条，所以诗言双。两、双，在此都有相对相偶的意思。　[9]庸：行。《毛传》："用也。"即齐姜经过此路归鲁的意思。　[10]从：追求、周旋。言文姜既有所归，襄公又何必旧情不忘，与之旧情复燃。　[11]艺：种植。　[12]衡从（zòng）：即横纵。东西曰横，南北曰纵。　[13]取：通"娶"。　[14]必告父母：儿女婚事，父母做主。父母在，须经其同意；若不在也应该行告庙之礼，向父母神灵通报。　[15]鞠（jū）：穷极，陷入难堪境地。此句是说文姜是鲁君合法夫人，齐襄公不应该为了满足欲望而与她再有苟且之事。　[16]析薪：劈柴。以析薪喻婚姻，《诗》中数见。　[17]匪：即"非"。《毛诗》为古文，一些字的写法用古文。克：能，成功。　[18]极：极端、绝境，与上文"鞠"义同。

［点评］

《南山》，讽刺齐襄公与文姜兄妹乱伦的篇章，矛头所指，尤在襄公。诗篇对齐襄公、文姜这对兄妹行径的不齿，表明周礼所规范婚姻观念已经深入人心。每章都出现的"既曰……曷又"的句子，很明显是斥责齐襄公做了合法婚姻之外的"第三者"，是他使得文姜陷入礼法的绝境。诗篇各章的前四句，或述说，或讲理，末尾两句都用"既曰""曷又"的诘问，情绪由委婉转为激切，是越说越气愤的笔法。

甫 田

无田甫田[1]，维莠骄骄[2]。无思远人，劳心忉忉[3]。

无田甫田，维莠桀桀[4]。无思远人，劳心怛怛[5]。

婉兮娈兮[6]，总角丱兮[7]。未几见兮[8]，突而弁兮[9]。

前二章言"无思"，此章忽表相见。陈震云："换笔顿挫，与上二章形不接而神接。"（《读诗识小录》）

[注释]

[1]无田：不要耕种。田，动词。甫田：大田，国君所有的农田，耕种需要民众出力。甫田长满草，即意味着这样的生产方式过时了。　[2]莠：狗尾巴草一类妨碍苗生长的草。骄骄：高耸貌。　[3]忉（dāo）忉：失意惆怅的样子。　[4]桀桀：高出貌。　[5]怛（dá）怛：忧愁折磨人的意思。　[6]婉、娈：娇小貌。　[7]总角：束发。丱（guàn）：古时小孩子束发，扎成两个丫角形的发髻，"丱"即丫髻的象形字。　[8]未几：没多久。　[9]突而：突然。弁：戴上皮制的帽子。古代贵族男子

二十岁行加冠礼，表示已经成年。此处名词做动词用。

[点评]

《甫田》，表阔别之人意外相见的惊喜。思念既徒劳无益，相见的期盼差不多就是绝望的。但最后一章，突然接以相见情景，章法变化奇妙。思念和被思念者，极似母子关系。这里有母亲对离别期间孩子成长过程的关切和探询，也有着做母亲的对自己未尽其责的心酸和愧疚。诗在巧于变幻中蕴藉了深厚的人情。前二章开始两句的比喻，又可见世道的变迁。

敝 笱

敝笱在梁[1]，其鱼鲂鳏[2]。齐子归止[3]，其从如云[4]。

陈继揆云："'如云'颇习见，'如雨'新，'如水'更新。"（《读风臆补》）

敝笱在梁，其鱼鲂鱮[5]。齐子归止，其从如雨[6]。

敝笱在梁，其鱼唯唯[7]。齐子归止，其从如水[8]。

牛运震云："'唯唯'字酷得鱼情。"（《诗志》）

[注释]

[1]敝：破败。笱：竹编的捕鱼篓子。破漏的鱼篓，指女人作风有问题，可能是一种俗语。梁：堆筑在河流中的堤坝，留有缺口安放鱼篓。参《邶风·谷风》"毋逝我梁"句注。 [2]鲂：鱼

的一种，赤尾、身形宽扁。参《周南·汝坟》"鲂鱼赪尾"句注。鳏（guān）：大鱼。《孔疏》引《孔丛子》："卫人钓于河，得鳏鱼焉，其大盈车……饵……以豚之半，鳏则吞矣。"鲂鳏：大鱼，这里只是夸张说法而已。　[3]齐子：指文姜。归：回娘家。　[4]从：从随者。此句言随从甚多。　[5]鲔（xù）：与鲂鱼相类，厚而头大，又称鲢鱼。　[6]如雨：形容随从众多。　[7]唯唯：鱼往来自如貌。　[8]如水：形容众多。

[点评]

《敝笱》，讥讽文姜的诗。诗篇本身并未明言文姜，可是"敝笱"的比兴，"鲂鳏"意象，都暗示不为世人承认的两性关系。另外，"齐子"之称，应与前篇《南山》为同一人。结合史书言之凿凿的记载，还是理解为与文姜兄妹之事有关为妥。诗篇的特点在其取喻，"敝笱"之外的云、雨、水、鱼，都是暗示的用词，因而整篇的调子是讽刺而诙谐的。

猗　嗟

猗嗟昌兮[1]，颀而长兮[2]。抑若扬兮[3]，美目扬兮[4]。巧趋跄兮[5]，射则臧兮[6]。

猗嗟名兮[7]，美目清兮。仪既成兮[8]，终日射侯[9]，不出正兮[10]。展我甥兮[11]！

猗嗟娈兮，清扬婉兮[12]。舞则选兮[13]，射则贯兮[14]。四矢反兮[15]，以御乱兮[16]！

惠周惕云："先辨其长短，次审其眉目，终得其趋跄步武、弯弓执矢之状。非亲见而环观之，不能详悉如是。"（《诗说》）

朱熹云："言称其为齐之甥，而又以明非齐侯之子。此诗人之微词也。"（《诗集传》）

姚际恒云:"三章皆言射,极有条理,而叙法错综入妙。"(《诗经通论》)

[注释]

[1]猗、嗟:赞叹词。昌:盛壮貌。一说姣好貌。　[2]颀:身材修长。　[3]抑若扬:即美貌又有朝气的意思。抑,通"懿"。扬,广扬,朝气蓬勃。　[4]扬:清亮、明亮。　[5]趋:趋步,小步疾走为趋,是贵族行礼时的步伐。跄:趋步貌。　[6]射:射箭。臧:好,准确。　[7]名:眉眼之间。一说盛壮的意思。"名""明"古通。　[8]仪:仪度。古人射箭是重要而常行礼仪,不仅要比箭法高下,还要看舞乐伴奏下行为举止的风度。成:完备,成功。古代射箭礼有多重的步骤。　[9]侯:箭靶。有布、皮面两种,形如幕布,四角固定在特制木桩上。　[10]正:靶的中心。　[11]展:真正的。甥:外甥。　[12]清扬:形容眼神明亮,有光彩。婉:眉清目秀,漂亮。　[13]选:舞蹈时与音乐节奏合拍。与上文"巧趋跄兮"意思相同。一说出众。　[14]贯:正中靶心。　[15]四矢:古代射箭以四支箭为节。反:复,四支箭反复射中靶心。　[16]御乱:抵御防止国家发生内乱外乱。赞美这位齐国的外甥是安邦治国的好君主。

[点评]

《猗嗟》,鲁庄公访问齐国,射箭典礼表现得雄壮优雅,诗人赋诗赞美。诗表现的是俊美勇武的外甥来访给齐国增添的光彩。同时,也把美好的祝愿送给鲁国。文献记载,文姜与齐襄公之事败露后,鲁桓公曾言"同非吾子",即不承认鲁庄公(名同)为自己的儿子。所以诗中"展我甥兮"似有言外之意。诗篇格调是明爽健朗的,每章连用的"兮"字(只有一句例外),并不给人以单调气闷之感。描写风流俊雅人物的诗篇,写法也称得上风流俊雅。

魏　风

魏为周初姬姓封国，灭于春秋时期。其地在今山西西南部，北及汾水，南枕黄河。区域虽不大，文化上却自具特点。这里有很多的考古发现，有学者据该地龙山文化晚期（相当于传说中的尧舜时代）文物遗存，将魏地新石器时代文化命名为"三里桥文化"类型，以区别于北面相邻的"陶寺文化"（董琦《虞夏时期的中原》）；后者正是"唐风"产生的地区。这表明，魏地不但文化累积深厚，而且乐调也与"唐风"有明显不同。关于魏风，《左传·襄公二十九年》载季札观乐有如下评价："为之歌《魏》，曰：'美哉！沨沨乎！大而婉，险（一说"险"即"俭"）而易行，以德辅此，则明主也。'"魏地乐调可能十分古老，但诗篇大概都是春秋时的篇章。

《魏风》七篇，今选其六。

葛　屦

纠纠葛屦[1]，可以履霜[2]？掺掺女手[3]，可以缝裳？要之襋之[4]，好人服之[5]。

好人提提[6]，宛然左辟[7]，佩其象揥[8]。维是褊心[9]，是以为刺[10]。

斥"好人"邪辟偏心。陈继揆云："通篇最吃紧在'好人'二字。盖不提'好人'，而刺褊之意不醒。"（《读风臆补》）

[注释]

[1]纠纠：缠绕貌。葛屦（jù）：葛麻编制的鞋子，夏天穿用。纠纠两句亦见于《小雅·大东》。　[2]可以：何以。"何""可"古时通用，俞樾《群经平议》说。出土的多种战国文献亦可为证。　[3]掺（xiān）掺：纤纤，细弱的样子。　[4]要：衣服的腰部，在此为动词，制作腰部的意思。襋（jí）：衣领，在此为动词。　[5]好人：受宠的女人。语含讽意。服：穿用。　[6]提（shí）提：安详、绰约的样子。字也作"媞媞"。　[7]宛然：柔顺的样子。左辟（bì）：即左避，见到丈夫时柔顺躲避的谦逊样子。　[8]象揥（tì）：象牙做的头饰物，犹如后世的簪子，挂有缀饰，插在头发上，走路时摇晃，以增加姿态。　[9]维是：只是。褊（biǎn）心：心地狭隘，有偏有向。　[10]是以：所以。为刺：作诗讽刺。

[点评]

《葛屦》，讽刺丈夫偏心的诗，表现的是一夫多妻家庭的内部纠葛。失宠的人为得宠者缝裳，同是妻妾，其间竟有主仆般的区别。"宛然左辟"的动作，形象而生动。看上去是在表现"好人"的仪态优雅，实际上却是在挖苦、挪揄她的善于讨丈夫喜欢。

园有桃

园有桃，其实之殽[1]。心之忧矣，我歌且谣[2]。不知我者[3]，谓我士也骄[4]。彼人是哉[5]，子曰何其[6]？心之忧矣，其谁知之？其谁知之，盖亦勿思[7]！

园有棘[8]，其实之食。心之忧矣，聊以行国[9]。不知我者，谓我士也罔极[10]。彼人是哉，子曰何其？心之忧矣，其谁知之？其谁知之，盖亦勿思！

[**注释**]

[1]殽（yáo）：又作"肴"，可吃的果实。　[2]歌、谣：有伴奏为歌，无伴奏为谣。　[3]不知我者：一本作"不我知者"。　[4]士：士在当时为下级贵族，表我之身份。　[5]彼人：那些人，指批评自己的人，可能指的是当政者。是哉：如此。　[6]子：你。此处实即作者变换人称以自指。何其（jī）：怎样。两句是说，那些人都对，那你还说什么？　[7]盖（hé）：盍，何以、为什么的意思。勿思：不去思。　[8]棘：酸枣树，落叶灌木，枝条有刺，幼株可以编为绿篱，也可以长成高大乔木。果实成熟后为暗红色，果肉味酸。　[9]聊：姑且。行国：在国中游走。一说离国。　[10]罔极：不坚持原则、无操守的意思。

表不被世人理解的忧虑。孙鑛："只一'忧'字，展转演出，将十句，经中亦罕有。余文多，正意少。"（《评诗经》）

贺贻孙："诗家有一种至情，写未及半，忽插数语，代他人诘问，更觉情致淋漓。最妙在不作答语，一答便无味矣。如《园有桃》章云'不知我者……'三句三折，跌宕甚妙。接以'心之忧矣'，只为不知者代嘲，绝无一语解嘲，无聊极矣。"（《诗筏》）

[点评]

《园有桃》，表忧国之士不被理解的诗。诗篇表现有思想者不被理解时的郁闷，正反衬出的是魏国现状的令人绝望。诗多用疑问的句式，文势徘徊，全篇笼罩在郁闷与绝望的情绪中。或为魏亡国前夕的篇章。

十亩之间

十亩之间兮，桑者闲闲兮[1]，行与子还兮[2]。

十亩之外兮，桑者泄泄兮[3]，行与子逝兮[4]。

[注释]

[1]桑者：采桑者。闲闲：往来自得貌。 [2]行：将。 [3]泄（yì）泄：人多的样子。 [4]逝：离去。

[点评]

《十亩之间》，可能是表初民男女桑间聚会的诗篇。"行与子"之"子"，当系男女互称之辞。古代男女聚会多在桑间，此俗起源甚早，流布甚广，所以有"桑间濮上"之说。"十亩之间""十亩之外"，是一幅平远的大景。诗篇所写，桑叶掩映之下，人影憧憧，是粗线条的。健康而古朴的风俗，形诸简短的篇幅，疏落的笔触，恬淡的格调，很有特点。

陟　岵

陟彼岵兮[1]，瞻望父兮。父曰嗟，予子行役，夙夜无已[2]。上慎旃哉[3]，犹来无止[4]！

陟彼屺兮[5]，瞻望母兮。母曰嗟，予季行役[6]，夙夜无寐[7]。上慎旃哉，犹来无弃[8]！

陟彼冈兮，瞻望兄兮。兄曰嗟，予弟行役，夙夜必偕[9]。上慎旃哉，犹来无死！

[注释]

[1]岵（hù）：无草木的山。　[2]无已：在这里是不要松懈、大意的意思。　[3]上：尚，表希望之词。旃（zhān）：“之焉”的合音词，表语气。　[4]犹来：争取能回来。无止：不要留在外面，即不要死在外面，是含蓄的说法。　[5]屺（qǐ）：有草木的山。　[6]季：最小的儿子。　[7]寐：打盹，意思是早晚要经心，不要因一时马虎而受伤害。　[8]无弃：不要把性命丢在外头。　[9]偕：一起，随从，不要掉队的意思。

[点评]

《陟岵》，表征役人登高而望、思念家中父母兄弟的歌唱，是对徭役沉重的抗议。诗篇的奇特之处，在其以浮现当初父母兄长对自己的叮咛祝福来表达思乡的方式。明明是行役之人想家、想父母兄弟，却处处想起的是家人离别之际的话语。这样写，深化了诗篇的内涵：过分行役的痛苦不是个人的，而是社会性的。

登高望父，悬想父亲诫己之辞。“父曰嗟”四句，贺贻孙曰：“四句中有怜爱语，有叮咛语，有慰望语。低徊宛转，似只代父母作思子诗而已，绝不说思父母，较他人作思父思母语，更为凄凉。”（《诗筏》）

牛运震云：“格调高，意思真，词气厚。”（《诗志》）

伐 檀

坎坎伐檀兮[1]，寘之河之干兮[2]，河水清且涟猗[3]。不稼不穑，胡取禾三百廛兮[4]？不狩不猎，胡瞻尔庭有县貆兮[5]？彼君子兮，不素餐兮[6]！

坎坎伐辐兮[7]，寘之河之侧兮，河水清且直猗[8]。不稼不穑，胡取禾三百亿兮[9]？不狩不猎，胡瞻尔庭有县特兮[10]？彼君子兮，不素食兮！

坎坎伐轮兮，寘之河之漘兮[11]，河水清且沦猗[12]。不稼不穑，胡取禾三百囷兮[13]？不狩不猎，胡瞻尔庭有县鹑兮[14]？彼君子兮，不素飧兮[15]！

[**注释**]

[1]坎坎：形容伐木声。檀：一种树木，木质坚硬，特别适宜制作大车的轮轴和辐条，有很高的经济价值，古人多种植，如《郑风·将仲子》言"树檀"。又《大雅·大明》言"檀车煌煌"，即用此木制成的战车。 [2]寘：同"置"。干（gān）：岸。 [3]涟：水的波纹。猗：感叹词。檀木坚硬，砍伐后须以水浸泡，开头两句或与此有关。 [4]三百廛（chán）：古代一廛为一百亩，理论上为一个普通家庭所应有，三百廛即三百个家庭的田地。 [5]县（xuán）：通"悬"，悬挂。貆（huán）：兽名，即獾，皮毛可做衣服。 [6]素

钱锺书谓"坎坎"一语："象物之声，而即若传物之意，达意正亦拟声，声意相宣，斯始难能见巧。……唐玄宗入蜀，雨中闻铃，问黄幡绰：'铃语云何？'黄答：'似谓"三郎郎当"。'"（《管锥编》）

戴君恩云："忽而叙事，忽而推情，忽而断制，羚羊挂角，无迹可寻。"（《读风臆评》）

孔子曰："于《伐檀》见贤者之先事后食也。"（《孔丛子·记义》）

王柏云："《伐檀》之诗，造语健而兴寄远。"（《诗疑》）

餐：吃饭不做事的意思。　[7]辐：车轮的辐条。　[8]直：直的波纹，河流湍急处波纹直。　[9]三百亿：三百个家庭田地所产谷物。亿，通"繶"，禾束。　[10]特：大的公兽。　[11]漘（chún）：水边，河岸。　[12]沦：漩涡的水纹。　[13]囷（qūn）：捆。　[14]鹑（chún）：鸟名，即鹌鹑。　[15]飧（sūn）：熟食、晚餐皆称"飧"，在此与餐、饭食同义。

［点评］

《伐檀》，慨叹世道不平的歌唱。"河水清"三字，可能是隐喻现实的浑浊。"猗"字加重了情绪的表达，不可轻易放过。要注意的是，依权仗势的既得利益者一个家庭可以控制三百个家庭的财富，实际揭露的是非法的财富高度集中。诗的句法长短错落，有叙述，有质疑，冷嘲热讽，极尽变化之妙，是《诗经》中的上乘之作。

硕　鼠

硕鼠硕鼠[1]，无食我黍。三岁贯女[2]，莫我肯顾[3]。逝将去女[4]，适彼乐土。乐土乐土，爰得我所[5]。

硕鼠硕鼠，无食我麦。三岁贯女，莫我肯德[6]。逝将去女，适彼乐国。乐国乐国，爰得我直[7]。

硕鼠硕鼠，无食我苗。三岁贯女，莫我肯

牛运震云："叠呼'硕鼠'，疾痛切怨。"（《诗志》）

劳^[8]。逝将去女，适彼乐郊^[9]。乐郊乐郊，谁之永号^[10]！

［注释］

[1]硕鼠：硕大的田鼠。　[2]三岁：多年的意思，三表示多，不是实指。贯：当作"宦"，事奉，也有纵容、忍让的意思。女：通"汝"。　[3]顾：顾惜、照顾的意思。　[4]逝：同"誓"，表态度坚决的词。　[5]爰：在那里。所：处所，在此指可以正当生活的地方。　[6]德：感激。　[7]直：通"职"，与"所"意思同。　[8]劳：慰劳。　[9]郊：郊野。　[10]谁之：于省吾《泽螺居诗经新证》：谁，通"唯"。之：以，谁之即唯以。永号（háo）：长歌呼号的意思。两句是说，到达乐郊后，可用歌声来抒发内心的郁结。

［点评］

《硕鼠》，抗议重敛的诗。所谓的"乐土""乐国""乐郊"等，可能系桃花源式的理想之地，也可能实有所指，如逃往晋国等。后者虽说算不得摆脱虐政的好方法，但对瓦解当朝的暴政，也有一定效果。古来有一种说法认为此诗是魏国行将灭亡时的作品，当属可信。诗篇尤其值得注意的是它的肆直和大胆。

唐　风

　　西周建立后，周武王之子、成王之弟叔虞被封到古唐国地区，称唐叔。到唐叔之子燮父，国号改为晋，一直延续到战国初三家分晋时。唐的区域，据考古发现在今汾水、浍水交汇的翼城、曲沃与绛县一带。这是一个文化渊源古老的地区。晋国的诗篇不称"晋"而称"唐"，应与诗篇演唱的乐调有关。就是说，晋国诗篇的乐调来自古老的唐国，其历史可以追溯到传说的"唐尧虞舜"时期。2003 年，考古工作者在今襄汾陶寺村发掘出土了距今四千多年的城邑，规模较大，同时还发现了世界上最早的天文观象台建筑遗址，还有大量陶器和土鼓、鳄鱼皮木鼓等重要文物。西周时晋只为"甸侯"之国，国家只有"一军"。东周初期，晋昭侯将叔父成师封在曲沃，称曲沃桓叔。桓叔势力迅速变大，竟派人杀死昭侯。此后又经过反复争斗，六十七年后桓叔之孙终于旁支夺嫡，攫取了晋国大权，称晋武公。武公子晋献公继位后，为避免重蹈覆辙，尽杀桓叔、庄伯之族。

六十七年旁支夺嫡以及晋献公的尽杀同族旁支，给晋国世道人心造成莫大影响。这在诗篇是有所表现的。《左传》记载季札观乐，"为之歌《唐》，曰：'思深哉！其有陶唐氏之遗民乎？不然，何忧之远也？非令德之后，谁能若是？'"

《唐风》十二篇，今选其九。

蟋 蟀

蟋蟀在堂[1]，岁聿其莫[2]。今我不乐[3]，日月其除[4]。无已大康[5]，职思其居[6]。好乐无荒[7]，良士瞿瞿[8]。

蟋蟀在堂，岁聿其逝。今我不乐，日月其迈[9]。无已大康，职思其外[10]。好乐无荒，良士蹶蹶[11]。

蟋蟀在堂，役车其休[12]。今我不乐，日月其慆[13]。无已大康，职思其忧。好乐无荒，良士休休[14]。

高朝瓒云："通诗以'思'字为主。……总靠着'思'字说来，自然有味。"（《诗经体注图考大全》）

牛运震云："穆然深远，无感慨叫嚣之习。"（《诗志》）

[注释]

[1]蟋蟀：一种昆虫，又名促织、蛐蛐，在堂鸣叫的时间一般在秋冬之际。　[2]聿：语助词。莫（mù）：通"暮"，岁末。　[3]乐：享受，欢乐。　[4]除：去，结束。　[5]无已：不要。"已"通"以"，用，无以。大康：过分享乐。大即"太"。　[6]职：当，应该。居：平素、平时。　[7]荒：沉溺享乐耽误正事。　[8]良士：好人，有德之人。瞿（jù）瞿：有所顾忌的样子。　[9]迈：过去。　[10]外：意外的事。　[11]蹶（guì）蹶：疾敏貌。　[12]役车：行役和车马之事，概言一年的劳作。休：停止。　[13]慆（tāo）：流逝。　[14]休休：和乐貌。

[点评]

《蟋蟀》，岁末年节的歌唱。享乐而应适度，是诗篇告诫的内容。诗篇表达农耕文明生活所造就的特有的中道观念。一方面说光阴荏苒，不享乐则生活无味，一方面又告诫说行乐之时还要想到平时，节制的享受才是中道，才是"良士"所取的法则。诗篇所言既不高调，也不消沉，平易而家常，提倡的是农耕生活应有的态度。

山有枢

山有枢[1]，隰有榆[2]。子有衣裳，弗曳弗娄[3]。子有车马，弗驰弗驱。宛其死矣[4]，他人是愉[5]。

山有栲[6]，隰有杻[7]。子有廷内[8]，弗洒弗扫。子有钟鼓，弗鼓弗考[9]。宛其死矣，他人是保[10]。

山有漆[11]，隰有栗[12]。子有酒食，何不日鼓瑟！且以喜乐，且以永日[13]。宛其死矣，他人入室。

刘瑾云："是其忧远及于身后，其意欲尽乐于生时。"（《诗传通释》）

[注释]

[1]枢：今名刺榆，灌木状落叶小乔木，叶子煮熟可食，为救荒食物；木质坚硬，可制作锄柄、犁具、刀柄等农具。　[2]榆：落叶乔木，高可达十六七米，花叶皆可食。　[3]曳：拖。娄（lǚ）：

曳，拖。　[4]宛：若。　[5]愉：乐。　[6]栲（kǎo）：又名山樗，称毛臭椿，落叶小乔木，叶子可以当茶。　[7]杻（niǔ）：今名糠椴、辽椴、大叶椴，落叶乔木，高可达二十米左右，春天开白花，木干多弯曲。　[8]廷内：即院内。"廷"通"庭"。　[9]鼓：敲击。考：敲击。　[10]保：占有。　[11]漆：漆树。又见《鄘风·定之方中》。　[12]栗：落叶乔木。亦见《鄘风·定之方中》。　[13]永：长，用作动词。朱熹《诗集传》："人多忧，则觉日短，饮食作乐，可以永长此日也。"

［点评］

《山有枢》，年节时的歌唱，劝人不要做守财奴。此诗篇可能与《蟋蟀》为同时演唱的姊妹篇。诗并非提倡奢侈，而是讥讽吝啬，强调生活的奢俭上归于中道，如此，人才是财富的主人，是一首古老的纠偏文学。用"宛其死矣"的死亡意识来警醒守财的偏执，是诗篇警策的地方。

扬之水

扬之水^[1]，白石凿凿^[2]。素衣朱襮^[3]，从子于沃^[4]。既见君子，云何不乐？

扬之水，白石皓皓^[5]。素衣朱绣，从子于鹄^[6]。既见君子，云何其忧？

扬之水，白石粼粼^[7]。我闻有命，不敢以告人^[8]！

[注释]

[1] 扬之水：浅濑激扬的水。见《王风·扬之水》注。　[2] 凿凿：鲜明貌。　[3] 素衣：白色的衣。襮（bó）：衣领。西周较早时期的青铜器铭《戗方鼎》有"王俎姜事（使）内史员易（锡，赐）戗玄衣朱襮衮（裣）"句，学者解释，"衮"即诗篇之"襮"。铭文中的戗身份很高，可以率军作战，可知"素衣朱襮"者身份一定不低。　[4] 从：跟从。沃：曲沃，是桓叔一支起家的地方，在今山西闻喜境。桓叔为晋昭侯的叔叔，封地在曲沃。　[5] 皓皓：洁白貌。　[6] 鹄：《毛传》："曲沃邑也。"是曲沃下属的小邑之名。也有学者以为"鹄"即曲沃的合音，即曲沃的不同称呼。　[7] 粼粼：清澈貌。　[8]"我闻有命"二句：我不敢声张、泄露曲沃夺权计划。

[点评]

《扬之水》，表曲沃势力壮大且已有夺嫡之图谋的诗篇。春秋初期，晋国封建在曲沃的桓叔一支势力渐强，经过桓叔、庄伯和武公三代人的争斗，终于夺得晋国诸侯大权。此事见于《左传》《史记》等。诗篇所表现的应是这样的情况：一些晋国大臣，因曲沃桓叔或庄伯、武公的诱引，投奔他们；一开始还因被厚待而欢喜，不久察觉曲沃君子别有企图，因而后悔无奈。如此说来，诗篇不是表现告密，而是表达误上贼船后悔的篇章。诗对乱世人情的表现，可谓曲尽情态。

绸　缪

绸缪束薪[1]，三星在天[2]。今夕何夕？见此良人^[3]。子兮子兮^[4]，如此良人何^[5]？

绸缪束刍^[6]，三星在隅^[7]。今夕何夕？见此邂逅^[8]。子兮子兮，如此邂逅何？

绸缪束楚，三星在户^[9]。今夕何夕？见此粲者^[10]。子兮子兮，如此粲者何？

先言见良人，继而问男子，见对此良人如何。孙鑛云："三星入景，妙。"（《评诗经》）

[注释]

[1] 绸缪（ móu ）：犹缠绵，紧紧捆缚的意思。束薪：做火把用的薪束，在《诗经》中往往隐喻结婚行为，下文"束刍""束楚"同义。据《浙江民俗大观》，在南方的一些地方，至今有在婚姻礼品中放置束薪的习俗。　[2] 三星：参宿，排在一起的三颗星，古人常以三星的位置判断时间，此习近世犹存。　[3] 良人：好人。　[4] 子兮：犹言"你呀"。子，你。　[5] 如此良人何：怎么对付这么好的人呢？语含调笑。　[6] 刍：草。　[7] 隅：角落，指三星偏斜。　[8] 邂逅（ xiè hòu ）：佳偶之称。《诗经》中的特定语词。　[9] 在户：言三星很低，从窗户就可以看到。　[10] 粲：美女称"粲"。

[点评]

《绸缪》，流行于晋地新婚之夜闹洞房的谐谑曲。"绸缪"句喻示成婚，"三星"则点出夜晚的洞房。"今夕"以下四句，都是戏谑之辞，故作糊涂正是玩笑的语态。人类文化学家认为，迎亲仪式及闹洞房的习俗，与远古时代的抢婚及普那鲁亚婚制（一妻侍奉诸位兄弟）有关。此诗所表现的就是这种古老婚俗的遗迹，甚至诗中的自拟新郎，都应是远古亚血族婚俗虚套化了的表现。

杕　杜

有杕之杜[1]，其叶湑湑[2]。独行踽踽[3]，岂无他人？不如我同父[4]！嗟行之人，胡不比焉[5]？人无兄弟，胡不佽焉[6]？

有杕之杜，其叶菁菁[7]。独行睘睘[8]，岂无他人？不如我同姓[9]！嗟行之人，胡不比焉？人无兄弟，胡不佽焉？

以行路之人不比、不佽，反喻天下惟"同父"为亲。杕杜取兴，喻孤独。

[注释]

[1]杕（dì）：孤特貌。杜：棠梨、甘棠。亦见《召南·甘棠》篇。　[2]湑（xǔ）湑：茂盛的样子。　[3]踽（jǔ）踽：孤独地走在路上的样子。　[4]同父：指兄弟。　[5]比：亲密。　[6]佽（cì）：相助。　[7]菁菁：茂盛。　[8]睘（qióng）睘：孤独无依貌。音义皆同"茕茕"。　[9]同姓：同一祖先。

[点评]

《杕杜》，强调亲情可贵的诗歌。就诗篇对同父、同姓亲密的强调而言，放到晋献公"尽杀群公子"前后来理解最为妥帖。诗的大意是说：那些孤独地行走在路上的人，难道是因为路上没有他人吗？他人是有的，可他们毕竟不是兄弟、同族，所以路人宁愿独行，也不与陌生人结伴。诗篇以此强调同姓同族的可贵。这也是诗篇"刺时"的地方，可以理解为是针对晋献公对待自己的宗族的所为而发，含着提醒和奉劝，也有抗议的意味。诗以杜树起兴，与内容十分贴切。在北方，杜树往往是独自生在荒野上的。可是，孤单的杜树也有茂盛枝叶，这一点，晋国的宫室就不如了。

鸨 羽

肃肃鸨羽[1]，集于苞栩[2]。王事靡盬[3]，不能艺稷黍[4]；父母何怙[5]？悠悠苍天，曷其有所[6]！

　　肃肃鸨翼，集于苞棘。王事靡盬，不能艺黍稷；父母何食？悠悠苍天，曷其有极[7]！

　　肃肃鸨行[8]，集于苞桑。王事靡盬，不能艺稻粱；父母何尝[9]？悠悠苍天，曷其有常[10]！

朱公迁曰："言居处何时而可定。"（《诗经疏义会通》）鸨三趾而集树，违反鸟之习性。

朱公迁曰："言行役何时而可已。"（《诗经疏义会通》）

朱公迁曰："言旧时之乐，何时而可复。"（《诗经疏义会通》）

[注释]

[1]肃肃：翅膀扇动的样子。鸨：鸟名，似雁，形体比雁大。此鸟因没有后脚趾，不适于树栖。　[2]集：栖落。苞：丛生。栩：又称枹栎、柞栎，乔木，高可达十五六米，果实坚硬，有皂斗，木材坚实，可用作建筑、器具之材，丛生者可用作薪碳，火力持久旺盛，适宜烘蚕茧、缫丝等。　[3]王事：国家的事。靡盬（gǔ）：没有停息。靡，没有。一说，盬，姑且，片刻的闲暇。　[4]艺：

种植。　[5]怙（hù）：依，仗着。　[6]所：停息之处。　[7]极：尽头。　[8]行：行列。　[9]尝：食。　[10]常：正常的生活。

[点评]

《鸨羽》，倾诉征役害民的歌唱。诗以不宜树栖的鸨鸟集落树上起兴，表达出对征役之事的厌倦和无奈。父母无靠的呼告，是诗篇中关键。宗法社会，父母大如天，以父母失养抗议徭役的沉重，是诗篇表现有力度的地方。艺术上颇有可称道之处，开篇比兴之词，完全是无中生有，鸨根本不上树，可诗篇却煞有介事地写，其实是譬喻之词，写出来却很像是一副眼见的光景。此外，其行文有平稳叙述，有不平的呼喊，二者相间，平稳者见其深沉，不平者见其激切，两者相映，篇章有抑扬顿挫之妙。

无　衣

岂曰无衣七兮[1]？不如子之衣[2]，安且吉兮[3]！

岂曰无衣六兮[4]？不如子之衣，安且燠兮[5]！

[注释]

[1]衣：此处指命服。古代贵族职权要经过册命，叫作锡命，据《周礼》等文献，一共九级，亦即九命，命数越高，地位越高。七：七命之服，受此命服者地位为诸侯。其服，上衣绘有三种图案，下衣（古称为裳）四种图案，共七章，即七种图

案。　[2]子：指周王。　[3]安：舒适。吉：美善。　[4]六：六命之服。指在王朝为卿者的命服，地位与诸侯相等。　[5]燠（yù）：暖和。

［点评］

《无衣》，曲沃夺嫡之后，晋武公曾派使者请求周王承认自己诸侯地位，诗篇即对晋使请求之辞的模拟。晋武公的手下手持抢夺来的赃物，嘴里说着软中带硬的要挟，一副政治流氓嘴脸。堂堂周王对旁支夺嫡之事非但不加惩治，反而甘其贿赂，受其奴使，其贪婪、昏聩无以复加，此正所谓"君不君，臣不臣"的世道倾斜。诗人对此应该是愤激的，诗篇却含而不露，只把晋武公在周王面前的花腔加以述说，即成绝妙讽刺。

葛　生

葛生蒙楚[1]，蔹蔓于野[2]。予美亡此[3]，谁与独处[4]。

葛生蒙棘，蔹蔓于域[5]。予美亡此，谁与独息。

角枕粲兮[6]，锦衾烂兮[7]。予美亡此，谁与独旦[8]。

夏之日[9]，冬之夜。百岁之后[10]，归于其居[11]！

枕衾璨烂，而死者永息。牛运震："极惨苦事，忽插极鲜艳语，更难堪。"（《诗志》）

郑玄："思者于昼夜之长时尤甚。"（《毛诗笺》）

冬之夜, 夏之日, 百岁之后, 归于其室^[12]！

姚际恒："'冬之夜，夏之日'，此换句特妙，见时光流转。"(《诗经通论》）

[注释]

[1]葛生：葛藤生出。蒙楚：葛的枝叶蔓延在荆棘上。　[2]蔹（liǎn）：草本植物，又名乌敛莓，喜欢生长在田野岩石的边缘。　[3]美：美好的人，意即爱人。亡此：埋葬在此。　[4]谁与：谁，唯；与，以。唯以，只有的意思。独处：一个人居处，下文"独息"同义。　[5]域：坟茔地。　[6]角枕：方形枕头，有八角，所以称角枕。　[7]锦衾：织锦做的被。烂：光彩貌。角枕两句，写生者对死者下葬时的最后记忆。一说写思念者身边之物，意味着诗篇所表，系新婚者的死别。　[8]独旦：一个人独自到天明。　[9]夏之日：与后冬之夜为互文，冬夏日夜时时思念的意思。　[10]百岁：即百年。　[11]居：即坟墓。　[12]室：墓室。

[点评]

《葛生》，悼亡诗篇。"葛生蒙楚"的起句，使诗篇笼罩在一片感伤气息之中。葛麻裹尸的坟茔，现在又生起了蔓延的葛藤，亡故的人都已经奄然物化了。但在深怀故人的思念者来看，亡者的魂灵却一直在独处中等待着。前三章是蕴藉的默念，为后二章激烈情绪的抒发做出了坚实的铺垫。幽居的亡灵在独处，活着的人又何尝不在经历着日夜的煎熬？此诗可称古典悼亡之祖。

采　苓

采苓采苓^[1]，首阳之巅^[2]。人之为言^[3]，苟

亦无信[4]；舍旃舍旃[5]，苟亦无然[6]。人之为言，胡得焉[7]！

采苦采苦[8]，首阳之下。人之为言，苟亦无与[9]；舍旃舍旃，苟亦无然。人之为言，胡得焉！

采葑采葑[10]，首阳之东。人之为言，苟亦无从；舍旃舍旃，苟亦无然。人之为言，胡得焉！

戴君恩云："各章上四句，如春水池塘，笼烟浣月，汪汪有致。下四句乃如风起浪生，龙惊鸟澜，莫可控御。"（《读风臆评》）

[注释]

[1]苓：甘草，又名大苦，字也作"蕄"，草本药用植物，喜欢生长在干爽之地。嫩芽和面蒸食，味道甘美。　[2]首阳：山名，古代名首阳山的地方颇多，此诗中的首阳，或指雷首山，在今山西永济一带。　[3]为：即伪。伪言即谗言、谣言。下一句"为言"意同。　[4]苟：姑且，最好还是；表祈愿语气。无信：不要信。　[5]舍：舍弃、丢开。旃："之焉"二字的合音。　[6]无然：不以为然，不相信。　[7]胡：何。得：得逞，起作用。　[8]苦：苦菜。　[9]无与：不信。与，赞成。　[10]葑：菜名。

[点评]

《采苓》，针砭听信谗言之人的诗。各章的开头两句为比兴之词，无实义。每章中间四句，叮嘱不要信从谗言。最后两句反问：若不信谗言，谗言还能得逞吗？言外之意是"盗言孔甘"，所以人们嗜之成瘾。不论如何，诗篇不是表谗言如何不可听信，而是突出人们在谗言面前的缺少明辨，颇为警策。

秦　风

　　秦风，秦地的诗篇。秦为嬴姓，据《史记·秦本纪》等记载，秦人祖先伯益辅佐大禹治水，并为舜驯服鸟兽，因功赐姓。殷商末期飞廉、恶来"父子俱以材力事殷纣"，西周初期被投向西垂地区。周孝王时，秦人以善养马受到周王重视，被封于秦（甘肃清水西清水故城），为附庸。西周灭国，平王东迁，秦仲之孙襄公护驾有功，升为诸侯，周室将西周故地一部分赐封于秦。至文公时秦人驱走犬戎，尽有关中之地，至穆公时上升为霸主之国。不过也有学者认为，秦人实来自西方的羌戎。秦人进入周人故地之后，努力"继承丰镐旧习，以掩饰自己的卑微出身，标榜自己属于华夏正统"（王学理、梁云：《秦文化》，文物出版社2001年，第5—6页），终因长期生活在西北地区，其文化中素含有浓郁的戎狄之俗。鲜明的尚武情调、杀殉陋习等，都是其"戎狄之俗"的表现。东进后在文化上的进步，表现在诗篇上，是对西周礼乐的承袭。雄武奋发、慷慨悲凉，是秦风的本色。

　　《秦风》十首，今选其七。

车 邻

有车邻邻[1]，有马白颠[2]。未见君子，寺人之令[3]。

阪有漆[4]，隰有栗[5]。既见君子，并坐鼓瑟。今者不乐，逝者其耋[6]。

阪有桑，隰有杨[7]。既见君子，并坐鼓簧[8]。今者不乐，逝者其亡。

李光地云："自古创业之君，未有不略去礼文，上下交欢而足以济。此亦秦所以成霸之本也。"（《诗所》）

[注释]

[1]邻邻：车铃声。　[2]颠：额头正中。白颠，即马额正中有一块白毛。两句实为起兴之词，是秦风特有的现象。　[3]寺人：侍卫小臣。令：传令。"未见君子"两句是说，在未见到君子以前，已得侍从传令。应该是秦国的新现象，故诗特意表之。一说，令，善。是说未见君子之前，先见君子身边帅气的侍卫，令人欣喜。　[4]阪：坡。漆：漆树。乔木，高可达二十米，雌雄异株，初夏开黄白色小花，漆树树脂是天然涂料，古人很早就知道用漆脂做涂料；木材材质轻疏，耐水，有弹性，可制乐器。　[5]隰：下湿之地。栗：栗树，又名山栗、板栗等，落叶乔木，高可近二十米，夏天开黄白色花，雌雄同株，果实有坚硬外壳，味佳。　[6]逝者：来日，他日。耋（dié）：古代八十岁为耋，在此泛言年老。　[7]杨：蒲柳，又名蒲杨、河柳等，落叶乔木，高可达十余米，枝叶柔韧，适于编筐等器物，枝条也可以做箭杆用。　[8]簧：吹奏乐。

［点评］

《车邻》，君臣宴饮的欢歌，表达出的是人生易老、享乐应当及时观念。君臣际会，酒酣耳热之时，感叹生命易逝，是一段慷慨的悲声。此篇与《唐风·山有枢》的句式及风调颇有相似之处。秦、晋地域相邻，两地之风互有流传。秦声尚悲凉，到东汉犹然，此篇可算是有记载的最早的秦声。

驷　驖

驷驖孔阜[1]，六辔在手[2]。公之媚子[3]，从公于狩。

奉时辰牡[4]，辰牡孔硕[5]。公曰左之[6]，舍拔则获[7]。

游于北园[8]，四马既闲[9]。輶车鸾镳[10]，载猃歇骄[11]。

言狩猎结束，游于北园。猎犬载以驷车，何等名贵。表犬以见其主人。

孙矿谓二句："饶态。"（《评诗经》）

［注释］

[1]驷驖（tiě）：四匹铁青色的马。驷，古代车驾以四马为尊。一说驷当作"四"。驖，铁青色。孔阜：很大，很强壮。孔，很。阜，大。　[2]六辔：六条缰绳。古代车驾若四匹马，应为八条缰绳，但据考古发现战国车驾实物，两边的两匹骖马的内辔，是各自连接在中间两匹服马的衔镳（即俗称的马嚼子）上的。所以握在驾驭者手中的缰绳只有四条。[3]媚子：被宠爱的人。　[4]奉：供给，指负责园囿事务的虞人。时：是，这。辰：合时令的。一

说辰为"麎"字之假，母鹿。牡：公兽。 [5]硕：肥大。 [6]左之：左转。 [7]舍拔：放箭。拔，矢末称拔，此处指代箭。获：命中。 [8]北园：秦国的园囿，在今陕西凤翔南。 [9]闲：训练有素。 [10]辀（yóu）车：狩猎用的轻车。鸾：马首所挂的铃。镳（biāo）：马口中含的铁具，俗称马嚼子。 [11]载：载着。猃（xiǎn）：长嘴巴的猎犬。歇骄（xiāo）：短嘴巴的猎狗。

［点评］

《驷驖》，写秦君狩猎的诗篇。《毛序》及鲁诗家都认为是赞美秦襄公之作。秦襄公为秦仲之孙，周平王东迁时护驾有功，被封为诸侯。诗篇写秦君狩猎，带着自己亲近的人，还满车载着各种各样的猎狗，秦人好狩猎风尚表现得十分突出。秦风表现的生活往往生龙活虎，此诗就是这样的篇章。

小 戎

小戎俴收[1]，五楘梁辀[2]。游环胁驱[3]，阴靷鋈续[4]。文茵畅毂[5]，驾我骐馵[6]。言念君子[7]，温其如玉。在其板屋[8]，乱我心曲[9]。

四牡孔阜[10]，六辔在手[11]。骐駵是中[12]，骝骊是骖[13]。龙盾之合[14]，鋈以觼軜[15]。言念君子，温其在邑[16]。方何为期[17]，胡然我念之[18]？

钟惺曰："虽是文字艰奥，亦由当时人人晓得车制，虽妇人女子触目冲口，皆能成章。车制不传，而此语始费解矣。"（《评点诗经》）

俴驷孔群[19]，厹矛鋈錞[20]。蒙伐有苑[21]，虎韔镂膺[22]。交韔二弓[23]，竹闭绲縢[24]。言念君子，载寝载兴[25]。厌厌良人[26]，秩秩德音[27]。

田雯：《小戎》四（四应作三）章，奇文古色，斑烂陆离，读至'在其板屋，乱我心曲'二语，逸情绝调，悠然无尽。"（《古欢堂集》卷十八）

[**注释**]

[1] 小戎：兵车，周制走在战阵前面的车叫元戎，为将帅所乘，与元戎相对，一般的战车称小戎。俴（jiàn）收：车后轸木上的车厢板。俴，浅。收，车底盘四边的木头叫轸，形状为方框。此处的"俴收"，实指后面的轸木。　[2] 五楘（mù）：皮革交错缠绕的车辕。五同"午"，交错缠绕的意思，皮革缠绕车辕；楘，既可加固车辕，也可增其美观。梁辀（zhōu）：曲辕。梁，像房梁一样弯曲的车轴。辀，车轴。　[3] 游环：左右骖马需要缰绳加以控制，为了固定缰绳，将一个带有金属环的短带固定在马背靠前的肚带上，以使缰绳从金属环中通过。这个金属环，可以在小范围内移动，所以叫游环。胁驱：迫使骖马直行的小金属折板。　[4] 阴靷（yǐn）：牵引的绳索，一头系在服马的轭上，一头固定在车轴上。鋈续：两条靷交合并拴系在车辕下的一个镀锡的金属环上，这样就可以把两条靷的力量合为一股。鋈，镀锡。续，绳结。　[5] 文茵：有花纹的车垫。有的是虎皮，有的是席子，因车而异。畅毂（gǔ）：即长毂，毂是固定辐条的筒木，外面套有铜箍，兵车的毂长，所以称畅毂。　[6] 骐馵（qí zhù）：花色如棋格的马称骐，左后足白色的马为馵。　[7] 言：语助词。　[8] 板屋：以板做屋，西方戎族习俗。　[9] 心曲：内心深处。　[10] 四牡：四匹雄马。孔阜：十分高大。[11]六辔：六根缰绳。[12]骝（liú）：赤身黑颈的马。　[13] 騧（guā）：黄身黑嘴的马。骊（lí）：纯黑

色的马。骖：两旁的马为骖马。古代马车很讲究四匹马的毛色齐整。　[14]龙盾：以龙为图案的盾。合：两张盾合放在一起。　[15]觼钠（jué nà）：安装在车轼上金属的固定服马两条内辔的装置。觼，有舌的环。钠，即枘，是固定觼的金属钉。一说服马的内辔称"钠"。　[16]邑：西戎的城邑。有土墙围绕的居民区为邑。　[17]方：将。　[18]胡然：为何这样地。　[19]俴驷：蒙了甲的四匹马。俴，浅，在此指轻薄之甲。孔群：十分和谐。　[20]厹（qiú）：三刃矛。鋈镦（duì）：镀了锡的镦。镦，矛柄端的金属套。　[21]蒙伐：藤或木制的蒙有虎皮或表面漆髤并画有虎纹的盾牌。伐，通"瞂"，大盾牌。苑：文彩貌。　[22]虎韔（chàng）：即虎皮做的弓箭套。韔，弓箭套。镂膺：装饰有金属花纹的箭袋。镂，用金属物雕刻。膺，正胸，指箭袋的正面。　[23]交韔：两张弓交叉放在箭袋中。　[24]竹闭：保护弓箭不走形的竹制器具。绲縢（gǔn téng）：绳索。绲，捆。縢，绳子。　[25]兴：起。　[26]厌厌：安详貌。　[27]秩秩：举止有礼仪的意思。

［点评］

《小戎》，思念从军丈夫的诗篇。诗言"乱我心曲""胡然我念之"及"载寝载兴"，其情致不可谓不深。但总的来说，诗中对战车及其装置不厌其烦的描绘，是要压过思念之情的表达的。这当与秦人尚武风俗有关。

蒹　葭

蒹葭苍苍[1]，白露为霜。所谓伊人[2]，在水

一方 [3]。溯洄从之 [4]，道阻且长。溯游从之 [5]，宛在水中央 [6]。

蒹葭凄凄 [7]，白露未晞 [8]。所谓伊人，在水之湄 [9]。溯洄从之，道阻且跻 [10]。溯游从之，宛在水中坻 [11]。

蒹葭采采 [12]，白露未已。所谓伊人，在水之涘 [13]。溯洄从之，道阻且右 [14]。溯游从之，宛在水中沚 [15]。

[**注释**]

[1]蒹葭：芦苇。苍苍：老青色。　[2]伊人：那个人。　[3]一方：另一边。　[4]溯洄（sù huí）：逆流而上。　[5]溯游：顺流而下。溯洄、溯游都是陆行。　[6]宛：宛然，好像。　[7]凄凄：即萋萋，茂盛的意思。　[8]晞（xī）：晒干。　[9]湄（méi）：水泮。　[10]跻（jī）：升高。　[11]坻（chí）：水中高地。　[12]采采：茂盛的样子。　[13]涘（sì）：水涯。　[14]右：迂回。　[15]沚（zhǐ）：水中小洲。

[**点评**]

《蒹葭》，思念意中人的诗篇。所思之人永远在水的那一方，诗篇实际明确显示，所思之人就在水中的高地上，只是顺着水流寻不能遇，逆着水流也不行，水永远隔绝着思念的人。可望而不可即，正是诗篇的内涵。诗篇在艺术上成就极高，秋水伊人的美妙境界，实在动人。

钟惺："异人异境，使人欲仙。"（《评点诗经》）

牛运震评首二句："只两句，写得秋光满目，抵一篇悲秋赋。"（《诗志》）

姚际恒："'在'字上加一'宛'字，遂觉点睛欲飞，入神之笔。"（《诗经通论》）

姚际恒："'在水之湄'，此一句已了。重加'溯洄''溯游'两番摹拟，所以写其深企愿见之状。"（《诗经通论》）

陈继揆："意境空旷，寄托元（玄）淡。秦川咫尺，宛然有三山云气，竹影仙风，故此诗在国风为第一篇缥缈文字。宜以恍惚迷离读之。"（《读风臆补》）

黄 鸟

交交黄鸟[1]，止于棘[2]。谁从穆公[3]？子车奄息[4]。维此奄息，百夫之特[5]。临其穴[6]，惴惴其栗[7]。彼苍者天，歼我良人！如可赎兮，人百其身[8]。

交交黄鸟，止于桑。谁从穆公？子车仲行。维此仲行，百夫之防[9]。临其穴，惴惴其栗。彼苍者天，歼我良人！如可赎兮，人百其身。

交交黄鸟，止于楚。谁从穆公？子车鍼虎。维此鍼虎，百夫之御[10]。临其穴，惴惴其栗。彼苍者天，歼我良人！如可赎兮，人百其身。

哀叹奄息，并言愿百次去死以换取其生。余冠英："三章分挽三良。"（《诗经选》）

[注释]

[1]交交：鸟的鸣叫声。一说小貌。 [2]棘：荆棘。非黄鸟所集之处，非实景，诗以此渲染悲苦不幸之情。 [3]穆公：秦国君主，名任好，春秋五霸之一。 [4]子车：姓氏。奄息：人名，子车氏，与下文仲行、鍼虎为三兄弟，同为穆公贤臣。 [5]百夫：多位男子，百是虚数，以言其多。特：雄俊。句意是奄息有百夫不敌的重要价值。 [6]穴：墓穴。 [7]栗：战栗、颤抖。这两句，朱熹《诗集传》认为"三良"是活着埋入墓葬的。 [8]人百其身：人愿意死去百次，以换取其一人生命的意思。 [9]防：通"方"。当，比。 [10]御：相当、比得上。

[点评]

《黄鸟》，哀叹三良殉葬的诗篇。《左传·文公六年》载："秦伯任好卒，以子车氏之三子奄息、仲行、鍼虎为殉，皆秦之良也，国人哀之，为之赋《黄鸟》。"这是《诗经》中少有的几首有史可据的诗篇之一。不过，诗篇并不是反对殉葬，而是惋惜殉葬者为"三良"，认为这样做使国家失去了能战斗的武士。

晨 风

鴥彼晨风 [1]，郁彼北林 [2]。未见君子，忧心钦钦 [3]。如何如何 [4]，忘我实多！

山有苞栎 [5]，隰有六驳 [6]。未见君子，忧心靡乐 [7]。如何如何，忘我实多！

山有苞棣 [8]，隰有树檖 [9]。未见君子，忧心如醉。如何如何，忘我实多！

言思望君子，内心沉闷郁结。首二句营造氛围极具效果，与后章起兴之辞不同。

陈继揆："似怨似诉，意恰含蓄。"（《读风臆补》）

吴闿生："末句蕴藉。"（《诗义会通》）

[注释]

[1] 鴥（yù）：逆风疾飞貌。晨风：鹰鹯一类的鸟。 [2] 郁：浓郁、茂密的样子。 [3] 钦钦：郁闷难捺的意思。 [4] 如何：奈何。 [5] 苞：丛生。栎（lì）：今名麻栎，又称橡子树，木质坚硬，可用来做车毂。 [6] 六驳：梓榆，又名驳马，常绿乔木，生山中，叶似豫章树，树皮青白斑驳，远看似马。木材可做器具，也可做薪炭。一说六字当作"宋"，丛生的意思。 [7] 靡乐：不快乐。 [8] 棣：棠梨树，果实酸涩，形如樱桃。 [9] 檖（suì）：

树名，今名豆梨，又名赤罗、山梨，矮小乔木。

[点评]

《晨风》，表现被遗忘的不满的诗。此诗的长处是开始两句的起兴之辞，疾飞的鹰鹎，郁郁的树林，使全诗笼罩在一种阴郁的氛围当中。《诗经》造艺往往如此，着墨不多，而意境全出，而如此的营造氛围，又是后世古典诗歌艺术的灵魂。

无 衣

岂曰无衣？与子同袍[1]。王于兴师[2]，修我戈矛，与子同仇[3]！

岂曰无衣？与子同泽[4]。王于兴师，修我矛戟，与子偕作！

岂曰无衣？与子同裳。王于兴师，修我甲兵，与子偕行！

陈继揆："开口便有吞吐六国之气。"（《读风臆补》）

[注释]

[1]同袍：同穿一件战袍，慷慨之语。 [2]王：古代诸侯也可称王。于：语助词，一般用在动词之前。 [3]同仇：同伴。仇，匹偶。 [4]泽：贴身内衣。

[点评]

《无衣》，激励士气的军歌。"岂曰"开首，横扫一切庸碌怯懦之气；"同袍""同泽"之语，则畅扬军中手足之情。以此相激，如何不士气超拔，舍生忘死！而"王于兴师"所领起的数句，则又将这慷慨之情，尊崇为天经地义。诗风雄放，气格豪迈，不仅为《诗经》所仅见，即便唐人边塞诗亦无以立马当锋。

陈 风

　　周武王灭商之后，将舜的后代胡公满封于陈，是为陈国之始。其地在今河南东部，都宛丘（今河南淮阳）。此地本属太昊之墟，考古在这里曾发现过大汶口文化的遗迹，其中还有平粮台古城遗址的发现，可知是远古东夷部族文化的发祥地之一。史载陈国人好巫尚祠，旧说武王长女大姬嫁胡公，因此陈地"妇人尊贵"，又因为大姬婚后长期无子，于是她"好祭祀，用史巫"，对民风有很大的影响。实际上，旧说未必可信。陈的好祠巫风，大姬的影响或许是有的，但远古东夷遗俗的流传应当是主要原因。这里，曾发现过远古时期的祭坛，还有甲骨占卜的遗物，表明自古就是宗教中心。在两周之际，随着采诗活动活跃，陈地与西周不同风俗的舞乐，被采诗官发现并谱入诗篇，就有了《诗经》"宛丘""东门"的歌唱。

　　《陈风》十篇，今选其六。

宛　丘

子之汤兮[1]，宛丘之上兮[2]。洵有情兮[3]，而无望兮[4]。

坎其击鼓[5]，宛丘之下。无冬无夏[6]，值其鹭羽[7]。

坎其击缶[8]，宛丘之道。无冬无夏，值其鹭翿[9]。

言宛丘之事，使人溺于情而废于礼。

刘玉汝："惟用一'汤'字，而下文所咏之歌舞皆非其正可知。"（《诗缵绪》）

《孔子诗论》载孔子评论："'洵有情，而亡望'，吾善之。"

陈仅："自宛丘之上而下、而道，无地不热闹，无冬无夏，无时不热闹，直揭出一国若狂景象。"（《诗诵》）

[注释]

[1]子：你，指陈国大夫。一说指巫舞人员。汤（dàng）：形容舞蹈的盛大的样子。一说游荡。　[2]宛丘：四周高、中间凹的丘，称宛丘。　[3]洵：实在，真是。　[4]无望：旧说无德望，即不知礼的意思。一说"有情"即有诚，"无望"即无妄。　[5]坎其：犹言坎坎，形容鼓声。　[6]无冬无夏：不分冬夏、亦即无时不在的意思。一说"无冬无夏"，指四望之祭的舞蹈。　[7]值：执。鹭羽：鹭鸟的羽毛，舞蹈用的道具，所言舞蹈似为国家典礼。　[8]缶：瓦器，口小腹大，为盛酒水容器，古人叩之用以节乐。　[9]翿（dào）：鹭羽制的类似旗帜之类的舞蹈道具，其作用如"纛"，即指挥舞蹈变换队形用。一说，鹭翿不用时，树立在舞阵之前，所以诗篇言"值"（植）。

[点评]

《宛丘》，表现宛丘之上巫舞盛况的诗。"宛丘"之"宛"，一般理解是四周高中间低的意思。热烈的歌舞，或许与"仲春之月"男女自由结合的远古风俗有关，且似乎一些大夫君子也参与其中。诗篇"宛丘之上""之下"以及"之道"的情形，是陈国人上上下下"一国若狂"情况的写照。

衡　门

衡门之下 [1]，可以栖迟 [2]。泌之洋洋 [3]，可以乐饥 [4]。

岂其食鱼，必河之鲂？岂其取妻 [5]，必齐之姜 [6]？

岂其食鱼，必河之鲤？岂其取妻，必宋之子 [7]？

言安贫守贱之意。《战国策·齐策四》："晚食以当肉，安步以当车。"

言娶妻不必齐之姜。"可以"与"岂其"呼应。《洛阳伽蓝记》："洛鲤伊鲂，贵于牛羊。"

[注释]

[1]衡门：衡为横，衡木为门，形容居所简陋。　[2]栖迟：栖息。　[3]泌（bì）：泉水。洋洋：水流貌。　[4]乐（liáo）：疗。《释文》引作"瘵"。　[5]取：通"娶"。　[6]齐之姜：齐国姜姓的女子。　[7]宋之子：宋国贵族子姓。

[点评]

《衡门》，劝人安于现实的诗。诗是针对贵族的婚事而说的，娶"齐之姜""宋之子"，是高门贵族的事。贵族要到异姓异国去娶妻，按周礼的规定，主要是出于政治联姻的考虑。诗人"岂其"的反问中，含着结婚应当重实际的意思，无形中是对世代遵循的婚姻惯例的不以为然。也许是娶不起才说这样"酸葡萄"的话，也许是觉得齐姜、宋子没什么了不起才这样说。但无论如何，固有的婚姻成法，在诗人的眼里已不那么神圣不可犯了。诗表达的是生活的某些哲理，反问句式的使用，使诗篇显得风趣诙谐。

东门之杨

东门之杨[1]，其叶牂牂[2]。昏以为期[3]，明星煌煌[4]。

东门之杨，其叶肺肺[5]。昏以为期，明星晢晢[6]。

牛运震："'牂牂'字，写杨叶有神。"（《诗志》）

[注释]

[1]东门：都城朝向东方的门，东门又往往是春天男女相会之所。　[2]牂（zāng）牂：茁壮茂盛的样子。　[3]昏：黄昏。期：约定的时间。　[4]煌煌：明亮貌。　[5]肺（pèi）肺：树叶的响声。　[6]晢（zhé）晢：明亮貌。

[点评]

《东门之杨》，表现相约失期、候人不至的惆怅心绪。诗篇虽与东门之地男女相会的习俗有关，但篇章本身即景言情，又可独立赏读。人约黄昏后，现在却已是明星照人了，点出时间的错迕，其埋怨的心情已在不言中。身在白杨树下，高旷的天空，热闹的繁星，正显映着痴情久候的恓惶。

防有鹊巢

防有鹊巢^[1]，邛有旨苕^[2]。谁侜予美^[3]？心焉忉忉^[4]！

中唐有甓^[5]，邛有旨鹝^[6]。谁侜予美？心焉惕惕^[7]！

牛运震："换'惕惕'字，意思更深。"(《诗志》)

[注释]

[1]防：堤坝。一说陈国邑名。　[2]邛（qióng）：土丘。旨：味美。苕（tiáo）：今名紫云英，二年生草本，高可达二十厘米，开紫色或白色花，叶子嫩时可食，为救荒食品，可做肥料，也可做家畜饲料。　[3]侜（zhōu）：欺瞒、诳骗。美：美人，指被欺诳的人，以美人相称，犹如屈原以美人比楚王。　[4]忉（dāo）忉：忧愁貌。　[5]中唐：中堂，唐通堂，指庭院中的甬道。甓（pì）：砖瓦。　[6]鹝（yì）：草本植物，花形小巧玲珑，花瓣在花茎上旋转而上，如同披覆的彩带，故名绶草，又名铺地锦，喜生长在中低海拔的草地上。　[7]惕惕：忧惧貌。

[点评]

《防有鹊巢》，担心亲近的人被他人愚弄的篇章。至于所亲近的人为谁，历来众说纷纭。今天看，不外情人与君主。诗篇给人留下深刻印象的是"予"对所忧虑之人的珍惜在意，"予美"之"美"，即表明这一点。因为珍惜，所以担忧之心也格外深切。

月　出

言体态姣好。

吕祖谦："此诗用字聱牙，意者其方言欤？"(《读诗记》)

月出皎兮。佼人僚兮[1]。舒窈纠兮[2]，劳心悄兮[3]。

月出皓兮。佼人懰兮[4]。舒忧受兮[5]，劳心慅兮[6]。

月出照兮。佼人燎兮[7]。舒夭绍兮[8]，劳心惨兮[9]。

姚际恒："似方言之聱牙，又似乱辞之急促；尤妙在三章一韵。此真风之变体，愈出愈奇者。"(《诗经通论》)

全篇拗拗折折，朦朦胧胧，缠缠绵绵，别是一调。

[注释]

[1]佼(jiǎo)人：佼通"姣"，佼人即姣好之人。僚(liǎo)：通"嫽"，娇美。　[2]舒：发语词。窈纠(jiǎo)：犹言"窈窕"，仪态优美的样子。　[3]劳：惆怅。悄(qiǎo)：忧愁。　[4]懰(liǔ)：通"嬼"，妩媚。　[5]忧(yōu)受：与"窈纠"同义。　[6]慅(cǎo)：内心躁动。　[7]燎：光彩照人的样子。　[8]夭绍：与"窈窕"同义。　[9]惨(cǎo)：内心痛苦的意思。字或当作"懆"。

[点评]

《月出》，抒发爱慕之情的诗篇。犹如一幅月下美人图，将皎洁的月光与姣好的美人联系在一起，月光如水、清辉如波之下，有所思慕的美人，是何等的景致！诗是中国古典诗歌中首次用心地写月和月光的篇章。奇特处还有其句法。每章的第三句首尾两个虚词中嵌以联绵词，犹如律诗中的拗句，而所表达的又是轻盈的仪态，真可谓别具一格了。

株 林

胡为乎株林[1]？从夏南[2]。匪适株林[3]，从夏南。

驾我乘马[4]，说于株野[5]。乘我乘驹，朝食于株[6]。

陈震："事外不添别语，言中自寓微文。"（《读诗识小录》）

[注释]

[1]胡：何。株：邑名，夏氏的封邑。　[2]从：追随。夏南：夏征舒，字子南。陈大夫御叔之子，曾弑杀陈灵公，自立为君，不久被楚庄王所杀。　[3]匪：非。适：去、往。　[4]我：代拟陈灵公。乘（shèng）马：四匹马，古代四匹马为一车驾。　[5]说：通"税"，停车休息。　[6]朝食：吃早饭，在此为两性之事的隐语。

[点评]

《株林》，讽刺陈灵公与夏姬淫乱的诗。方玉润《诗经原始》评论说："盖公卿行淫，朝夕往从所私，必有从旁指而疑之者。即行淫之人，亦自觉忸怩难安，故多隐约其辞，故作疑信言以答讯者，而饰其私。诗人即体此情为之写照，不必更露淫字，而宣淫无忌之情已跃然纸上，毫无遁形，可谓神化之笔。"

桧　风

　　桧（kuài）为周初封国，据载其贵族始祖为帝颛顼，至帝高辛时为火正祝融，名黎。黎之后有八姓，妘（yún）姓即其一，而桧国君主妘姓。桧之地即祝融之墟，其都城即春秋时郐城，在今河南密县东北。东周初年，桧为郑国所灭，且袭占其地，故其诗最晚不过西周东周交替之际。"桧"字又作"郐"。

　　《桧风》四篇。今选其三。

素 冠

庶见素冠兮[1]，棘人栾栾兮[2]，劳心慱慱兮[3]！

庶见素衣兮，我心伤悲兮，聊与子同归兮[4]。

庶见素韠兮[5]，我心蕴结兮[6]，聊与子如一兮[7]。

言素冠瘦弱不堪，心生哀痛。

牛运震：“棘人栾栾四字，写出哀毁骨立情状。”（《诗志》）

[注释]

[1]庶：庶几，幸而。素冠：白帽子，即居丧期间孝子所戴的练冠。　[2]棘：急，处境艰危的意思。一说字通“瘠”，瘦削的意思。栾栾：娈娈，令人怜惜的样子。一说字通“脔”，本义为肉片，引申为瘠瘦。　[3]慱（tuán）慱：愁苦不安貌。　[4]聊：愿。同归：同归一处，即铁了心跟随素衣者的意思。　[5]韠（bì）：皮制的蔽膝。　[6]蕴结：郁闷不解。　[7]如一：同心。与上文“同归”义同。

[点评]

《素冠》，表追随郑武公之意的篇章。据《国语·郑语》等文献，郑桓公为周宣王弟，名友，幽王时司徒，“甚得周众与东土之人”，受封于西周畿内之地郑（今渭南华州区境内），感于王朝危殆，郑桓公曾向史伯询问未来郑国的“逃死”之地，史伯告诉他说虢桧之地可以占据。于是桓公“乃东寄帑与贿，虢、郐受之”。不久，郑桓公与周幽王一起被犬戎杀死于骊山之戏，于是郑国人拥立桓公子掘突为郑国君主，东迁虢桧之域。郑人对掘突的抚慰与效忠之情，是诗篇传达的基本信息。

隰有苌楚

隰有苌楚[1]，猗傩其枝[2]。夭之沃沃[3]，乐子之无知[4]！

隰有苌楚，猗傩其华[5]。夭之沃沃，乐子之无家！

隰有苌楚，猗傩其实。夭之沃沃，乐子之无室！

[注释]

[1]隰：下湿之地。苌（cháng）楚：又名羊桃、猕猴桃等，攀援藤本植物。　[2]猗傩（ē nuó）：婀娜，摇曳多姿貌。　[3]夭：屈伸貌。沃沃：枝叶润泽的样子。　[4]乐：以……为乐，在此有羡慕的意思。知：所知、相知，引申为配偶。　[5]华：同“花”。

[点评]

《隰有苌楚》，表达对生活厌倦态度的诗篇。诗以苌楚的率性生长，反衬人世生活的不幸。表现上，诗以苌楚的丰腴，反衬生趣的枯干，以此表达对世道的愤激之情，巧妙得很。一说男女相悦的歌唱。

匪　风

匪风发兮[1]，匪车偈兮[2]。顾瞻周道[3]，中

言乐子无家庭牵累。

牛运震：“三‘乐’字惨极，真不可读。”（《诗志》）

见物起兴，语绝沉痛。

钟惺：“亡国之音读不得。此诗更不必说自家苦，只羡苌楚之乐，而意自深矣！凡苦之可言者，非其至也。”（《评点诗经》）

言无妻子连累。

钱锺书：“此诗意谓：苌楚无心之物，遂能夭沃茂盛，而人则有身为患，有待为烦，形役神劳，唯忧用老，不能长保朱颜青鬓，故睹草木而生羡也。”（《管锥编》）

心怛兮[4]！

匪风飘兮，匪车嘌兮[5]。顾瞻周道，中心吊兮[6]！

谁能亨鱼[7]，溉之釜鬵[8]？谁将西归[9]，怀之好音[10]！

言睹疾行的车马而内心悸动。高朝璎："此诗之神，全在'瞻顾周道'中。"(《诗经体注图考大全》)

言如烹鱼赠釜，西去之人谁能行方便，捎去信息。

姚际恒："风致绝胜。"(《诗经通论》)

[注释]

[1]匪：通"彼"。从王引之《经义述闻》说。发：风疾吹的声音。　[2]偈（jié）：疾驱貌。　[3]周道：通往西周的大道。　[4]怛（dá）：悲悼。　[5]嘌（piāo）：车疾速行驶的声音。　[6]吊：伤悼。　[7]亨：通"烹"。　[8]溉（gài）：洗涤。一说字当作"墍"，给予的意思。鬵（xún）：大釜、大锅。　[9]西归：回到西周。　[10]怀（kuì）：归、给予。好音：犹言好语、好消息。

[点评]

《匪风》，身处桧地的西周人士牵挂故国的篇章。西周之民，因西方的战乱徙居东方，是此诗创作的背景。诗篇从独特的角度，真切动人地展示了在那王朝崩溃大动荡时期一些人的内心感受。人烹鱼则予之釜鬵，言下含有与人方便的意思，正与下文"西归"句密迩相连：有谁到西周去吗？希望他带我的好消息给那里的人；或者：希望他把那里的好消息带给我。此诗未尝有一语言及宗周覆灭，但诗人内心的躁动不安，却能使后人仿佛亲见那重大事变给人们心中带来的震动。

曹 风

　　周初周武王封弟振铎于曹，是为曹国。疆域在今山东西南部地区，都陶丘，其地在今山东定陶西南，传二十四世而为宋所灭。郑玄《诗谱》言曹地风俗："昔帝尧尝游成阳，死而葬焉。舜渔于雷泽，民俗始化其遗风。重厚多君子，务稼穑，薄衣食以致畜积。夹于鲁卫之间，又寡于患难，末时富而无教，乃更骄侈。"是说此地有深厚的文化积累，且地处平原，适于农耕，百姓重视耕种，颇为富饶。君子之流骄奢之风也颇盛。曹地风诗虽然不多，艺术上却颇有精彩之处。

　　《曹风》四篇，今选其三。

蜉 蝣

蜉蝣之羽[1]，衣裳楚楚[2]。心之忧矣，于我归处[3]！

蜉蝣之翼，采采衣服[4]。心之忧矣，于我归息！

蜉蝣掘阅[5]，麻衣如雪[6]。心之忧矣，于我归说[7]！

[**注释**]

[1]蜉蝣：昆虫名，一生经历卵、稚虫、亚成虫和成虫四个阶段，亚成虫期历时较短，一般经数分钟到一天左右即脱皮变为成虫，之后还要脱皮。成虫后不取食，寿命极短，只能存活数小时，最多为七天，故有朝生暮死之说。《夏小正》："五月，浮游有殷。"即夏历五月时，蜉蝣众多。　[2]衣裳：比喻蜉蝣的羽翼如衣服一样。楚楚：鲜明貌，蜉蝣的翅膀极薄而透明。　[3]于我归处：感叹自己的归处。归，死人谓之归人，归处即死后的归依之处。　[4]采采：光华貌。　[5]掘阅：联绵词，自来有不同解释：一说蜉蝣蜕变，生出翅膀；一说穿穴而出；一说改变容貌。当以第一说为好。　[6]麻衣：麻制的衣服，比喻蜉蝣的羽翼。　[7]说：通"税"，止息。

[**点评**]

《蜉蝣》，慨叹浮华幻影、死生促迫的感伤诗篇。朝生暮死的蜉蝣，却有鲜洁如雪的衣裳，正如同短暂的人

言蜉蝣朝生暮死，羽翼鲜明，进言人荣华如梦，死归何处？

吴闿生："喻意危悚。"（《诗义会通》）

陈震："'楚楚''采采''如雪'，其人得意在此，傍人赞叹正在此，盖一念为朝生暮死，则其得意处，正可悼可畏处也，故曰'心忧'。'于我归'者，叹其失所归也。"（《读诗识小录》）

生，有如梦如幻的荣华一般。诗篇的情调十分敏感，又极其脆弱，感伤情绪弥漫全诗。精于比喻是诗篇的特点，如"衣裳楚楚""麻衣如雪"的句子，意象十分鲜明。

候 人

彼候人兮[1]，何戈与祋[2]。彼其之子[3]，三百赤芾[4]。

维鹈在梁[5]，不濡其翼[6]。彼其之子，不称其服[7]。

维鹈在梁，不濡其咮[8]。彼其之子，不遂其媾[9]。

荟兮蔚兮[10]，南山朝隮[11]。婉兮娈兮[12]，季女斯饥[13]。

刺在位者无德。

欧阳修："如彼小人窃禄于高位。"（《诗本义》）

官中多淫气，而民间多旷女。

牛运震："末章精神飞动，更自蕴藉风流，一篇生色争胜处。"（《诗志》）

[注释]

[1]候人：官职名称。 [2]何：即"荷"字的本义，扛、举的意思。祋（duì）：古代一种长柄武器，字又写作殳，竿为竹制，长一丈二尺，祋头装有八棱形的金属尖。 [3]彼其（jì）：犹言那些人，那人。 [4]赤芾（fú）：红色的蔽膝。贵族的服饰，《诗》中屡见，据西周金文，周王常以此赏赐臣下。 [5]维：发语词。鹈（tí）：即鹈鹕，一种水鸟，白色羽毛，嘴长尺余，下颔有囊与嘴相连，捕鱼为食。梁：筑在水中用以捕鱼的坝子。 [6]濡：沾湿。 [7]不称：配不上。服：服饰。古代服饰不同，地位不同。不称其服即不称其位。 [8]咮（zhòu）：鸟嘴。 [9]不遂：不合

礼法。即其婚媾不合理的意思。媾：婚配。　[10]荟、蔚：本义为草木茂盛，在此比喻云彩的浓密。　[11]南山：曹国境内低矮山地，在今曹县境内。陊（jī）：即虹，古人以虹为淫气所成。　[12]婉、娈：女子美好貌。　[13]季女：少女。饥：饿。此处喻女子待嫁的饥渴心情。

[点评]

《候人》，讽刺曹君女宠过盛的篇章。诗篇写得相当婉曲。国家贤人失位，连下级的候人之官也都换成了不肖之辈，其政治腐败的程度，真可谓烂透了。此外，候人、季女的婚嫁失时，可能是一个特殊现象，但诗将此事与曹君的好色连起来写，其主题便大大深化了。

鸤 鸠

鸤鸠在桑[1]，其子七兮。淑人君子，其仪一兮[2]。其仪一兮，心如结兮。

鸤鸠在桑，其子在梅[3]。淑人君子，其带伊丝[4]。其带伊丝，其弁伊骐[5]。

鸤鸠在桑，其子在棘[6]。淑人君子，其仪不忒[7]。其仪不忒，正是四国[8]。

鸤鸠在桑，其子在榛[9]。淑人君子，正是国人[10]。正是国人，胡不万年[11]。

美君子心、仪美好。

《韩诗外传》："好一则博，博则精，精则神，神则化，是以君子务结心乎？"

戴君恩："层层相连，节节相生，不可得其断续。"（《读风臆评》）

[注释]

[1] 鸤（shī）鸠：鸟名，即布谷鸟。古人认为布谷鸟养子平均而无有偏爱。　[2] 仪：义。一：心意坚定，无二心。　[3] 梅：楠木，常绿的高大乔木，夏天开红黄色小花，秋天结黑蓝色浆果。木料有香气，是建筑或器具良材。　[4] 带：衣服上的带子。伊丝：是白丝做成的。伊，判断词。　[5] 弁：皮制的冠。骐：通 "璂"，皮制冠戴上的玉饰。　[6] 棘：荆棘，丛生的酸枣树。　[7] 忒（tè）：差错。　[8] 四国：四方之国，指周王朝所有邦国。　[9] 榛（zhēn）：灌木或小乔木，木质坚硬，可以做手杖等用；果实为干果，周代用作 "女贽" 亦即 "见面礼"；可直接食用，也可以榨油。　[10] 国人：四方国人。　[11] 胡不：何不。

[点评]

《鸤鸠》，颂扬周天子的诗篇。从内容看，颂美的是周王，称赞他能 "正四国"，祝福他寿 "万年"。诗篇以鸤鸠七子取譬，实际是表周王得众多诸侯拥护，也就是表周敬王的地位合法。诗篇从新王的腰带、帽子着笔，强调 "其仪不忒"，也都是在表新王的仪度风采，寄寓着诗人 "正四国" 的希望。

豳　风

豳地在今陕西旬邑、彬县一带。《国语·周语上》载："昔我先王世后稷，以服事虞、夏。及夏之衰也，弃稷弗务，我先王不窋用失其官，而自窜于戎、狄之间。"是说周人祖先在夏朝衰落时，逃奔到戎狄，至公刘时期，周人才回归农耕传统。近年考古工作者有重要发现，在今泾河上游长武的碾子坡遗址出土了大型铜器﹝鼎、瓿（bù）﹞，有文字的卜骨，写有文字的陶器，还有碳化高粱以及石制、骨制的农具等，都带有明显的中原文化色彩（《胡谦盈周文化考古研究选集》，四川大学出版社 2000 年，第 1—3 页）。豳风即西周时所保存古豳之地的乐调，而且渊源古老。《周礼·春官·籥章》载："掌土鼓、豳籥。中春，昼击土鼓、龡《豳诗》，以逆暑。"是说"豳风"歌唱是击土鼓、吹籥伴奏。其中的"苇籥"，据《礼记·明堂位》"土鼓、蒉桴、苇籥，伊耆氏之乐"，可知是由苇管制成的，源于古老的伊耆氏（尧，又称伊耆氏）之世。《籥章》所言"土鼓"，在山西襄汾陶寺遗址多有发现，而陶寺遗址的时代又与传说的尧舜时期颇为接近。《豳风》诗篇，以古豳风调演唱的只有《七月》一篇。至于其他篇章是否用豳乐，没有任何文献上的证据。又，现代有学者提出，"豳风"即鲁国风诗。这在文献也没有任何记载。今据文献可知除上述《七月》用豳乐外，《东山》《破斧》两篇与周公东征有关。至于两篇创作时代，旧说为周初，也不可信，因为篇章风调表明，这些作品再早不过西周中期。又据《左传·襄公二十九年》所载"季札观乐"演奏次第，《豳风》是排在《齐风》之后的，应反映的是周代乐工编排的次序。

　　《豳风》七篇，今选其五。

七　月

七月流火^[1]，九月授衣^[2]。一之日觱发^[3]，二之日栗烈^[4]。无衣无褐^[5]，何以卒岁^[6]？三之日于耜^[7]，四之日举趾^[8]。同我妇子^[9]，馌彼南亩^[10]，田畯至喜^[11]。

七月流火，九月授衣。春日载阳^[12]，有鸣仓庚^[13]。女执懿筐^[14]，遵彼微行^[15]，爰求柔桑^[16]。春日迟迟^[17]，采蘩祁祁^[18]。女心伤悲，殆及公子同归^[19]。

七月流火，八月萑苇^[20]。蚕月条桑^[21]，取彼斧斨^[22]，以伐远扬^[23]，猗彼女桑^[24]。七月鸣鵙^[25]，八月载绩^[26]。载玄载黄^[27]，我朱孔阳，为公子裳^[28]。

四月秀葽^[29]，五月鸣蜩^[30]。八月其获^[31]，十月陨萚^[32]。一之日于貉^[33]，取彼狐狸，为公子裘。二之日其同^[34]，载缵武功^[35]。言私其豵^[36]，献豜于公^[37]。

五月斯螽动股^[38]，六月莎鸡振羽^[39]。七月在野^[40]，八月在宇^[41]，九月在户^[42]，十月蟋蟀入我床下^[43]。穹窒熏鼠^[44]，塞向墐户^[45]。嗟我

以寒暑之变总起全篇；继言秋冬以至于来年开春时的天气变化及各种活动。

杨慎："谚云：三九二十七，篱头吹觱栗。"又曰："万象唯风难画。"（《升庵经说》）

言春日少女采桑之事。钱锺书："吾国咏'伤春'之词章者，莫古于斯。"（《管锥编》）

全篇格调强健，此章则别见妩媚。

"七月"以下四句自远而近，藏头露尾，句法奇特。郑玄曰："自七月在野，至十月入我床下，皆谓蟋蟀也。言此三物（斯螽、莎鸡、蟋蟀——引者）之如此，著将寒有渐，非卒来也。"吕本中引张文潜说："《诗》三百篇……非深于文章者不能作，如'七月在野'至'入我床下'，于七月以下皆不道破，直至十月方言蟋蟀，非深于文章者能为之耶？"（《童蒙诗训》）

牛运震："'嗟我妇子'数语作悲苦气息，妙。一时风俗安和，正忾然可思。"（《诗志》）

遥应首章无衣无褐之发问。

妇子[46]，曰为改岁[47]，入此室处[48]。

六月食郁及薁[49]，七月亨葵及菽[50]。八月剥枣[51]，十月获稻。为此春酒[52]，以介眉寿[53]。七月食瓜[54]，八月断壶[55]，九月叔苴[56]。采荼薪樗[57]，食我农夫[58]。

九月筑场圃[59]，十月纳禾稼[60]。黍稷重穋[61]，禾麻菽麦[62]。嗟我农夫，我稼既同[63]，上入执宫功[64]：昼尔于茅[65]，宵尔索绹[66]，亟其乘屋[67]，其始播百谷[68]。

二之日凿冰冲冲[69]，三之日纳于凌阴[70]。四之日其蚤[71]，献羔祭韭[72]。九月肃霜[73]，十月涤场[74]。朋酒斯飨[75]，曰杀羔羊。跻彼公堂[76]，称彼兕觥[77]，万寿无疆[78]！

［注释］

[1]七月：夏历七月，阳历的八九月份。流火：火星西偏。夏历七月的黄昏时分观测大火星，其位置已经偏西了。　[2]九月：夏历九月，阳历十月左右。授衣：下交裁制冬衣的工作。　[3]一之日：周历的正月，即夏历十一月。觱发（bì bō）：《说文》引作"滭泼"，寒风吹拂发出的响声，犹言"噼里啪啦"。　[4]二之日：周历二月，夏历的十二月。栗烈：即凛冽。　[5]褐（hè）：兽毛或麻质粗布。　[6]卒岁：过完一年最后寒冷的日子。　[7]三之日：

周历三月，夏历正月。于耜（sì）：修理农具。于，词头，一般用在动词之前。　[8]四之日：周历四月，夏历二月。趾：镃，一种如后世铁锹之类的木质农具。　[9]同：聚集。　[10]馌（yè）：馈食，即送饭到田头的意思。古时春耕有重大典礼，称籍田之礼，周王要亲自参加，这一天，公家要馈赠在官田地上无偿劳作的农民一顿饭食。南亩：犹言田亩。古代以向阳田地为上。南亩即向阳田地。　[11]田畯（jùn）：田官。至喜（chì）：分发食物。至同"致"，喜同"饎"，饭食。据周礼，每年开春都要举行籍田大礼，田畯向参加典礼的农夫农妇分发食物即其中礼数之一。　[12]载阳：开始变暖。载，开始。　[13]仓庚：鸟名，即黄莺，学名黄鹂，叫声婉转亮丽，毛色鲜艳漂亮，此鸟春天来到北方正值小麦将熟、桑葚甜美时，故俗语曰："黄栗留，看我麦黄葚熟。"[14]懿筐：深筐。懿，深。　[15]遵：沿着。微行：田间小径。　[16]爰：于此。于焉的合音。柔桑：嫩桑。　[17]迟迟：春日舒迟的感受，犹言"暖洋洋"。　[18]采：茂盛。《夏小正》"荣堇采蘩"之"采"即茂盛义，可证。蘩：白蒿，一年或二年生草本，开白色花，种类很多。祁祁：众多貌。"春日、采蘩"两句，只是写春天光景而已，是采桑女眼中所见。　[19]"女心伤悲"二句：少女想到女公子出嫁时，也差不多就是自己嫁人的时节了，心中不免充满了各种愁绪。　[20]萑（huán）苇：荻草和苇子，可以作蚕箔用。一说：萑即"剜"，割取的意思。　[21]蚕月：养蚕的月份，即夏历三月。　[22]斧斨（qiāng）：斧子。分别言之，椭孔为斧，方孔为斨。此处为泛指。　[23]远扬：伸得很高的枝条。　[24]猗：丰茂。女桑：即柔桑、嫩桑，即新生的鲜嫩副芽。　[25]鵙（jú）：鸟名，又称伯劳，叫声高而快，在北方，夏历五月开始鸣叫，一直到寒冷时节来临。古代赶制寒衣，要在此鸟停止鸣叫之前。　[26]载绩：开始纺绩织布。　[27]"载玄载黄"二句：所纺的布，有黑色、

孙鑛："衣食为经，月令为纬，草木禽虫为色，横来竖去，无不如意。固是叙述忧勤，然即事感物，兴趣更自有余，体被文质，调兼雅颂，真是无上神品！"（《评诗经》）

有黄色，还有红色。载：连词，连接两个动词，且、又的意思。玄：黑中带红。古代染织，需多处在染液中浸润；晾干之后再次浸润，为一"入"；五、六入，可成玄色。黄：黄色。黄色的染成，多用茋草、地黄和黄栌为染料，考古发现，也有用矿物质石黄为染料的。我：在此只起调整音节的作用。朱：深红色。孔：甚，十分。阳：光灿灿的色泽。 [28]裳：衣裳。 [29]秀：开花。葽（yāo）：苦菜。 [30]蜩：蝉。 [31]获：收获。 [32]陨萚（tuò）：植物枝叶凋零。 [33]于貉（hé）：犹言"于猎"，句法犹"于耜""于茅"。貉又称狗獾，似狐，较肥胖，尾巴短，在古代其皮毛十分贵重。 [34]同：会同、集合。 [35]缵（zuǎn）：继续。 [36]言：语词。私：私人所有。豵（zōng）：一岁小野猪。 [37]豜（jiān）：三岁的大野猪。公：公家。 [38]动股：蝗虫大腿内侧有齿状物，与前翅的突起的径脉摩擦发出声音。 [39]莎（suō）鸡：蝗类昆虫，两条触须很长，飘向身后，叫声如纺织之声，发音部位在前翅。振羽：振动翅膀以使音锉与刮器互相作用发出声响。 [40]野：田野。 [41]宇：屋檐下。 [42]户：房门。此指室内。 [43]床：卧具。 [44]穹（qióng）窒：涂抹房屋内的漏洞。熏鼠：用烟熏走老鼠。 [45]塞（sāi）向：堵塞朝北的窗户。向，朝北的窗户。墐（jìn）户：涂抹塞住门的缝隙。古代庶民之家，一般用荆条编织成门。 [46]嗟：嗟叹。 [47]曰为：将要。曰，语助词。改岁：过年的意思。 [48]处：安处。 [49]郁：郁李，又名车下李，早春开花，花瓣犹如剪纸，色彩很艳丽，果实如樱桃大小，味酸甜，可以酿酒。薁（yù）：细本葡萄，果如樱桃大小，黑紫色，酸甜可口，又名野葡萄、山葡萄，是葡萄的近缘种。 [50]亨：通"烹"。葵：冬葵，古代主要的菜蔬，《本草纲目》："古者葵为五菜之主。"冬春之际开花，耐旱，味甘无毒，可烹饪，也可以用腌制为菜。菽：先秦时豆类总称为菽，此处指豆叶，又称藿。　[51]剥（pū）：同“扑”，击打的意思。　[52]春酒：又称冻醪，以稻米为原料，秋天酿制，春天启用，酝酿时间长，酒精浓度较高，正因其度数高，所以要冷饮。　[53]介：助。眉寿：长寿，大寿。西周金文作“䚫寿”；金文又有“弥生”一词，与“弥寿”之“弥”同义，都是祝福的嘏词。　[54]瓜：甜瓜。　[55]壶：瓠瓜。　[56]叔：收，拾取。苴（jū）：麻的雌株为苴，在此为麻子的意思。　[57]采荼：以荼为菜。采，菜，名词作动词用。薪樗（chū）：以樗为薪。樗，臭椿树木料疏松不成材，故充作新柴。在此也是名词作动词用。　[58]食（sì）：吃，在此即“养活”“过活”之义。这两句承上所述瓜果菜蔬而来，是总结全章之句，强调农夫吃的瓜菜，烧的薪柴。　[59]场圃：打谷场，古代打谷场也用来种菜，所以称场圃。　[60]纳：收入场圃。禾稼：各种农作物总称。下一“禾麻”之禾，应指各种粮食作物。古人用词不避重叠。　[61]重穋（tóng lù）：先种后熟的谷物为穜，后种先熟的谷物为穋。重字当作“穜”。　[62]麦：小麦。此诗言“麦”只是连类而及，不可坐实理解。　[63]同：齐备。　[64]上：同尚，还要。入：进入城邑。宫功：修建宫室事宜。　[65]尔：而。于茅：打茅草。　[66]索绹（táo）：打草绳，索在此为动词。　[67]亟（jí）其：快快地。乘屋：登上屋顶。　[68]百谷：各种谷物。　[69]冲冲：凿冰声。　[70]凌阴：藏冰的地窖。　[71]蚤（zǎo）：早。　[72]献羔祭韭：古人开冰之后要向祖庙献上羔羊鲜韭。　[73]肃霜：义即肃爽，联绵词，深秋清凉的样子。　[74]涤场：即涤荡，冬风吹拂、万物摇落的意思。　[75]朋酒：两樽酒称朋酒。斯：语助词。飨：宴享，乡人年终聚饮，此诗当指蜡祭后的大酺（pú）。　[76]跻：升。公堂：乡间的公共建筑，平日做学校，年终可用作举行大酺场所。　[77]称：高举。兕觥（sì gōng）：形状弯曲如牛角的酒杯类器物。　[78]万寿无疆：长寿无止期。是古代祝福之语。

[点评]

《七月》，述说一年农事生活的诗篇，强调农耕不易是其重要内容。诗以一年十二月为经，以四时蚕桑耕稼及狩猎活动为纬，交织成一幅朴茂的古代农耕生活图景。诗是以时间为线索的，但时序的次第是按叙述人事活动的要求排列的，因而纷错出现。这也使得叙述不呆板，不滞闷。春天来临时有黄莺在鸣叫，四月野菜开花的时节，蝉又叫了。秋天将至，则有斯螽在"动股"，莎鸡在"振羽"。天何言哉，四时行焉！大自然在以各种生灵提醒着人类，亲切如同人类的朋友。桑女伤春之际，一声悠长的仓庚之鸣掠过，是人与自然的气韵相通。人寄身于生趣盎然的自然之中，遵从着天地的节律，努力劳作，创造生活。诗篇没有多少情绪化的表现，如同一位饱经风霜的老农，以家常的口吻述说着生业，处处流露着对农事生活的热爱，处处表现着农人对大自然的亲近。

鸱　鸮

鸱鸮鸱鸮[1]，既取我子，无毁我室。恩斯勤斯[2]，鬻子之闵斯[3]！

迨天之未阴雨[4]，彻彼桑土[5]，绸缪牖户[6]。今女下民[7]，或敢侮予[8]！

予手拮据[9]，予所捋荼[10]，予所蓄租[11]，

告鸱鸮无毁我室，并言育子之辛劳。哀哀呼告。钟惺云："石人下泪矣！"（《评点诗经》）

言未雨绸缪以防患，是正理。"今女"两句，语气强硬。

孔子语曰："为此诗者，其知道乎？能治其国家，谁敢侮之！"（《孟子·公孙丑上》）

予口卒瘏[12]：曰予未有室家[13]！

予羽谯谯[14]，予尾翛翛[15]；予室翘翘[16]，风雨所漂摇[17]：予维音哓哓[18]。

[注释]

[1]鸱鸮（chī xiāo）：猫头鹰，夜行类猛禽，古人视之为"恶声之鸟"；今俗语亦有"不怕夜猫子叫，就怕夜猫子笑"之说。早在红山文化时期即有玉制鸱鸮，后殷墟出土之物中也有青铜鸮、石鸮等。　[2]恩：爱。一说通"殷"，即尽心劳苦之义，与下"勤"同义。斯：发语词。　[3]鬻（yù）子：养育孩子。鬻通"育"。一说鬻子为稚子，指周成王。闵：劳苦费心。　[4]迨：趁着。　[5]彻：取。桑土（dù）：桑根。　[6]绸缪：捆束、缠绕，即修葺的意思。牖（yǒu）：窗户。户：门。　[7]女：汝。　[8]或敢：谁敢。或，不定指代词。　[9]拮（jié）据：手因疲而痉挛，不能伸展自如。　[10]所：通"尚"，还得。荼：茅草花，用以垫巢。　[11]蓄：储备。租：通"苴"，茅草。　[12]卒瘏（tú）：卒通"瘁"，卒、瘏都是劳累致病的意思。　[13]曰：语助词。　[14]谯（qiáo）谯：羽毛枯黄的样子。　[15]翛（xiāo）翛：羽毛萎缩败坏的样子。　[16]翘翘：高而危险的样子。　[17]漂摇：摇晃摆动。　[18]哓（xiāo）哓：形容凄苦的叫声。

[点评]

这是一首最早的禽言诗，寄寓着人对强暴势力的恐惧和防范。旧说此诗为周公所作，是向周成王表达心志的。诗揭示出一幅强暴欺凌弱小的恐怖图景。但弱小者并未屈服，而是试图以自身的努力抵消恐惧。诗篇所塑造的形象是感人的。"恩斯勤斯"的母亲情结，令人感戴；未雨绸缪的智慧，令人敬服；"拮据""翛翛"的劳敝，令人哀伤；"哓哓"的呼喊，又令人心碎。诗连用"予"字及联绵词，殷殷切切，恓恓惶惶，情绪的表达真可谓曲尽其妙。

东　山

言归途中悲思及途中所见。"西悲"之情，正如漫天阴雨的湿漉沉重。

扬之水："全诗选择一个最佳角度，即'在路上'。"（《诗经别裁》）

悬想家中荒芜之景，"果赢"以下数句，植物、昆虫、野兽杂陈，写物琐细，是因为思家深切。

吴闿生："果赢六句，写凄凉景况，《芜城赋》之祖。"（《诗义会通》）

我徂东山 [1]，慆慆不归 [2]。我来自东，零雨其濛 [3]。我东曰归 [4]，我心西悲 [5]。制彼裳衣 [6]，勿士行枚 [7]。蜎蜎者蠋 [8]，烝在桑野 [9]。敦彼独宿 [10]，亦在车下 [11]。

我徂东山，慆慆不归。我来自东，零雨其濛。果赢之实 [12]，亦施于宇 [13]。伊威在室 [14]，蟏蛸在户 [15]；町畽鹿场 [16]，熠耀宵行 [17]。不可畏也，伊可怀也 [18]。

我徂东山，慆慆不归。我来自东，零雨其濛。鹳鸣于垤 [19]，妇叹于室。洒扫穹窒 [20]，我征聿至 [21]。有敦瓜苦 [22]，烝在栗薪 [23]。自我不见，于今三年 [24]！

我徂东山，慆慆不归。我来自东，零雨其

濛。仓庚于飞，熠耀其羽。之子于归[25]，皇驳其马[26]。亲结其缡[27]，九十其仪[28]。其新孔嘉[29]，其旧如之何[30]？

[注释]

[1]徂：往。东山：即今天的泰沂山地，是山东一带的地标。　[2]慆（tāo）慆：字又作"滔滔"，义同"遥遥"，时间漫长。　[3]零雨：落雨。濛：细雨貌。　[4]我东曰归：与"我来自东"义同。曰，语助词。　[5]西悲：西归的愁思。　[6]裳衣：即常衣，家常衣服，裳通常。　[7]士：事。勿士即不再从事。行（háng）枚：行军时含在嘴里的木条。　[8]蜎（yuān）蜎：蠕动貌。蠋（zhú）：似蚕而不食桑叶的肉虫。　[9]烝：同"蒸"，众多貌。一说即"乃"。　[10]敦：蜷缩一团的样子。彼：指士卒。　[11]车下：战车下。　[12]果臝（luǒ）：又名栝楼，根茎蔓生，果实圆，籽可食。喜在房前屋后攀援生长。　[13]施（yì）：蔓延。宇：房檐。　[14]伊威：虫名，又称鼠妇，今北方人称之为潮虫，体型宽扁，多足，色如蚯蚓，背上有蹙起的横纹。　[15]蟏蛸（xiāo shāo）：一种长脚的蜘蛛，结网而居，又名喜子。　[16]町疃（tǐng tuǎn）：屋舍旁的空地。鹿场：鹿栖居的地方。　[17]熠耀：萤火闪烁貌。宵行（háng）：萤火虫。　[18]怀：恋。　[19]鹳（guàn）：鹳雀，一种水鸟，长长的尖嘴，形似鹤，比鹤大，喜食鱼，又名负釜、黑尻、背灶等，记载说此鸟好水，知晴雨，《禽经》曰："鹳仰鸣则晴，俯鸣则阴。"垤（dié）：小土堆。　[20]穹窒：见《七月》。"洒""扫"两动词为并列关系。　[21]我征：我的征人，是妇之口吻。聿（yù）：乃，语助词。　[22]敦：圆貌。瓜苦：瓠瓜。苦通"瓠"。古代结婚时，夫妻有合巹之礼，用一个瓠瓜剖成的容

初回到家时所见。"于今三年"句，失声之叹。

三年战争结束，士卒回家娶妻，光景佳美。

牛运震："此诗曲体人情，无隐不透，直从三军肺腑，扪掭（shū）一过，而温挚婉恻，感激动人。"（《诗志》）

器共饮。下文见瓠瓜而言三年不见,暗示着夫妻离别。　[23]栗薪:杂乱堆积的木柴。　[24]三年:周公东征一说两年,清华简《金縢》作"三年",与诗合。　[25]于归:出嫁。　[26]皇驳:黄白间杂。皇,通"黄"。驳,杂色。　[27]结缡(lí):系围裙的带子;女子出嫁时最后一道手续是母亲亲自为女儿系缡带,称结缡。　[28]九十:言仪式多。　[29]新:新结婚的时候。　[30]旧:久别。与上文"新"相对。

[点评]

《东山》,后人为表现周公东征而创制的乐歌。诗篇并没有将士卒的凯旋表现为一片夏日好风光,而是选择了"零雨其濛",把士卒的乡情,笼罩在一片阴郁湿濡的氛围之中。三年的征战,"既破我斧,又缺我斨"(《豳风·破斧》),是多少兄弟的死亡,是多少的剿灭征伐,是多少人性的伤害,又需要多少时光的淡化才得平复。诗人没有用光风霁月的笔法表现这些归乡士卒,正是其不浅薄的地方。

破　斧

既破我斧,又缺我斨[1]。周公东征[2],四国是皇[3]。哀我人斯[4],亦孔之将[5]。

既破我斧,又缺我锜[6]。周公东征,四国是吪[7]。哀我人斯,亦孔之嘉[8]。

既破我斧,又缺我銶[9]。周公东征,四国是遒^[10]。哀我人斯，亦孔之休^[11]。

[注释]

[1]缺：残缺，动词。斨：方孔的斧子。斧、斨非兵器，但战争中可以披荆斩棘，开山修路。　[2]周公：即周公旦，周武王之弟，据载曾在武王去世后七年间摄政，其间曾大举东征平定叛乱。东征：指周公平定东方叛乱势力。　[3]四国：四方国家。周公东征，虽主要指向殷商反抗势力，却有稳定四方国家的意义。皇：匡正。　[4]哀：哀怜。我人：我等小民。斯：语气词。　[5]亦：也。孔：十分、极其。将（jiāng）：大。此句言东征胜利结束，对我们这些从征小民也是大美之事。　[6]锜（qí）：凿子一类的工具。　[7]吪（é）：动、变动，拨乱反正。　[8]嘉：好，善。　[9]銶（qiú）：凿子一类工具。一说独头斧。　[10]遒（qiú）：凝聚，稳固。　[11]休：美好。

[点评]

《破斧》，表征夫战后余生的庆幸之情的篇章。破斧、缺斨之句，既表现出战事的漫长，又表现出战斗的残酷，又有血肉之躯经历三年征战大难不死的庆幸。诗篇格调颇为堂皇高亢，是《小雅》的腔调，而且，诗篇句式整齐，韵调铿锵，从形制上看也很像一首典礼的乐歌。

伐　柯

伐柯如何^[1]？匪斧不克^[2]。取妻如何？匪媒不得。

伐柯伐柯，其则不远^[3]。我觏之子^[4]，笾豆有践^[5]。

［注释］

[1]柯：斧柄。　[2]克：能。　[3]则：标准。　[4]觏：见、观察。之子：这位女子。　[5]笾（biān）豆：都是盛食物的高脚食器，笾为竹制，豆为木制。践：整齐排列貌。

［点评］

《伐柯》，一首有关娶妻智慧的诗篇。诗篇固然强调了媒人的重要，却更注重对所娶之人的实际观察。择偶要讲究方法和标准，标准在哪里？就像所伐之柯的短长可以取决于手持的斧柄一样，从日常的生活能力，即可以判断女子的贤能与否。又，这首诗据传统的说法，与周公东征有关：东征结束后，周公为那些因出征耽误了娶妻的士卒娶妻，因有此篇，是承着《东山》篇最后"之子于归"一章而来的。

小　雅

　　"雅"就是"夏"，古代两字读音相近，可以通假。"雅"即西周人群乐调乃至语音。周人自称"夏"，《逸周书·世俘解》记载，周武王克商后举行隆重的献俘大典，演奏乐曲是《崇禹生开》。按，刘师培《周书补正》："崇禹即夏禹，犹鲧称崇伯也；开即夏启。《崇禹生开》当亦夏代乐舞，故实即禹娶涂山女生启事也。"周人在如此重大的典礼上居然搬演夏人的故事，表明其与夏人之间有密切的渊源关系。不过，《毛序》说："雅者，正也。"这个"正"字也可理解为"标准"的意思。周人建立王朝，主宰天下，他们的歌声被视为是"正"亦即最标准，是很可理解的。"雅"又分大、小，这也是一个多年来纠缠不休的问题。有的说以乐调分，有人说以诗体分，有的说以宗教和非宗教内容分。实则大小雅之分，最初的标准很简单，时间早的称"大雅"，时间晚的称"小雅"。这点似乎在《左传》所载"季札观乐"中，已有所显示："为之歌《小雅》，曰：'美哉！思而不贰，怨而不言，其周德之衰乎？犹有先王之遗民焉。'为之歌《大雅》，曰：'广哉！熙熙乎！曲而有直体，其文王之德乎？'"言《小雅》为"周德之衰"，不正说的是西周晚期？此外"上博简"《孔子诗论》也说："《大雅》，盛德也。"（第2简）又说到《小雅》时言："多言难而怨悱者也，衰矣，小矣。"（第3简）又说《十月之交》《雨无正》及《节南山》等篇"皆言上之衰也，王公耻之"（第8简）。据此可知《大雅》为周强盛时期作品，《小雅》多为衰世诗篇。不过，今本《诗经》，《大雅》中有西周晚期作品，《小雅》中也有西周较早篇章，应是后来的编排了。

　　《小雅》共八十篇，其中有题有诗者七十四首，有题无诗者六首，称笙诗。今选其四十六。

鹿　鸣

呦呦鹿鸣[1]，食野之苹[2]。我有嘉宾[3]，鼓瑟吹笙[4]。

吹笙鼓簧[5]，承筐是将[6]。人之好我，示我周行[7]。

呦呦鹿鸣，食野之蒿[8]。我有嘉宾，德音孔昭[9]。

视民不恌[10]，君子是则是效[11]。我有旨酒[12]，嘉宾式燕以敖[13]。

呦呦鹿鸣，食野之芩[14]。我有嘉宾，鼓瑟鼓琴。

鼓瑟鼓琴，和乐且湛[15]。我有旨酒，以燕乐嘉宾之心。

以鹿鸣起兴，意趣盎然。黄震："朱曰：'于朝曰君臣焉，于燕曰宾主焉。'先王以礼使臣之厚，于此见矣。"（《黄氏日钞》）

［注释］

[1] 呦呦：鹿鸣叫声。　[2] 苹：今名山萩、珠光香青，属菊科。　[3] 宾：受招待的宾客，或本国之臣，或诸侯使节。　[4] 瑟：古代弦乐，"八音"中属"丝"，制作木材讲究轻柔、质地细腻而均匀，共振性好，一般多为桐木。古代宴饮，盲眼的乐工四人、二瑟，在堂上歌唱，称升歌、登歌。笙：古代吹奏乐，属"八音"之"匏"。据曾侯乙墓出土的实物，其形制是用挖空的葫芦做音斗，然后在音斗上下打可以对穿的圆孔，插入笙管，管的一

头要从音斗下露出；管中装有可以发声的芦竹做的簧片，俗称舌头。一个笙斗上可以插数量不同的管。　[5]簧：笙管中振动发声的竹片。此处指代笙。　[6]承：奉送。筐：盛币帛的竹木编织容器。将：进献。据记载，在一些政治含义较强的宴饮中，主人还要馈赠宾客币帛等礼物。　[7]周行：从西周之地通向各地的大道。引申为大道、正道，此处即用引申义。　[8]蒿：青蒿、黄花蒿，菊科，鹿喜食之，味香，也可以入药。　[9]德音：美好的声誉。《诗》常见固定语。孔：甚。　[10]视：示，显示。恌（tiāo）：同"佻"，轻薄。　[11]则：效法。效：效法。　[12]旨酒：醇美之酒。　[13]式、以：结构助词，相当于"既……又……"结构。燕：宴乐。敖：遨游，自由自在。　[14]芩（qín）：蔓苇，与芦苇同属。陆玑《疏》："茎如钗股，叶如竹，蔓生泽中下地咸处，为草真实，牛马皆喜食之。"一说是一种与苹、蒿类似的菊科蒿类植物。　[15]湛（dān）：深厚。

[点评]

《鹿鸣》，款待嘉宾的宴会乐歌。据记载，周人宴享之礼，在迎宾之后，先有奉帛以侑宾的礼节，继而有歌乐中的酒食尽欢，最后有鼓乐齐鸣的合乐。《鹿鸣》正反映着古礼的基本过程。《鹿鸣》没有宴饮活动的具体内容，它歌唱主人的敬客，嘉宾的懿德，以及宴享活动对人心的维系作用。从内容上看正大平直，从风格上说中和典雅，既丰腴而又婉曲，一派祥和气象；特别是开篇"呦呦鹿鸣"的起兴，清新质朴。

四 牡

四牡骓骓[1]，周道倭迟[2]。岂不怀归？王事靡盬[3]，我心伤悲。

四牡骓骓，啴啴骆马[4]。岂不怀归？王事靡盬，不遑启处[5]。

翩翩者雏[6]，载飞载下[7]，集于苞栩[8]。王事靡盬，不遑将父[9]。

翩翩者雏，载飞载止，集于苞杞[10]。王事靡盬，不遑将母。

驾彼四骆，载骤骎骎[11]。岂不怀归？是用作歌[12]，将母来谂[13]。

"伤悲"为一篇眼目。《礼记·少仪》："车马之美，匪匪翼翼。"匪匪即"骓骓"，孔颖达谓："虽行不止，不废其容骓骓也。"

述作诗之意，卒章显志。郑玄曰："人之思，恒思亲者，再言'将母'，亦其情也。"

[注释]

[1] 牡：公马。骓（fēi）骓：行进貌。　[2] 周道：王朝通往各地的国道。倭迟：遥远漫长。字又写作"郁夷""威夷""透迤"。　[3] 靡盬（gǔ）：没有停息。　[4] 啴（tān）啴：马喘息声。字或写作"疼"。骆：白马黑鬣称骆。　[5] 遑：闲暇。启处：安居。古人坐分危坐、安坐，危坐称启，安坐称处。两种坐法都与今天跪地相似，但危坐上耸其体，臀不压在小腿上，安坐则臀部坐在小腿上。　[6] 雏（zhuī）：古人认为是孝鸟。"翩翩者雏"，实际是写使臣豢养并带在身边的鸟。《毛传》："夫不也。"又写作"鹁鸪"，灰黑色，性凶猛，嘴短而弯，喜肉食。　[7] 载：又，则。"载……载……"是《诗经》常见句式。　[8] 集：依止。苞栩：

丛生的栎树。亦见《唐风·鸨羽》。　[9]将：奉养。　[10]杞：枸杞，俗称枸杞子，又名枸檵、地节、仙人杖等，落叶灌木；果实为红色或橙红色，可制酱、酿酒，根皮也可入药。《本草纲目》："去家千里，勿食枸杞。"　[11]骎：马疾驰。骎（qīn）骎：马疾驰貌。　[12]是用：因此。　[13]谂（shěn）：念。一说告。

[**点评**]

《四牡》，款待使臣宴会上的乐歌。在"岂不怀归"的思乡情绪中，展示的是使者作为朝臣与作为人子的伦理矛盾，即后世小说戏曲中常常言及的"忠孝不得两全"的伦理冲突。诗篇情感也因而略显孤独愁闷。然而，宴会歌唱这样的情感，恰恰是要舒缓"臣忠孝不得两全"的苦恼。这里正有礼乐的基本精神：抚平社会共同体与个体之间龃龉矛盾，以达到社会整体的精神和谐。

皇皇者华

皇皇者华[1]，于彼原隰[2]。骎骎征夫[3]，每怀靡及[4]。

我马维驹[5]，六辔如濡[6]。载驰载驱，周爰咨诹[7]。

我马维骐[8]，六辔如丝[9]。载驰载驱，周爰咨谋[10]。

牛运震："'如丝'字细秀。"（《诗志》）

我马维骆，六辔沃若[11]。载驰载驱，周爰咨度^[12]。

　我马维骃^[13]，六辔既均^[14]。载驰载驱，周爰咨询^[15]。

［注释］

[1] 皇皇：即煌煌，光华明灿貌。华：花。　[2] 原隰：高平之地为原，下湿之地为隰；此处犹言原野。　[3] 駪（shēn）駪：马疾行貌。字又作"侁侁""莘莘"。　[4] 每怀：私怀，个人情怀。靡及：不能顾及。　[5] 驹：马六尺为驹，此处即指马而言。　[6] 六辔：六条缰绳。参《秦风·驷驖》篇"六辔在手"注。濡：鲜泽的样子。一说柔和貌。　[7] 周：普遍，无遗漏地。爰：于。咨诹（zōu）：访问，咨询。《毛传》："访问于善为咨，咨事为诹。"　[8] 骐（qí）：花纹如棋格的马。　[9] 丝：言缰绳如丝一般柔韧。　[10] 咨谋：《毛传》："咨事之难易为谋。"意即访问、筹谋。　[11] 沃若：本意为润泽肥美，此处形容六辔抖动时活络的样子。　[12] 度：访求意见，商讨。《毛传》："咨礼义所宜为度。"　[13] 骃（yīn）：《毛传》："阴白杂毛曰骃。"阴白即灰白、暗白。　[14] 均：协调。　[15] 询：询问。《毛传》："亲戚之谋为询。"

［点评］

《皇皇者华》，款待使者宴会上的乐歌，重在表现使臣为国事奔走的豪情。以上三首诗篇形成了一个有机的乐歌整体：《鹿鸣》重在表现对嘉宾的热情款待，而《四牡》则重在体恤为王事奔走的使臣的公而忘私，《皇皇者华》则赞扬的是使臣身上所负的重要责任，唯其如此，他们的公而忘私才值得，他们才应该受到盛情款待。三者互为鼎足，实际都是在精神补偿那些为国而不能顾家的人们，都是"礼乐"追求和谐的表现。诗篇写使臣行驶在广阔的原野上，满眼是灿烂的鲜花，自豪之情不言而明。

常　棣

以棠棣之花起兴，总提至亲莫如兄弟之意。严粲："一章发端，姑言兄弟之常，而辞气抑扬之间，已有感叹不尽之意。"（《诗缉》）

程颐："此诗句少而章多，章多，所以极其郑重；句少，则各陈一义故也。"（《伊川经说》卷三）

陆时雍："叙事议论……总贵不烦而至，如《棠棣》不废议论……如后人以文体行之，则非也。"（《诗镜总论》）

常棣之华[1]，鄂不韡韡[2]。凡今之人，莫如兄弟。

死丧之威[3]，兄弟孔怀[4]。原隰裒矣[5]，兄弟求矣[6]。

脊令在原[7]，兄弟急难。每有良朋[8]，况也永叹[9]。

兄弟阋于墙[10]，外御其务[11]。每有良朋，烝也无戎[12]。

丧乱既平，既安且宁。虽有兄弟，不如友生[13]！

傧尔笾豆[14]，饮酒之饫[15]。兄弟既具[16]，和乐且孺[17]。

妻子好合[18]，如鼓瑟琴。兄弟既翕[19]，和乐且湛[20]。

宜尔室家[21]，乐尔妻帑[22]。是究是图[23]，
亶其然乎[24]？

[注释]

[1] 常（táng）棣：又作"唐棣""棠棣"。又称枎栘。落叶小乔木；其花朵先开而后合，与一般树木不同，花朵排列紧密，花瓣为白色，香气浓郁。　[2] 鄂不：胡不，何不。于省吾《新证》谓：古鄂、胡、遐语音相近，故可通假。韡（wěi）韡：光华鲜艳的样子。　[3] 威：通"畏"。马瑞辰《通释》：死于兵者之尸为畏。此处泛指死亡之事。　[4] 怀：思，念。　[5] 裒（póu）：聚土为坟丘。　[6] 求：寻找。　[7] 脊令：麻雀科的鸟，字又作鹡鸰。长脚，长尾，尖嘴，飞则鸣叫，行走时则尾羽摇摆，有山鹡鸰、黑背鹡鸰、灰鹡鸰多种，大多为候鸟。张华《禽经注》："鹡鸰共母者，飞鸣不相离，诗人取以喻兄弟相友之道。"原：原野。　[8] 每：虽然。　[9] 况：滋，增加。一说发语词。据朱熹《诗集传》。一说怳。据姚际恒《诗经通论》。永：长。此句是说，在急难时，只有兄弟相救，至于朋友最多只是长叹罢了。　[10] 阋（xì）：斗。　[11] 御：抵抗。务：侮，欺凌。《左传·僖公二十四年》及《国语》引此句均作"侮"。旧说两句意谓：平日兄弟之间有矛盾，但一遇外敌，却可以放弃前嫌，共御外患。于省吾《新证》提出新说，谓："言兄弟同战于墙，以御外务（侮）。"可备一说。　[12] 烝（zhēng）：众多。意思是再多也没用。一说发语词。戎：助。　[13] 友生：朋友，在此更偏于"外人"的意思。　[14] 傧（bìn）：陈列。笾：《尔雅·释器》："竹豆谓之笾。"即竹编豆器。豆：木制食器。形状如高脚杯，祭祀及宴饮时盛饭食用。　[15] 饫（yù）：亲戚之间的私宴，古时宴分议事之宴和宴享之宴，此处"饫"系后

者。　[16]具：同"俱"，俱在之意。　[17]孺：愉悦。据朱骏声《说文通训定声》，孺与"愉"字通。　[18]妻子：古代包含妻、儿。好合：情投意合。　[19]翕（xī）：合，团结。　[20]湛（dān）：深久。　[21]宜：有益、适宜。　[22]帑（nú）：子孙。字本作"孥"。　[23]究、图：思考、推求。"是究是图"为宾语提前句式，"是"指代上文所说的道理。　[24]亶（dǎn）：实在、诚然。

[点评]

《常棣》，倡导兄弟血亲团结的诗歌。"凡今之人，莫如兄弟"是一篇的主旨。开首一句以对常棣烂漫花朵的赞叹带起全篇，是典型的比兴之词，对篇章大旨起象征作用。诗篇最令人心动处，在其语气口吻的家常，除末尾一章外，各章皆有"兄弟"一词出现，语重心长，表露的是诗中开导者的心事浩茫。诗篇透露的是这样的情形：面对社会传统精神的衰变，当时人并不愿任其发展，他们在全力做着挽救的努力。这正是诗篇的深沉之处。

方回："'嘤其鸣矣'……此六句二十四字，如生蛇活龙，一起一伏，一盘一屈，妙义无穷，可一唱而三叹。"（《续古今考》）

方玉润："佳句，极为闲雅。"（《诗经原始》）

伐　木

伐木丁丁[1]，鸟鸣嘤嘤[2]。出自幽谷[3]，迁于乔木[4]。嘤其鸣矣，求其友声。

相彼鸟矣[5]，犹求友声，矧伊人矣[6]，不求友生？神之听之[7]，终和且平。

伐木许许[8]，酾酒有藇[9]。既有肥羜[10]，以速诸父[11]。宁适不来[12]，微我弗顾[13]。於粲洒扫[14]，陈馈八簋[15]。既有肥牡[16]，以速诸舅。宁适不来，微我有咎[17]。

伐木于阪[18]，酾酒有衍[19]。笾豆有践[20]，兄弟无远[21]。民之失德[22]，干糇以愆[23]。有酒湑我[24]，无酒酤我[25]；坎坎鼓我[26]，蹲蹲舞我[27]。迨我暇矣[28]，饮此湑矣。

辅广："此章盖极道其和乐而不变之意。"（《诗童子问》）

[注释]

[1]丁（zhēng）丁：伐木声。　[2]嘤嘤：鸟鸣声，象声词。　[3]幽谷：深谷。　[4]乔木：高大材质坚硬的树木。　[5]相：视、看。　[6]矧（shěn）：何况、况且。　[7]神之听之：慎重地听从。马瑞辰《通释》："《释诂》：'神，慎也。''慎，诚也。''神之'即'慎之'也。《广雅》：'听，从也。''听之'，谓能听从是言也。"　[8]许（hǔ）许：象声词，锯木的声响。一说为锯木时木屑纷然貌。　[9]酾（shī）：饮酒前用筐沥除酒糟。《毛传》："以筐曰酾。"有藇（xù）：酒清澈美好的样子。藇，美。王先谦云有藇犹言"藇藇"。《诗经》中的叠字，往往变文作"有某"，如"庶士有朅"，其例颇多。　[10]羜（zhù）：未成年的羊，其肉嫩。　[11]速：召，邀请。诸父：同姓长者。《毛传》："天子谓同姓诸侯、诸侯谓同姓大夫皆曰父，异姓则称舅。"　[12]宁适：宁当。于省吾《新证》：适、敌古通，据《尔雅·释诂》，"敌"即"当"，"宁适不来，言宁当不来也"。　[13]微：非。顾：顾及，想着。两句是说，亲友可以不来，我不能不请。　[14]於（wū）：叹词。粲：鲜明貌。　[15]簋：食器。《毛传》："圆曰簋，天子八簋。"古代宴饮有列鼎制度，西周时天子之宴九鼎八簋，已为考

古发掘所证明。　[16]牡：公牛。　[17]咎：差错，过失。　[18]阪：高坡。　[19]衍：盈溢。　[20]践：行列貌。　[21]无远：同在。　[22]失德：失和。《庄子·缮性》："德，和也。"　[23]糇（hóu）：《说文》："干食也。"干糇即干粮，在此指一般食物。以：因而。愆：过错，此处可引申为怨恨。两句是说，人们往往因一口干粮分配不好而导致不和。　[24]湑（xǔ）：用草过滤酒渣。我：哦。据闻一多说。此章"湑我""酤我""鼓我""舞我"的"我"，都是同样的语气词。　[25]酤（gū）：《郑笺》："买也。"[26]坎坎：击鼓声。　[27]蹲（cún）蹲：舞动的样子。　[28]迨：及，等到。

［点评］

《伐木》，宣扬慷慨施舍的宴飨歌唱。诗篇是对盛宴的赞美，也是借此高扬贵族应当正视且加以遵行的道理。诗人体察人性，发出如下的箴言："民之失德，干糇以愆。"小小一口干粮，照顾不周会带来人际关系的转恶。因此，慷慨的诗篇其实是在提倡贵族应有的慷慨，否则就会失去人心。与此相应，篇章的风调也是慷慨之歌，内容与性质相得益彰。诗篇动人处还在开篇所营造的美景：深林幽谷中伐木的清音、鸟儿的嘤嘤和鸣及其成群的乔迁，构成意趣盎然的图景，是人伦应有的和谐的象征。

采　薇

采薇采薇[1]，薇亦作止[2]。曰归曰归[3]，岁亦莫止[4]。靡室靡家[5]，狎狁之故[6]。不遑启居[7]，狎狁之故。

采薇采薇，薇亦柔止[8]。曰归曰归，心亦忧止。忧心烈烈[9]，载饥载渴[10]。我戍未定[11]，靡使归聘[12]。

采薇采薇，薇亦刚止[13]。曰归曰归，岁亦阳止[14]。王事靡盬[15]，不遑启处。忧心孔疚[16]，我行不来[17]！

彼尔维何[18]？维常之华[19]。彼路斯何[20]？君子之车。戎车既驾[21]，四牡业业[22]。岂敢定居[23]？一月三捷[24]。

驾彼四牡，四牡骙骙[25]。君子所依[26]，小人所腓[27]。四牡翼翼[28]，象弭鱼服[29]。岂不日戒[30]，狎狁孔棘[31]。

昔我往矣[32]，杨柳依依[33]。今我来思[34]，雨雪霏霏[35]。行道迟迟，载渴载饥。我心伤悲，莫知我哀！

言归途所见及征夫伤感。男声歌唱。思乡与战争主题交织后，是一片抚今追昔的感伤情绪。明谢榛《四溟诗话》引《世说新语》云："谢公问诸子弟：'《毛诗》何句最佳？'玄曰：''昔我往矣，杨柳依依。今我来思，雨雪霏霏。'圣经若论佳句，譬诸九天而较其高也。'"

［注释］

[1]薇：野豌豆，茎叶花实都与豌豆相似，只是形状略小一些。　[2]亦：又。作：生。止：语气词。下同。　[3]曰：语助词，

无实义。　[4]莫：同"暮"。两字为本字与后起字的关系。　[5]靡室靡家：抛家舍业的意思。靡，无。　[6]猃狁（xiǎn yǔn）：西周时北方边地人群，能制造青铜器，作战有战车。对周王朝曾构成严重威胁。　[7]不遑：无暇，没有时间。启居：安处。启，跪坐；古代较严肃的场合皆跪坐。居，坐。　[8]柔：伸长细弱。　[9]烈烈：内心焦灼如火貌。　[10]饥、渴：思乡情绪如饥如渴。也可以理解为战事艰难，饮食无着。　[11]戍：守边之所。定：止，地点不确定。　[12]聘：往家中传递消息。两句是说，战事紧急，无法给家中报平安。　[13]刚：苗已长或变硬。　[14]阳：十月天气变冷，古人以为"坤"（阴）主宰天地，嫌此月无阳。便名十月为"阳月"，故后世有"十月小阳春"之说。　[15]靡盬：没有做好。　[16]疚：痛楚。　[17]行：行役，出征。来：归返，引申为休息。　[18]尔：茂盛。　[19]常：即棠棣。战场袍泽，亲如兄弟，所以诗用棠棣花为喻。　[20]路：战车。斯：维，语助词。　[21]戎车：战车。　[22]业业：强壮的样子。　[23]定居：停留。　[24]三捷：屡次交战。捷，即接，交战。　[25]骙（kuí）骙：强壮貌。　[26]君子：在此指有官位的贵族。依：依凭，承载。　[27]腓（fěi）：依傍。一说隐蔽，亦通。　[28]翼翼：行列整饬之状。　[29]象弭：古时弓背末梢处装有象骨，以其尖利，可用来解系战车上的缰绳，称为弭。鱼服：鱼皮做的箭鞘。此鱼出自东海，形状如猪。　[30]日戒：日日警戒。一本"日"作"曰"。　[31]孔棘：很紧急。孔，甚。棘，通"亟"。　[32]昔：当初。　[33]杨柳：蒲柳。依依：茂盛的样子。　[34]思：语气词。　[35]雨：降下。霏霏：纷纷。

［点评］

《采薇》，表达戍边将士情怀的歌唱。诗一开始就出现思乡与战争两个主题，继而是思乡、战事两个主题的交替，实际表现是这样的逻辑：战争是诗篇中将士们不得不接受的事，只是由于爱家邦、爱"启居"的和平，他们才毅然走向战场。正因如此，两个主题交织的最终结果，是一派"杨柳依依"的浓郁感伤情绪。此外，诗篇对战事的述说是极其简略的，相反，对我方军容、战车、战马等的刻画，却用了相当的笔墨，这也是值得注意的。

出 车

我出我车[1]，于彼牧矣[2]。自天子所[3]，谓我来矣[4]。召彼仆夫[5]，谓之载矣[6]。王事多难，维其棘矣[7]。

我出我车，于彼郊矣[8]。设此旐矣[9]，建彼旄矣[10]。彼旟旐斯[11]，胡不旆旆[12]！忧心悄悄[13]，仆夫况瘁[14]。

王命南仲[15]，往城于方[16]。出车彭彭[17]，旂旐央央[18]。天子命我，城彼朔方[19]。赫赫南仲，猃狁于襄[20]。

昔我往矣，黍稷方华[21]。今我来思，雨雪载涂[22]。王事多难，不遑启居。岂不怀归？畏此简书[23]。

朱熹引东莱吕氏曰："古者出师，以丧礼处之，命下之日，士皆泣涕。"（《诗集传》）

朱熹："二章之戒惧，三章之奋扬，并行而不相悖也。"（《诗集传》）

方玉润曰："唯全诗一城狁狁，一伐西戎，一归献俘，皆以南仲为束笔。不唯见功归将帅之美，而且有制局整严之妙。此作者匠心独运处，故能使繁者理而散者齐也。"(《诗经原始》)

喓喓草虫，趯趯阜螽。未见君子，忧心忡忡。既见君子，我心则降。[24] 赫赫南仲，薄伐西戎[25]。

春日迟迟[26]，卉木萋萋[27]。仓庚喈喈[28]，采蘩祁祁[29]。执讯获丑[30]，薄言还归。赫赫南仲，狁狁于夷[31]。

[**注释**]

[1]我：车驾主人、战役的参加者。 [2]于：自。牧：古代国都之外是郊，郊区专设养马之地，就是牧，平时在牧地养马，所以战时车驾要从牧地出发。 [3]所：处所。 [4]谓：召唤。 [5]仆夫：御夫，是"我"所率的下属士卒。 [6]载：装载，配置战车的各种装备。 [7]棘：急迫。 [8]郊：即上文牧地，平时牧马之处。 [9]设：树立。下文建字同义。旐（zhào）：军旅狩猎时召集属下士卒众人的旗帜，旗幅狭长，旧说旗帜上绘有龟蛇图案。 [10]旄：指挥士卒所用的五彩羽毛的旗帜。 [11]旟（yú）：即干首，旗杆顶端带有鸟隼形象的旗杆。 [12]旆（pèi）旆：飞扬之貌。 [13]悄悄：憔悴貌。 [14]况瘁：憔悴，焦灼。 [15]南仲：宣王朝大臣。 [16]城：筑城。方：当时方国之名。 [17]彭彭：马盛壮貌。 [18]旂（qí）：表示树旗者身份地位的旗帜，以帛为正幅，画有双龙交织图案，旗杆顶端一般还缀有铃铛。一般为贵族朝觐、军旅、狩猎等场合用。央央：鲜明貌。 [19]朔方：北方，具体地点不清楚。 [20]襄：消除。 [21]华：开花。 [22]载涂：满路。涂，通"途"。 [23]简书：写在简册上的命令。简，可书写的或竹或木的狭长板条，又称为策。 [24]喓喓六句：见《召南·草虫》注。出现于此篇，明显为思妇的歌

唱。　[25]薄伐：征伐。西戎：指猃狁。　[26]迟迟：暖洋洋之意。　[27]卉木：草木。　[28]仓庚：黄鹂。喈喈：形容鸟叫声。　[29]采蘩祁祁：繁茂盛状。　[30]讯：战俘。馘：战争中斩杀的头颅。　[31]夷：扫平、荡平。

[点评]

《出车》，慰劳出征将士典礼上的乐歌。详于战事之前的准备和战事结束后的凯旋，是此篇的特点，也是《诗经》战争诗的普遍特点。这表明，典礼的乐歌不以宣扬暴力为能事，显示的是不尚杀伐的文化心态。另外，诗篇作为典礼乐歌，"唱法"也值得注意：前四章无疑歌唱主体为出征将士，是男人；后两章的前六句，也是女子的唱词，而且句子分别见于《召南·草虫》及《豳风·七月》；两章结尾两句则又回到战争，言战事的斩获，明显为男声。由此可知，整首乐歌是一个"男女对唱"的格局。由此，或许可以看出诗篇是男女对唱的唱词，而且是有演出舞台的。进而，还可以推测到当时一点"礼乐"的形态。《诗经》时代的"礼乐"，或许就是以这样的演出形式，向那些为国家大事而牺牲了家庭生活的人们表达体恤、敬重之情。这才是礼乐的真正意义。

湛　露

湛湛露斯[1]，匪阳不晞[2]。厌厌夜饮[3]，不醉无归[4]。

湛湛露斯，在彼丰草。厌厌夜饮，在宗载

考[5]。

湛湛露斯，在彼杞棘[6]。显允君子[7]，莫不令德[8]。

其桐其椅[9]，其实离离[10]。岂弟君子，莫不令仪[11]。

[注释]

[1]湛湛：露浓的样子。　[2]晞（xī）：晒干。　[3]厌厌：安乐。夜饮：晚间举行的饮酒礼。　[4]不醉无归：司正（即司宴官）对客人的劝侑之词。　[5]在宗：同宗族。载：则。考：成，成礼，即饮酒典礼顺利完成。一说考即"孝"，献祭的意思。　[6]杞棘：犹言灌木丛。杞，梾树；棘，枣木丛。此处实以两种树木代其他树木。　[7]显允：显赫俊伟。　[8]令德：美德。　[9]桐：桐，泡桐、白桐等，落叶乔木，春天开白色带紫的花朵，其木材质地轻疏，导音性好，古人常用来制作琴瑟等乐器；又可制箱等家具，所贮藏之物，可历久弥新。椅：又名水冬瓜、山桐子、椅桐等，落叶乔木，高5米左右，所结果实为球状，秋日成熟时或红或红褐色，累累下垂，很好看。后代还有记载说，在房前屋后多种植楸树，可使子孙孝顺，且无口舌之灾。　[10]实：果实。离离：《毛传》："垂也。"[11]令仪：美好的意态风度。是说饮酒再多，也不要失去贵族应有的仪表。周代饮酒礼结束散场时，要演奏名为《陔》的曲子，据说就是验证人们酒后走路是否失态的。

[点评]

《湛露》，宴飨高级贵族的乐歌。此诗在内容上特别值得注意的是对"令德""令仪"的赞美。宴享时的人群际会，也是显示与会者仪态修养的场合。于是诗在"厌厌夜饮，不醉无归"与"显允君子，莫不令德"之间形成了张力。如何把握宴饮享乐与德行的展现的度，就是一种考验。理想的状态当然是两者兼顾：生活的享受与德行的增长，这才能达到宴饮以"合好"的目的。

彤 弓

彤弓弨兮[1]，受言藏之[2]。我有嘉宾，中心贶之[3]。钟鼓既设[4]，一朝飨之[5]。

彤弓弨兮，受言载之[6]。我有嘉宾，中心喜之。钟鼓既设，一朝右之[7]。

彤弓弨兮，受言櫜之[8]。我有嘉宾，中心好之。钟鼓既设，一朝酬之[9]。

朱熹引东莱吕氏说曰："'受言藏之'，言其重也。受弓人所献，藏之王府以待有功，不敢轻予人也。'中心贶之'，言其诚也。中心实欲贶之，非由外也。'一朝飨之'，言其速也。以王府宝藏之弓，一朝举以畀人，未尝有迟留顾惜之意也。"（《诗集传》）

[注释]

[1]彤弓：红色的弓。弨（chāo）：松弛貌。　[2]受：授予。言：而。此句是说颁赐彤弓，令其收藏。　[3]贶（kuàng）：赞美。　[4]钟鼓：天子为有功诸侯举行的飨礼中，迎宾、送客时都用钟鼓演奏的乐曲作为行步的节奏，称为"金奏"。　[5]一朝：犹言一次、一下子。飨：隆重地以酒食款待。　[6]载：收藏。　[7]右：劝酒。亦写作"宥""侑"，在此以劝酒表示酒食款待之义。　[8]櫜（gāo）：囊，袋，此处用作动词，即用櫜把弓装起来的意思。　[9]酬：酬劳。

［点评］

《彤弓》，赏赐有功诸侯或臣下的燕饮诗。周代宴会种类繁多，有纯粹享乐的，也有表现养老尊贤、乡党团结的，还有属于政治性典礼的。此诗属于后者。燕饮而颁赐彤弓，是赐予诸侯征伐的权力。诗篇当为周王朝强盛时期的作品。

六　月

六月栖栖[1]，戎车既饬[2]。四牡骙骙，载是常服[3]。狁孔炽[4]，我是用急[5]。王于出征[6]，以匡王国。

比物四骊[7]，闲之维则[8]。维此六月，既成我服[9]。我服既成，于三十里[10]。王于出征，以佐天子[11]。

四牡修广[12]，其大有颙[13]。薄伐狁[14]，以奏肤公[15]。有严有翼[16]，共武之服。共武之服，以定王国。

狁匪茹[17]，整居焦获[18]。侵镐及方[19]，至于泾阳[20]。织文鸟章[21]，白旆央央[22]。元戎十乘[23]，以先启行[24]。

戎车既安[25]，如轾如轩[26]。四牡既佶[27]，

先写狁强凌，宗周危殆，遥应首章的"狁孔炽"；继写我方战法凌厉，承接二、三章的"我服既成""以奏肤公"。前三章分述敌、我，重在写我，文理分开；此章叙敌我交战，我克强敌，文理为合。

既佶且闲^[28]。薄伐狁，至于大原^[29]。文武吉甫^[30]，万邦为宪^[31]。

吉甫燕喜^[32]，既多受祉^[33]。来归自镐，我行永久^[34]。饮御诸友^[35]，炰鳖脍鲤^[36]。侯谁在矣^[37]？张仲孝友^[38]。

[注释]

[1]栖栖：惶惶不安貌。　[2]戎车：用于战阵的车。饬：打点、收拾。古代战车出征，必须配备相应的弓箭、旗帜等器物，参《小雅·出车》"设此旐矣，建彼旄矣"句注。　[3]常服：军人制服。　[4]炽（chì）：气焰嚣张。　[5]我：我方。句谓我方因此而急迫用兵。　[6]于：林义光《诗经通解》谓"于"乃"呼"之借字，于、乎（呼）古通。　[7]比：比排、选择。物：按照马毛色，选出同驾一车的马匹。骊：马纯黑色。　[8]闲：训练，令马能娴熟地驾车。则：法则。指训练马匹遵从驾车法则。　[9]服：服马，即驾车四匹马中的中间两匹。　[10]三十里：古代行军一日以三十里为限。　[11]"王于出征"二句：周王呼"我"出征，是为辅助王室。　[12]修广：宽大。修，长。广，大。　[13]颙（yóng）：大头，表战马雄壮。　[14]薄伐：征伐。　[15]奏：作，成就。肤公：大功。　[16]"有严有翼"二句：是说威严恭敬地执行军事任务。有：又。严、翼：威严、恭敬，指将帅威严，士卒恭敬。言军队有法度。共：供职，从事。服：事，武服即军事。　[17]茹：柔弱。匪茹言非柔弱，即承认狁强悍。　[18]整居：征占。整，通"征"。焦获：水泽名，在即今陕西泾阳西北。　[19]镐：西周都城，周武王克商之前始都于此，其地在今西安西北、沣河以

东一带。方：丰，地名。在今沣河中游的西侧，为周文王时所建都城，距离沣河东侧的镐京三十里左右。 [20]泾阳：泾水北岸。 [21]织：《郑笺》：徽织，即号令军戎的旗帜。文：纹绣，动词。鸟章：徽帜所绘鸟隼图案。 [22]白旆：白色的旗帜。央央：鲜明貌。 [23]元戎：大的战车。 [24]先启行：前锋开道而行。启，开。行，道。 [25]安：安闲。 [26]轾、轩：言大车低昂起伏，调适安稳。轾，低伏。轩，高昂。 [27]佶（jí）：壮健貌。 [28]闲：协调，齐整。 [29]大原：地名，在今宁夏固原一带。 [30]吉甫：周宣王时大臣，此次出征的统帅。 [31]宪：楷模。 [32]燕：宴享。 [33]祉：福。此两句为倒装句，是说吉甫在京师受到天子的赏赐和宴享。 [34]"来归自镐"二句：言吉甫在出征很久之后，才从都城镐京返回自己的家。 [35]御：招待。 [36]炰：蒸煮。脍：细细切肉。此处即蒸煮烹饪之义。 [37]侯：维，语助词。 [38]张仲：人名，陪尹吉甫宴饮的主要人物。孝友：敬爱父母，友爱兄弟。

[点评]

《六月》，表现尹吉甫受命征伐猃狁的诗篇。西周王朝在与北方猃狁的战事中，总显得被动，此诗即显示出这样的情况：猃狁兵锋已直指京都时，王朝才整师迎战，其反应何等迟滞。王朝不是没有抗敌能力，"元戎十乘""四牡既佶"等句子都显示王师盛壮，然而，对来犯之敌，并不穷追猛打，只是"薄伐猃狁，至于大原"即"逐出之而已"。另外，诗篇结尾表明，它不是用于王朝的典礼，而是功臣的家庭庆贺。同时，专门点出"张仲孝友"也颇堪玩味。一次战后归来的欢宴，不表武功而专言"孝友"，应表露的是这样的态度：孝悌友爱人伦，才是最值得珍视的。

车 攻

我车既攻[1]，我马既同[2]。四牡庞庞[3]，驾言徂东[4]。

田车既好[5]，田牡孔阜[6]。东有甫草[7]，驾言行狩。

之子于苗[8]，选徒嚣嚣[9]。建旐设旄[10]，搏兽于敖[11]。

驾彼四牡，四牡奕奕[12]。赤芾金舄[13]，会同有绎[14]。

决拾既佽[5]，弓矢既调[16]。射夫既同[17]，助我举柴[18]。

四黄既驾[19]，两骖不猗[20]。不失其驰[21]，舍矢如破[22]。

萧萧马鸣[23]，悠悠旆旌[24]。徒御不惊[25]，大庖不盈[26]。

之子于征，有闻无声[27]。允矣君子[28]，展也大成[29]。

方玉润："'马鸣'二语写出大营严肃气象，是猎后光景。"(《诗经原始》)

张戒："以'萧萧''悠悠'字，而出师整暇之情状，宛在目前。此语非惟创始之为难，乃中的之为工也。"(《岁寒堂诗话》)

王士禛云："颜之推标举王籍'蝉噪林逾静，鸟鸣山更幽'，以为自《小雅》'萧萧马鸣，悠悠旆旌'得来。此神契语也。"(《古夫于亭杂录》)

李光地："意味深厚，玩味不尽。"(《榕村语录》)

[注释]

[1]攻：坚固。　[2]同：驾车的四匹马步武齐整。古代驾驶战车之马，毛色、个头和脚力等都需要般配，且需训练，如此才能使四匹马步调一致，驾车有力。"同"即指此而言。　[3]庞庞：四马强壮貌。庞庞犹言"旁旁""彭彭"。　[4]言：而。徂：往。　[5]田车：田猎之车。　[6]阜：大。　[7]甫草：大草地。甫，大。　[8]之子：这人，即指周天子及其属下。苗：《毛传》："夏猎曰苗。"此处泛指狩猎。　[9]选：遴选。一说为具、召集之意。徒：徒众。嚣嚣：喧闹。此处形容众人踊跃参加之状。　[10]建、设：树立。贵族参与典礼，车乘必插旗帜，表明等级身份。据考古发现，插旗位置或在车后部，安装有专门插旗的金属筒；或在车的两旁，或缚筒，或直绳捆。旐（zhào）、旄（máo）：插在战车上的两种旗帜。　[11]搏兽：大举狩猎。字当作"薄狩"；薄，一般用在表达动作的语词之前。敖：地名，又名敖山，在今郑州西北约三十公里黄河南岸处。　[12]奕奕：马盛装貌。　[13]赤芾：红色的蔽膝。金舄（xì）：红色有金饰色的鞋。"赤芾金舄"为高级贵族装束。　[14]会同：会集。有绎：络绎不绝，表示众多。　[15]决：以象骨为之，著于右手大指，用以钩弦。拾：皮制，著于左臂之上，类似今天的套袖，以防衣服阻碍弓弦弹射。佽（cì）：具，佩戴停当。一说便利。　[16]调：调好。　[17]射夫：此处指参与狩猎的诸侯。同：结对。　[18]柴（zì）：通"胔"，被射杀的猎物。　[19]黄：黄马。古代车驾特别讲究毛色搭配。　[20]猗：偏斜。　[21]不失其驰：驾车驱驰合乎法度。古人射猎，规矩甚多，如不许正面迎击，不许侧面偷袭或超出范围等。　[22]舍：发。如：而。破：命中目标。　[23]萧萧：马鸣声。　[24]悠悠：旌旗飘摆、舒卷貌。旆（pèi）旌：泛指车驾上的旗帜。旆一般树立在战阵先驱的战车上，其主要部分

的形制与旐相近，若其帛幅尾再接一段细长的帛，即是旆。若旗的正幅以羽毛为之，即是旌。旌一般通常用来指挥属众。此处两者为泛指。　[25]徒御：步行者与驾车者，此处泛指徒众。不惊：惊字当作"警"，不警即警，军纪肃整的意思。不，丕。　[26]大庖：天子的庖厨。古者狩猎，猎物分上中下三等，其上等又有三种用途：祭品，招待宾客，充君之庖。　[27]有闻无声：《毛传》："有善闻而无喧哗之声。"　[28]允：信，实在。　[29]展：《郑笺》："诚也。"大成：大的成功。

[点评]

《车攻》，表现大蒐礼的乐章。所谓大蒐礼就是狩猎典礼，举行于每年的农闲之际，古人以此来训练军队、选拔将帅。诗篇写的就是周宣王在敖地与诸侯一起举行大蒐礼之事。宣王时期是一个边患严重年代，举行这样的典礼，除了训练军队的意图，实际更想借助古礼的进行，激发一种精神状态，即如同典礼中大家不分高低贵贱共同追逐猎物一样，在精神上团结起来，协同对付王朝的边患。就是说，典礼是在恢复君臣上下过去曾有的"共命运"关系，以此调动应付边患的战争精神资源。

鸿　雁

鸿雁于飞[1]，肃肃其羽[2]。之子于征[3]，劬劳于野[4]。爰及矜人[5]，哀此鳏寡[6]。

鸿雁于飞，集于中泽[7]。之子于垣[8]，百堵皆作[9]。虽则劬劳，其究安宅[10]。

　　鸿雁于飞，哀鸣嗷嗷^[11]。维此哲人^[12]，谓我劬劳^[13]。维彼愚人，谓我宣骄^[14]。

[注释]

[1]鸿雁：大雁。　[2]肃肃：翅膀扇动声。　[3]之子：使臣。　[4]劬（qú）劳：劳苦。　[5]爰：在此，于焉的合音。及：陈奂《传疏》："犹汲汲也。"矜（jīn）：怜悯。　[6]哀：怜。鳏（guān）寡：孤苦无依之人。　[7]中泽：泽中。　[8]垣：筑墙。动词。　[9]堵：一面墙。古代夯土筑墙，一丈长为一版，五版叠加即为一堵。百堵言筑墙之多。作：起。　[10]究：终将。　[11]嗷嗷：哀鸣声。　[12]哲人：明智之人。　[13]我：指使臣。　[14]宣：宣示，表现。骄：骄傲，骄气。

[点评]

《鸿雁》，表使臣安集流民辛劳的乐歌。西周晚期，内有厉王之乱，外有猃狁入侵，加之持续天旱，导致大量民众流离失所，王朝加以安顿，是诗篇的背景。"哲人""愚人"等句，实指使臣完成使命过程中所闻见的各种意见、议论、毁誉。大量的流民，安之本就不易，使臣受到的非议是难免的。将非议者视为"愚人"，鄙薄民意中正显出的是使臣的骄矜。诗如此写，颇能曲尽世情。同时，诗虽没有正面表现流民状况，但鸿雁嗷嗷的比兴之词，则将一幅满目疮痍、遍地萧索的景象暗示出来，这正是"比兴"特有的表现作用。

庭 燎

夜如何其[1]？夜未央[2]，庭燎之光[3]。君子至止[4]，鸾声将将[5]。

夜如何其？夜未艾[6]，庭燎晣晣[7]。君子至止，鸾声哕哕[8]。

夜如何其？夜乡晨[9]，庭燎有辉[10]。君子至止，言观其旂。

[注释]

[1]其(jī)：语气助词。 [2]央：尽、往。夜未央即夜未尽。 [3]庭燎：朝廷上照明的大烛。 [4]君子：此处指来朝的诸侯。 [5]将将：锵锵。此二句是说，诸侯们若是到来，他们的车马鸾声会响的。 [6]艾：止。 [7]晣(zhé)晣：明亮貌。 [8]哕(huì)哕：形容鸾声。拟声词。 [9]乡：通"向"。 [10]辉(huī)：辉。

[点评]

《庭燎》，表现周王勤政的诗篇。朝廷设大烛火，是因有诸侯来朝，是大事。周王为此睡不安稳，不断问守夜者夜间时辰，新王勤政的神情跃然纸上，可谓词约意丰。

沔 水

沔彼流水[1]，朝宗于海[2]。鴥彼飞隼[3]，载

《郑笺》："此宣王以诸侯将朝，夜起曰：'夜如何其？'问早晚之辞。"

方玉润："起得超妙。"（《诗经原始》）

王夫之："庭燎有辉，乡（向）晨之景莫妙于此。晨色渐明，赤光杂烟而暧曃，但以'有辉'二字写之。"（《诗绎》）

诗之成功处，全在白描。

飞载止。嗟我兄弟，邦人诸友[4]；莫肯念乱[5]，谁无父母？

沔彼流水，其流汤汤[6]。鴥彼飞隼，载飞载扬。念彼不迹[7]，载起载行[8]。心之忧矣，不可弭忘[9]。

鴥彼飞隼，率彼中陵[10]。民之讹言[11]，宁莫之惩[12]？我友敬矣[13]，谗言其兴？

以流水朝宗明当然之理；鴥隼飞止，喻我行我素，是现实状况。邦人诸友背弃正理，故诗人慨然切责。

[注释]

[1]沔（miǎn）：水流汗漫貌。　[2]朝宗：朝向、归宗。　[3]鴥：逆风疾飞。亦见《秦风·晨风》"鴥彼晨风"句注。隼（sǔn）：凶猛的鸟，如鹰、雕、鹗、鹞等，都称为隼，其特点是善于捕杀猎物，飞行得高。两句当是不尊王导致乱象的象征。　[4]邦人：指同邦国的人，犹今所谓"同胞"。诸友：各位同僚。　[5]念：顾，关心。　[6]汤（shāng）汤：水流浩荡貌。　[7]不迹：不遵循正道。　[8]起、行：起来、行走，形容坐卧不安之状态。　[9]弭：止，消。　[10]率：循，沿着。　[11]讹言：谣言。　[12]宁莫：难道不。惩：审慎明辨。　[13]敬：用心，慎重。

[点评]

《沔水》，警示邦国僚友的诗篇。诸侯、公卿大夫们对天子、朝廷的尊重服从，应当像河水入海那样别无选择，天经地义。违背这条规则，就如同不敬父母那样过恶昭彰。诗的措辞是切直的。为臣的不遵轨则，讹言、

谗言就要纷纷出笼，乱象也就生成了。敏锐的诗人对王
朝未来有大不祥之感。

鹤 鸣

鹤鸣于九皋[1]，声闻于野[2]。鱼潜在渊[3]，
或在于渚[4]。乐彼之园[5]，爰有树檀，其下维
萚[6]。他山之石，可以为错[7]。

鹤鸣于九皋，声闻于天。鱼在于渚，或潜在
渊。乐彼之园，爰有树檀，其下维穀[8]。他山之
石，可以攻玉[9]。

王夫之：“《小
雅·鹤鸣》之诗全
用比体，不道破一
句，三百篇中创调
也。要以俯仰物理
而咏叹之，用见理
随物显，唯人所感，
皆可类通，初非有
所指斥，一人一事，
不敢明言而姑为隐
语也。”(《夕堂永
日绪论》)

陈奂：“全篇
皆兴。”(《诗毛氏
传疏》)

[注释]

[1]皋：沼泽中由高地围成的小沼泽。 [2]闻于野：指声音
传得远。 [3]渊：水深处。 [4]渚：水中小洲。两句是说因九
皋广大，故鱼可自由居处。 [5]乐：此处有可爱之意。 [6]萚
(tuò)：低矮的树木。萚，当读为檡。檡，又称檡棘，一种棘
类的硬杂木。 [7]错：琢玉的石头。必取自他山，以其硬度不
同。 [8]穀：又名楮，今名构树，桑科落叶乔木。《酉阳杂俎》：“田
久废必生构。”林间隙地或开阔田野，丛生。因其木材轻软、不成
材，所以《毛传》称之为“恶木”。其实，其树皮可以造纸，还可
以缝制衣服，其分泌的汁液可以制漆。 [9]攻：治，琢磨雕刻。

[点评]

《鹤鸣》，启迪胸怀的陈诚诗。诗篇价值首先在其表

哲理，其次在表示哲理的手法。九皋之沼泽，不可谓不大，沼泽中有泽有皋，有深有浅；有鸟有鱼，有高大乔木，也有低矮灌木，兼容并蓄，其所有一切，不可谓不丰富。然而，任何事物，只要有范围，便有局限，就需要更大世界中之物的援助。诗篇如此的描述，其无言的思想皎然可鉴，那就是人永远需要超旷的心胸，着眼于更大的世界。

白　驹

皎皎白驹[1]，食我场苗[2]。絷之维之[3]，以永今朝[4]。所谓伊人[5]，于焉逍遥[6]？

皎皎白驹，食我场藿[7]。絷之维之，以永今夕[8]。所谓伊人，于焉嘉客[9]？

皎皎白驹，贲然来思[10]。尔公尔侯[11]，逸豫无期[12]。慎尔优游[13]，勉尔遁思[14]。

皎皎白驹，在彼空谷[15]。生刍一束[16]，其人如玉。毋金玉尔音[17]，而有遐心[18]。

[注释]

[1]皎皎：洁白貌。白驹：白马。　[2]场苗：场圃的嫩苗。　[3]絷（zhí）、维：拴、系。　[4]永：终。　[5]伊人：即客人。应指殷商遗民的上层人物。　[6]于焉：在此。逍遥：自由自在。　[7]藿：豆苗。　[8]今夕：与"今朝"意思相同。　[9]嘉客：受优待的客人。客在西周时期，专指王朝所优待的殷商遗

民上层。一说逗留、盘桓。 [10]贲（bì）：有光彩的样子。思：语气词。 [11]公、侯：客人爵位。 [12]逸豫：逸乐、逍遥。 [13]慎：认真。优游：自在逍遥。 [14]勉：免。遁思：离去的想法。 [15]空谷：深谷。空字或作"穹"。 [16]生刍：鲜嫩的草。 [17]金玉：珍重爱惜之意。 [18]遐心：远心。

[点评]

《白驹》，送客惜别之歌。诗篇所言之"嘉客"，当为殷商遗民的上层，他们来周王室参加活动，被称为"客"。诗表现的就是这些"客人"离去时挽留之礼。西周是古代"礼乐文明"的创立期，诗篇浓浓的人情味，正可显示"礼乐"的特点。

黄　鸟

黄鸟黄鸟[1]，无集于榖[2]，无啄我粟。此邦之人，不我肯榖[3]。言旋言归[4]，复我邦族。

黄鸟黄鸟，无集于桑，无啄我粱。此邦之人，不可与明[5]。言旋言归，复我诸兄。

黄鸟黄鸟，无集于栩，无啄我黍。此邦之人，不可与处。言旋言归，复我诸父。

[注释]

[1]黄鸟：黄雀。 [2]榖：构树。 [3]榖：善，亲善、友善。 [4]旋：回转。 [5]明：取得信任。

[点评]

《黄鸟》，流落他邦之民思归故乡的哀歌。西周末年剧烈的社会动荡势必造成大量的流民，他们来到异乡他邦，难免与本地人发生摩擦甚至冲突。这便是"此邦之人，不我肯穀"的来由。每一章都以黄鸟起兴，是民歌本色，应为采集加工而成的诗篇。

我行其野

我行其野，蔽芾其樗[1]。昏姻之故，言就尔居。尔不我畜[2]，复我邦家。

我行其野，言采其蓫[3]。昏姻之故，言就尔宿。尔不我畜，言归斯复[4]。

我行其野，言采其葍[5]。不思旧姻，求尔新特[6]。成不以富[7]，亦只以异。

[注释]

[1]蔽芾：树叶茂密貌。樗：《毛传》："恶木也。"即今臭椿。 [2]畜：养。 [3]蓫（zhú）：《毛传》："恶菜也。"今名羊蹄菜，嫩叶可食，但味苦，多吃下痢，所以被视为恶菜。 [4]斯：而。虚词。 [5]葍（fú）：又名旋花、旋葍，北方田野很多，夏秋之际开花，根长，白色，可食，但久食则头晕伤。 [6]新特：新的姻亲、亲家。 [7]成：通"诚"。

［点评］

《我行其野》，表流离者悲哀的诗。理解此诗仍须与西周末年的动荡联系起来，流离失所的人们投靠姻亲而遭到恶待，才是诗所反映的问题。诗结尾处的"成不以富，亦只以异"，实际上正言若反：亲戚反目，根本就是因为经济上的悬殊。诗篇取兴的植物，或为臭恶的椿树，或为多食伤腹的野菜，这在诗人或许是有意的选取，对表达诗中人的内心苦楚是很有作用的。

斯　干

秩秩斯干[1]，幽幽南山[2]。如竹苞矣[3]，如松茂矣。兄及弟矣，式相好矣[4]，无相犹矣[5]。

似续妣祖[6]，筑室百堵，西南其户[7]。爰居爰处，爰笑爰语[8]。

约之阁阁[9]，椓之橐橐[10]。风雨攸除[11]，鸟鼠攸去，君子攸芋[12]。

如跂斯翼[13]，如矢斯棘[14]，如鸟斯革[15]，如翚斯飞[16]，君子攸跻[17]。

殖殖其庭[18]，有觉其楹[19]。哙哙其正[20]，哕哕其冥[21]。君子攸宁。

下莞上簟[22]，乃安斯寝[23]。乃寝乃兴[24]，乃占我梦[25]。吉梦维何？维熊维罴，维虺维

严粲："其盘基之厚，如竹之丛生；其结架之密，如松之茂盛，言宫室之美也。"（《诗缉》）

笑语句与上文山水景色相映照。最后两句，化用《大雅·公刘》"于时处处，于时庐旅，于时言言，于时语语"句。是古诗文用典鼻祖。

承上章，写梦，以表堂室吉祥，带出下文。别开生面，柳暗花明。

蛇^[26]。

> 大人占之：维熊维罴，男子之祥^[27]。维虺维蛇，女子之祥。

> 乃生男子^[28]，载寝之床^[29]，载衣之裳，载弄之璋^[30]。其泣喤喤^[31]，朱芾斯皇^[32]，室家君王^[33]。

> 乃生女子，载寝之地，载衣之裼^[34]，载弄之瓦^[35]。无非无仪^[36]，唯酒食是议，无父母诒罹^[37]。

孙鑛："考室以男女为祝，固是常理，但从梦说来，直至如此细陈琐列，在汉以后人，绝无此调。"（《评诗经》）

王先谦引班昭《女诫》曰："古者生女三日，卧之床下，弄之瓦砖，而齐（斋）告焉。卧之床下，明其卑弱，主下人也。弄之瓦砖，明其习劳，主执勤也。齐（斋）告先君，明当主继祭祀也。"（《诗三家义集疏》）

[注释]

[1]秩秩：水流清澈的样子。干（jiàn）：溪涧。 [2]幽幽：远山清幽的样子。南山：即终南山，距西周镐京之地有数十公里。 [3]苞：丛生。 [4]式：结构词。 [5]犹：图谋，欺诈。 [6]似：延续，继承。妣（bǐ）：女祖。 [7]西南其户：向南、向西的门户。 [8]"爰居爰处"二句：在这里居处、笑语。 [9]约：捆扎。古人用夹板筑墙，故须用绳索捆绑。阁阁：齐整的样子，此处指绳索捆绑仔细、结实。 [10]椓：击打，指夯土。橐（tuó）橐：状声词。 [11]攸：乃、所。 [12]芋（yǔ）：安居。 [13]跂（qǐ）：企，抬起脚后跟。斯：语助词。下面三个斯字义同。翼：两手贴身，悚然翼立。 [14]棘：宫室四角棱角分明的样子。"斯翼"句写建筑直立高耸，"斯棘"句表建筑外形的棱角分明，所谓"内有绳直则外有廉隅"（《大雅·抑》郑笺）。 [15]革：即"翮"字，羽翼张开。 [16]翚（huī）：飞檐交错貌。翚，即雉，

俗称野鸡。翚扇翅飞翔，是形容宫室群檐交错给人的感觉。前一句是写一所宫室的飞檐，此句则表宫室群落的样态。　[17]跻：升也。即升入新室。　[18]殖殖：庭院平正的样子。　[19]有觉：高大貌，犹言"觉觉"。楹：前堂的两根大明柱。以上两句写堂院。　[20]哙哙：宽阔明亮的样子。正：正堂，大房间。　[21]哕哕：幽暗的样子。冥：堂奥幽隐之处，指的是一些小房间、小居室。古代建筑前堂后室，故有明暗变化。一说"正"为厅堂宽大，"冥"为厅堂深远，亦通。　[22]莞（guān）：蒲草编制的席。簟：竹或苇编制的席。　[23]乃：于是。　[24]兴：起床。　[25]占：解梦。　[26]虺（huǐ）：蛇的一种，有毒。　[27]祥：吉兆。　[28]乃：若是。　[29]床：卧具。甲骨文中即有床的象形字，其形制，由多块木板组成底，底有横梁，四周围有浅厢，留出上下的宽口。床底有腿为支撑。考古曾发现东周时期的床。　[30]璋：半圆形的玉。　[31]喤：朱熹《诗集传》："大声也。"　[32]朱芾：皮质红色的蔽膝，是贵族装束。斯皇：煌煌。　[33]室家君王：一家之主。意思是说这个家庭生的男孩，将来都是大贵之人。　[34]裼（tì）：褓袱。　[35]瓦：纺塼。陶制纺轮，考古曾多有发现。　[36]无非：无违，无差错。无仪：俄，歪斜，指不合规矩礼数。　[37]诒：同"贻"，带来。罹：忧，操心。

[点评]

《斯干》，宫室落成典礼的歌唱。诗前五章，一方面表现建筑的稳固坚强，一方面则表现建筑的飞腾灵动，是精神升进的写照，是力与美的辩证，是古典建筑理念最早的宣示。诗篇首言环境，继而述墙室的筑造、形貌以及室内的大小明暗。以上是实写，之后从第六章开始由实入虚，出之以梦幻。结构匀称，次第整饬，有虚实变化。诗中虽有当时男尊女卑观念的局限，仍不失为西周晚期诗篇的佳作。

无　羊

谁谓尔无羊？三百维群[1]。谁谓尔无牛？九十其犉[2]。尔羊来思，其角濈濈[3]。尔牛来思，其耳湿湿[4]。

或降于阿，或饮于池，或寝或讹[5]。尔牧来思，何蓑何笠[6]，或负其餱[7]。三十维物[8]，尔牲则具[9]。

尔牧来思，以薪以蒸[10]，以雌以雄。尔羊来思，矜矜兢兢[11]，不骞不崩[12]。麾之以肱[13]，毕来既升[14]。

牧人乃梦[15]，众维鱼矣，旐维旟矣[16]。大人占之：众维鱼矣，实维丰年；旐维旟矣，室家溱溱[17]。

以牧人梦兆作结，表达祝福之意。

沈德潜：“《斯干》考室、《无羊》考牧，何等正大事，而忽然各幻出占梦，本支百世，人物富庶，俱于梦中得之。恍恍惚惚，怪怪奇奇，作诗要得此段虚景。”（《说诗晬语》卷上二八条）

[注释]

[1]三百：极言数量之多，并非实数。　[2]犉（chún）：牛黑唇为犉。　[3]濈（jí）濈：羊角聚集的样子。　[4]湿湿：牛是反刍动物，反刍时带动耳朵微微扇动，湿湿即形容牛耳微动时的样子。　[5]寝：卧。讹：动。牲畜因蚊虫叮咬，会不时摇头摆尾驱

赶之，讹即形容这类动作。　[6]何：荷，披、戴。　[7]糇：干粮。　[8]物：以毛色分别牛群。三十维物，即三十头牛为一色；三十极言其多，并非实数。　[9]牲：祭祀用的牲口。具：完备。古人不同的祭祀用不同毛色的牲口。牛群毛色众多，则祭祀的牲口齐备。　[10]薪、蒸：柴草。　[11]矜矜：羊群走路，时而犹豫停顿，看上去颇似矜持，矜矜即形容此态。一说为"邻邻"之假借。兢兢：急忙奔走貌。　[12]骞：缺失，丢失。崩：逃失。　[13]麾（huī）：挥动。肱（gōng）：手臂。　[14]升：登，即入圈。　[15]梦：做梦。　[16]"众维鱼矣"二句：鱼多代表丰饶，旗帜多表示人丁兴旺。一说旐为"兆"字之假借，众多的意思。　[17]溱（zhēn）溱：众多貌。

[点评]

《无羊》，庆祝王朝牧业兴旺的乐歌。经过周厉王后期的社会动荡，各种生业都遭受创伤，宣王初期经过一番振作，各业皆有恢复，是诗篇的背景。诗的画面感很强，写牛羊，或从耳、角的细部动作入手，或从其群体的移动大轮廓着眼，线条粗细有致；或写牛，或写羊，或写牧人，运笔矫健多变，是体察生活的杰作。

节南山

节彼南山[1]，维石岩岩[2]。赫赫师尹[3]，民具尔瞻[4]。忧心如惔[5]，不敢戏谈[6]。国既卒斩[7]，何用不监[8]！

方玉润："起得严厉有势。"（《诗经原始》）

节彼南山，有实其猗^[9]。赫赫师尹，不平谓何^[10]！天方荐瘥^[11]，丧乱弘多^[12]。民言无嘉，憯莫惩嗟^[13]？

尹氏大师^[14]，维周之氐^[15]。秉国之均^[16]，四方是维^[17]。天子是毗^[18]，俾民不迷^[19]。不吊昊天^[20]，不宜空我师^[21]！

弗躬弗亲^[22]，庶民弗信^[23]。弗问弗仕^[24]，勿罔君子^[25]。式夷式已^[26]，无小人殆^[27]。琐琐姻亚^[28]，则无膴仕^[29]。

昊天不佣^[30]，降此鞠讻^[31]。昊天不惠^[32]，降此大戾^[33]。君子如届^[34]，俾民心阕^[35]。君子如夷，恶怒是违^[36]。

不吊昊天，乱靡有定。式月斯生^[37]，俾民不宁。忧心如酲^[38]，谁秉国成^[39]？不自为政，卒劳百姓^[40]。

驾彼四牡，四牡项领^[41]。我瞻四方，蹙蹙靡所骋^[42]。

方茂尔恶^[43]，相尔矛矣^[44]。既夷既怿^[45]，如相酬矣^[46]。

昊天不平，我王不宁。不惩其心，覆怨其

孙鑛："刺其人，却颂其职，盖反意责之。"（《评诗经》）

正^[47]。

家父作诵^[48]，以究王讻^[49]。式讹尔心^[50]，以畜万邦^[51]。

王应麟："'吉甫作诵'，美诗以名著者也。'家父作诵，以究王讻'……刺诗以名著者也。为吉甫易，为家父……难。"（《困学纪闻》）

[注释]

[1]节：高峻貌。字亦作"巀"。　[2]岩岩：岩石堆叠的样子。　[3]赫赫：显赫。师尹：泛指王朝文武高官。师即大师，王朝高级军事长官；尹掌册命，为王朝最高文职名称。　[4]具：俱。瞻：视，看着。　[5]惔（tán）：忧心如焚。　[6]戏谈：随便谈论。　[7]卒斩：彻底斩断，指西周崩溃而言。　[8]监：鉴，觉悟、警醒。　[9]实：广大貌。猗：阿，山阿，即高山的曲隅之处。　[10]不平：执政不公。谓何：奈何。　[11]荐：重复降下。瘥（cuó）：灾害。　[12]弘：宏，大。　[13]憯（cǎn）：曾。憯莫即曾莫，亦即不曾。惩：惩戒，有所改悔。　[14]尹氏：官名，即上文的尹。大师：王朝最高军事长官，也是"秉国之均"者。　[15]氐：根本。即"柢"。　[16]均：通"钧"，平。本义为制陶模具的圆形底盘，引申为均平。　[17]维：维系。　[18]毗（pí）：辅助。　[19]俾：使。　[20]不吊：不善。昊天：广大无边的上天。　[21]空：陷入绝境。师：众民。　[22]弗：不。躬、亲：亲自。　[23]信：信任。一说信为"伸"，遭受冤屈。两句是说不亲自为政，民众不信任政治（或民众冤屈无处伸张）。　[24]仕：察，理。　[25]勿罔：欺骗迷惑。君子：指周王。　[26]式：结构助词，《诗经》多见。夷：平心。已：停止作恶。　[27]小人：小民。此句是说把政治弄公正，不要再危害小民。殆：危害。　[28]琐琐：卑琐。姻亚：婚姻亲戚。　[29]膴（wǔ）仕：肥缺。膴，厚。仕，任用。　[30]佣：常。　[31]鞠：大，极

端。讻（xiōng）：凶咎，灾凶。　[32]惠：施恩惠。　[33]戾：灾难。　[34]君子：在位者。届：至，极，有定则的意思。　[35]阕：停止，平息。　[36]恶怒：忿争之情。违：离去，消除。　[37]式：语助词。　[38]醒（chéng）：醉酒脸红。　[39]国成：国家政事，与"国均"同义。　[40]卒劳：苦害。　[41]项领：马颈肥大。项，大。领，颈。马久不跑动，则颈变肥大，隐含马主人久不见用之意。　[42]蹙（cù）蹙：狭窄貌。隐言国家到处祸乱不宁，无处可去。　[43]茂：勉，用力。　[44]相：视。相矛，操戈相斗的意思。　[45]夷：喜悦。怿（yì）：高兴。　[46]酬：相互敬酒，交欢的意思。　[47]覆：反而。正：朱熹《诗集传》："乃反怨人之正己者。"　[48]家父（fǔ）：周大夫。诵：可诵唱的言辞，即此诗。　[49]究：纠正。"究""纠"古同音。王讻：给王带来凶灾者。讻，即"凶"。　[50]讹：变动，改变。　[51]畜：长养，引申为挽救、延续。

［点评］

《节南山》，抨击权臣为政不公的诗篇。西周崩溃时期的篇章。诗以南山起兴，继而占据在"上天"这一制高点上，以"天方荐瘥"的"丧乱弘多"，指责现实政治，形成泰山压顶的声势。诗是为"不宁"的周王"究讻"而作，格调堂堂正正，情感抒发不加掩饰，是火辣辣的风调。这样的诗风，为晚期政治篇章所独有。其显著而且重要的特点是人作为个体站出来，与社会恶势力相抗争，个人抒情主体诞生了。三百篇至此出现重大转变。

正 月

正月繁霜[1]，我心忧伤。民之讹言[2]，亦孔之将[3]。念我独兮，忧心京京[4]。哀我小心[5]，癙忧以痒[6]。

父母生我，胡俾我瘉[7]？不自我先[8]，不自我后。好言自口，莠言自口[9]。忧心愈愈[10]，是以有侮[11]。

忧心惸惸[12]，念我无禄[13]。民之无辜，并其臣仆[14]。哀我人斯，于何从禄[15]？瞻乌爰止[16]？于谁之屋?

瞻彼中林[17]，侯薪侯蒸[18]。民今方殆[19]，视天梦梦[20]。既克有定[21]，靡人弗胜。有皇上帝[22]，伊谁云憎[23]？

谓山盖卑[24]，为冈为陵。民之讹言，宁莫之惩[25]？召彼故老[26]，讯之占梦[27]。具曰予圣[28]，谁知乌之雌雄!

谓天盖高，不敢不局[29]。谓地盖厚，不敢不蹐[30]。维号斯言，有伦有脊[31]。哀今之人，胡为虺蜴[32]？

钱锺书引张穆说："乌即周室王业之征。"(《管锥编》)

朱熹："申包胥曰:'人众则胜天，天定亦能胜人。'疑出于此。"(《诗集传》)

钱大昕："古人先齐家而后治国，父子之恩薄，兄弟之志乖，夫妇之道苦，虽有广厦，常觉其隘矣。"(《十驾斋养新录》)

瞻彼阪田[33]，有菀其特[34]。天之扤我[35]，如不我克[36]。彼求我则[37]，如不我得。执我仇仇[38]，亦不我力[39]。

心之忧矣，如或结之[40]。今兹之正[41]，胡然厉矣[42]？燎之方扬[43]，宁或灭之[44]？赫赫宗周，褒姒灭之[45]！

追究宗周灭亡的祸首，放言无忌，正是前文诗人性格的表现。情绪激烈，为全诗的高潮。

终其永怀[46]，又窘阴雨。其车既载，乃弃尔辅[47]。载输尔载[48]，将伯助予[49]。

无弃尔辅，员于尔辐[50]。屡顾尔仆[51]，不输尔载，终逾绝险。曾是不意[52]！

鱼在于沼，亦匪克乐[53]。潜虽伏矣，亦孔之炤[54]。忧心惨惨，念国之为虐！

彼有旨酒，又有嘉肴。洽比其邻[55]，昏姻孔云[56]。念我独兮，忧心殷殷[57]。

孙矿："是深悲极怨之调，新意层出，愈说愈不能尽。"（《评诗经》）

佌佌彼有屋[58]，蔌蔌方有穀[59]。民今之无禄，天夭是椓[60]。哿矣富人[61]，哀此茕独！

[**注释**]

[1]正月：周历的正月，即夏历十一月。该月为正阳之月，所以称正月。繁霜：浓重的霜。一说，繁，白。　[2]讹言：谣言，因天气反常引起的各种流言。　[3]将：大。　[4]京京：广大貌。　[5]哀我：犹言可怜我。　[6]瘋（shǔ）忧：深

忧。瘁：病。　[7]瘉（yù）：病。　[8]自：从。两句言自己生不逢时。　[9]莠：丑恶，污浊。莠言即秽言。　[10]愈愈：形容病态。　[11]悔：憋屈，苦闷。　[12]茕（qióng）茕：孤独貌。　[13]无禄：不幸。　[14]臣仆：变为臣仆，遭受奴役。　[15]从禄：获得好日子的意思。　[16]乌：乌鸦。爰止：停落在哪里。两句是说不知道周家的政权是否还能维持。　[17]中林：林中。　[18]侯：维，语助词。薪、蒸：林间矮树、杂草。参《无羊》"以薪以蒸"句注。　[19]殆：疑惑。　[20]梦梦：马瑞辰《通释》："昏乱之貌，言天意不可知也。"　[21]定：拿定主意。　[22]皇：伟大。　[23]伊：发语词，犹惟、是。云：结构助词，与伊一起构成宾语提前句式。　[24]盖：盍，如何，多么。　[25]宁：难得。懲：明辨其是非。　[26]故老：元老，德高望重的老臣。　[27]占梦：问梦的吉凶。　[28]具曰予圣：都说自己无所不知。圣，聪明，通晓一切。　[29]局：弯曲。　[30]蹐（jí）：小步行走，唯恐陷没。　[31]伦、脊：都是条理之意。　[32]虺：毒蛇。蜴：大蜥蜴。　[33]阪田：崎岖硗埆的田野。　[34]菀（yù）：茂盛。特：此处指孤高超群的苗。　[35]扤（wù）：摇动，摧折。　[36]克：能够。　[37]则：败，毁坏。　[38]执我：对我。仇仇：像仇人一样。　[39]我力：不如我有力。　[40]或：有什么（事物或人）。结：纠结缠绕，形容内心痛苦无法化解。　[41]正：政。　[42]胡然：为何。厉：暴虐。　[43]燎：野火。扬：火燃烧旺盛。　[44]宁：乃。或：有人。　[45]褒姒：幽王妃，褒国之女。威：灭。　[46]终：既。永怀：深长的忧思。　[47]辅：附加在车轮辐条上的两根平行木，对轮周起支撑作用。　[48]输：堕，塌。　[49]将：请求。伯：长辈称伯，又今言"老兄"。　[50]员：圆，即辅木可以保持车轮之圆。辐：辐条。　[51]顾：注意，念。两句是谓：善待驾车的仆从，可以使载重之车安然前行。　[52]曾是不意：从不曾意识到这一点。　[53]匪:非。克:能。　[54]炤:昭,显明。　[55]洽:广泛,周备。比:本义为并排而列,在此有结交之意。邻:亲信。　[56]昏姻:即姻亲裙带关系。云:环绕、聚集。　[57]殷殷:浓郁。　[58]仳(cǐ)仳:琐碎、细小,指无耻之人。　[59]蔌(sù)蔌:鄙陋貌。穀:俸禄。　[60]天夭:天降灾害。椓:残害。　[61]曷(gě):可。

[点评]

《正月》,表达乱世愤懑的政治抒情诗。西周幽王死后、平王东迁之间,存在一个"二王并立"时期,即王朝残余势力分为对立的两派,一派奉周平王为主,一派奉携王为主,对立长达十余年。此诗即这一时期的作品,表现的是在这样一个衰亡混乱时期里个人的遭遇与坚持,满含哀怨与愤懑。值得注意的是,这是一篇以个人情绪抒发为主轴的诗,是屈原《离骚》的先声,有重要的标志性意义。

十月之交

十月之交[1],朔月辛卯[2]。日有食之[3],亦孔之丑[4]。彼月而微[5],此日而微。今此下民,亦孔之哀[6]。

日月告凶[7],不用其行[8]。四国无政[9],不用其良[10]。彼月而食,则维其常[11]。此日而食,于何不臧[12]。

烨烨震电[13]，不宁不令[14]。百川沸腾[15]，
山冢崒崩[16]。高岸为谷，深谷为陵。[17]哀今之人，
胡憯莫惩[18]？

皇父卿士[19]，番维司徒[20]；家伯维宰[21]，
仲允膳夫[22]；棸子内史[23]，蹶维趣马[24]；楀维
师氏[25]，艳妻煽方处[26]。

抑此皇父[27]，岂曰不时[28]？胡为我作[29]，
不即我谋[30]？彻我墙屋[31]，田卒汙莱[32]。曰
予不戕[33]，礼则然矣[34]。

皇父孔圣[35]，作都于向[36]。择三有事[37]，
亶侯多藏[38]。不慭遗一老[39]，俾守我王。择有
车马，以居徂向[40]。

黾勉从事[41]，不敢告劳。无罪无辜，谗口
嚣嚣[42]。下民之孽[43]，匪降自天；噂沓背憎[44]，
职竞由人[45]。

悠悠我里[46]，亦孔之痗[47]。四方有羡[48]，
我独居忧[49]。民莫不逸[50]，我独不敢休。天命
不彻[51]，我不敢效，我友自逸[52]。

言权臣不仅擅
权，而且营私。王
政不仅混乱，而且
孤危。

孙鑛曰："此
章语特醒峭。"（《评
诗经》）

[注释]

[1]十月：周历十月，合夏历八月。交：指晦（月终之日）、

朔（月初之日）相交之日。　[2]朔月：月朔，即一个月的第一天，初一。辛卯：这一天的干支是辛卯。　[3]日有食之：有日蚀。　[4]丑：恶，此处是说这次的日蚀，食分很大，难看。　[5]彼月：前此月份曾有月食发生。微：失明，指月食而导致的月光昏暗。　[6]孔：甚。哀：悲愁。　[7]告凶：预告凶险、灭亡的征兆。　[8]用：遵循。行：轨道。　[9]四国：国之四方，亦即全国。　[10]良：贤良。　[11]常：正常。　[12]于何：如何。臧：善，好。　[13]烨（yè）烨：雷电发作的样子。震：雷。电：闪电。　[14]宁：安。令：好。　[15]沸腾：河水泛滥。　[16]冢：山顶曰冢。崒（zú）崩：破碎崩塌。　[17]"高岸为谷"二句：雷电暴雨导致山洪暴发及山体滑坡，致使山谷发生位移。　[18]憯莫：不曾。　[19]皇父：人名。卿士：辅政大臣称卿士。　[20]司徒：卿士寮下属官员。　[21]家伯：人名。参《节南山》"家父作诵"句注。宰：管理王室事务的官员，属于王身边的人。　[22]仲允：人名。可能是仲山甫的后代。膳夫：金文显示，西周中晚期后，膳夫一职的权位变得很重要。　[23]聚（zōu）：姓氏。内史：西周王室系统的官员，负责起草政令，是王身边机要人员。　[24]蹶：人名。趣马：掌马政的官员。始见于甲骨文，是殷商即有此职官。　[25]楀（jǔ）：姓氏。师氏：军事官员，兼管地方行政及教育。　[26]艳妻煽方处：艳为"阎"之假借，读作"焰"；妻当读作"齐"。齐，皆也。处，应读作"炽"。句意谓：焰皆煽方炽也。据于省吾《新证》。　[27]抑：发语词。　[28]岂曰：怎能说。时：是。　[29]我：我民。作：举动。　[30]谋：商量。　[31]彻：拆除。　[32]卒：尽。汙莱：荒废。　[33]戕：善，正确。戕、臧古通。　[34]礼：礼法、道理。　[35]孔圣：很聪明。　[36]向：地名。　[37]三有事：即司徒、司空（工）、司马，为卿士寮下属官员。　[38]亶：实在。侯：维，语助词。藏：

臧，好。 [39]慭（yìn）：情愿，宁愿。 [40]以居徂向：以徂居向的倒装。徂，往。 [41]黾勉：形容努力的样态。 [42]嚣嚣：众多貌。 [43]孽：《郑笺》："妖孽，谓相为灾害也。" [44]噂（zǔn）沓：聚合在一起则同声相应。背憎：一旦离开，则相互憎恶。 [45]职竞：只因。固定词。 [46]里：忧伤。《韩诗》作"瘽"。 [47]瘝（mèi）：《毛传》："病也。" [48]羡：欣喜。一说，羡，有余。 [49]居：处。 [50]逸：安闲。 [51]彻：彻底，即不再像原来那样保佑周人了。 [52]友：同僚。

［点评］

《十月之交》，借天变抨击权臣的篇章。诗篇的日蚀现象，据当代天文学者研究，应发生在前735年，即周平王三十六年。诗以日蚀发生为契机，用天变来警示现实，矛头所指即以皇父为首的七位权贵。诗篇表现的是这样的史实：首先，西周、东周之际，人们对天命、天道，还没有失去信仰，还是人们对抗现实黑暗的思想武器。其次，王朝权贵营造自己的小天地，而对周王置之不顾，同时大量抢夺土地民宅；其三，"我友自逸"的现象在当时非常普遍。总之，平王东迁并未给王朝带来任何振兴的希望，权臣欺主、人心涣散的新问题十分严重。孤危忠臣的哀号中，展现的是毫无前途的政治残局。

雨无正[1]

浩浩昊天[2]，不骏其德[3]。降丧饥馑[4]，斩伐四国。旻天疾威[5]，弗虑弗图[6]。舍彼有罪[7]，

钱锺书："通首不道雨，与题羌无系属。……《困学纪闻》卷三谓《韩诗》此篇首尚有两句：'雨无其极，伤我稼穑'，则函盖相称矣。"（《管锥编》）

既伏其辜^[8]。若此无罪^[9]，沦胥以铺^[10]。

周宗既灭^[11]，靡所止戾^[12]。正大夫离居^[13]，莫知我勚^[14]。三事大夫^[15]，莫肯夙夜^[16]。邦君诸侯，莫肯朝夕^[17]。庶曰式臧^[18]，覆出为恶^[19]。

如何昊天，辟言不信^[20]。如彼行迈^[21]，则靡所臻^[22]。凡百君子^[23]，各敬尔身^[24]。胡不相畏^[25]，不畏于天？

戎成不退^[26]，饥成不遂^[27]。曾我暬御^[28]，憯憯日瘁^[29]。凡百君子，莫肯用讯^[30]。听言则答^[31]，谮言则退^[32]。

哀哉不能言^[33]，匪舌是出^[34]，维躬是瘁^[35]。哿矣能言^[36]，巧言如流，俾躬处休^[37]。

维曰予仕^[38]，孔棘且殆^[39]。云不可使^[40]，得罪于天子^[41]。亦云可使^[42]，怨及朋友^[43]。

谓尔迁于王都^[44]，曰予未有室家。鼠思泣血^[45]，无言不疾^[46]。昔尔出居，谁从作尔室^[47]？

钱锺书引明叶秉敬《书肆说铃》谓："此歇后语也。若论文字之本，则当云：'夙夜在公''朝夕从事'矣。"（《管锥编》）

言入仕者进退两难的尴尬，显示的是西周、东周交替之际"二王并立"特有的矛盾。

方玉润说："末更望诸臣之来共匡君失，因诘责之，使穷于辞而无所遁，乃作诗本意。"（《诗经原始》）

［注释］

[1]据王应麟《困学纪闻》卷三谓，《韩诗》此篇首尚有两句："雨无其极，伤我稼穑。" [2]浩浩：广大貌。 [3]骏：长，大。 [4]降丧：降凶。饥馑：饥荒。 [5]旻（mín）天：幽远

的上天。一说旻天应作"昊天"。疾威：发威。　[6]虑、图：考虑。　[7]舍：施加。即将惩罚施与那些有罪者。　[8]伏其辜：伏法受罪。　[9]若：至于。　[10]沦胥：相率地，不分先后地。铺：薄，迫，遭遇凶险。　[11]周宗既灭：指宗周崩溃，幽王死去。宗周即天下大宗的意思，故称周宗。一说传写倒误。　[12]戾：定，安稳下来。　[13]正大夫：长官大夫，实指公卿级别的主要大夫。离居：离散，跑掉。　[14]勚（yì）：劳累。　[15]三事大夫：司徒、司马、司空。此处可能泛指一般大夫。　[16]夙夜：早晚朝拜。　[17]朝夕：与夙夜同意，早晚朝见。　[18]庶：庶几，表希望之词。　[19]覆：反而。两句是说，希望局势好转，不想反而一天坏似一天。　[20]辟（bì）言：上天谴告之言。不信：不相信。两句是说，为什么人们不能正视上天以灾变形式对人世发出的警告之言呢？一说，辟，法，辟言即合法之言；不信，不伸张。　[21]行迈：行走前进。　[22]臻：至，到达。　[23]凡百君子：谓所有的在位者。凡百，所有的。　[24]敬：慎重。　[25]相畏：有所畏惧。　[26]戎：兵事。　[27]遂：消退。　[28]曾：则。聱（xiè）御：侍御。　[29]惛惛：惨惨。　[30]用讯：交谈、告知。用，以。讯，告。　[31]听言：顺耳之言。答：回应。　[32]谮（zèn）言：逆耳之言。退：排斥。　[33]不能言：即不会说的意思。　[34]匪舌是出：不能言者的行为不是靠舌头。　[35]维躬是瘁：他们是靠身体力行，所以劳瘁。　[36]哿：可。　[37]休：美好。　[38]维曰：在此有"说起来"的意思。仕：入仕。　[39]棘：危急、险恶。　[40]不可使：不可以从事、做事。　[41]天子：此处天子当指携王余臣。　[42]亦：若、如果。　[43]朋友：同僚。　[44]谓：促使。　[45]鼠思：忧思。　[46]疾：言辞激烈。　[47]"昔尔出居"二句：当初你离去的时候，谁又给你建筑居室了？

[点评]

《雨无正》，悲叹大臣不恤国事的诗篇。从开始一章描述的情势看，诗也是西周崩溃后作品。表现了"二王并立"时期大臣们"云不可使，亦云可使"的依违矛盾，诸侯、三公们"莫肯朝夕"的怠慢。令人感慨的是本诗的作者，一位褒御小臣，本着臣子的忠诚，以纲常大义为准则，哀哀呼唤着大臣们尽心王事，显示出位卑者的忠贞。

小　宛

宛彼鸣鸠[1]，翰飞戾天[2]。我心忧伤，念昔先人。明发不寐[3]，有怀二人[4]。

人之齐圣[5]，饮酒温克[6]。彼昏不知，壹醉日富[7]。各敬尔仪[8]，天命不又[9]。

中原有菽[10]，庶民采之。螟蛉有子[11]，蜾蠃负之[12]。教诲尔子，式穀似之[13]。

题彼脊令[14]，载飞载鸣。我日斯迈，而月斯征[15]。夙兴夜寐，毋忝尔所生[16]。

交交桑扈[17]，率场啄粟[18]。哀我填寡[19]，宜岸宜狱[20]。握粟出卜[21]，自何能穀[22]？

温温恭人[23]，如集于木[24]。惴惴小心[25]，如临于谷[26]。战战兢兢，如履薄冰。

以原野纷飞的小鸟，喻"我"无限期的远行。兄弟分别或永诀，夙兴两句，或为最后的告诫。凄凉。

钱澄之："上二句刺贪，言非所食者而尽食矣；下二句刺酷，言不宜虐者而偏虐矣。"（《田间诗学》）

[注释]

[1]宛：小小的样子。鸣鸠：斑鸠，一种短尾鸟，善鸣叫。　[2]翰：振翅飞翔。戾：至，到达。　[3]明发：醒。　[4]二人：父母。　[5]齐：智慧聪敏。圣：明智。　[6]温克：饮酒能自持，不失态。温，通"蕴"，《孔疏》："谓蕴藉自持、含容之义。"克，自持。　[7]壹醉日富：沉溺地饮酒，日甚一日，越饮越厉害。　[8]敬：慎重。仪：法度。　[9]不又：不佑。　[10]中原：原中。菽：藿，即豆叶。　[11]螟蛉（míng líng）：桑虫。　[12]蜾蠃（guǒ luǒ）：土蜂。负：孵化。　[13]穀：《郑笺》："善也。"似：嗣也。　[14]题：视。脊令：鸟名。参《常棣》注。　[15]迈、征：前行。此句是说，我要出征，将日积月累地奔波。　[16]忝：辱，即不要给先人带来耻辱。所生：指父母、祖先。　[17]交交：形体小小的样子。一说鸟叫声。桑扈：鸟名，即青雀，又名窃脂、小腊嘴等，羽毛青褐色，有黄斑点。两句古人多以为形容在位者像桑扈啄米，一副贪婪相。　[18]率：循，沿着。场：打谷场。　[19]填：尽，即穷困、身无长物的意思。一说，病，"瘨"之假借。　[20]宜：容易。岸：诉讼，吃官司。　[21]粟：占卜时名义上是给神（其实是巫师享用）的精米。　[22]穀：善，好结果。两句是说，在政治状况残酷的时候，求占卜再精诚也无济于事。　[23]温温：温顺的样子。恭人：谦和的人。一说，被征集充军的征人。　[24]如集于木：害怕坠落的意思。　[25]惴惴小心：形容内心不安的样子。　[26]如临于谷：就害怕跌入深渊一样。

[点评]

《小宛》，告诫乱世谨慎的篇章。诗篇大旨在"敬慎"两字。从诗"我日斯迈，而月斯征"判断，诗篇应表现的是兄弟的分别，内容是临别的告诫，告诫兄弟勿忘先人、不要饮酒败德及荒废子弟教训等，还特别提醒乱世落魄之人容易遭陷害。同时，"有怀二人"及"毋忝尔所生"等诸句，又暗示出当时的观念：遵循先辈德行，即是孝道。最后一章十分精警，既有对世道衰败的恐惧感，又有努力修德、自求多福的惕厉心。诗篇是乱世心态的记录，反映的是当时精神世界的变化。

巷　伯

萋兮斐兮[1]，成是贝锦[2]。彼谮人者，亦已大甚[3]！

哆兮侈兮[4]，成是南箕[5]。彼谮人者，谁适与谋[6]？

缉缉翩翩[7]，谋欲谮人。慎尔言也，谓尔不信[8]。

牛运震："婉讽甚于怒骂。""唯恐其谮之不善也，似庄似谑。"（《诗志》）

捷捷幡幡[9]，谋欲谮言。岂不尔受？既其女迁[10]。

骄人好好[11]，劳人草草[12]。苍天苍天，视彼骄人，矜此劳人[13]！

彼谮人者，谁适与谋？取彼谮人，投畀豺虎[14]。豺虎不食，投畀有北[15]。有北不受，投畀有昊[16]！

杨园之道[17]，猗于亩丘[18]。寺人孟子[19]，作为此诗。凡百君子，敬而听之[20]！

[注释]

[1]萋：纹理细密貌。字应作"缕"。斐（fěi）：文彩貌。　[2]贝锦：花纹如贝壳一样的锦缎。　[3]大：太。　[4]哆（chǐ）：口大张貌。　[5]南箕：箕星。南天星宿名，由四星相联而成簸箕形。　[6]适：当。　[7]缉（qī）缉：附耳私语貌。翩翩：巧言貌。字读如"谝"，便巧之言为谝。　[8]"慎尔言也"二句：慎重你的花言巧语，否则人家将不信任你。明示告诫，实为讽刺。　[9]捷捷：说话便利貌。汉石经两字作"唼唼"。幡幡：翻覆貌。　[10]既其：终将。迁：除去。　[11]骄人：得意骄傲的人。指得逞一时的谮人。好好：欢喜。　[12]草草：即"慅慅"，忧愁。　[13]矜：哀怜。　[14]畀：给予。豺虎：豺狼虎豹。　[15]北：北方寒凉不毛之地。　[16]昊：昊天，上天。　[17]杨园：园名。　[18]猗：加，附着。亩丘：丘名。　[19]寺人：阉人。《毛传》："寺人而曰孟子者，罪已定矣，而将践刑，作此诗也。"孟子是阉人之名。　[20]敬：郑重、认真。

[点评]

《巷伯》，一位名孟子的人因遭谗言将被阉割，痛恨谮言而有此篇。诗把痛斥的矛头指向"凡百君子"，表现出对"君子"之流听信谗言的愤闷。诗篇最大的特点是第六章表现出的对谮人的莫大仇恨，其所言及"投畀"，涉及远古的流放之刑。诗善于比喻，如以"贝锦""南箕"喻谗言等；又长于形容，如"缉缉""捷捷"句刻画谗毁之人的情状等，这都构成了诗篇愤激尖利的特点。

蓼　莪

蓼蓼者莪[1]，匪莪伊蒿[2]。哀哀父母，生我劬劳[3]！

蓼蓼者莪，匪莪伊蔚[4]。哀哀父母，生我劳瘁！

瓶之罄矣，维罍之耻[5]。鲜民之生[6]，不如死之久矣！无父何怙[7]？无母何恃？出则衔恤[8]，入则靡至[9]。

父兮生我，母兮鞠我[10]。拊我畜我[11]，长我育我[12]，顾我复我[13]，出入腹我[14]。欲报之德，昊天罔极[15]！

南山烈烈[16]，飘风发发[17]。民莫不穀[18]，我独何害[19]！

南山律律[20]，飘风弗弗[21]。民莫不穀，我独不卒[22]！

以莪变蒿为比喻，表愧对父母之情。

王磐："抱娘蒿，结根牢，解不散，如漆胶。君不见昨朝儿卖客船上，儿抱娘哭不肯放！"（《野菜谱》）

［注释］

[1]蓼（lù）蓼：《毛传》："长大貌。" [2]匪：非。莪：又称萝蒿、廪蒿、播娘蒿等，一年生草本，茎直立多分支，开小黄花，

外形似青蒿，嫩时茎叶可食；茎叶干老时只能做薪材，籽粒可入药。李时珍《本草纲目》曰："莪抱根丛生，俗谓之抱娘蒿是也。"伊：表判断，是。《诗经》屡见。蒿：此处指变得干老无用的莪。严粲《诗缉》："始生为莪，长大为蒿。莪至蓼蓼然长大之时，则非莪矣，乃蒿也。其始为莪犹可食，其后为蒿则无用。喻父母生长我身至于长大，乃是无用之恶子，不能终养也。" [3]劬劳：劳苦。 [4]蔚：牡蒿，植株有香气，但嫩时食之不可口；秋季开黄花，籽粒细小隐藏在苞内，所以《尔雅》注言牡蒿为"蒿之无子者"。 [5]"瓶之罄矣"二句：瓶子水干了，是罍的耻辱；比喻家庭的灾难是王朝的耻辱。瓶：汲水器。罄：尽。罍（léi）：贮水器，口小肚大。盛酒器，或为瓦制，或为青铜制。 [6]鲜：斯。鲜民即斯民。鲜、斯古音相近，故可通。 [7]怙（hù）：依靠。 [8]衔恤：含忧。 [9]靡至：无所投奔。 [10]鞠：养。 [11]拊：抚。畜：养活。 [12]育：呵护，冷暖疼爱。 [13]顾：关心、照顾。复：看护。 [14]腹：抱在怀里。 [15]罔极：本义为无固定准则，在此有无德之意。明是骂天，实骂朝廷。 [16]烈烈：险阻之状。 [17]飘风：旋风，暴风。发发：形容风势凶猛。 [18]穀：善。 [19]害：受害。 [20]律律：与上文"烈烈"同义。 [21]弗弗：与上文"发发"同。 [22]卒：终，指不能为父母送终。

[点评]

《蓼莪》，孝子的悲歌。孝子因长期外出行役，父母失养亡故，孝子痛不欲生，其事被采诗者谱入诗篇，是西周后期的采诗加工之作。孝子悲痛控诉的制高点在"无父何怙，无母何恃"，不是提倡孝道，而是以孝道为理据抨击虐政。开头两章情绪相对平缓低沉，到第三、第四章则情感大变，先是激切的谴责，继而是对父母天高地厚之恩的倾诉，这两章是情绪高潮，令人有地动山摇、天塌地陷之感。之后的两章，调子再趋于平缓，但这是凄绝的平缓，因为"南山""飘风"的句子，满眼天地无情、生意都绝之感。

大 东

有饛簋飧[1]，有捄棘匕[2]。周道如砥[3]，其直如矢。君子所履，小人所视。眷言顾之[4]，潸焉出涕[5]。

小东大东[6]，杼柚其空[7]。纠纠葛屦[8]，可以履霜[9]？佻佻公子[10]，行彼周行。既往既来，使我心疚[11]。

有冽氿泉[12]，无浸获薪[13]。契契寤叹[14]，哀我惮人[15]。薪是获薪[16]，尚可载也[17]。哀我惮人，亦可息也！

东人之子，职劳不来[18]。西人之子[19]，粲粲衣服[20]。舟人之子[21]，熊罴是裘[22]。私人之子[23]，百僚是试[24]。

或以其酒，不以其浆[25]。鞙鞙佩璲[26]，不以其长。维天有汉[27]，监亦有光[28]。跂彼织女[29]，终日七襄[30]。

虽则七襄，不成报章[31]。睆彼牵牛[32]，不以服箱[33]。东有启明[34]，西有长庚[35]。有捄天毕[36]，载施之行[37]？

维南有箕[38]，不可以簸扬[39]。维北有斗[40]，不可以挹酒浆[41]。维南有箕，载翕其舌[42]。维北有斗，西柄之揭[43]！

抬眼望去，满天不仅假货，而且还有聚敛吸吮民脂民膏的灾星。黑暗无所不在，无所逃离。方玉润："试思此诗若无后半文字，则东国困敝纵极写得十分沉痛，亦不过平常歌咏而已，安能如许惊心动魄文字！"（《诗经原始》）

[注释]

[1]饛（méng）：满簋貌。簋：盛米饭类食物的器皿。飧：黍稷做的米饭。　[2]捄（qiú）：长长的样子。棘匕：枣木作盛饭用的匙。　[3]周道：通往四周的大道。砥：像磨刀石磨过一样平。砥的本义为磨刀石。　[4]睠（juàn）言：回顾貌。　[5]潸（shān）焉：泪流的样子。　[6]小东大东：小东即近东，大东即远东。　[7]杼柚（zhù zhóu）：指织布机。杼，为织布用的梭，用以持纬线。柚通"轴"，即织布机上缠绕经线的转轴，安装在织布机架的顶端，轴两端有可以拧动的耳，转动此耳，可以放出一段经线。杼柚其空，是说丝织布匹全部被征调走了，亦即财富困乏的意思。　[8]纠纠：缠结貌。　[9]可以：何以。　[10]佻（tiáo）佻：往来貌。公子：谭国公子。谭国公子行于周行，指其输送贡赋。　[11]疚：病，心痛。　[12]冽：寒。氿（guǐ）：侧出的泉水。　[13]无：毋。获：刈，割取。　[14]契契：忧苦。寤叹：失眠长叹。　[15]惮：通"瘅"，劳累，疲惫。　[16]薪：第一"薪"字为伐、析，名词用为动词。　[17]载：装载。　[18]职：只。不来：不得慰劳。　[19]西人：西周之人。　[20]粲粲：衣服华丽貌。　[21]舟人：本为殷商后裔，在西周仍作为一个族系

存在，他们的生活地区在今山东一带。　[22]裘：穿着熊罴皮做的衣服。　[23]私人：私家之人。指周贵族之家的家臣、徒属。　[24]僚：官署。试：任用。　[25]"或以其酒"二句：有人整日沉醉于美酒，有人连浆水也喝不到。浆，米汤。酒贵汤贱。　[26]鞙（juān）鞙：长长的样子。佩璲（suì）：缀有瑞玉佩带。璲，瑞玉。两句是说，东方人把最好的酒给周人，他们却视之为连浆都不如；东方人给周人长长的玉佩带，他们却从不以为佩带长。两句解释多分歧。　[27]汉：天河、银河。天河两旁有织女星和牛郎星隔河相望。　[28]监：视。　[29]跂（qí）：织女星有三颗星，成三角状，跂即形容三星三角的样子。　[30]七襄：七次移动，如织布时的穿梭。是说织女星依辰而自西向东移动，从旦到暮经七辰，所以称"七襄"。襄，更换位置。一说：襄字本义为"织纴"。　[31]报章：成幅布帛。报，往复，指织女星只向一个方向移动，无法织成布帛的面积。章，有纹理的丝织成品。　[32]睆（huàn）：星明亮的样子。牵牛：星座名，又名河鼓、何鼓，由三颗星连成，排列成中间微隆的扁担形状。　[33]服：负、驾。箱：车厢板，此指代车。　[34]启明：启明星，即五大行星中的金星，黎明时出现于东方。　[35]长庚：与启明星为同一星，黄昏时出现在西方。　[36]捄（qiú）：扁长圆形。天毕：星座名，即毕宿八星，八颗星组成，其中第五颗星最亮，因形状如同捕获猎物、带有长柄的网，古称为"毕"。　[37]载：则。施：用。　[38]箕：正南方星宿名，由四星联成，形状像箕，也在天汉旁。　[39]簸（bǒ）扬：给粮食脱去糠皮的办法，用簸箕不停颠簸，轻的糠皮就会被扬出去，重的粒食就留在簸箕中。　[40]斗：即北斗七星，斗口四星，称为魁，斗柄三星称为杓。斗柄三星随季节不同而指向不同。古代以七星为北极定位，以斗柄三星所指确定季节，指东则为春，指南则为夏，指西则为秋，指北则为冬。　[41] 挹（yì）：舀取浆液。　[42] 翁：吸。　[43] 西柄之揭：斗柄指向西方。揭，举。

[**点评**]

《大东》，东方邦国之人控诉王室压榨的歌唱。传统说法，诗篇为谭国大夫所作。西周后期，王室经济拮据，加重了东方各国的负担。诗篇为此而作。其突出的特点，就是借助星宿之名讽刺王政。暗夜中满天星宿皆为虚假，是何等讽刺，又是何等出人意表！《诗经》总体艺术倾向是现实精神，但这不妨碍诗人发挥想象力，借助一切天上人间的神话传说来展现现实的思考、情感，从而形成一种自具特色的浪漫。

北 山

陟彼北山，言采其杞。偕偕士子[1]，朝夕从事。王事靡盬，忧我父母。

溥天之下[2]，莫非王土；率土之滨[3]，莫非王臣。大夫不均[4]，我从事独贤[5]！

四牡彭彭[6]，王事傍傍[7]。嘉我未老，鲜我方将[8]。旅力方刚[9]，经营四方[10]。

或燕燕居息[11]，或尽瘁事国；或息偃在床[12]，或不已于行。

或不知叫号[13]，或惨惨劬劳；或栖迟偃仰^[14]，或王事鞅掌^[15]。

或湛乐饮酒^[16]，或惨惨畏咎^[17]，或出入风议^[18]，或靡事不为。

四、五、六三章连用十二个"或"字，句法奇特。是古典诗歌"以文为诗"先声，为韩愈《南山诗》所本。

[**注释**]

[1]偕偕：强壮貌。士子：士，比大夫低，是最低级可以出仕的贵族。 [2]溥：广大。 [3]率：自、从。滨：边际，涯。 [4]不均：不平均，不公平。 [5]贤：劳累。 [6]彭彭：奔走不息貌。一说马盛壮貌。 [7]傍傍：纷繁。一说紧迫貌。 [8]嘉、鲜：好在，幸而。将：壮。 [9]旅力：力气。 [10]经营：管理、治理。 [11]或：有的，不定指代词。燕燕：安息的样子。 [12]偃：倒、卧。 [13]不知：不闻。叫号：呼唤，招呼。 [14]栖迟：优游安闲。偃仰：俯仰，自得的样子。 [15]鞅掌：事情纷繁。联绵词。一说失态貌。 [16]湛乐：沉溺于欢乐。 [17]咎：归咎，追究责任。 [18]风议：漫无边际地议论。

[**点评**]

《北山》，朝廷役使不均，士鸣不平而有此篇。诗主题很明确，是"偕偕士子"对"大夫不均"的愤慨。不过，在抒发"不均"的憾恨时，字里行间又颇见几分豪迈。诗中之"我"亮出的是"鲜我""嘉我"的爽朗，反衬出的是朝廷逃避责任、懒散放逸的腐朽气息。

小　明

明明上天，照临下土。我征徂西，至于艽

野[1]。二月初吉[2]，载离寒暑[3]。心之忧矣，其毒大苦[4]。念彼共人[5]，涕零如雨。岂不怀归？畏此罪罟[6]。

　　昔我往矣，日月方除[7]。曷云其还？岁聿云莫[8]。念我独兮，我事孔庶。心之忧矣，惮我不暇[9]。念彼共人，睠睠怀顾[10]。岂不怀归？畏此谴怒[11]！

　　昔我往矣，日月方奥[12]。曷云其还？政事愈蹙[13]。岁聿云莫，采萧获菽[14]。心之忧矣，自诒伊戚[15]。念彼共人，兴言出宿[16]。岂不怀归？畏此反覆[17]！

　　嗟尔君子，无恒安处。靖共尔位[18]，正直是与[19]。神之听之[20]，式榖以女[21]。

　　嗟尔君子，无恒安息。靖共尔位，好是正直。神之听之，介尔景福[22]。

朱熹："大夫以二月西征，至于岁暮而未得归，故呼天而诉之。"(《诗集传》)

言下级士卒更苦。"畏此"句，厌恶从军生活之态宛然。下二章意思大同。

告诫安处的君子们恪尽职守，行为正直。下章义同。

[注释]

[1] 艽（qiú）野：远荒之地。　[2] 初吉：每个月初的七八天。　[3] 离：罹，经受。　[4] 毒：苦痛。大苦：很苦。一说为草药名，即黄檗，味极苦。　[5] 共人：王朝征调的士卒。据季旭升《诗经古义新证》。　[6] 罟（gǔ）：罪。本义为网，此用引申义。　[7] 方：正在。除：除旧生新，即一年开始。与

上文"二月初吉"合。 [8]聿:语气词。莫:同"暮",岁尾。 [9]惮:劳累。 [10]睠睠:反顾貌。 [11]谴怒:暴怒地指责,怪罪。 [12]奥(yù):通"燠",暖和。 [13]蹙:促,紧张。 [14]萧:枯干的萧可以做柴草。菽:大豆。大豆成熟晚。这句是说采萧为柴,采豆做食。 [15]自诒伊戚:忧思只会给自己带来更大的悲伤。诒,即贻,留给。戚,悲伤。 [16]兴:起。言:而。出宿:在外过夜。 [17]反覆:反覆无常。 [18]靖:静,在此有恭敬之意。共:供奉。 [19]与:赞助,遵循。 [20]神之:慎之。 [21]榖:善。以:与。 [22]景:大。

[**点评**]

《小明》,从军的贵族军官有感于士卒之艰辛,劝告在朝君子勤于自己职守的诗篇。"共人"当为王朝征集军队中的兵士,此诗的作者当是军中士、大夫一类贵族人物。将士们在荒远边地卖命,而朝中君子之流却养尊处优,不恤下情,这才是诗人所以叙说军中痛苦的本因。因此,诗歌后两章的"嗟尔"之中,含有强烈的讽刺意味。从《小明》中,可以看到古代边塞诗题的雏形。

鼓 钟

鼓钟将将[1],淮水汤汤[2],忧心且伤。淑人君子,怀允不忘[3]。

鼓钟喈喈,淮水湝湝[4],忧心且悲。淑人君子,其德不回[5]。

鼓钟伐鼛^[6]，淮有三洲^[7]，忧心且妯^[8]。淑人君子，其德不犹^[9]。

鼓钟钦钦^[10]，鼓瑟鼓琴，笙磬同音^[11]。以雅以南^[12]，以籥不僭^[13]。

[**注释**]

[1]鼓：击打。将将：即"锵锵"，状声词。 [2]汤（shāng）汤：浩荡的样子。 [3]允：实在。 [4]湝（jiē）湝：水流声。 [5]回：邪、不正。 [6]鼛（gāo）：大鼓。 [7]三洲：河流中的三个沙洲。 [8]妯（chōu）：悼，悲。 [9]犹：若，如。即淑人君子之德不同寻常的意思。 [10]钦钦：形容钟鼓声响。 [11]笙：吹奏乐器。参《小雅·鹿鸣》"吹笙鼓簧"句注。磬：石质乐器，为打击乐，始见于新石器时代晚期，打制；商代晚期出现了磨制的编磬，有的还绘有花纹，至西周沿袭商代形制，亦多编磬。同音：即钟与琴、瑟、磬同时演奏，音响和谐。 [12]以：用。雅：中原音乐。南：南方土著居民的音乐。 [13]籥（yuè）：一种竹制的三孔乐器。舞蹈者执之而舞，为文舞。僭：乱，不按次序。

[**点评**]

《鼓钟》，为阵亡将士安魂的乐歌。周昭王时，王朝征服南方淮水流域的人群，战争持续数年，诗篇正以此为背景。其"忧心且悲"的格调表明，"以雅以南"的钟鼓齐鸣是凶丧之乐，与昭王南征将士死亡有关。诗言"以雅以南"，"雅"指中原本土音乐，而"南"则来自南方。伤悼那些南征阵亡的将士，既用中原音乐，又用南方乐

凌廷堪："首章言黍稷为酒食之用，遂及正祭之妥侑也。"（《校礼堂文集》）

凌廷堪："二章言牲牢为鼎俎之用，遂及祊祭之飨报也。"（《校礼堂文集》）

此章所言为祭祖程序之一，献祭生食。从杀牲、烹煮、陈列，到索祭请神，再到神灵歆享、赐福，历历分明。

凌廷堪："三章言傧尸于堂之礼也。"（《校礼堂文集》）

言生食献祭之后再以熟食献神，为祭祀又一重要程序。继言人神献酬，礼仪无亏，神赐福子孙。

章，只因为阵亡者是北方之人做了南土的新鬼。整首诗篇格调哀伤。

楚　茨

楚楚者茨[1]，言抽其棘[2]。自昔何为？我艺黍稷[3]。我黍与与，我稷翼翼[4]。我仓既盈，我庾维亿[5]。以为酒食，以享以祀，以妥以侑[6]，以介景福[7]。

济济跄跄[8]，絜尔牛羊[9]，以往烝尝[10]。或剥或亨[11]，或肆或将[12]。祝祭于祊[13]，祀事孔明[14]。先祖是皇[15]，神保是飨[16]。孝孙有庆[17]：报以介福[18]，万寿无疆[19]。

执爨踖踖[20]，为俎孔硕[21]。或燔或炙[22]，君妇莫莫[23]。为豆孔庶[24]，为宾为客[25]，献酬交错[26]。礼仪卒度[27]，笑语卒获[28]。神保是格[29]：报以介福[30]，万寿攸酢[31]。

我孔熯矣[32]，式礼莫愆[33]。工祝致告[34]，徂赉孝孙[35]：苾芬孝祀[36]，神嗜饮食[37]。卜尔百福[38]，如几如式[39]；既齐既稷[40]，既匡既敕[41]；永锡尔极[42]，时万时亿[43]。

礼仪既备，钟鼓既戒[44]。孝孙徂位[45]，工祝致告[46]：神具醉止，皇尸载起[47]；鼓钟送尸[48]，神保聿归[49]；诸宰君妇[50]，废彻不迟[51]；诸父兄弟，备言燕私[52]。

乐具入奏[53]，以绥后禄[54]。尔殽既将[55]，莫怨具庆[56]。既醉既饱，小大稽首[57]。神嗜饮食，使君寿考。孔惠孔时[58]，维其尽之。子子孙孙，勿替引之[59]。

凌廷堪："四章言尸嘏主人之礼也。"（《校礼堂文集》）即工祝代神致语，述赐福内容。

凌廷堪："五章言既祭而彻也。"（《校礼堂文集》）神尸退出，工祝发布新令，祭祀转入宴会。祭后的亲族宴享，是祭祀重要部分。

凌廷堪："六章言既彻而燕也。"（《校礼堂文集》）同族人祭后宴饮。最后两句则为告诫，是诗篇写作目的之一。全篇叙说详雅，词采密致，温醇而浑融。

[注释]

[1]楚楚：茂盛的样子。茨：蒺藜。蔓生有刺的植物，其果实也称蒺藜，由五颗小干果组成，每果有长短两刺，农田、路旁多见。此处虽只言蒺藜，实指代各种杂草。　[2]抽：拔除。棘：指蒺藜刺，实即指蒺藜秧。两句以拔出蒺藜，表耕殖田地之义。[3]艺：种植。[4]与与、翼翼：苗壮、茂盛的样子。[5]庾：露天堆积。亿：数量很多。《毛传》："万万曰亿。"一说亿即盈。据王引之说。　[6]"以享以祀"二句：古代祭祀，在迎尸入室之前，主人、主妇等先向祖先献祭，称阴厌；此句即指此而言。妥：安坐。侑：劝食，劝尸（也就是祖先的神）进食。　[7]介：助。景：大。　[8]济济：祭祀时的步伐，即符合礼容规矩的步伐。　[9]絜（jié）：清洁。一说，絜通"挈"，携、持的意思。　[10]烝尝：表献祭。烝、尝为两种不同祭名，冬祭曰"烝"，秋祭曰"尝"。此处是泛指。　[11]剥：剥去皮毛。亨：烹煮。亨即"烹"，先秦常见。　[12]肆：陈列。将祭品摆放在祭台（或几案）上。将：

装肉于鼎。字当作"臡"。　[13]祝：祭祀中向神行祷告的神职人员。祊（bēng）：祭祀正式进行之前，要举行寻索神灵的仪式，是祭祀礼仪中一个环节，一般在宗庙门口内侧进行，此地即称祊。　[14]明：完备，完善。　[15]皇：往，离去。　[16]神保：神灵降临，要有所依附，故祭祀设尸，尸为神所依附时，称"神保"。　[17]庆：赏赐。　[18]介：大。　[19]万寿：长寿。　[20]执爨（cuàn）：司灶。爨，灶。踖（jí）踖：脚步轻盈敏捷，有仪容。　[21]俎：摆祭品用的几案。此处指代祭品。　[22]燔：熏烧。炙：烤。燔用肉，炙用肝。　[23]莫莫：清静貌。　[24]豆：食器，指代食物。古代把粮食做成的祭品装在豆中。　[25]为宾为客：指祭祀中祭者与神（由尸代表）之间的相互敬酒，仿佛宴会上的宾主关系。　[26]献酬：相互敬酒。祭祀中，祭者向神（由尸代表）献酒，尸也回敬主人，即此所谓献酬。　[27]卒度：尽合法度。卒，尽。　[28]获：合乎规矩。　[29]格：至，来。此句是说神保代表神赐福给祭祀者。　[30]报：答赐，回报。　[31]攸：所。酢：报酬，即赏赐。　[32]熯（nǎn）：谨慎，虔敬。　[33]式：依照，效法。愆：过错。　[34]工祝：即上文之祝。致告：传达神意。　[35]徂：往。工祝是接受尸（代表神）发出的旨意向子孙赐福，所以用一"徂"，表示工祝接受命后的动作。赉（lài）：赐。　[36]苾（bì）芬：芬芳。孝祀：享祭。　[37]嗜：喜爱。　[38]卜：予。　[39]几：期，期待。即赏赐人所期待的好处。式：定式，按定式。　[40]齐：通"斋"，敬。稷：肃穆，严肃。　[41]匡：端正。敕：严整，无破绽。　[42]永锡：大大地赐予。极：中正，引申为善、好。　[43]时：是。此句犹言成万成亿。　[44]戒：准备。　[45]徂位：孝孙回到主祭者的地位上去。　[46]致告：告祭祀典礼完成。　[47]皇尸：即尸，神保。　[48]鼓钟：击钟。　[49]归：神灵归天。　[50]诸宰：诸位膳夫，厨工。　[51]废彻：撤去。废，去。彻，撤。即撤

去献神祭品，转到宴饮的席上。 [52]备：俱。言：语助词。燕
私：私燕。 [53]入奏：将乐移入内寝中演奏。 [54]绥：安也。
后禄：以后的福禄。 [55]将：嘉、美。 [56]莫：没有。庆：欢
喜。 [57]小大：长幼。 [58]惠：顺。时：善。 [59]替、引：
废弃、丢掉。替：废。引：取代。

[点评]

《楚茨》，表现西周贵族祭祖典礼的乐歌。诗篇并非
祭祀典礼某一环节的歌唱，而是有意再现典礼的过程，
就是说，诗篇的视角是站在祭祀之外的，显示的是一种
新的对生活的反观意识。需要说明的是，表祭祖的诗篇
却从籍田劳作写起是有特殊原因的。周人认为周王年终
祭祖献祭的粮食，应该是他春耕秋收亲自劳作的所得，
如此祭祀祖先才是最虔诚的。诗篇笔法绵密，对典礼各
个主要关目有较详细的述说，显示了对传统礼仪的重视。

信南山

信彼南山[1]，维禹甸之[2]。畇畇原隰[3]，曾
孙田之[4]。我疆我理[5]，南东其亩[6]。

上天同云[7]，雨雪雰雰[8]，益之以霢霂[9]。
既优既渥[10]，既沾既足[11]，生我百谷。

疆埸翼翼[12]，黍稷彧彧[13]。曾孙之穑，以
为酒食。畀我尸宾[14]，寿考万年。

姚际恒："田
事，冬雪宜大，春
雨宜小。雰雰以
言雪大，霢霂以
言雨小。优、渥、
沾、足，皆承雨言，
则夏亦可知矣。"
（《诗经通论》）

中田有庐[15]，疆埸有瓜[16]。是剥是菹[17]，献之皇祖。曾孙寿考[18]，受天之祜[19]。

祭以清酒[20]，从以骍牡[21]，享于祖考。执其鸾刀[22]，以启其毛[23]，取其血膋[24]。

是烝是享[25]，苾苾芬芬，祀事孔明[26]。先祖是皇[27]，报以介福，万寿无疆。

［注释］

[1]信（shēn）：延伸。形容南山延伸貌。　[2]禹：夏禹。甸：治理田地。　[3]畇（yún）畇：田地平整均匀貌。原隰：高处与低处。　[4]曾孙：周王祭祀时自称曾孙。田：耕种。　[5]疆：划分疆界。理：调理地脉。　[6]亩：田垄。　[7]同云：聚集。一说，同色云。一说，即彤云。　[8]雨雪：下雪。雨，动词。雰（fēn）雰：纷纷。　[9]霢霂（mài mù）：小雨之称。　[10]优：润泽。渥：雨水充足。　[11]沾：润泽。足：充分。一说，足，通“浞”，与“沾”义同。　[12]埸（yì）：田界。翼翼：庄稼排列貌。　[13]彧（yù）彧：茂盛状。　[14]畀：给。尸：祭祖时扮神的人。宾：参与祭祀的人员。　[15]中田：田中，田野。庐：简易棚舍。　[16]有瓜：言农夫在田边地头种瓜菜之物。　[17]剥：剥去皮叶。菹（zū）：腌渍。　[18]寿考：长寿。　[19]祜（hù）：福。　[20]清酒：经清水掺兑过的薄酒。　[21]从：接着，随而。古代祭祀，先献酒，之后牵出献祭的牲口。骍（xīng）牡：通身赤红色的公牛。周人祭神，特别讲究用赤红色牛。　[22]鸾刀：带有鸾铃可发出响声的刀。古人祭祀割开牲口之肉，讲究动作的节奏，所以用鸾刀。　[23]毛：取牛毛是为向神显示其色纯一。　[24]血膋

（liáo）：牛的鲜血和脂膏。　[25]烝：进。享：献。　[26]明：礼仪周备。　[27]皇：祖先神因得到献祭而更加赫赫伟大。一说，皇，即"暀"之假借，归往，前来享受献祭的意思。

[点评]

《信南山》，春夏之交周王以藉田瓜果祭祖，诗篇为此而作。第二章"上天同云"几句描写冬春之际的雨雪，一个"同"字，将大自然拟人化，仿佛天地有情意，为土地的润泽与作物的生长，落下大雪，降下甘霖。如此充满温情的笔墨，传达出的是一个以农耕稼穑为生业的人群，对天地自然的感念情怀。

大 田

大田多稼。既种既戒[1]，既备乃事。以我覃耜[2]，俶载南亩[3]，播厥百谷。既庭且硕[4]，曾孙是若[5]。

既方既皂[6]，既坚既好，不稂不莠[7]。去其螟螣[8]，及其蟊贼[9]，无害我田稚。田祖有神，秉畀炎火[10]。

有渰萋萋[11]，兴雨祁祁[12]。雨我公田，遂及我私[13]。彼有不获稚[14]，此有不敛穧[15]。彼有遗秉[16]，此有滞穗[17]，伊寡妇之利。

曾孙来止，以其妇子。馌彼南亩，田畯至喜。来方禋祀[18]，以其骍黑[19]，与其黍稷。以享以祀，以介景福。

[注释]

[1]种：选取种子。戒：修正耒耜等农具。　[2]覃（yǎn）：锋利。字当作"剡"。耜（sì）：古代农具，翻土用，形制有圆形、方形，有肩。新石器时代的耜有的用动物骨头制成，有的为木制；商代出现了青铜耜，至西周，考古发现有空头条形带刃器，学者或认为是套在耜端的金属套，以增加其锋利。　[3]俶（chù）载：翻土压草。　[4]庭：直，挺拔。　[5]若：满意，字同"诺"，认可。　[6]方：苞，即作物开始长出地面时的样子。皂（zào）：籽粒初成貌。　[7]稂（láng）：作物有穗而不结籽粒，称稂。莠：形状似苗而非苗的稗草。　[8]螟螣（téng）：各种农作物害虫。　[9]蟊（máo）贼：作物害虫。　[10]秉：持。畀：交给，付与。　[11]渰（yǎn）：云兴貌。萋萋：密集貌。　[12]兴雨：下雨。祁祁：云慢慢移动貌。　[13]私：私田，农夫的份地。　[14]稚（zhì）：收割时尚未完全成熟的庄稼。　[15]穧（jì）：聚禾成把。　[16]秉：禾把。　[17]滞穗：散落的禾穗。　[18]来方：以方，祭祀四方神。禋（yīn）祀：祭天之礼，古时以牛羊油脂合香草腾烧祭天，禋实即烟，以香烟享神。　[19]骍（xīng）黑：全身赤色和通体黑色的牛羊贡品。

[点评]

《大田》，秋冬之际王者报祭田祖及各种有助耕稼神祇，诗篇歌以记之。诗叙事重心在作物生长季节的病虫害防治，以及秋季的收获，从"既种既戒"写起，顺及田间管理、秋季收获，最后归回本题，表现的是对天地万物报答的情怀。诗篇的值得注意的地方有三：一在其对治理虫害的记录，显示出当时治理虫害的水平；二在其景物描写，特别是第三章即"有渰萋萋"章对大自然云行雨施光景的描绘，是表现自然现象，更是赞美天地之恩；三在其"遗秉滞穗"的细节，表现出先民特有的温厚，最令人感动。

车 辇

间关车之辇兮[1]，思娈季女逝兮[2]。匪饥匪渴，德音来括[3]。虽无好友[4]，式燕且喜[5]。

依彼平林[6]，有集维鷮[7]。辰彼硕女[8]，令德来教。式燕且誉[9]，好尔无射[10]。

虽无旨酒，式饮庶几[11]。虽无嘉殽，式食庶几。虽无德与女[12]，式歌且舞。

陟彼高冈，析其柞薪[13]。析其柞薪，其叶湑兮。鲜我觏尔[14]，我心写兮。

高山仰止，景行行止[15]。四牡骈骈[16]，六辔如琴[17]。觏尔新昏，以慰我心。

牛运震："委婉浓致，此即慰劝新妇之词也。宛然持箸把杯光景，绸缪曲至。"（《诗志》）

婚姻应遵循大道。后四句言迎亲，且表欣慰之情。至此方知诗篇全是为他人新婚而作。高山两句，寓意正大，造语浑融。

[**注释**]

[1]间关：辗转，宛转，车辖转动貌。辖（xiá）：把车轮固定在轴上的键。字亦作"辖"。　[2]娈：美好貌。一说娈也是思慕的意思，如此，"思娈"为一词，思慕。季女：少女。逝：往，出嫁。　[3]来：相，语助词。括：约束。　[4]好：玩好，珍贵之物。友：爱意。　[5]燕、喜：安乐。　[6]依：郁，茂密貌。　[7]鷮（jiāo）：雉的一种，体型微小于翟，善走善鸣，尾巴很长，羽翎美丽，此处以比新妇之华丽。　[8]辰：善。字当作"展"。硕女：美女，与"硕人"同义。　[9]誉：通"豫"，安乐。[10]无射：不厌倦。　[11]庶几：希望、幸福。　[12]女：汝。　[13]析其柞薪：以析薪喻婚配。　[14]鲜：难得。　[15]景行：光明大道。行止：行之。止，一本或作"之"。　[16]骈骈：奔驰貌。　[17]如琴：六条辔绳舞动，如琴弦一样柔和。

[**点评**]

《车辖》，颂祝美好婚姻的乐章。首先，诗篇所表现的婚姻为他人喜事，是对婚姻的祝愿和好婚姻应该遵循的行为方式。其次，婚姻生活的好坏，与物质关系不大，"虽无好友"亦可"式燕且喜"，无旨酒之饮、无嘉肴之食，同样也是欢宴，也是幸福。其三，婚姻生活虽平常，好婚姻如高山，令人仰望；好夫妻如遵大路而行，令人羡慕。这是诗人对婚姻的理解，以警示世人。换言之，诗篇就其使用看，应是婚姻典礼的乐歌；就其内容看，应是最早关于婚姻生活的思考。

青　蝇

营营青蝇[1]，止于樊[2]。岂弟君子[3]，无信谗言。

营营青蝇，止于棘[4]。谗人罔极[5]，交乱四国[6]。

营营青蝇，止于榛[7]。谗人罔极，构我二人[8]。

[注释]

[1]营营：往来飞行貌，兼表苍蝇叫声。青蝇：苍蝇，俗称绿豆蝇。《郑笺》："蝇之为虫，污白使黑，污黑使白，喻佞人变乱善恶也。"　[2]樊：篱笆。　[3]岂弟：和乐平易。字亦作"恺悌"。　[4]棘：荆棘丛。　[5]罔极：无原则、无标准。　[6]交乱：交相为乱。四国：天下。　[7]榛：细碎的杂木，可以用作藩篱。　[8]构：挑唆关系，制造矛盾。

[点评]

《青蝇》，警示谗言害人的诗篇。《毛序》："大夫刺幽王也。"诗言荆棘篱笆可以止住苍蝇穿过，借此比喻人应当警惕谗言，是诗篇有趣的地方。另外，《左传·襄公十四年》载晋将执戎子驹支，驹支"赋《青蝇》而退"。戎狄之族而熟悉《诗》篇，表明经典传播当时已颇为普遍。

宾之初筵

宾之初筵[1]，左右秩秩[2]。笾豆有楚[3]，殽核维旅[4]。酒既和旨，饮酒孔偕[5]。钟鼓既设[6]，举酬逸逸[7]。大侯既抗[8]，弓矢斯张。射夫既同[9]，献尔发功[10]。发彼有的[11]，以祈尔爵[12]。

籥舞笙鼓[13]，乐既和奏。烝衎烈祖[14]，以洽百礼[15]。百礼既至，有壬有林[16]。锡尔纯嘏[17]，子孙其湛[18]。其湛曰乐，各奏尔能[19]。宾载手仇[20]，室人入又[21]。酌彼康爵[22]，以奏尔时[23]。

宾之初筵，温温其恭。其未醉止[24]，威仪反反[25]。曰既醉止，威仪幡幡[26]。舍其坐迁[27]，屡舞仙仙[28]。其未醉止，威仪抑抑[29]。曰既醉止，威仪怭怭[30]。是曰既醉，不知其秩[31]。

宾既醉止，载号载呶[32]。乱我笾豆，屡舞僛僛[33]。是曰既醉，不知其邮[34]。侧弁之俄[35]，屡舞傞傞[36]。既醉而出，并受其福[37]。醉而不出，是谓伐德[38]。饮酒孔嘉，维其令仪[39]。

凡此饮酒，或醉或否[40]。既立之监[41]，或佐之史[42]。彼醉不臧[43]，不醉反耻。式勿从谓[44]，无俾大怠。匪言勿言，匪由勿语[45]。由

以上两章言饮酒、射箭礼的正确做法，为以下写败坏礼法现象作铺垫。

醉之言^[46]，俾出童羖^[47]。三爵不识^[48]，矧敢多又^[49]？

提出防止酒醉乱德的措施且再行劝告，是一篇的主旨所在。观"彼醉"二句，可知后代劝酒以至将人灌醉之风，渊源古老。

[注释]

[1]宾：宾客。初筵：宴会开始时。筵，本义为席子。　[2]左右：或左或右，指宴会开始时大家都有各自的位置。秩秩：肃敬，守秩序。　[3]笾：竹制食器，盛桃、梅果品等。豆：木制，盛菜肴，一般为腌制的菜蔬和肉酱。楚：行列齐整貌。　[4]殽核：笾豆中的菜食和果品。旅：摆列成行。一说嘉。　[5]偕：齐整、合乎礼仪。　[6]钟鼓既设：饮酒礼迎宾即宾主敬酒时，皆有钟鼓奏乐。　[7]酬：宾主敬酒。古代敬酒，主敬酒给宾为献，宾回敬主人为酢，主人自饮，然后敬宾，宾得酒并不饮，而是放下。这就是酬。此处的酬，应为泛指，指主宾互相敬酒。逸逸：往来有次序的样子。　[8]大侯：又称君侯，张挂在木架上的熊皮质箭靶，靶心称鹄的。侯有君侯、参侯（豹皮为靶心，麋鹿皮为缘饰）、干侯（干，gàn，豻皮）之分，大侯即君侯，君主专用。古代射礼有乡射、大射之分，大射之礼隆重，三侯具设，此处以大侯兼代其余两侯。抗：高高张挂。　[9]射夫：诸位射手。同：选配对手，两人一组，又称"比耦"，射礼有轻重之别，轻重不同，比耦数也有不同。　[10]献：效，报呈。发功：射箭的功效，以命中的箭数为准。　[11]有的：即鹄的，靶心。　[12]尔爵：指命中率差的人的酒爵。　[13]籥舞：执籥而舞。籥是一种管乐器。舞者一手持籥双手持羽，和着笙鼓之乐边吹边舞，称"籥舞"。笙鼓：吹笙击鼓相伴。　[14]烝：进献。衎：娱乐。　[15]洽：周备。　[16]壬、林：大、多。　[17]锡：赐。嘏（gǔ）：福。　[18]湛（dān）：欢乐。此处指子孙因赐福而安乐。　[19]奏：献。能：射箭技能。　[20]载：则。手仇：选对手。　[21]室人：膳夫、宰夫等

宴会、射礼中的服务人员。入又：再次进入比箭的位置。 [22]康：大。 [23]时：善。此处指射箭中靶多，中靶多即善。古代射箭分出胜负后，执事人员用大爵把酒斟满，放在一个叫作丰的器物上，不胜者自取饮。 [24]止：语尾词。 [25]反反：慎重貌。 [26]幡幡：错乱貌。 [27]迁：乱挪位子。 [28]仙仙：轻举妄动貌。 [29]抑抑：举止严肃慎重貌。 [30]怭（bì）怭：放荡、不庄重貌。 [31]秩：秩序。一说字当作"失"，过错。 [32]呶（náo）：粗野的号叫。 [33]傞（qī）傞：舞步踉跄貌。 [34]邮：过错。 [35]俄：歪斜貌。 [36]傞（suō）傞：无休无止貌。 [37]并：遍。 [38]伐德：损害德行。 [39]令仪：美好仪态。 [40]或醉或否：不论醉否。 [41]监：酒监，即司正。 [42]史：记酒宴言行的左史。 [43]彼：非。两句指出当时饮酒的坏风气：不喝醉就不算好。 [44]式：发语词。谓：劝，鼓励。 [45]由：路途，在此即法度之义。 [46]由：从，顺着。 [47]童羖：公羊而无角，是醉汉荒唐语。童，秃头。羖为公羊，本有角。 [48]不识：不知，不敢知，即不愿超过三爵的意思。 [49]矧（shěn）敢：怎敢。又：再，再饮。

［点评］

《宾之初筵》，批评贵族酒德败坏的篇章。应为西周、东周之交的作品，表现出贵族对饮酒礼仪的荒废，从一个侧面表现出周代社会"礼崩乐坏"的现实。同时，诗篇也显示了一种努力，即恢复旧有礼法以挽救衰颓风尚。另外，艺术手法上，叙说宴会的进程周详平稳，形容酒后失德曲尽其态，又时时间以批评刺讥之语，有情绪的表露，更有道理的声扬，两者交织，谆谆切切，训教的意味十分浓厚，是当时诗风新变的一种表现。

角 弓

骍骍角弓[1]，翩其反矣[2]。兄弟昏姻[3]，无胥远矣[4]。

尔之远矣[5]，民胥然矣[6]。尔之教矣，民胥效矣[7]。

此令兄弟[8]，绰绰有裕[9]。不令兄弟，交相为瘉[10]。

民之无良，相怨一方。受爵不让[11]，至于己斯亡[12]。

老马反为驹[13]，不顾其后。如食宜饇[14]，如酌孔取[15]。

毋教猱升木[16]，如涂涂附[17]。君子有徽猷[18]，小人与属[19]。

雨雪瀌瀌[20]，见晛曰消[21]。莫肯下遗[22]，式居娄骄[23]。

雨雪浮浮[24]，见晛曰流。如蛮如髦[25]，我是用忧！

[注释]

[1] 骍（xīng）骍：赤红色。赤红色弓即彤弓。一说，骍骍，调利貌。角弓：用牛角装饰的弓。　[2] 翩其反矣：形容弓背向两

旁弯曲延伸的形状。 [3]昏姻：婚姻。但此诗不涉及婚姻关系，只是顺带提及。 [4]胥：相。 [5]尔：你，指周王。 [6]胥：皆，相互。 [7]效：效法。 [8]令：善。 [9]绰绰：宽裕。裕：有余地。 [10]瘉（yù）：病。 [11]爵：酒爵。 [12]斯：则。亡：忘记。 [13]老马：指不和兄弟背后的老人。反为驹：回头照顾自己的马驹。一说反为驹句意为老马反而像小马驹。 [14]飫（yù）：饱。 [15]孔取：过分地取。 [16]猱（náo）：猿猴。 [17]涂：泥土。 [18]徽猷：良策。徽，美善。 [19]与属：附属、跟从。与，相与。属，附和。 [20]瀌（biāo）瀌：大雪飘飘貌。 [21]见：出。睍（xiàn）：日光。 [22]下遗：谦退、自我抑制。 [23]居：倨，倨傲。娄：每每，屡次。字与"屡"通。 [24]浮浮：厚积貌。一说与上文"瀌瀌"同义。 [25]蛮：蛮，南蛮。髦：西夷的别名。

[点评]

《角弓》，周幽王死后，周平王与周幽王另一个儿子携王余臣各自称王，相互对立，史称"二王并立"。诗篇对此表示忧虑。为期十余年的"二王并立"，使西周以来的嫡长子继承制遭受到前所未有的打击，给宗法社会的世道人心也带来很大的消极影响。诗篇正是以此为立脚点，天真地奉劝两方面各自退让，恢复兄弟和谐。在此诗中，又揭示了由于王朝两立所造成的普遍人伦离散的现实。诗的用语切直，既指责王，又指责"教猱升木"的老人，表现出对现实的痛心疾首。

都人士

彼都人士[1]，狐裘黄黄。其容不改[2]，出言有章[3]。行归于周[4]，万民所望。

彼都人士，台笠缁撮[5]。彼君子女[6]，绸直如发[7]。我不见兮，我心不说[8]。

彼都人士，充耳琇实[9]。彼君子女，谓之尹吉[10]。我不见兮，我心菀结[11]！

彼都人士，垂带而厉[12]。彼君子女，卷发如虿[13]。我不见兮，言从之迈[14]！

匪伊垂之，带则有余。匪伊卷之，发则有旟[15]。我不见兮，云何盱矣[16]！

[注释]

[1]都人：美好、高雅的人。　[2]容：容貌，长相。　[3]章：有文采、条理。　[4]行：行将、即将。周：宗周，指镐京。　[5]台：莎草，可以编蓑衣。笠：斗笠，以竹笋皮编制。缁撮：缁布冠。　[6]君子女：即君子之妻。　[7]绸：通"稠"，稠密。如：乃。　[8]说：悦。　[9]充耳：玉石作的塞耳，又叫瑱。琇（xiù）：美石。实：塞。　[10]尹吉：尹氏、姞氏。　[11]菀结：郁结。　[12]带：古人在腰间挎一盛巾帕之物的囊，带即束囊的带子。厉：即带下垂的长余部分。　[13]虿（chài）：发髻尾部上翘貌。　[14]迈：行，追随人流前行。　[15]旟（yú）：扬。本义为旗帜，在此为比喻，是活用。　[16]盱：张目盼望貌。

[点评]

《都人士》，周平王出奔多年返回镐京，诗篇为此而作。周平王出奔后，曾被申侯、鲁侯等立为"天王"，幽王死后，与携王有过十余年的"并立"时期。此诗当作于晋文侯杀携王后平王返回宗周之际。诗不单写了周平王的"出言有章"，还赞美他带回的美丽王后，言语之间，有对周平王的拥戴，对新王后的欣喜。每章"我不见兮"不是真不见，而是因人多，见不真切。饱经十余年丧乱后，新天子归来，满怀希望的京都之民势必观者如堵，因而"不见"之中，有着当时的情状和世道人心。

黍　苗

芃芃黍苗[1]，阴雨膏之[2]。悠悠南行，召伯劳之[3]。

我任我辇[4]，我车我牛。我行既集[5]，盖云归哉[6]？

我徒我御，我师我旅。我行既集，盖云归处[7]？

肃肃谢功[8]，召伯营之[9]。烈烈征师，召伯成之[10]。

原隰既平，泉流既清。召伯有成，王心则宁。

何楷："'盖'者未定之辞，百物具备，竣事不难，俟我南行之功既就，斯时庶可言归哉！"（《诗经世本古义》）

继言"我徒"之众。观二、三章，言营谢时民众之多，规模之大。此连用"我"字句式之效，不正面写景，却胜似写景。

［注释］

[1]芃（péng）芃：蓬勃茂盛貌。 [2]膏：润泽。 [3]召伯：召穆公，名虎，周宣王时大臣。 [4]任：载。辇：人力驾车。 [5]集：《郑笺》："犹成也。"即完成。 [6]盖（hé）：盍，即何、曷。归哉：归家，安处。哉，即载。 [7]归处：回家安处。 [8]肃肃：严整貌。谢：地名，在今南阳盆地，即南阳东南。 [9]营：营建，具体建筑都城，划分疆界，安顿迁居者等。 [10]成：主持。

［点评］

《黍苗》，表现召伯营建谢邦时的诗篇。周宣王时期，为了加强南方的防御，曾将自己的舅舅申伯移封到谢（今河南南阳一带）为诸侯，为此调动大量徒众服役，诗即与此事有关。诗的口吻是"我任我辇""我师我旅"的，表达的应是徒众的情感，可能是营谢完工之后慰劳他们的乐歌。另外，《大雅》中还有《嵩高》一篇，也表现的同一事件，风格却大不相同，可以参读。

白 华

白华菅兮[1]，白茅束兮[2]。之子之远[3]，俾我独兮！

英英白云[4]，露彼菅茅[5]。天步艰难[6]，之子不犹[7]！

滮池北流[8]，浸彼稻田。啸歌伤怀[9]，念彼硕人。

樵彼桑薪[10]，卬烘于煁[11]。维彼硕人，实劳我心[12]。

鼓钟于宫，声闻于外。念子懆懆[13]，视我迈迈[14]。

有鹙在梁[15]，有鹤在林。维彼硕人，实劳我心。

鸳鸯在梁，戢其左翼。之子无良，二三其德！

有扁斯石[16]，履之卑兮。之子之远，俾我疧兮[17]。

直言明斥，是绝望的表现。钱澄之："鸳鸯，匹偶相随之鸟，以喻王与后也。"（《田间诗学》）

[注释]

[1]白华：白花。菅（jiān）：菅草。　[2]白茅：又名丝茅，因叶似矛而得名。束：捆扎为束状。白茅捆束，喻人老色衰。　[3]远：远离。　[4]英英：白云明亮貌。　[5]露：露水滴落。茅草经过露水后，更加坚实。菅：茅草。　[6]天步：即天运、天命。　[7]犹：好。　[8]滮（biāo）池：水泽名，在镐京北不远处。　[9]啸歌：唱歌，哀伤而歌。　[10]樵：采樵。桑薪：以桑为薪。　[11]卬（áng）：我。煁（chén）：无釜之灶。可放柴草以为烘燎。　[12]劳：伤心。　[13]懆（cǎo）懆：忧愁不安貌。　[14]迈迈：不悦貌。　[15]鹙（qiū）：一种凶猛的鸟，与鹤同类而形体比鹤大，头、颈部无毛。　[16]石：王乘车所踩之石。　[17]疧（qí）：痛苦。

[点评]

《白华》，弃妇的哀怨诗。此诗很可能与申后的被弃有关，且未必为申后所作，其第一人称形式只是代拟，诗中"维彼硕人"的"硕人"很可能指褒姒。诗一开始即以菅茅喻申后人老色衰，"我"之色衰，正与"彼"之"硕人"相对成文。诗篇虽表被离弃者，但篇中的物象如白云、白华以及白茅等十分鲜明，色泽动人。

绵 蛮

绵蛮黄鸟[1]，止于丘阿[2]。道之云远[3]，我劳如何[4]？饮之食之，教之诲之。命彼后车[5]，谓之载之[6]。

绵蛮黄鸟，止于丘隅[7]。岂敢惮行[8]？畏不能趋[9]。饮之食之，教之诲之。命彼后车，谓之载之。

绵蛮黄鸟，止于丘侧。岂敢惮行？畏不能极[10]。饮之食之，教之诲之。命彼后车，谓之载之。

[注释]

[1]绵蛮：花纹细致绵密貌。 [2]阿：山丘曲折处。 [3]云远：遥远。云，结构词。 [4]劳：劳苦。 [5]后车：副车，备用车，古称"倅车"。 [6]谓：告诉。在此有下令的意思。 [7]隅：

山角。　[8]惮:害怕。　[9]趋:疾行。　[10]极:到达终点。

[点评]

《绵蛮》,王室东迁,随行者赞美平王关爱民众的乐章。诗篇中的"行人"是与一位大人物同行的人们。大人物不仅能"饮之食之,教之诲之",还命手下把副车让给一些行人乘坐,既表明行人中有老弱,绝非清一色的军士,也清晰显示出大人物的身份不一般。从"道之云远""畏不能趋"和"畏不能极"三句可知,征人对目的地是知道的,这一目的地是远征的最终目标。人们不怕路途艰辛,是由于怀着希望。此诗当作于平王东迁之际,反映的是东迁路途中的事。用"后车""谓之载之",是平王树立仁君形象的行为。

瓠　叶

幡幡瓠叶[1],采之亨之[2]。君子有酒,酌言尝之[3]。

有兔斯首[4],炮之燔之[5]。君子有酒,酌言献之[6]。

有兔斯首,燔之炙之[7]。君子有酒,酌言酢之[8]。

有兔斯首,燔之炮之。君子有酒,酌言酬之[9]。

[注释]

[1]幡幡：即"翻翻"，叶子舞动貌。瓠：又称壶，嫩叶可以和肉作羹。　[2]亨：烹。两字古代通用。　[3]尝：给大家品尝的意思。　[4]斯首：一只。斯，语助词。首，量词。朱熹《诗集传》："犹数鱼以尾也。"一说，斯，白色。　[5]炮：连着毛烧烤。此处或泛指烧烤。燔：烧烤。　[6]献：主人向宾敬酒。周代饮酒礼之中，有"一献"之礼。主人向宾献酒，称"献"；宾向主人回敬酒，称"酢"；再由主人把酒注觯，自饮，以劝客，称"酬"。　[7]炙：烧烤。　[8]酢：宾酌酒回敬主人。　[9]酬：主人在饮过宾回敬的酒后，再酌酒献宾，宾接酒不饮，放在席前。诗言酬，即指主人再次向宾献酒。

[点评]

《瓠叶》，表现饮酒礼的乐歌。诗言"献""酢""酬"等，正是古代饮酒礼"一献之礼"的几个步骤；"瓠叶""兔首"之物，表明饮酒礼等级较低。

渐渐之石

渐渐之石[1]，维其高矣。山川悠远，维其劳矣。武人东征，不皇朝矣[2]。

渐渐之石，维其卒矣[3]。山川悠远，曷其没矣[4]。武人东征，不皇出矣[5]。

有豕白蹢[6]，烝涉波矣[7]。月离于毕[8]，俾滂沱矣[9]。武人东征，不皇他矣[10]。

陈仅："不皇朝矣，所谓今日不知明日事也。"（《群经质》）

[注释]

[1]渐渐：山石高峻貌。 [2]不皇：不遑。遑，闲暇。朝：朝夕。 [3]卒：通"崒"，崔嵬。 [4]没：尽，止。 [5]出：出离高山。一说休整。 [6]豕：猪。蹢：即蹄。白蹄猪涉波为大雨将至的征兆。 [7]烝：众。 [8]离：同"丽"，贴近。毕：星座名，形状像捕鸟的网具。月靠近毕星，也是大雨的天象。 [9]俾：将要。据王先谦《诗三家义集疏》，《鲁诗》作"比"。比：将要、快要。 [10]他：其他的事。

[点评]

《渐渐之石》，表军人东迁之苦的乐歌。此诗或与《绵蛮》一样，同为平王东迁时作品，具体说，是东迁结束慰劳军人的乐歌，称赞他们不顾高山大雨，行动迅速。

苕之华

苕之华[1]，芸其黄矣[2]。心之忧矣，维其伤矣。

苕之华，其叶青青。知我如此，不如无生！

牂羊坟首[3]，三星在罶[4]。人可以食，鲜可以饱[5]。

芮城："昔日饶裕丰盈之象，不知焉往，而触目惊心，无在非萧条惨恶之象矣！"（《匏瓜录》）

[注释]

[1]苕：凌霄花。藤本落叶植物，攀附他物，茎上有气根；七八月间茎端开大型合瓣花，颇为美观。 [2]芸：纷纭貌。 [3]牂

（zāng）羊：雌绵羊。坟：大。羊瘦弱则显得头大。　[4]三星：即参星，由三颗明星组成，古以三星判断时辰。罶：捕鱼的竹器。　[5]鲜：少。这两句，有学者解释为人吃人的现象。

［点评］

《苕之华》，叹惜乱世的歌唱。"不如无生"句惨痛至极，"人可以食，鲜可以饱"则写出了当时社会的惨象。诗虽然简短，意蕴却相当深著。

何草不黄

何草不黄，何日不行？何人不将[1]，经营四方[2]？

何草不玄[3]，何人不矜[4]？哀我征夫，独为匪民[5]！

匪兕匪虎[6]，率彼旷野[7]。哀我征夫，朝夕不暇！

有芃者狐[8]，率彼幽草[9]。有栈之车[10]，行彼周道。

邵宝："乱世气象，数言尽之。伤哉，伤哉！"（《简端录》）

方玉润："编《诗》者以此殿《小雅》之终，亦《易》卦纯阴之象……观于《诗》，而世运之升降，人事之盛衰，可一览而识其故矣。"（《诗经原始》）

［注释］

[1]将：行走。　[2]经营：往来奔走。　[3]玄：黑中泛红，与黄同义，草干枯貌。　[4]何人：此处指征夫而言。矜：可怜。一说字为"鳏"，亦即"瘝"之假借，病。　[5]匪民：非人。 [6]匪：

非。一说彼。兕：野牛，其皮坚厚，可做铠甲。　[7]率：
行。　[8]芃：同"蓬"，蓬松貌。　[9]幽：深。　[10]栈（zhàn）：
有篷的车。

[点评]

《何草不黄》，表征夫哀怨的篇章。此诗应是西周末、
东周初期诗篇，其格调与其他若干首编排在《小雅》尾
部的篇章一样，都是"风诗"的样态，显示的是诗篇体
式风格由"雅"而"风"的变迁。诗前两章多用诘问句式，
不平之气，溢于言表，而"独为匪民"更是怨恨之情的
直接宣泄。旷野兕虎、蓬狐幽草的景象，是季节的写实，
更是当时社会衰败的象征，一片萧索。

大　雅

旧说《大雅》是与王朝"大政"相关的诗篇，是不可信的。"大雅"之"大"，是因其时间在先。"大""小"只是次第先后之别。《孔子诗论》说："《大雅》，盛德也。"（第2简）也含《大雅》为西周强盛时作品的意思。《大雅》多祭祀祖先的诗篇，如《文王》《公刘》等。祭祀文王，可以凝聚诸侯精神，因文王子孙为诸侯者众多；祭祀后稷、公刘，可以宣示王朝对农耕的重视。不过，许多《大雅》篇章，不是直接献给祖先神灵的，而是赞述祖先生平、业绩的大篇，是讲给后代子孙听的。《大雅》还有对从事祭祀的周王的赞美，对参与祭祀的辅助人员即殷商后裔表现的称颂，以及对因大祭祖先而新建的礼仪建筑的歌唱等。这些诗篇体式宏大，格调庄严，与《小雅》确实有较大分别。或许也是因为这样的缘故，后人又把时间靠后，如宣王及更晚的一些体式宏伟的诗篇，也编排在《大雅》中（参本书《小雅》说明）。

《大雅》共三十一篇，今选其十五。

文　王

文王在上[1]，於昭于天[2]。周虽旧邦[3]，其命维新[4]。有周不显[5]，帝命不时[6]。文王陟降[7]，在帝左右。

亹亹文王[8]，令闻不已[9]。陈锡哉周[10]，侯文王孙子[11]。文王孙子，本支百世[12]。凡周之士，不显亦世[13]。

世之不显，厥犹翼翼[14]。思皇多士[15]，生此王国。王国克生[16]，维周之桢[17]。济济多士[18]，文王以宁[19]。

穆穆文王[20]，於缉熙敬止[21]。假哉天命[22]，有商孙子。商之孙子，其丽不亿[23]。上帝既命，侯于周服[24]。

侯服于周，天命靡常[25]。殷士肤敏[26]，裸将于京[27]。厥作裸将，常服黼冔[28]。王之荩臣[29]，无念尔祖？

无念尔祖，聿修厥德[30]。永言配命[31]，自求多福。殷之未丧师[32]，克配上帝。宜鉴于殷，骏命不易[33]。

写周朝天命常新，是因为有文王在天之灵保佑。《孔子诗论》："曰'文王在上，於昭于天'，吾美之。"

文王保佑子孙百世显赫。

表文王子孙众多，可令文王之灵安宁。

以上表文王及其子孙，至此专而言殷商后裔。

言殷商遗民在周家宗庙助祭。《汉书·刘向传》："孔子论《诗》，至于'殷士肤敏，裸将于京'，喟然叹曰：大哉天命！"

鼓励殷商子孙自新其德，自求多福。

命之不易，无遏尔躬^[34]。宣昭义问^[35]，有虞殷自天^[36]。上天之载^[37]，无声无臭^[38]。仪刑文王^[39]，万邦作孚^[40]。

与首章"文王在上"遥相呼应，强调文王之德与周人"永言配命"之关系。全诗首句多与前一章末尾句"顶针续麻"，曹植《赠白马王彪》之"辘轳体"，或本于此。最后两句，程颐曰："观乎圣人，则见天地。"(《二程外书》卷十一)

[注释]

[1]文王：名昌，古公亶父之孙，武王之父。史载昌有德，政治上联合其他方国，使周家势力大增，为武王克商奠定了坚实基础。又史载文王子孙众多，受封诸侯亦多。《左传·僖公二十四年》："昔周公……封建亲戚，以蕃屏周，管、蔡、郕、霍、鲁、卫、毛、聃、郜、雍、曹、滕、毕、原、酆、郇，文之昭也。邗、晋、应、韩，武之穆也。"文王之子为诸侯的，竟是武王的四倍。在上：上天神灵界。甲骨文显示，上天有"帝廷"，帝廷有"五臣正""五工臣"，另外，殷商先王死后也可以升入帝廷，陪伴左右。这样的观念周人继承了。 [2]於(wū)：叹词。 [3]旧邦：古老的邦国。周邦记载始见于甲骨文，周人的历史可追溯到后稷、不窋时期。诗称"旧邦"，当即此而言。 [4]其命维新：天命永远更新。命，天命，命运。维，语助词。 [5]有周：即周。古代称谓邦国名常在前加"有"字。不显：丕显。显，显赫。 [6]帝命：指"文王受命"而言。西周建立之前，周人曾臣服于商，周原甲骨文显示，文王曾被册封为"周方伯"，他在当时西南方国群落中树立威信，势力渐大，被殷商奴役的诸侯多推戴之，于是称王，周人以为这是周家上受天命眷顾的开始。"受命"后十三年，武王伐商成功。不时：即丕时，大合时宜。 [7]陟降：在天廷与人间上下来往。文王死后神灵升天，陪伴在"帝"左右，负责沟通上天与下界的联系；而且，按古代观念，一个族姓的先王成为上天的神灵后，负责本族姓与上天的交通。诗言"陟降"，正指文王神灵沟通天

人两界的崇高地位。　[8]亹（wěi）亹：奋进不已。《毛传》："勉也。"亹读音与"勉"相近，亹亹犹言"勉勉"。　[9]令闻：美誉，美好名声。不已：不休。　[10]陈锡：重复赐福、施恩。陈锡即申锡。锡，赐。哉：在，于。　[11]侯：维。孙子：即子孙。"子孙"而作"孙子"，其语例现有金文多达五十余例，多数出现于昭穆时期，比例颇大。是诗篇为西周中期的硬证之一。　[12]本支：根干和枝叶。百世：百代，时间长久。　[13]亦世：永世，累世。亦，亦作"奕"。　[14]厥：其。犹：谋略。翼翼：谨慎貌。两句是说，周家所以世世显赫，是因为谋事慎重。　[15]思：语助词。皇：滋长、众多貌。　[16]克：能。　[17]桢：吉祥。桢字当作"贞"，《周颂·维清》："维周之祯。"[18]济济：有威仪的样子。一说：众多貌。　[19]以宁：因此而安宁。以，因而。　[20]穆穆：庄严和敬貌。金文中西周中期始见。　[21]缉熙：不断地接续光明。据戴震《毛郑诗考正》。此词《诗经》雅颂数见，为联绵词。因上下文不同，语义略有差别。止：语气词。　[22]假：大。据《尔雅》。一说假为"固"，亦通。　[23]丽：数。金文中丽字常作"鬲"。不亿：数量大，不可以亿数。古代一亿为十万。　[24]服：服事。　[25]靡常：无常。"天命无常"是西周天命观重要内涵之一。意思是上天对某一王朝的护佑，不是固定不变的，而是根据王朝德行如何，所谓"天道无亲，惟德是辅"。　[26]肤敏：勤勉。联绵词。　[27]祼（guàn）：祭祖时的献酒仪式。古代祭祖，在神位之前铺展茅草，把酒浇在上面即表示神的享用。据甲骨文和金文，周人祼神的礼数似本于殷礼。将：持，摆列祭品。京：京城，有文王宗庙的地方，此处应指丰邑。　[28]常：永远，这里有"法定"的意思，殷商助祭者戴殷商的服装、礼帽，是周人特许的。服：戴。黼（fǔ）：古代绘有黑白相间斧形花纹的礼服。一说虚词，林义光《诗经通解》："读为夫。"冔（xǔ）：殷商贵族戴的礼帽。　[29]荩（jìn）：进用。西周从一开始就从殷商遗民中选拔一些忠心又有才学的人为自己服务。　[30]聿（yù）：语助词。又作"粤"，金文作"雩""遹"，中期以后常见。　[31]言：结构词。配命：做上天在人间的代理人。配，配合上天，亦即被上天选中。命，上天之命。这两句是说，要想获得天命的眷顾，必须永远努力。　[32]丧师：失去大众。《郑笺》："师，众也。"　[33]骏：长大。骏命即大命、天命。易：改变。　[34]遏：停歇，停止。两句告诫文王子孙，不要让天命停止在你们身上。　[35]宣昭：普遍显示。宣，遍。昭，展现。义问：好名声。问，通"闻"。据于省吾《新证》。　[36]虞：揣度。殷：依着。于省吾《新证》谓当训"依"，"揆度之以依于天，言事事以天为准"。　[37]载：运行。　[38]臭：嗅，气味。　[39]仪刑：取法、效法。刑通"型"，金文以"刑（型）"为中心词组成语词多见，如帅型、型效、怀型、型稟等，都不早于西周中期。　[40]孚：信。取法文王就是取法天地，如此，才可获得万邦信任。

[**点评**]

《文王》，周文王祭祀大典上陈诚的诗篇。陈诚的对象有二：其一为文王子孙，其二是殷商遗民助祭者。大祭文王的意义和价值：不仅使文王子孙在精神上得到洗礼，也是借此对殷遗民作精神上的启发，使他们更好地服从天命，更好地听命于王朝。在表现上，诗篇也很有特点，一是有人情味，如劝告殷商，承认他们的祖上也曾得天命。二是其哲理味，如"鉴殷"云云，表达的是天命转移的观念，这在《尚书》是有明确表达的。至于整篇的风格宏大庄严，句子乃至章节之间用顶针格所形成的流畅紧凑，更都是一读可感的。

绵

绵绵瓜瓞[1]。民之初生[2]，自土沮漆[3]。古公亶父[4]，陶复陶穴[5]，未有家室[6]。

古公亶父，来朝走马[7]。率西水浒[8]，至于岐下。爰及姜女[9]，聿来胥宇[10]。

周原膴膴[11]，堇荼如饴[12]。爰始爰谋[13]，爰契我龟[14]。曰止曰时[15]，筑室于兹。

乃慰乃止[16]，乃左乃右[17]；乃疆乃理[18]，乃宣乃亩[19]。自西徂东，周爰执事[20]。

乃召司空[21]，乃召司徒[22]，俾立室家。其绳则直[23]，缩版以载[24]，作庙翼翼。

捄之陾陾[25]，度之薨薨[26]；筑之登登[27]，削屡冯冯[28]。百堵皆兴[29]，鼛鼓弗胜[30]。

乃立皋门[31]，皋门有伉[32]。乃立应门[33]，应门将将[34]。乃立冢土[35]，戎丑攸行[36]。

肆不殄厥愠[37]，亦不陨厥问[38]。柞棫拔矣[39]，行道兑矣[40]；混夷駾矣[41]，维其喙矣[42]。

虞芮质厥成[43]，文王蹶厥生[44]。予曰有疏附[45]，予曰有先后[46]，予曰有奔奏[47]，予曰有御侮[48]。

言迁岐之始。吕祖谦："'来朝走马'，形容其初迁之时，略地相宅，精神风采也。"（《读诗记》）

孙鑛："平叙中风致自不乏，即事点注，无非妙境。"（《评诗经》）

扬之水："于一片喧阗中，写出秩序，写出情绪，写出创业之初周人并立奋发之精神。"（《诗经名物新证》）

苏辙《诗病五事》论此章："事不接，文不属，如连山断岭，虽相去绝远，而气象联络，观者知其脉理之为一也。盖附离不以凿柄，此最为文之高致耳。"（《栾城集》）

［注释］

[1]绵绵：绵延不绝貌。瓜瓞（dié）：一棵瓜秧上小瓜大瓜相连。瓞，小瓜。陆佃《埤雅》：近本之瓜常小，末则复大。 [2]民：周人。生：生息发展。 [3]自：从。一说用，选中。土：读作"杜"，水名。一说居住。沮：徂、往。一说水名。漆：水名。 [4]古公：先公。亶（dǎn）父：文王祖父，后尊称为太王。公是尊号，亶父是名号。 [5]陶复陶穴：制作类似窑洞或半地穴式的住室。陶，用火烧土或贝壳、螺壳，铺垫在住室中，结实防潮，还可防虫防鼠。复，即"覆"的简写，指地穴口上井字形的屋顶。穴，即屋洞。据于省吾《新证》及扬之水《诗经名物新证》。 [6]家室：此处指宫殿及屋室。 [7]朝：周，周原。于省吾《新证》："朝、周古音近字通。……谓太王自豳迁于岐周，而养马于斯也。"走马：骑马。考古发现商代即有单人骑马现象。走，一本作"趣"，与"走"义同。一说放马。 [8]率：沿着。西：向西。水浒：河岸，即漆水上游的河岸。此河发源于今麟游县西的山地，上游大致东西流向。诗句是说周人从古杜水（今漆水河）以东的豳地（今邠县）一带先向西南走，到达古杜水时转而向西，沿着河岸进入山地，翻过山地之后，就来到岐山之下的有河流的周原。 [9]爰：于此。姜女：姜姓之女，即太王妃子，姬姜两姓世婚。 [10]聿：虚词。胥宇：观察新的居住地。 [11]周原：岐山以南的原野，在今陕西岐山县、扶风县交界地带。膴（wǔ）膴：土地广大肥美貌。 [12]堇（jǐn）茶：各种野菜。堇，又名菫、石龙芮，四五月开黄花，嫩苗水煮后可食，口感辣而滑。茶，又名苦菜，叶子边沿有细刺，秋老时开黄花，嫩时菜叶可食，是古代常用的救荒野菜。饴，甘糖。这句是说，肥沃周原，连生长的苦菜也甘甜如饴糖。 [13]始：谋。马瑞辰《通释》：始谋谓之始，犹终谋谓之究。"'爰始爰谋'，犹言'是究是图'也。" [14]契：刻。 [15]时：是，

这里。一说止,与"爰居爰处"语例同。 [16]慰:居。《方言》:"慰,居也。"此处与句中"止"字同义。 [17]左、右:将居住地划分为左右。 [18]疆、理:划出天地界限。朱熹《诗集传》:"疆谓画其大界,理谓别其条理也。" [19]宣:翻土使其松软。亩:为田地打埂。 [20]周:到处。执事:忙碌自己的事。 [21]司空:负责土地、工程的官员。 [22]司徒:负责组织号令民众的官员。 [23]绳:用绳子测量定位,画准线。《毛传》:"言不失绳直也。" [24]缩:用绳索捆绑。一说缩即"直",动词。版:木板。古代筑墙,先以木板做槽,然后填土夯实。板槽要用木桩加固,所以要用绳索捆绑。载:装,装土。一说载即"栽"。 [25]捄(jù):将土装在运土的器具中。陾(réng)陾:仍仍。形容装土次数频繁。 [26]度:投,将土投入版中。薨(hōng)薨:投土的声音。 [27]筑:夯,砸。登登:夯土的声音。 [28]屡:土墙隆起处。马瑞辰《通释》:字通"娄",娄、隆双声。冯冯:削土声。 [29]百堵:堵,版筑墙的计量单位,五版高的墙,称一堵;百堵言其多。 [30]鼛(gāo):大鼓。据《周礼》,鼛鼓属六鼓之一,有大役之事,击之以为号令。此句是说,筑墙发出的声响比鼛鼓之声还响亮。 [31]皋门:外城城门。 [32]伉(kàng):高耸貌。 [33]应门:对着朝堂的大门,内城门。古代三门、三朝,皋门为最外层城墙的门,应门又称中门,为中层墙门。 [34]将(qiāng)将:高大庄严貌。 [35]冢土:祭神用的大土堆,又称"社"。在皋门之内,应门之外。《毛传》:"起大事,动大众,必先有事乎社而后出,谓之宜。" [36]戎丑:抓获的戎狄俘虏。丑,即《诗》与金文常见"执讯获丑"之"丑"。攸行:在这里举行献俘礼。古时战争结束要献俘,即在大社进行,所以说"戎丑"将在此"攸行"。攸,所,结构助词。行,举行。 [37]肆:和下句的"亦"都是结构助词,连接联句。殄:断绝,尽除。厥:指下文的混夷。愠（yùn）：恼怒。　[38] 陨：坠，缺失。厥：指周人。问：问候，来往。马瑞辰《通释》："此二句正言文王事混夷之事，言始事混夷，虽不能绝其愠怒，亦不以以大事小而失其誉闻。"　[39] 棫（yù）：白桵，丛生灌木，枝干有刺。　[40] 兑：通"畅"。　[41] 混夷：北方强大农牧混合的民族，又曰"昆夷"。商周之际，在今内蒙古鄂尔多斯地区曾有一个青铜器文化，十分繁荣，诗之混夷当属这一文化区域的族群。駾（tuì）：惊慌奔逃貌。　[42] 喙（huì）：气喘吁吁貌。字本义是突出的嘴巴，此为引申义。　[43] 虞芮（ruì）：殷商时期的两个姬姓古国。虞在今山西平陆境内，芮在今山西芮城东，两国相邻，土地相接，因争边界田地而到周邦请文王公断。其进入周邦后见周人耕者让畔，仕者让位，风俗纯美，受到感动，不仅息讼、推让所争之田，且归服于周。受此事影响的带动，据说当时有四十余诸侯国归顺于周。周人以为这是受文王"受命于天"的开始。质：信物。在此作动词，即互相交换信物的意思。成：缔结友好关系。　[44] 蹶：《毛传》："动也。"感动。生：性，品行。马瑞辰《通释》："生、性古通用……谓文王有以感动其性也。"　[45] 予：我，指周家。曰：语助词，一本作"聿"。疏附：辅助。联绵词。亦作"胥附"。《史记正义》："二国相让后，诸侯归西伯者四十余国，咸尊西伯为王。"　[46] 先后：追随者。　[47] 奔奏：奔走侍奉者。奏，一作"走"。一说，《毛传》："喻德宣誉曰奔奏。"即为文王宣传德行的人。　[48] 御侮：抵抗外来威胁者。

[点评]

《绵》，赞述太王迁岐伟大功绩的诗篇。诗篇回溯公亶父（太王）率众大踏步迁移的历史，其深层用意则是诗篇最后一章，即强调文王受命于天，源于先祖的迁移。

然而，宣扬天命的诗篇却用了大量笔墨渲染迁移岐山之阳后的划分田界、建立宫室，场景如火如荼，画面感十分强烈。实际显示的是周人天命观念的如下内涵：天命的获得，是确立在人事的巨大努力之上的。

思 齐

思齐大任[1]，文王之母；思媚周姜[2]，京室之妇[3]。大姒嗣徽音[4]，则百斯男[5]。

惠于宗公[6]，神罔时怨，神罔时恫[7]。刑于寡妻[8]，至于兄弟，以御于家邦[9]。

雍雍在宫[10]，肃肃在庙[11]。不显亦临[12]，无射亦保[13]。

肆戎疾不殄[14]，烈假不瑕[15]。不闻亦式[16]，不谏亦入[17]。

肆成人有德[18]，小子有造[19]。古人之无斁[20]，誉髦斯士[21]。

大任孝敬婆婆周姜，太姒继承美德，有百子之福。

女祖侍奉宗庙，帮助丈夫树立良好家风。

女祖保佑后人。

女祖都是贤内助。

周家大小，都有美德。牛运震："篇格整齐，理致醇粹，洁肃精微，此颂文德之深者，气体亦甚高。此诗本为文王作，却于篇首略点文王，而通篇更不再见，浑融入妙。"（《诗志》）

[**注释**]

[1]思：叹词。齐（zhāi）：同"斋"，端庄。大任：文王之母，季历之妻，商代小国挚国之任姓女。 [2]媚：爱，孝敬。周姜：即大姜。太王之妻，王季之母，即《大雅·绵》"爰及姜女"的姜女。 [3]京室：指岐山的周家都城。王都称京，《诗经·大雅》

多见。妇：当家主妇。以上四句是说，文王母亲大任能敬爱婆母大姜，做京室的主妇很成功，为大姒树立榜样。　[4]大姒：文王之妻，武王之母，莘国之女，姒姓。莘在今陕西渭南，有出土器铭为证。嗣：继承。徽音：美好德范。　[5]百斯男：生了一百个男子。所谓"文王百子"，不都是大姒亲生，古人说由于她不嫉妒，容许其他妃嫔接近周王，所以文王子息众多。斯，语助词，加在数词和名词之间，西周中后期文献常见。　[6]惠：顺。宗公：宗庙里的列祖列宗。马瑞辰《通释》："宗、尊双声，宗公即先公也。"　[7]时：所。王引之《经义述闻》谓时、所古时通用。恫（tōng）：痛，难过。　[8]刑：型，即模范、法则。参《大雅·文王》"仪刑文王"注。寡妻：君夫人的谦称。朱熹《诗集传》："犹言寡小君也。"　[9]御：推广，施行。"刑于"以下几句谓先王在家庭生活中，能在德行上为妻子、兄弟做榜样，并将家庭和睦的德行推广于邦家社会。　[10]雍雍：雍容貌。与下文"肃肃"一样，都指两位女祖。宫：宫殿，住室。　[11]肃肃：恭敬貌。庙：庙堂。两句是说女祖生前，不论在宫廷还是在庙堂，都庄严恭敬。　[12]不显：丕显。临：来临，照临。指女祖神灵。　[13]无射（yì）：无厌倦地。于省吾《新证》：射读为"致"，厌倦的意思。保：保佑。　[14]肆：语助词。戎疾：大疾。不：丕，语词无实义，此章"不"字义同。殄：绝。　[15]烈假：罪大恶极。于省吾《新证》：汉石经作"厉罟"。烈、厉古通。罟通"辜"，辜即罪，厉辜即大罪，与"戎疾"为对文。瑕：通"遐"，远离。两句谓：大疾殄绝，大罪远离。　[16]闻：听取好的意见。式：用。　[17]人：纳。　[18]成人：成年人。德：升。《说文》："德，升也。"　[19]小子：未成年的人。造：进步，造就。　[20]致（yì）：倦怠。　[21]誉：以。据于省吾《新证》。髦：勉励，激发。两句是说，先祖不厌倦地激励子弟成为杰出之人。

[点评]

《思齐》,祭祖典礼中赞美女祖的歌唱。《毛序》:"《思齐》,文王所以圣也。"颇为可取。诗篇言三代女祖,表现创业时期的周家,代有贤妻,所以太王生王季,王季生文王,文王"则百斯男"而有武王。不过,诗篇对妇女持家之德的尊崇,才是诗篇的特有价值。西周的祭祖典礼,向男性祖先献祭的同时,还要顺便向女祖致敬。从典礼上说,《思齐》应该与《大雅》之《大明》《绵》及《皇矣》关联密切。三位女祖的妇德,在那几首诗中已或明或暗地表现过,此篇单独颂赞,应为大祭典礼的一个环节:陈述周室的家风,以教育子孙。另外,后世儒家主张的"内圣外王"之说,在此诗的第二章也初见端倪,很值得注意。诗格调雍容舒缓,笔触虽然简,却将周家女祖高贵而不失亲切的特点勾勒得颇为清晰。

皇　矣

皇矣上帝[1],临下有赫。监观四方[2],求民之莫[3]。维此二国[4],其政不获[5]。维彼四国[6],爰究爰度[7]。上帝耆之[8],憎其式廓[9]。乃眷西顾[10],此维与宅[11]。

作之屏之[12],其菑其翳[13];修之平之,其灌其栵[14];启之辟之,其柽其椐[15];攘之剔之[16],其檿其柘[17]。帝迁明德,串夷载路[18]。天立厥

言上天在夏、商之外,另选新的治理天下者。周人因此获得"天命"。

配[19]，受命既固。

帝省其山，柞棫斯拔，松柏斯兑[20]。帝作邦作对[21]，自大伯王季[22]。维此王季，因心则友[23]；则友其兄，则笃其庆[24]，载锡之光[25]。受禄无丧，奄有四方[26]。

维此王季[27]，帝度其心，貊其德音[28]。其德克明[29]，克明克类[30]，克长克君。王此大邦[31]，克顺克比[32]；比于文王，其德靡悔[33]。既受帝祉[34]，施于孙子[35]。

帝谓文王："无然畔援[36]，无然歆羡[37]，诞先登于岸[38]。"密人不恭[39]，敢距大邦，侵阮徂共[40]。王赫斯怒[41]，爰整其旅[42]；以按徂旅[43]，以笃于周祜[44]，以对于天下[45]。

依其在京[46]，侵自阮疆[47]，陟我高冈。无矢我陵[48]，我陵我阿；无饮我泉，我泉我池。度其鲜原[49]，居岐之阳，在渭之将[50]。万邦之方[51]，下民之王。

帝谓文王："予怀明德[52]，不大声以色[53]，不长夏以革[54]。"不识不知，顺帝之则[55]。帝谓文王："询尔仇方[56]，同尔弟兄[57]；以尔钩

将一番热烈的开拓场景与赫赫天命相接，人事分发正可换取天命眷顾。

言太王迁岐，至王季已呈兴旺之势。

言周家先王之德，得自上天，代代相传。

言文王治狱、制止侵略，皆遵照天意。

写救阮之后登山誓众，义正词严。周邦至此已有雄狮一吼、百兽震颤之势！

援[58]，与尔临冲[59]，以伐崇墉[60]。"

临冲闲闲[61]，崇墉言言[62]；执讯连连[63]，攸馘安安[64]。是类是祃[65]，是致是附[66]，四方以无侮。临冲茀茀[67]，崇墉仡仡[68]。是伐是肆[69]，是绝是忽[70]，四方以无拂[71]。

两章写奉上天之命灭崇。言此战之后，再也没有敢欺负违逆周邦的势力。

孙鑛："长篇繁叙。规模闳阔，笔力甚驰骋纵放。然却有精语为之骨，有浓语为之色。"（《评诗经》）

[**注释**]

[1]皇：伟大。　[2]监观：监视、观察。《燹公盨》："降民监德。"[3]莫：定，安定。　[4]二国：指夏、殷。　[5]不获：失去法度。参《小雅·楚茨》注。　[6]四国：四方。　[7]究、度：谋虑、审度。　[8]耆：稽，考察。　[9]憎：厌恶。一说增。式廓：肤廓，虚无。式，结构词。一说廓，领土。　[10]眷：回顾貌。　[11]此维：在这里。与宅：赐予居住地。　[12]作：拔除。屏：摒，拔除。　[13]菑（zì）：死去的树干。翳（yì）：倒卧的枯木。　[14]灌：灌木丛。栵（lì）：被砍伐后复生的枝干。　[15]柽（chēng）：河柳。椐（jū）：又称灵寿木，一种枝节肿大的小树。　[16]攘：拔除。　[17]檿（yǎn）：山桑木。柘（zhè）：桑树。　[18]串夷：即混夷，西戎国名。参《绵》"混夷駾矣"句注。载路：在路。指串夷的败逃。　[19]配：副手，配合者，即上天在人间的代理人。　[20]兑：挺拔通直。柞械等杂木除去，松柏的挺拔就更加显眼了。　[21]邦：指疆界。邦、封古音近义同。作对：指天所立的人间之王。《毛传》："对，配也。"一说对即"封"，对的繁体字与"封"形近易混。封与邦同义。　[22]大伯：太王的长子，王季长兄，又作"泰伯"。　[23]因心：因于本心。朱熹《诗集传》："非勉强也。"则：而。友：亲爱兄弟。维此

以下五句，言王季与泰伯关系亲密，泰伯真心让位，实因王季友爱有德。　[24]笃：增厚。庆：善。　[25]锡：广大，扩展。林义光《诗经通解》："读为'禾易长亩'之易。易，延也。'载锡之光'，言王季之德延及文王，遂受禄而有四方也。"　[26]奄有：广有，大有。　[27]王季：当为"文王"之误。《左传·昭公二十八年》引《诗》作"文王"，三家《诗》均作"文王"。陈奂《传疏》及马瑞辰《通释》亦皆认为当作"文王"。　[28]貊（mò）：勉励。于省吾《新证》谓即"勉"，貊其德音即"勉其德音"。　[29]克：能。　[30]类：善。　[31]王（wàng）此大邦：做大邦之王。　[32]顺：民众顺从。比：民众亲附。　[33]悔：过错。　[34]祉（zhǐ）：福。　[35]施（yì）：延续。孙子：即子孙。言"子孙"却说"孙子"是西周中期铜器铭文的一时风尚，也是本篇制作时间的一个证据。参《文王》篇解说。　[36]无然：不要这样。畔援：跋扈，张狂。　[37]歆羡：贪图羡慕。　[38]诞：语助词。登：成。岸：诉讼。《小雅·小宛》"宜岸宜狱"句可证。《郑笺》："欲广大德美者，当先平狱讼，正曲直也。"三句是说，不要跋扈，不要贪求害民，先平直国内狱讼，不冤枉无辜者。　[39]密：西周邻国名。《毛传》："国有密须氏，侵阮，遂往侵共。"马瑞辰《通释》："《竹书纪年》：'帝辛三十三年，密人侵阮，西伯帅师伐密。'正与《毛传》合。"其地在今甘肃灵台西南五十里处。　[40]阮：小国名，与周为邻，其地在甘肃泾川东南三十里处。共：国名，在泾川附近。　[41]赫斯：赫然，大怒貌。　[42]爰：于是。　[43]按：阻止。按字《孟子》引《诗》作"遏"。徂旅：即密须侵共的军队。徂，往。　[44]笃：巩固。祜（hù）：天赐之福。　[45]对：安。陈奂《传疏》："对为遂，遂又为安。《孟子》云'文王一怒而安天下之民'，即其义也。"　[46]依其：盛壮貌。依、殷，古代音近义通。京：周京，在岐周，当时周人政治中心。　[47]侵：寝，休兵。戴震《毛郑诗考正》："疑侵当作'寝兵'之寝，息兵也。字形相似，又因上文'侵阮'而遂致讹。"　[48]矢：陈兵。　[49]鲜：小山冈。《毛传》："小山别大山曰鲜。""度其"以下三句，或言文王宅程之事。《逸周书·大匡》："惟周王宅程三年。"戴震《毛郑诗考正》、俞樾《茶香室经说》皆有此说。　[50]将：侧。　[51]方：法则，标准。　[52]怀：归，给予。此句《孔子诗论》作"怀尔明德"。怀、归、馈古时音义相通。　[53]声：喜怒之声。以：与。连词。色：喜怒之色。两句是说不要用生硬的政令管制民众。　[54]夏：荆楚之物，可作鞭。革：荆条。与"楚"相类。《礼记·学记》："夏楚二物，收其威也。"此句是说不用强制刑罚胁迫小民。　[55]"不识不知"二句：意谓不要用自己的心计，要遵循上帝的法则。　[56]询：咨询。《国语·鲁语下》："咨亲为询。"仇：匹。仇匹，指地位相当的邦国，亦即邻邦。　[57]同：集合。弟兄：同姓之国。《毛诗正义》本作"兄弟"，不叶韵，今从《后汉书·伏湛传》所引改。　[58]钩援：戈、戟类的兵器。戈的头部由胡、内和援组成，可以钩，可以啄，又称"句兵"（句即勾）；戟则多出可以刺、挑的尖端。戈的出现可追溯到新石器时代晚期，戟的出现略晚，商代后期已出现。此处钩援可能单指戈，也可能指代戈和戟。一说钩援即爬城用的云梯之类器具。　[59]临冲：古代战争攻击城门或城墙的军车。临即临车，又称巢车，是观察瞭望敌阵的车。见《左传·成公十六年》。冲：冲车，冲击敌人城墙的车。　[60]墉：城墙。　[61]闲闲：晃动貌。　[62]言言：高耸貌。　[63]讯：俘虏。参《小雅·出车》"执讯获丑"句注。连连：用绳索把俘虏系连成列。　[64]攸：所。馘（guó）：被杀士卒的左耳称馘，古人以获敌左耳报功。安安：众多貌。　[65]类：军中祭天之礼。因仿照平时祭天之礼而行，故称"类"。祭社神。祃（mà）：古人行军所到要祭祀，称"祃祭"。　[66]致：古时征服一个国家之后，要行奉还土地人民之礼，以示无侵占之意，称为"致"。附：安抚。　[67]莅（fú）莅：强盛貌。　[68]仡仡：屹屹，高大坚固貌。　[69]肆：杀。　[70]忽：灭。　[71]拂：抗拒、违逆。

［点评］

《皇矣》，述赞文王受命于天的颂歌，含有回忆周家创业历史的内容。"文王受命"是诗篇着意突出的中心，为了表现周文王的"受命"，诗人将上帝描写成有行为、言论的人格神，这在《雅》《颂》中是仅有的。读此诗，应与《绵》和《大明》合看，三者是姊妹篇，如鼎三足，相辅相成。而且，不论从其气格、篇章结构，还是一些词语，三篇都应同出一时，甚至同出一人之手，很可能都是为举行以文王为中心的祭祖盛典而作。三首大雅诗篇从不同侧面，简要地展现了周人自太王迁岐至武王灭商这一重大时期的历史。诗篇规模宏大，文繁意密；表天授，言拓荒，述征战，三代先王兴周的重大事件，历数如画。句法上，一如《文王》《绵》，不是《诗经》习见的两句为一个意群，而是三句、四句乃至七句（如第四章）为一个语意单元，显示着西周中期语言上的新变。

灵　台

经始灵台[1]，经之营之[2]。庶民攻之[3]，不日成之。经始勿亟[4]，庶民子来[5]。

王在灵囿[6]，麀鹿攸伏[7]。麀鹿濯濯[8]，白

灵台之建，庶民踊跃出力。

灵台园囿的光景。

鸟翯翯[9]。王在灵沼[10]，於牣鱼跃[11]。

虡业维枞[12]，贲鼓维镛[13]。於论鼓钟[14]，於乐辟雍[15]。

灵台演戏钟鼓音乐。

於论鼓钟，於乐辟雍。鼍鼓逢逢[16]，矇瞍奏公[17]。

写鼓乐演奏者。

[注释]

[1]经始：始建。马瑞辰《通释》："犹言经起，起亦始也。"经、始同义，即开始。灵台：辟雍中的中心建筑。此台积土为四方形高地，其上建堂室，据记载，以茅盖顶，上圆下方，台阶三级，称"灵台"，又称"明堂"。其作用在沟通天地，是国家权力得自上天的象征。《三辅黄图》："周灵台高二丈，周回百二十步。" [2]经、营：筹划、操办建筑各种事宜。 [3]攻：作。 [4]亟（jí）：急。 [5]子：滋，益。俞樾《群经平议》读为"滋"，即增益之义。 [6]灵囿：辟雍组成部分，即环绕辟雍的面积广阔的园林。《毛传》："囿，所以域养禽兽也。" [7]麀（yōu）：母鹿。攸：所。伏：歇息。西周辟雍周围的园林中豢养鹿等动物，可以金文证明，《伯唐父鼎》载："王……乘辟舟……用射豺、貙虎、貉、白鹿、白狼于辟池。"辟池，即辟雍主体建筑灵台周围的水域。 [8]濯濯：毛色鲜亮貌。 [9]白鸟：白鹤。翯（hè）翯：羽毛洁白貌。 [10]灵沼：辟雍四周之环水，又称"辟池"。 [11]於：感叹词。牣（rèn）：满。 [12]虡（jù）：悬挂钟鼓乐器的木架两旁之柱，底端为兽足形状，并刻猛兽图案。业：悬挂乐器的大版，嵌在木架的横木上。枞（cōng）：又叫崇牙，即业版边缘牙状的突出部分。 [13]贲（fén）鼓：大鼓。镛（yōng）：大钟。 [14]论

（lún）：伦次，指协调钟鼓的韵律、次序等。　[15]辟（bì）雍：又作"璧雍"，主要与礼乐活动相关的建筑。中间为高丘，上有建筑，周围水泽环绕。　[16]鼍（tuó）鼓：用鳄鱼皮蒙制的鼓。鼍即鳄鱼，考古发现，龙山文化时古人就用鳄鱼皮蒙制木鼓。逢逢：鼓声。　[17]矇瞍（méng sǒu）：有眸子而盲称矇，无眸子而盲为瞍。奏：进献。公：事，即奏乐之事。古代用盲人为乐师。

［点评］

《灵台》，庆贺辟雍建造完成的篇章。灵台是辟雍的中心建筑，本篇所表，是灵台建成之初，乐工在这里演习钟鼓。辟雍的作用是多方面的：以其为"国子"们学习音乐、射御的场所言，是教育机构；以其为贵族们举行燕射、飨礼的场所言，是公益设施；以其为召集国老"定兵谋"的场所言，是议事机关；以其为接待朝拜诸侯、接受战争献俘场所言，又是大政典礼的场地。辟雍属于整个贵族阶层，是保存文化、接续传统、显示国体的重大建筑。《灵台》是中国最早的表现园囿之美的诗歌。

文王有声

文王有声[1]，遹骏有声[2]。遹求厥宁[3]，遹观厥成[4]。文王烝哉[5]！

赞美文王有伟大的声名。

文王受命[6]，有此武功。既伐于崇[7]，作邑于丰[8]。文王烝哉！

言文王伐崇后建造了丰邑。

筑城伊淢[9]，作丰伊匹[10]。匪棘其欲[11]，言为丰邑建配城，是了追孝文王。

言建造工程的巨大，赞今王的休美。

遹追来孝[12]。王后烝哉[13]！

王公伊濯[14]，维丰之垣[15]。四方攸同，王后维翰[16]。王后烝哉！

丰水东注[17]，维禹之绩[18]。四方攸同，皇王维辟[19]。皇王烝哉[20]！

镐京辟雍[21]，自西自东，自南自北，无思不服[22]。皇王烝哉！

考卜维王[23]，宅是镐京。维龟正之[24]，武王成之[25]。武王烝哉！

言镐京有了辟雍；因有此建筑，王朝会更为四方之国拥护。应篇首"求宁""观成"之义。

最后两章追溯武王定都镐京，功在子孙。

丰水有芑[26]，武王岂不仕[27]？诒厥孙谋[28]，以燕翼子[29]。武王烝哉！

[注释]

[1]有声：有好名声，亦即美德名声。　[2]遹（yù）：同"聿"。发语词。金文数见。声：美好声望。《尚书·禹贡》："声教讫于四海。"与此句"声"义同。　[3]遹求厥宁：求文王神灵的安宁。　[4]观（guàn）成：显耀成就。《国语·周语》"先王耀德不观兵"，"观"字与此义同。成：文王事业的成就。　[5]烝：美好。　[6]受命：接受天命。参《大雅·皇矣》"帝谓文王"等句注。　[7]崇：崇侯，崇国。　[8]丰：地名。文王伐崇之后，从岐阳之地迁都于丰。丰也就是金文常见的"蒡京"，其地在今西安以西沣河西岸不远的地方，二十世纪七八十年代考古工作者在这里发现过西周穆王时期的大型建筑基址的遗存。　[9]淢（xù）：

城沟，此处指代辟雍。近世出土穆王及穆王以后诸器铭文中屡见"淢"字，如《长由盉》有"穆王在下淢应"，又《元年师旋簋》及《蔡簋》有"在淢居"句等。从字形看，淢有环水绕地之意，与辟雍形制相同。　[10]匹：匹配。即新造水绕淢城，以与丰都旧城相匹配。　[11]棘：急，急于。欲：嗜欲、喜好。　[12]追孝：祭奠。追孝为固定用语，金文中昭穆以后常见。来：语助词。两句是说，建造"伊淢"不是为了满足个人欲望，而是祭奠先王。　[13]王后：指建造淢城的在世的周王。后，王。　[14]公：通"工"，工程。濯：浩大。　[15]垣：城墙。两句是说此次工程浩大，有城墙将辟雍与丰围绕起来。　[16]翰：根干。　[17]东注：指丰水东流，言此次工程的重点是引丰水成人工池沼。　[18]绩：业绩。诗人赞美周王引丰水，有大禹治水般的功德。　[19]辟：君。　[20]皇王：犹言伟大之王，指修建工程的周王。　[21]镐京：在丰水东，离丰邑二十多里，始建于武王，是西周时王朝最重要的都城，与雒邑成周相对，称"宗周"。辟雍：建筑名。参《灵台》"於乐辟雍"句注。此句意思是说镐京也由此而有了辟雍。由此句可知前文之"淢"，正是辟雍。　[22]思：语词。　[23]考卜：占卜。　[24]正：确定，贞。即经过占卜而确定。　[25]成：决定。即武王据卜兆而决定建都于镐。　[26]芑（qǐ）：芹菜，水生植物。一说水草。　[27]仕：事。句意：武王岂无所事事？　[28]诒：传，遗留。孙谋：为子孙筹划。此句是说，留给子孙好谋划。一说孙通"逊"，顺。　[29]燕：安。翼：护佑。子：子孙。此句是说武王宅镐，对子孙功德无量。

[点评]

《文王有声》，辟雍建筑竣工，诗人歌以颂之。诗篇说得明白，建筑辟雍是为大祭文王。周人认为是周文王获得了上天的眷顾，周家因而有了天下。诗篇结构上较为特别，先从文王的武功说起，再表"王后"（即当今之王）建造辟雍的目的，继表辟雍的位置，因辟雍的位置又言及武王的定都镐京，以"辟雍"为中心点，顺着表达上的需要，将三代先王的事迹绾结在一起。诗篇因涉及一个关乎西周礼乐的重要建筑，别有其价值。

生　民

厥初生民[1]，时维姜嫄[2]。生民如何？克禋克祀[3]，以弗无子[4]。履帝武敏歆[5]，攸介攸止[6]。载震载夙[7]，载生载育，时维后稷[8]。

诞弥厥月[9]，先生如达[10]。不坼不副[11]，无菑无害[12]，以赫厥灵[13]。上帝不宁[14]，不康禋祀[15]，居然生子[16]。

诞寘之隘巷[17]，牛羊腓字之[18]。诞寘之平林，会伐平林[19]。诞寘之寒冰，鸟覆翼之。鸟乃去矣[20]，后稷呱矣[21]。实覃实讦[22]，厥声载路[23]。

诞实匍匐，克岐克嶷[24]，以就口食[25]。艺之荏菽[26]，荏菽旆旆[27]。禾役穟穟[28]，麻麦幪幪[29]，瓜瓞唪唪[30]。

言姜嫄受孕。十分奇特。

言姜嫄顺利生子。

言始祖屡弃不死。

始祖善稼穑，无师自通。

诞后稷之穑[31]，有相之道[32]。茀厥丰草[33]，种之黄茂[34]。实方实苞[35]，实种实褎[36]，实发实秀[37]，实坚实好[38]，实颖实栗[39]。即有邰家室[40]。

诞降嘉种[41]，维秬维秠[42]，维穈维芑[43]。恒之秬秠[44]，是获是亩[45]；恒之穈芑，是任是负[46]；以归肇祀[47]。

诞我祀如何？或舂或揄[48]，或簸或蹂[49]。释之叟叟[50]，烝之浮浮[51]。载谋载惟[52]，取萧祭脂[53]，取羝以軷[54]。载燔载烈[55]，以兴嗣岁[56]。

卬盛于豆[57]，于豆于登[58]。其香始升，上帝居歆[59]，胡臭亶时[60]。后稷肇祀，庶无罪悔[61]，以迄于今[62]。

言后稷稼穑之道。

周家因始祖善稼穑而有祭祀之典。

表始祖所创祭典。

言郊祀上天始祖，强调祭礼神圣，含必须遵循之诚。牛运震："极神怪事，却以朴拙传之，庄雅典奥，绝大手笔。"（《诗志》）

［注释］

[1]厥初：当初。生民：生下周人的人。　[2]时：是。《雅》《颂》中"是"字多作"时"。姜嫄：周始祖后稷生母，姜姓女，姬姜两姓为世婚。　[3]禋（yīn）：精诚祭祀。　[4]弗：拔除。通"祓"（fú）。以祭祀鬼神消除不育。这句是说姜嫄祭神以求生子。　[5]帝：上帝。武：足迹。敏：大拇趾。古人言后稷为"履大人迹"所生，今于省吾《"履帝武敏歆"解》列举古今中外

人类习俗，证明武敏为足迹。有记载显示，西南兄弟民族直到1949年前还有踩仙人脚印祈求生子的仪式。歆：欣然而动。指姜嫄踩在上帝巨大足迹时的心灵感应，是受孕之征。《史记》《大戴礼》等文献记载后稷之母为五帝之一的帝喾元妃，此处却言履迹而生，应是周族最原初的情况。后来周人投奔五帝大族，元妃之说，指的是后来经历。后世史书不明周人前后经历不同，混而言之。　[6]介：休息，停留。林义光《诗经通解》训为"愒"（kài），即休止之义。　[7]震：妊娠。《左传·昭公元年》："武王邑姜方震。"马瑞辰《通释》："即娠之声近假借。"夙：肃敬。古人重胎教，怀孕时举止要庄重。一说为"孕"字的误写。　[8]后稷：传说中周人始祖，姜嫄之子，据说是他发明农业，在尧舜时期曾任后稷之官，为大洪水后的黎民提供了食粮，从而为周人在后来的兴盛布下根基。　[9]诞：发语词。弥月：足月，即满十个月。　[10]先生：初生。达：被胎盘包裹的羊羔，如言肉蛋。马瑞辰《通释》引陶元淳说："凡婴儿在母腹中皆有皮以裹之，俗所谓胞衣也。生时其衣先破，儿体手足少舒，故生之难。惟羊子之生，胞仍完具，堕地而后母为破之，故其生易。后稷生时盖藏于胞中，形体未露，有如羊子之生者，故言'如达'。"　[11]坼（chè）、副：开裂。是说婴儿生产顺利，产门没有破裂。　[12]菑：同"灾"。　[13]赫：显赫。此句是说，后稷出生的不一般，显示出他的神异。　[14]不：丕。下文"不康"之"不"同。　[15]康：安乐、喜欢。　[16]居然：竟然，有意外之意。这几句是说，上帝歆享姜嫄的祭祀，赐予安宁，竟然如此顺利地生出了后稷。　[17]寘：同"置"，放置，在此即丢弃。　[18]腓（fěi）：遮蔽。字：喂奶。　[19]会：适值。　[20]乃：已。　[21]呱：哭声。　[22]实：是、维。结构助词。覃（tán）、讦（xū）：长，大。即后稷哭声洪亮悠长。　[23]载路：哭声满路。　[24]岐、嶷（nì）：站立。　[25]就口食：寻找食物。　[26]艺：种植。荏（rěn）菽：豆类作物。　[27]旆（pèi）旆：苗壮貌。　[28]役：禾穗。穟（suì）穟：低垂貌。　[29]幪（měng）幪：蓬勃貌。　[30]唪（běng）唪：大瓜小瓜滚圆的样子。　[31]穑：种植。　[32]相：助，帮助作物生长。随后两句即言相道。一说"相"即观察地力及作物长势。　[33]茀（fú）：拔除。　[34]黄茂：指庄稼。　[35]方：初生的苗。苞：苗破土时含苞未放之形。　[36]种：苗出生后短短的样子。褎（yòu）：苗变长的样子。　[37]发：抽茎。秀：吐穗。　[38]坚：籽粒坚实。好：籽粒饱满。　[39]颖：出穗。栗：谷粒坚实。　[40]即：就、前往。有邰（tái）：地名，周族发祥地，旧说在今陕西武功境内。家室：建立家室。　[41]降：上天赐予。　[42]秬（jù）：黑黍。古代常用此米酿酒祭祖，所以金文言赏赐常言"秬鬯一卣"。秠（pī）：一个皮壳包二粒米。　[43]穈（mén）：赤苗的黍，为黍子的一种，性黏。芑：苗杆为白色的谷物。　[44]恒：遍地、满地。字当作"亘"。　[45]亩：以亩计算，犹言成亩成亩的。　[46]任：抱。　[47]肇祀：创立郊祀之礼。肇，始。　[48]揄：将舂好的米舀出来。　[49]蹂：揉，搓揉使糠与粒分离。　[50]释：淘米。叟叟：淘米声。　[51]烝：即"蒸"，用米蒸饭。浮浮：蒸气升腾的样子。　[52]谋、惟：筹谋。　[53]萧：香蒿。祭脂：用香蒿拌上油脂后燃烧，使香气上腾享神。脂，肥肉。　[54]羝（dī）：公羊。軷（bá）：古代祭祀名。軷有二种，一为出行之前祭路神之軷，在路上做一个小土堆，设草木做成的神主，祭祀之后，让车从土堆上压过去，表示一路平安。还有一种是冬天郊祭鬼神时的行神之軷，"行神"即路神，其仪式也是堆积土坛，设神主，只是贡品用羊，与出行之前祭路神用狗不同。本篇之軷当属于后者，是"以兴嗣岁"的礼数。　[55]烈：烧、烤。　[56]嗣岁：来岁。　[57]卬（yǎng）：仰，高举。　[58]豆、登：盛食物之器，木制为豆，瓦制为登。 [59]居歆：上帝安然享用。居，安。 [60]胡：何，多么。臭（xiù）：香味。亶：诚，实在。时：及时。 [61]庶：几乎，大体。罪悔：得罪上天的错误。两句是说，自从后稷"肇祀"后，周人兢兢业业，从来没有获罪上天导致的灾难之事。 [62]迄：至。

[点评]

《生民》，祭祀后稷典礼上述说始祖神奇降生、稼穑及创建周家祀典等业绩的颂歌。诗篇简要叙述了始祖屡弃不死的神奇，又以神采飞扬的笔触，描绘了始祖无师自通地经营农业，并因此而有家邦的故事。始祖在诗篇笔下被高度地神化了。后稷的传说，以农耕文化为背景，而诗篇对农作物生长过程的描述，用词活络，句式既整齐又有变化，气势浩畅。

公 刘

笃公刘[1]，匪居匪康[2]。乃场乃疆[3]，乃积乃仓[4]，乃裹糇粮[5]；于橐于囊[6]，思辑用光[7]。弓矢斯张，干戈戚扬[8]，爰方启行[9]。

笃公刘，于胥斯原[10]。既庶既繁[11]，既顺乃宣[12]，而无永叹[13]。陟则在巘[14]，复降在原。何以舟之？维玉及瑶，鞸琫容刀[15]。

笃公刘！逝彼百泉[16]，瞻彼溥原[17]。乃陟

言公刘不安现状，为迁移豳地做准备。

言公刘率众迁至豳地，受到当地人欢迎。

南冈，乃觏于京[18]。京师之野[19]，于时处处[20]，于时庐旅[21]；于时言言，于时语语[22]。

笃公刘！于京斯依[23]。跄跄济济[24]，俾筵俾几[25]，既登乃依[26]。乃造其曹[27]，执豕于牢[28]，酌之用匏[29]。食之饮之，君之宗之[30]。

笃公刘！既溥既长[31]，既景乃冈[32]。相其阴阳[33]，观其流泉，其军三单[34]。度其隰原[35]，彻田为粮[36]。度其夕阳，豳居允荒[37]。

笃公刘！于豳斯馆[38]。涉渭为乱[39]，取厉取锻[40]。止基乃理[41]，爰众爰有[42]。夹其皇涧[43]，溯其过涧[44]。止旅乃密[45]，芮鞫之即[46]。

言公刘观察地形，族群安居。

言宗庙告成，祭毕饮酒。迁豳后周人始有宗庙，公刘以其率众成功迁移至豳，而更得族群尊重。吴闿生引吴汝纶说："四章所言乃初至时于庐旅饮犒耳，说者以为落成，非也。"（《诗义会通》）

言公刘在豳因地设军，划定公田。

写涧水定居，迁豳大业终于完成，周家由此走向繁庶。

[注释]
[1]笃：厚，笃实。公刘：周先王之一。据《国语·周语》周人自始祖后稷起，世代为农官，称后稷，直到夏朝衰落时，周人先祖不窋失其官守，不得已率领族人"自窜戎狄之间"。之后若干世至公刘，又率领族人迁居于豳，开始恢复祖先农耕生活的传统，所以周人很重视这位祖先。　[2]匪：非。居：安。康：宁。此句是说公刘不安于现状。　[3]场（yì）、疆：划定田地疆界。两字亦见于《小雅·信南山》。　[4]积：露天堆积。　[5]裹：包裹。糇（hóu）粮：干粮。　[6]橐、囊：口袋。小曰橐，大曰囊。　[7]思：语助词。辑：收敛。指聚集粮食。用光：用广，光通"广"。《尧典》"光被四表"，即"广被四表"。这句是说，所以把粮食装在

橐囊里，是因为迁移的用度需要量大。　[8] 干：盾牌。戚：斧子。扬：钺。　[9] 方：开始。周人此次的迁移，据《国语·周语》，周人"自窜"是逃到戎狄之域，所以，此次迁移应该是从"戎狄之间"向中原农耕文化区域移动。干戚云云表明，迁移中曾有征战、夺取之事。　[10] 于：发语词，往往加在动词之前。胥：相，观察。斯原：此原，即豳地原野。　[11] 既庶既繁：指豳地土著居民繁多。　[12] 顺：巡行。宣：宣示。于省吾《新证》："谓公刘既巡行，乃宣示，巡行其原，宣示其众。"　[13] 永叹：长叹，叹息，即不满的情绪。三句是说，公刘率周人来到豳地，发现这里人口众多，于是在这里广泛巡行、全面宣示，终于争取到当地土著人众的顺从，他们对周人没有任何的不满。　[14] 陟：登高。巘（yǎn）：大山旁边的小山。两句是说，公刘巡行的身影时而出现在山地，时而出现在平原。　[15]"何以舟之"以下三句：是说当地人酬劳公刘，赠给他装饰有玉、瑶的容刀。舟：酬谢。俞樾《群经平议》谓即"周"，通"酬"。鞸琫（bǐng běng）：即刀鞘上的贝玉装饰。容刀：佩刀；不开刃，起装饰作用。　[16] 逝：往。百泉：豳地地名，可能因泉眼丰富而得名。　[17] 溥原：豳地地名。《大克鼎》言周王赏赐克："易（赐）女（汝）田于陣原。""陣原"当即此溥原。　[18] 觏：望见，发现，此处有选定的意思。京：高地。古代都城，必依高地，或为山峰丘陵，或为人工堆积，称之为"京"，以为人神交通之用。　[19] 京师：即都城人群聚集之处。人众为师。　[20] 于时：在此。　[21] 庐：筑庐，即建造庐舍。旅：以血亲关系为分区标准驻扎下来。旅本义为众，即以旗帜召集众人，这些众人有血缘关系，且为同一居住地；换言之，即原始公社亦农亦兵的成员。　[22]"于时言言"二句：讨论在豳地定居之事。　[23] 斯依：依高地建都城、宗庙之义。　[24] 跄跄济济：形容步伐整齐、有威仪的样子。　[25] 俾筵：摆筵席。朱熹《诗集传》："俾，使也，使人为之设筵几也。" [26]登、依：登于筵，依于几。 [27]造：告祭。马瑞辰《通释》：造即"祷"之假借字。曹：以豕祭祖。字当作"禧"。 [28]牢：养豕的栏圈。 [29]匏：葫芦作的瓢。 [30]君之宗之：奉公刘为君、为宗主的意思。君，《白虎通》："君，群也，群下之所归心也。" [31]溥：广大。朱熹《诗集传》："言其芟夷垦辟，土地既广而且长也。" [32]景：据日影以确定四方方位。景同"影"。冈：登高冈而望。 [33]相：观察。阴阳：朝阳为阳，背阳为阴。 [34]其军三单：此句解释向来分歧，据《毛传》"单，相袭也"之说，是言周家军队有三队，轮流守卫。《郑笺》则说："大国之制三军，以其余卒为羡。今公刘迁于豳，民始从之，丁夫适满三军之数。单者，无羡卒也。"意思是，大国有三军，公刘时期的周人编入三军正好满额，无多余的人数。羡，零余。 [35]度：度量。 [36]彻：从公社土地中单独划分出一块土地作为奉养君主的公田。据刘家和先生说。 [37]"度其夕阳"二句：公刘又度量了豳地西边在夕阳照耀下的田地，因此豳地变得更加广大。夕阳，指西面的田野。夕阳在此表示方位，《毛传》："山西曰夕阳。"允，实在。荒，广大。 [38]豳：地名，在今陕西长武、旬邑和彬县一带，古泾水两岸。二十世纪后期考古在长武发掘出碾子坡先周遗址、彬县断泾遗址，时间都在周人迁岐之前。在碾子坡遗址发现了碳化高粱，带有饕餮纹的鼎、瓿等青铜器文物。馆：建造馆舍。 [39]渭：渭水。乱：横渡河流。 [40]取厉取锻：取砺和锻来制作斧头之类工具。不过，也可能是指含铁的矿石。厉，砺，石头。据陈奂《传疏》。锻，石头。 [41]止基：址基。指豳地基址建筑。据于省吾《新证》。 [42]有：富有，众多。 [43]皇涧：涧名。 [44]溯：逆流而上。过涧：涧名。以上皇、过二涧，可能是断泾一带的山涧。 [45]止旅：即兹众。止，兹。旅，众。密：密集。指周人人口蕃育。　[46] 芮：河流弯曲的内侧。鞠（jū）：河流弯曲的外侧。即：就。以上二句是说，祖先沿着泾水的弯曲处，夹水而居，人口越来越繁密。

［点评］

《公刘》，述赞远祖公刘率众迁移豳地的篇章。此诗与《大明》《绵》《皇矣》及《生民》诸篇一样，属于回顾周家历史的篇章。随着夏朝衰落，周人曾经流亡，放弃了原有的农耕生活，公刘率众移居豳地，就是重续农耕生活，就是回归文明生活。作为述说荒远历史的篇章，此诗与其他所谓"史诗"一样，叙述是简要的、紧抓关键点的。诗篇在表现迁到豳地之初的各种举措时，将不少笔墨用于表现公刘的建立国家体制，并深为民众爱戴的各种事情上，显示了诗篇在命意上的斟酌；对有关豳地田野山川的相度、划界及治理的描绘，又显示出诗人对农事生活的熟悉与挚爱。"陟则在巘，复降在原"的句子，还颇能勾勒出一位领袖人物的身影；至于每章都以赞叹句"笃公刘"开篇，在《大雅》诸赞述祖先的篇章中，也是自具一格的。

卷　阿

有卷者阿 [1]，飘风自南 [2]。岂弟君子 [3]，来游来歌，以矢其音 [4]。

伴奂尔游矣 [5]，优游尔休矣 [6]。岂弟君子，

牛运震："意象闲远，妙于发端，诗意亦飘然而来。"（《诗志》）

俾尔弥尔性[7]，似先公酋矣[8]。

尔土宇昄章[9]，亦孔之厚矣[10]。岂弟君子，俾尔弥尔性，百神尔主矣[11]。

尔受命长矣[12]，茀禄尔康矣[13]。岂弟君子，俾尔弥尔性，纯嘏尔常矣[14]。

有冯有翼[15]，有孝有德[16]，以引以翼[17]。岂弟君子，四方为则。

颙颙卬卬[18]，如圭如璋，令闻令望[19]。岂弟君子，四方为纲。

凤皇于飞[20]，翙翙其羽[21]，亦集爰止[22]。蔼蔼王多吉士[23]，维君子使[24]，媚于天子[25]。

凤皇于飞，翙翙其羽，亦傅于天[26]。蔼蔼王多吉人[27]，维君子命[28]，媚于庶人[29]。

凤皇鸣矣，于彼高冈。梧桐生矣[30]，于彼朝阳。菶菶萋萋[31]，雍雍喈喈[32]。

君子之车，既庶且多[33]。君子之马，既闲且驰[34]。矢诗不多，维以遂歌[35]。

"菶菶"句紧接梧桐二句，而"雍雍"句远承凤皇二句，钱锺书《管锥编》谓之"丫叉句法"。也是想象中的光景，意象明灿而吉祥。

[注释]

[1] 卷：曲折。阿：山陵，山角。卷阿犹言"山陵环抱"。陈子展《诗经直解》引《岐山县志》："卷阿在县西北二十里，岐山

之麓，今有姜嫄祠、周公庙、润德泉。"　[2]飘风：阵风。　[3]岂弟（kǎi tì）：平易和乐的样子。君子：此处指周王。　[4]以：因而。矢：陈。音：歌声。三句是说，君王来卷阿游览歌唱，所以诗人陈辞歌声。　[5]伴奂：盘桓，闲暇的游览。　[6]优游：悠闲自在。　[7]弥尔性：长命百岁的意思。性，古代与"生"字通。　[8]似：嗣，继承。先公：西周建立之前的先公先王，如古公亶父等。他们称王，是后来追封的。此句明确表示，诗篇与周王岐山祭祀先公有关。酋：谋略。字为"猷"之省。　[9]土宇：即土地、疆界，犹言国家、天下。畈（bǎn）章：版图。朱熹《诗集传》：畈即版，版章即版图。版以登记人丁户口，图以载山川地域。　[10]厚：富厚、广大。　[11]百神：各种神灵。《礼记·祭法》："有天下者祭百神。"主百神，是诗篇中君子为周王的显证。主：主祭。　[12]受命：受上天之命。　[13]茀（fú）禄：福禄。《郑笺》："茀，福。"此语亦见《史墙盘》，福写作"姼"。　[14]纯嘏（gǔ）：大福。纯，大。嘏，福。常：长久。　[15]冯（píng）、翼：精神充沛，仪态盛壮的样子。两字常连用，为复合词。据戴震《毛郑诗考正》。亦作"冯翊"。　[16]孝、德：美德，善德。马瑞辰《通释》引王引之说："《尔雅》：'善父母为孝。推而言之，则为善德之通称。"　[17]引、翼：在前为引，左右为翼。形容前呼后拥的排场。　[18]颙（yóng）颙：魁梧高大。头大为颙，此处用引申义。卬（áng）卬：气宇轩昂貌。　[19]令闻：好名声。令望：美誉。闻、望在此同义。　[20]凤皇：古代传说中的神鸟，雄为凤，雌为凰，字亦作"凤凰"。《国语·周语上》："周之兴也，鸑鷟鸣于岐山。"鸑鷟即凤凰。周人以为是莫大的祥瑞。上世纪在岐山一带发现过周人甲骨，上有"见（现）凤""巳（祀）凤"之语。据西周铜器花纹，西周中期穆王前后，出现了许多长冠大尾的大鸟形象，应该就是凤凰。又据这些花纹（如邢季夐卣）判断，所谓凤凰实即北方不常见的孔雀。或许在周文王前后，因气候变化，孔雀在岐山出现，被周人误作凤凰，且被当作为周家将兴、文王受命的祥瑞。其图从青铜器长尾鸟取象。　[21]翙（huì）翙：翅膀扇动发出的声响。　[22]亦、爰：语助词。集、止：落、栖息。　[23]蔼蔼：平易和气。词法与金文"穆穆王"同例。一说盛多貌，是形容吉士。吉士：美士。下文"吉人"同。　[24]使：驱使。　[25]媚：爱戴、顺从。一说，爱，为君子所爱。　[26]傅：附、至。　[27]吉人：吉利之人。　[28]命：使。　[29]庶人：民众。　[30]梧桐：落叶乔木，凤凰非梧桐不栖，说见《庄子》。　[31]菶（běng）菶：茂盛的样子。　[32]雍雍喈喈：形容凤凰鸣叫和谐，都是状声词。　[33]多：宽阔舒适。多、侈古代多通用。据俞樾《群经平议》。　[34]闲：训练有素。驰：跑得快。　[35]遂：达致心愿。《毛传》这两句是说，我的诗虽然不长不多，却表达的是自己真诚的颂扬之意。

[点评]

《卷阿》，周王游历岐山，臣子献歌颂之。诗篇二、三、四章，赞美周王用了三组句式一样的诗句，以重复的手法强化赞美之情，在技巧上是很别致的。另一可注意点是以"凤皇""梧桐""朝阳"和"高冈"几个意象比拟周王，营造出的是吉祥如意的氛围。有趣的是，西周中期青铜器纹饰曾出现过许多大尾长冠"大凤"的图案，诗篇或与此有关。另外，有学者认为诗从开始至"四方为纲"为一首，从"凤皇于飞"到结束为另一首，全诗实由两诗误合为一（孙作云《诗经的错简》，见《诗经与周代社会研究》）。从诗篇文理看，此说有所见的。不过更有可能诗篇是一次献歌的两节歌唱，因为两者风调一律，内容前后虽略有变化，但相互之间的联系十分密切。

民　劳

民亦劳止[1]，汔可小康[2]。惠此中国[3]，以绥四方[4]。无纵诡随[5]，以谨无良[6]。式遏寇虐[7]，憯不畏明[8]。柔远能迩[9]，以定我王。

民亦劳止，汔可小休。惠此中国，以为民逑[10]。无纵诡随，以谨惛怓[11]。式遏寇虐，无俾民忧。无弃尔劳，以为王休[12]。

民亦劳止，汔可小息。惠此京师，以绥四国。无纵诡随，以谨罔极[13]。式遏寇虐，无俾作慝[14]。敬慎威仪[15]，以近有德。

民亦劳止，汔可小愒[16]。惠此中国，俾民忧泄[17]。无纵诡随，以谨丑厉[18]。式遏寇虐，无俾正败[19]。戎虽小子[20]，而式弘大[21]。

民亦劳止，汔可小安。惠此中国，国无有残[22]。无纵诡随，以谨缱绻[23]。式遏寇虐，无俾正反[24]。王欲玉女[25]，是用大谏[26]。

安顿疲惫的民生，应从王朝中心做起。为此，要防范邪恶暴力，团结远方。"小康"一词，始见于此。以下数章，意思大略相同。

最后两句，点明诗篇教训所指对象。

最后两句，点明作意。

[**注释**]

[1]劳：劳苦，苦痛。止：语气词。　[2]汔（qì）：希求。于省吾《新证》："言民亦罢（疲）劳矣，求可小安也。"小康：稍微安定的生活。　[3]惠：行惠政。中国：指京师，即周王朝京城及周围地区。本诗"中国"与"四方"相对，指京师而言，是否还指洛阳，待考。　[4]绥：安定。　[5]诡随：谲诈欺谩。王引之《经义述闻》谓两字为叠韵，不可分训。　[6]谨：谨防、警惕。无良：坏人坏事。　[7]式：语助词。遏：遏止。寇虐：侵盗暴虐的人和事。　[8]憯（cǎn）不：曾不，一点也不。明：法度。陈奂《传疏》："犹法也。不畏明法，即是寇虐。"据此，两句是说应遏止寇盗行为，寇盗之人一点也不畏明法。　[9]柔远能迩：安抚远近。柔即怀柔、安定。能，读如"宁"，与"柔"同义。四字为西周固定语词，见于金文《番生簋盖》《大克鼎》及《逨盘》等，又见于《尚书·尧典》及《文侯之命》。　[10]逑：法度。俞樾《茶香室经说》："当为訄。《广雅·释训》：'訄，法也。'以为民逑，以为民法也，犹云为民之则也。" [11]惽恢（hūn náo）：扰乱社会秩序的行为。　[12]休：美好。　[13]罔极：没有极限、原则。　[14]慝（tè）：邪恶。　[15]敬慎：谨慎。　[16]愒（qì）：休息，喘息。　[17]泄：去除。此句是说使民众的忧愁去掉。　[18]丑厉：丑恶。　[19]正败：政治败坏。"正"同"政"。　[20]戎：汝。戎、汝一声之转。小子：古代世卿，贵族近亲子弟入仕，应从下级僚属做起称小子，《毛公鼎》记官职，"小子"位列"三有司"之后，师氏、虎臣之前。　[21]式：用，责任，担承。句谓你的责任很宏大。　[22]残：破坏性的人事。　[23]缱绻（qiǎn juǎn）：纠缠，反复不定。　[24]反：颠倒。　[25]玉女：造就你。女即"汝"，指小子。　[26]大谏：郑重的谏言。谏，劝告。

[点评]

《民劳》，告诫新从政者的诗篇。旧说此诗为召穆公所作，或有根据。诗颇为凝重，是通达国体的老臣口吻，陈说的对象，可能是王朝大臣，包括一些新从政的年轻人。诗篇年代也可能较《小雅·节南山》等疾言厉色的篇章要早一些；就是说，很可能为宣王初期的乐章。此时，王朝虽出现了周厉王和国人的暴虐与暴动，但尚未走到尽头，还有振作希望；所以大难后的痛思，还是可以在朝堂上演唱的。诗可称作西周诗歌制作史上的"转型"之作。附丽在各种典礼创制上的歌唱即将成为过去，以挽救政治衰败的情感抒发为主流的歌唱，即将到来。

荡

荡荡上帝[1]，下民之辟[2]。疾威上帝[3]，其命多辟[4]。天生烝民[5]，其命匪谌[6]。靡不有初[7]，鲜克有终[8]。

文王曰咨[9]，咨女殷商！曾是强御[10]，曾是掊克[11]，曾是在位[12]，曾是在服[13]。天降滔德[14]，女兴是力[15]。

文王曰咨，咨女殷商！而秉义类[16]，强御多怼[17]。流言以对[18]，寇攘式内[19]。侯作侯祝[20]，靡届靡究[21]。

文王曰咨，咨女殷商！女炰烋于中国[22]，

言天命多变，很多人都是有始无终。最后两句富于哲理。

言上天有意使人为恶，而殷人不明天意，竟力于恶，愚蠢至极。天道即诡道，是天命观的新变化。自本章始，诗人托言文王。

孙鑛："明是强御在位，掊克在服，乃分作四句，各唤以'曾是'字，以肆其态。"（《评诗经》）

敛怨以为德[23]。不明尔德，时无背无侧[24]。尔德不明，以无陪无卿[25]。

文王曰咨，咨女殷商！天不湎尔以酒[26]，不义从式[27]。既愆尔止[28]，靡明靡晦[29]。式号式呼[30]，俾昼作夜[31]。

文王曰咨，咨女殷商！如蜩如螗[32]，如沸如羹[33]。小大近丧[34]，人尚乎由行[35]。内奰于中国[36]，覃及鬼方[37]。

文王曰咨，咨女殷商！匪上帝不时[38]，殷不用旧[39]。虽无老成人[40]，尚有典刑[41]。曾是莫听，大命以倾[42]。

文王曰咨，咨女殷商！人亦有言：颠沛之揭[43]，枝叶未有害，本实先拨[44]。殷鉴不远[45]，在夏后之世[46]。

殷商罪状之一：强横招怨，流言四起。

牛运震："俾昼作夜，较靡明靡晦，翻进一层，深文奇语。"（《诗志》）

罪状之二：民怨沸腾，内外失政。

罪状之三：蔑弃旧典。

言殷商根本已坏。最后两句言夏代灭亡即是殷商的前车之鉴。

朱熹："殷鉴在夏，盖为文王叹纣之辞。然周鉴之在殷，亦可知矣。"（《诗集传》）

［注释］

[1]荡荡：广大无边貌。　[2]辟：法度，主宰。　[3]疾威：震怒，对失德的王朝不满。　[4]命：降命。辟：邪僻。　[5]烝民：大众。周人天命观以为，芸芸众生实为上天所生。上天不能亲自管理，所以要根据德的标准选择人间代理人，夏商都是曾被选中的代理者，但他们也都因失德而被替代。　[6]匪谌（chén）：不要耽溺于既有的天命。谌，信，即耽溺地信。《尚

书·大诰》作"棐忱",《大雅·大明》"天难忱斯"亦此义,是西周"天命靡常"观念的另一种表达。　[7]靡:无。　[8]鲜:少。克:能。　[9]咨:嗟叹之词。　[10]曾:曾经。是:如此。强御:强横多力,为西周成语。　[11]掊(póu)克:聚敛搜刮。掊即裒,克即剋。一说矜夸自负。　[12]在位:在高位。指强御者。　[13]在服:行王政。指掊克者。　[14]滔德:即傲慢之性。滔即"慆",傲慢。　[15]女兴是力:尽力作恶的意思。兴,皆,全都。女即汝。这两句是说上天因厌恶殷商,开始有意让他们生出许多罪恶想法,他们不知这是上天有意以此加速其灭亡,反全力去照着坏想法去做各种坏事。　[16]而:尔。义类:邪恶不正。俞樾《群经平议》:"义"通"俄",邪;"类"通"戾",邪曲。　[17]怼(duì):怨怒。两句是说,殷商一味强横对人,招致很多怨恨。　[18]流言:讹言、谣言。对:得逞。《毛传》:"遂也。"[19]寇攘:寇盗。《尚书·康诰》:"寇攘奸宄。"式:而。内:纳,容纳姑息。内、纳两字古通用。　[20]侯作侯祝:诅咒现象流行。侯,维,结构词。作,作祝,对人诅咒。　[21]届、究:终结。　[22]枭(páo)然:咆哮。　[23]敛:聚集。德:得,"以某某为能事"的意思。　[24]时:是,因而。无背无侧:不分好歹的意思。　[25]陪:陪臣、辅臣。卿:辅佐。本义是相对而食,引申为辅佐、相助。　[26]湎(miǎn):沉溺。　[27]式:邪恶。林义光《诗经通解》:"读为忒。"两句是说,不是上天让殷商沉溺于酒,是他们自己选择了酗酒的邪恶。　[28]愆:过错。止:举止,行为。指酗酒而言。　[29]明、晦:白天、黑夜。　[30]式:既,又。结构助词。　[31]俾昼作夜:把白天当黑夜。古人饮酒常在晚上,《小雅·湛露》:"厌厌夜饮,不醉无归。"[32]蜩:蝉。螗(táng):大而色黑的蝉。以蝉鸣喻民怨恨之声激烈。　[33]如沸如羹:以沸羹喻民情激愤。　[34]小大:指社会各阶层的人。

近丧：迫近丧亡。　[35] 尚：神情恍惚。林义光《诗经通解》：“读为傥。……傥乃怊怅自失之意。”尚乎即傥傥然。由行：在途。由，在。行，大道。　[36] 奰（bì）：怒。　[37] 覃及：蔓延到。鬼方：远方，即荒远之地的人群。鬼方本指远方戎狄，后变成固定语，即指代远方。周厉王对远方凶恶，见诸铜器铭文《禹鼎》所载征鄂侯令，其中有“勿遗寿幼”之语，可见其残暴。　[38] 匪：非。时：善。马瑞辰《通释》：“犹云非上帝不善耳。”[39] 旧：旧规章。　[40] 老成人：年高有德经验丰富的人。　[41] 典刑：典章制度。“刑”即“型”。　[42] 大命：王朝之命。以倾：因而倾覆。　[43] 颠沛：跌倒、僵仆。揭：根部翘起貌。　[44] 本：树木的根干。拨：败。马瑞辰《通释》：“拨、败同声，拨即败之假借。”三句是说树木的颠覆，不是从枝叶开始，而是由于树根的败坏。　[45] 殷鉴：殷商灭亡的教训。鉴，一种形似铜鼎的圆形容器，可以容水，古代以此照面，称鉴。后引申为教训。　[46] 夏后：夏王朝。《尚书·召诰》：“我不可不监于有夏，亦不可不监于有殷”，当为此两句所本。

[点评]

《荡》，托言文王指责周厉王的诗。《毛序》：“召穆公伤周室大坏也。厉王无道，天下荡荡，无纲纪文章，故作是诗也。”今文三家无异义。诗采取了“谲谏”的方式，即托言文王叹商来抨击厉王时政。在《诗经》抒发政治情绪的哀怨诗篇中，一般都是剀切直陈，此篇则很特别。谲谏，是越往后越流行的臣下对君主的言说方式，这首雄肆之诗，是此类言说的嚆矢。

抑

抑抑威仪[1]，维德之隅[2]。人亦有言，靡哲不愚[3]。庶人之愚，亦职维疾[4]。哲人之愚，亦维斯戾[5]。

无竞维人，四方其训之[6]。有觉德行[7]，四国顺之。讦谟定命[8]，远犹辰告[9]。敬慎威仪，维民之则。

其在于今，兴迷乱于政[10]。颠覆厥德，荒湛于酒[11]。女虽湛乐从[12]，弗念厥绍[13]。罔敷求先王[14]，克共明刑[15]。

肆皇天弗尚[16]，如彼泉流，无沦胥以亡[17]。夙兴夜寐，洒扫庭内[18]，维民之章[19]。修尔车马，弓矢戎兵[20]；用戒戎作[21]，用逿蛮方[22]。

质尔人民[23]，谨尔侯度[24]，用戒不虞[25]。慎尔出话，敬尔威仪，无不柔嘉[26]。白圭之玷[27]，尚可磨也；斯言之玷，不可为也[28]。

无易由言[29]，无曰苟矣[30]。莫扪朕舌[31]，言不可逝矣[32]！无言不雠[33]，无德不报[34]。惠于朋友[35]，庶民小子。子孙绳绳[36]，万民靡不承[37]。

先明威仪，继言哲、庶之愚不同；庶人之愚只是病，哲人的愚则不只是病，而是自讨苦吃之罪。暗示自己以下所说，有被视为罪过的危险。愤世之意，出之于自嘲之言。

牛运震："'隅'字森秀，是学问人深至语。靡哲不愚，警透。"(《诗志》)

言为政者应当正德定谋，为民立则。有大见识，是正面教训。

牛运震曰："'敬慎'二字，尤为一篇眼目。"(《诗志》)

王夫之："谢太傅（谢安）于《毛诗》取'讦谟定命，远犹辰告'，以此八字如一串珠，将大臣经营国事之心曲，写出次第，故与'昔我往矣，杨柳依依；今我来思，雨雪霏霏'同一达情之妙。"(《姜斋诗话》卷下)

视尔友君子[38]，辑柔尔颜[39]，不遐有愆[40]。相在尔室，尚不愧于屋漏[41]。无曰不显[42]，莫予云觏[43]。神之格思[44]，不可度思[45]，矧可射思[46]？

辟尔为德[47]，俾臧俾嘉[48]。淑慎尔止[49]，不愆于仪。不僭不贼[50]，鲜不为则。投我以桃，报之以李。彼童而角[51]，实虹小子[52]！

荏染柔木[53]，言缗之丝[54]。温温恭人，维德之基[55]。其维哲人，告之话言[56]，顺德之行；其维愚人，覆谓我僭[57]。民各有心[58]。

於乎小子[59]，未知臧否[60]！匪手携之[61]，言示之事[62]；匪面命之[63]，言提其耳[64]。借曰未知[65]，亦既抱子[66]。民之靡盈[67]，谁夙知而莫成[68]？

昊天孔昭，我生靡乐。视尔梦梦[69]，我心惨惨[70]。诲尔谆谆[71]，听我藐藐[72]。匪用为教，覆用为虐。借曰未知，亦聿既耄[73]！

於乎小子！告尔旧止[74]。听用我谋，庶无大悔。天方艰难，曰丧厥国。取譬不远[75]，昊天不忒[76]。回遹其德[77]，俾民大棘[78]！

谓不要轻易出言。

衰乱之起是因一味贪图享乐，忘记先王法则。

言拯救之方，应从自身小事做起。

言取信人民，提高警惕。自"慎尔"以下至下一章，强调言语之慎。《论语·先进》："南容三复白圭，孔子以其兄之子妻之。"两章之告诫，事无巨细，谆谆切切。

言独处也应自律。是后来儒家"慎独"的先声。

强调敬慎威仪，不信谎言。

愚显不同，对善言的态度自有分别。

对"小子"有失望之意。态度趋于激烈。

失望之情转强。

重新强调德行可以避免大害。牛运震:"平实古雅而悚挚佄切,深得箴诵之旨。"(《诗志》)

[注释]

[1]抑抑:慎密貌。　[2]隅:角,棱角。一说,偶,匹配。即威仪是德的外在表现形式。据于省吾《新证》。　[3]哲:智。这句引用俗语,意为明智的人在一般人眼里总是显得愚蠢。一说没有自视为哲的人不是愚蠢的。一说即《论语》"邦无道则愚",亦即装糊涂的意思。　[4]职:只,只是。疾:毛病,问题不大的意思。　[5]戾:罪。句谓哲人犯愚病而有话直说,在如此世道就等于陷自己于犯罪之地。一说戾为乖戾,即违背世俗之情的意思。　[6]"无竞维人"二句:性格强劲的人,一定为四方民众所顺从。无竞,强。无,发语词。《周颂·执竞》"无竞维烈"句式与此同。训,通"顺"。　[7]觉:直,正直。　[8]訏谟(mó):大的谋划、计划。　[9]远犹:远大的谋略。犹通"猷",谋略。辰:及时。告:宣告。　[10]兴:皆,都。据俞樾《群经平议》。　[11]湛(dān):沉溺。　[12]虽:唯,只是。马瑞辰《通释》:"字正当读唯,犹《无逸》云'惟耽乐之从'也。"　[13]绍:续,以后的事。　[14]罔:不。敷求:广求。敷通"溥",广泛。《尚书·康诰》:"往敷求于殷先哲王,用保乂(治)民。"　[15]克:尽力。共同"供",供奉、奉行。刑:典章,法则。字即"型",型为刑的后起字。　[16]肆:发语词。弗尚:不常,不再保佑。　[17]沦胥:相随着。亦见《小雅·雨无正》。　[18]洒扫:洒水扫地。庭内:庭堂。　[19]章:表率。　[20]戎兵:各种武器。此句全是宾语,动词即上句"修"。　[21]用戒:用以警戒。戎作:战事暴发。一说"戎"为"戒"字之讹。　[22]遏(tì):远,驱除敌人使之远离。蛮方:边地异族。　[23]质:诚信,取信于民。质本义为取信的信物,在此为活用。人民:三家《诗》作"民人"。　[24]谨:慎重。侯度:观察、审视。林义光《诗经通解》训侯为候。候:伺察;度:审度,与候同义。　[25]不虞:突发的

意外。虞，意料。　　[26]柔嘉：善，美。原义为肉肥美，引申为善美。　　[27]玷：玉的污点。　　[28]为：在此也是磨的意思。马瑞辰："变文以与磨为韵耳。"[29]易：轻率。由：于。　　[30]苟：苟且，随便。一说字当为"苟"，音棘，《说文》："自急敕。"即情急之下乱说话的意思。　　[31]扪（mén）：按住。朕：我的。朕为古代第一人称形式，至秦始皇为帝后始为皇帝自称的专用词。　　[32]逝：逮，及。据俞樾《群经平议》。两句是说，舌头要自己管，没谁可按住你的舌头，错误言语一出，就后悔莫及了。　　[33]雠（chóu）：答对。意思是好话歹话，一出口就会带来相应的影响。　　[34]报：回报。　　[35]朋友：泛指兄弟同僚，与"庶民"为对文。　　[36]绳（mǐn）绳：连续不断貌。　　[37]承：顺从。　　[38]视：看。下文"相"字同义。友君子：与上文"朋友"同义。　　[39]辑：和。《论语·泰伯》记曾子语曰："君子所贵乎道者三：动容貌，斯远暴慢矣；正颜色，斯近信矣；出辞气，斯远鄙倍矣。"与此句意思大同。　　[40]不遐：不至。遐，即假，至也。愆：过错。句谓不至于有什么过错。　　[41]尚：庶几，表希冀之义。屋漏：房屋西北角幽暗之处，为藏神主之处。两句是说，朋友在一起，可以和颜悦色，自己一个人独处时，也不要做对不起神灵的事，亦即暗室无欺之意。　　[42]不显：不显露。　　[43]覯：看见。　　[44]格：到。字也作"各"，西周常用语。　　[45]度：预测。　　[46]矧：怎么。射：松懈，懈怠。　　[47]辟：譬如。发语词。一说明。　　[48]臧：好。　　[49]止：举止，做派。　　[50]僭：差。贼：为害他人。　　[51]童：羊无角为童。此句是说羊无角而被说成有角，是诳惑谣言。　　[52]虹：通"讧"，惑乱。小子：没经验的年轻人。小子《诗经》屡见，有时指下层，如本诗"庶民小子"，"小子"即小人；有时指贵族年少者，如《大雅·板》"老夫灌灌，小子蹻蹻"；有时为王自称，如《周颂》之"闵予小子"。此处则泛指年轻人。　［53］荏染：柔软。亦见《小雅·巧言》。　［54］言：语助词。缗（mín）：为弓装上弦，本义为丝绳，此处用作动词。两句是说，只有柔韧的木头才可著丝制成弓。是比兴之言，引起下两句。　［55］基：基准。　［56］话言：善言。　［57］覆：反而。僭（jiàn）：错乱、虚妄。　［58］民：人。此句朱熹《诗集传》谓："言人心不同，愚智相越之远也。"　［59］於乎：呜呼。小子：指周王。《尚书·洛诰》载周公曰："孺子来相宅。""孺子"指成王。既然长辈老臣可称周王为孺子，此诗称周王为"小子"，应为同例。　［60］臧否：善恶，好歹。　［61］匪：非但。　［62］示：指示、开导。事：做事。　［63］面命：当面教诲。　［64］提：揪，扯。一说提即"抵"，附耳的意思。两说都通。四句是说非但亲手引领，而且每件事都亲自示范如何做；不但当面教诲，而且是对着耳朵告知。突出教诲周王的煞费苦心。　［65］借曰：即便是。未知：不懂事。　［66］抱子：年龄到了生儿育女的时候，犹今俗语所谓老大不小了。　［67］盈：通"缢"，意为缓。靡盈即不缓，即着急。据林义光《诗经通解》说。　［68］莫：暮。两句是说，人就是急于做什么，也没有一天之内就成的。言外之意提醒周王早点努力。　［69］梦梦：懵懂貌。　［70］惨惨：忧愁苦恼，字或作懆懆。　［71］谆谆：恳切详细。　［72］藐藐：听不进去的样子。　［73］聿：同"曰"，语助词。耄（mào）：老。两句说即便我什么也不懂，也是上年岁老人了。指责不该用"梦梦""藐藐"态度相对待。　［74］旧：久。《尚书·无逸》："旧劳于外。""旧"即"久"。此句是话说了许久的意思。止：语尾词。　［75］取譬：从其他人或事中汲取教训。此句当指的是西周崩溃而言，诗只是点到为止。　［76］忒：差错。　［77］回遹（yù）：邪僻不正。在此作动词。　［78］大棘：凶险、困厄。棘，通"急"。

[**点评**]

《抑》，训诫周王的陈词。诗与《板》《荡》及《节南山》一样，都是衰世之作，风调却是新的训诫体式。诗篇从内在之德，到外在威仪，从"讦谟"大政到酗酒、武备、洒扫等具体事项乃至听言出话，可谓事无巨细，全面周致，如师如保，耳提面命，苦口婆心，风格尤其沉稳平和。其中颇值得注意的是第六、七章关于慎言、慎独的言说，实为后世儒家谨言慎行之学的典据。以理入诗，必定也是"以议论为诗"的，这在第一章尤明显，其他各章也多有这样的语句。还有，训诫的篇章，难免引用当时的谚语，如"投桃报李"两句即是。

崧 高

崧高维岳[1]，骏极于天[2]。维岳降神，生甫及申[3]。维申及甫，维周之翰[4]。四国于蕃[5]，四方于宣[6]。

言申、吕姜姓之邦，是王朝的栋梁。

亹亹申伯[7]，王缵之事[8]。于邑于谢[9]，南国是式[10]。王命召伯[11]，定申伯之宅。登是南邦[12]，世执其功[13]。

紧接前章，言申伯大任。

王命申伯，式是南邦[14]。因是谢人[15]，以作尔庸[16]。王命召伯，彻申伯土田[17]。王命傅御[18]，迁其私人[19]。

申伯受封南土，召伯为之划定田野。

申伯之功，召伯是营。有俶其城[20]，寝庙既成。既成藐藐[21]，王锡申伯：四牡蹻蹻[22]，钩膺濯濯[23]。

言申国之建。

王遣申伯，路车乘马[24]。我图尔居[25]，莫如南土。锡尔介圭[26]，以作尔宝。往近王舅[27]，南土是保[28]。

表王对申伯的赏赐与告诫。

申伯信迈[29]，王饯于郿[30]。申伯还南，谢于诚归[31]。王命召伯：彻申伯土疆，以峙其粮[32]，式遄其行[33]。

写周王在郿为申伯饯行。诗是为送行赠别而作，至此回归本题。

申伯番番[34]，既入于谢，徒御啴啴[35]。周邦咸喜[36]：戎有良翰[37]！不显申伯[38]，王之元舅[39]，文武是宪。

言申伯就封，是周邦的喜事。

申伯之德，柔惠且直。揉此万邦[40]，闻于四国[41]。吉甫作诵[42]，其诗孔硕[43]，其风肆好[44]，以赠申伯。

赞美申伯，并言诗篇作者。

［注释］

[1] 崧（sōng）：崇。字亦作“嵩”，崧高即崇高。岳：四岳也。四岳之说，见《尚书·尧典》，指岱宗、南岳、西岳、北岳。四岳也是官职之称，据《尧典》为姜姓世袭。　[2] 骏：伟岸高耸。极：至。　[3] 甫、申：姜姓诸侯国。据说尧时姜姓掌四岳之神的祭祀，称为“四岳”。《国语·周语》：“齐、许、申、吕，由大姜。”大姜为武王之妻，可知申国始封在周初。诗篇中的申，是宣王时

期从周初所建申国分出来迁往谢地建立的新邦，所以有器物铭文称之为"南申"，旧有之申，有文献称之为"西申"。　[4]翰：屏障。　[5]于：是，结构助词。蕃：同"藩"，樊篱、屏障。　[6]宣：墙垣。马瑞辰《通释》："与蕃对言，宣当为垣之假借。《说文》：'垣，墙也。'亘古读同宣，故垣或假作宣。"两句言申甫为周王朝支柱和屏障。　[7]亹亹：勤勉貌。参《大雅·文王》"亹亹文王"句注。申伯：周宣王的舅父，姜姓诸侯，受宣王之命迁邦于谢，镇守王朝南大门。用封建诸侯的方式守卫边疆是西周惯例，周初大封建之后，穆王、宣王，见于金文，都有封建之事。　[8]缵（zuǎn）：任命之而使继续其先人之事。　[9]于：为。马瑞辰《通释》："上于字当读作为之为。为邑于谢，犹云作邑于谢。"谢：地名。其地在今南阳盆地河南唐河境内。当时为南北交通之要冲，入东周后不久即被楚吞并。　[10]式：法式。　[11]召伯：召穆公，名虎，召康公之后，为周厉王、宣王时期重臣。　[12]登：成，建造。一说定。　[13]执其功：执掌政事。两句是说，建造一个新南邦，令其世代镇守南疆。　[14]式：法则，在此有统治的意思。　[15]因：依靠。谢人：谢地原有居民。周代分邦建国，最基层的民众就是这些原有居民，称为"野人"。　[16]庸：佣，仆从。朱熹《诗集传》："言因谢邑之人而为国也。"　[17]彻：治，丈量划分土田疆界，以便征税。　[18]傅御：周王身边大臣。陈奂《传疏》："'傅御'，犹'保介'也。"　[19]私人：申伯的家族徒属。　[20]有俶（chù）：俶然，形容城墙壮观。　[21]翼翼：壮观貌。　[22]蹻（jué）蹻：马匹高大健壮貌。　[23]钩膺：马胸前束带。濯濯：明闪闪的样子。　[24]路车：诸侯所乘之车，又作"辂车"。乘马：四马为一乘。　[25]图：图谋、考虑。　[26]介圭：大圭，长一尺有余。周制，诸侯新立之君继位之际，当向周王交还先君所受介圭，并由周王再行颁赐，以示周王对新君的承认。　[27]近（jì）：语尾词，字当作"远"，形近而误。马瑞辰《通释》："诗言'往远'犹《虞书》言'往哉'。"　[28]保：守卫。　[29]信：果真、真的。迈：行进。　[30]饯：送行饮酒，即后世所谓饯别。郿（méi）：地名。其地在岐山之南，渭水以北。　[31]谢于诚归：诚归于谢的倒装。诚，坚定不移。　[32]峙：通"庤"，储蓄。粻（zhāng）：粮食。　[33]式：以。遄（chuán）：速，加快。　[34]番（bō）番：勇武貌。　[35]徒御：保护车架的武士。《毛传》："诸侯有大功，则赐虎贲徒御。"啴（tān）啴：因急行而喘息貌。　[36]周：遍，所有的。一说即周朝之周。　[37]戎：汝，你。　[38]不显：丕显。参《大雅·文王》"有周不显"句注。　[39]元舅：大舅，长舅。　[40]揉：安抚。　[41]四国：四方。　[42]吉甫：尹吉甫，周宣王大臣。参《小雅·六月》"文武吉甫"句注。作诵：作歌。周代诗篇由乐工演奏歌唱，故称"诵"。　[43]硕：歌词所表达的意蕴深远宏大。　[44]风：韵律格调。肆好：极好。马瑞辰《通释》："肆好即极好，犹言孔硕，古人自有复语耳。"

[点评]

《崧高》，申伯受封谢地，就封时行饯别之礼，尹吉甫作歌以赠之。宣王朝是一个"四夷交侵"的时代，在南方面对的是楚国崛起与北进，蚕食当地的封国，诗篇显示的申伯受封于谢，就是王朝以"封建"方式抵御边患的作为。这也是所谓"宣王中兴"表现之一。另外，诗最后一章点出了诗篇的作者，这也是西周后期诗篇的新现象。不过，"吉甫作诵"的句子，不是作者自己的署名，而是音乐演奏的"乱辞"现象，换言之，是乐工演唱诗篇时特意地交代。从这样的"乱辞"，可见诗歌在西周的新变：诗篇的创制开始归功于个人，诗人正式出现。

烝 民

天生烝民[1]，有物有则[2]。民之秉彝[3]，好是懿德[4]。天监有周[5]，昭假于下[6]。保兹天子[7]，生仲山甫[8]。

仲山甫之德，柔嘉维则[9]。令仪令色[10]，小心翼翼。古训是式[11]，威仪是力[12]。天子是若[13]，明命使赋[14]。

王命仲山甫：式是百辟[15]，缵戎祖考[16]，王躬是保[17]。出纳王命[18]，王之喉舌。赋政于外[19]，四方爰发[20]。

肃肃王命[21]，仲山甫将之[22]。邦国若否[23]，仲山甫明之。既明且哲[24]，以保其身[25]。夙夜匪解[26]，以事一人[27]。

人亦有言：柔则茹之[28]，刚则吐之[29]。维仲山甫，柔亦不茹，刚亦不吐。不侮矜寡[30]，不畏强御[31]。

人亦有言，德輶如毛[32]，民鲜克举之。我仪图之[33]，维仲山甫举之，爱莫助之[34]。衮职

言上天为保佑天子，生下仲山甫。"民之秉彝"，为下文歌颂仲山甫做铺垫。后儒家言"天命之谓性"以及"性善"论等人性观，可追溯至此。牛运震："开端四语，性命精微之奥，一篇诗旨函盖于此。"（《诗志》）

以下两章，表彰仲山甫之德及其重任。

具体言仲山甫之德刚柔相济。

强调仲山甫德
与业。

有阙，维仲山甫补之[35]。

仲山甫出祖[36]，四牡业业[37]。征夫捷捷[38]，

言送别。表明
诗篇创作的缘起。

每怀靡及[39]。四牡彭彭，八鸾锵锵。王命仲山甫，

城彼东方[40]。

四牡骙骙[41]，八鸾喈喈[42]。仲山甫徂齐[43]，

式遄其归[44]。吉甫作诵[45]，穆如清风[46]。仲山

点明诗篇作
者。

甫永怀[47]，以慰其心。

[注释]

[1]烝：众。　[2]物：有类别的万物。其本义为按毛色分别马匹，马瑞辰《通释》："凡以类相从者皆谓之物。"则：法则，规则。两句是说上天生万物，有类别，也按类赋予相应的法则。　[3]秉彝：保持常性。秉，顺从、保持。彝，恒常之性。　[4]懿：美。句谓烝民天生禀性就有喜好美德的倾向。　[5]监：看，观察。西周天命观认为，上天始终在观察着地上政权对民众的好坏。　[6]昭假（gé）：神的灵光照临。西周时固定语，《诗经》数见，有时表达人向神表达敬意，有时表达神对人的照顾，总之不离人神之间交通之义，字又作"昭格""昭各"。格、各：至、到。　[7]兹：此。　[8]仲山甫：周宣王的大臣，又称樊穆仲、樊仲，封地应在今河南济源辖区内。《国语·周语上》记载在他曾经数次谏正周宣王。　[9]柔嘉：柔和善美。则：符合法则。　[10]令：善。色：对人的和颜悦色。《论语·泰伯》："君子所贵乎道者三：动容貌，斯远暴慢矣；正颜色，斯近信矣；出辞气，斯远鄙倍矣。"正此处"色"之所指范围。　[11]古训：先人的遗教。古，故。式：依，效。　[12]力：勤。　[13]若：顺。　[14]明命：成命。马瑞辰

《通释》："《尔雅·释诂》：'明，成也。'明命犹言成命，谓成其教命使布之也。"赋：推行，落实。　[15]式：法式。在此为动词，统率。百辟：各诸侯国君。此句是说为诸侯的法式。　[16]缵：继续，承继。戎：汝，你。　[17]躬：身体。在此指王的生活起居。保：监护、教养。保在西周是负责教养王的高官，如召公为太保，此处透露出仲山甫太保的身份。　[18]出纳：发出和收进。出，宣布王命。纳，接受各方诸侯呈报。　[19]赋：布。外：朝廷之外。　[20]发：行，施行。马瑞辰《通释》："承上'赋政于外'言之。'四方爰发'，犹云'四方之政行焉'。"　[21]肃肃：庄严，严肃。　[22]将：执行。　[23]若否：好坏，顺不顺。若，顺，顺否犹臧否。　[24]哲：智。　[25]保身：保护自身。朱熹《诗集传》："盖顺理以守身，非趋利避害而偷以全躯之谓也。"　[26]夙夜：早晚。匪解：不懈，不懈怠。　[27]一人：指周天子。周王自称予（或余）一人。　[28]茹：吞吃。　[29]刚：坚硬的。　[30]矜：鳏。两字古通用，矜寡即鳏寡，无依无靠的人。[31]强御：强横。[32]辀（yóu）：轻。辀本是一种轻便快速之车，此处用引申义。　[33]仪图：揣度。　[34]爱：敬爱。此句是说，仲山甫德高，自己只有敬佩的份，而不能帮他。　[35]衮（gǔn）：衮衣，指代天子。衮为绣有卷龙图案的黑色法服。职：适，乍。阙：过失。这句是说，如果周天子碰巧有什么过错，仲山甫会加以弥补。　[36]出祖：祭道路之神的仪式。古代出征先祭路神，封土为山象，用刍棘为神位，祭之而后以车压之，以示路无险阻。　[37]四牡：驾车的四匹公马。业业：奕奕，雄壮貌。　[38]捷捷：迅疾貌。　[39]每怀：私怀，个人感情。靡及：顾不上。句亦见《小雅·皇皇者华》"每怀靡及"句注。　[40]城：筑城。东方：指齐国。《毛传》："古者诸侯之居逼隘，则王者迁其邑而定其居……盖去薄姑而迁于临淄也。"据此，仲山甫出使是为齐国迁都之事。　[41]骙骙：强壮貌。 [42]鸾（luán）：发声如鸾鸟的青铜铃，形制为两部分构成，上部为一个扁圆铜罩，镂空处呈光芒四射形，内装铜丸，下部是透空的扁方座，套在车轭之上的衡木上，加横销固定。 [43]徂齐：前往齐国。徂，往。 [44]式：结构助词。遄：快，速。归：回来。此句是祝愿仲山甫早点回朝。 [45]吉甫：尹吉甫，周宣王时期大臣，其人其事见诸《诗》有《小雅·六月》的率军北伐；见诸金文有《兮甲盘》记其从王征猃狁，又出使淮夷。是一代重臣，又是最早有主名的诗人，此篇而外，《崧高》篇亦言"吉甫作诵"。 [46]穆：和。 [47]永怀：深长的思念。

[**点评**]

《烝民》，尹吉甫所作祖道赠别之歌。此诗在创作上有许多特别之处。其一，创作起因。礼仪有近俗者，有近圣者，祖道之礼当属前者。近俗之礼而有如此大篇，表明诗的创作，已经开始向更平凡之事迁移了。其二，诗篇虽是祖道仪式的歌唱，所传达的情感，与其说是仪式之歌，不如说是临别赠言。这表明，仪式已经成为诗篇的背景，是人们感觉应该有歌唱、需要有诗篇的一个"场合"。其三，诗篇内容上颇显价值的是对仲山甫之德的歌唱。大、小《雅》诗多为对祖先、大事及隆重典仪的颂赞，此诗以浓郁笔墨，从德行、精神气质等诸方面赞美咏叹同时代的人，将爱戴、仰慕之情献给生活在同时代的人，显示出人向人学习的意识，是空前的。其四，《崧高》篇有对"吉甫作诵"的夸赞，此诗更是赞美吉甫的篇章"穆如清风"，前人以为"古人作诗自知自赏如此"（钟惺《评点诗经》），其实是乐工演奏时加上的，亦即出于演奏需要的"乱辞"。

常　武

赫赫明明[1]！王命卿士[2]，南仲大祖[3]；大师皇父[4]，整我六师[5]，以修我戎。既敬既戒[6]，惠此南国[7]。

王谓尹氏[8]：命程伯休父[9]，左右陈行[10]。戒我师旅，率彼淮浦[11]，省此徐土[12]。不留不处[13]，三事就绪[14]。

赫赫业业[15]，有严天子[16]。王舒保作，匪绍匪游[17]。徐方绎骚，震惊徐方[18]。如雷如霆，徐方震惊。

王奋厥武[19]，如震如怒[20]。进厥虎臣[21]，阚如虓虎[22]。铺敦淮濆[23]，仍执丑虏[24]。截彼淮浦[25]，王师之所[26]。

王旅啴啴[27]，如飞如翰[28]；如江如汉，如山之苞[29]，如川之流；绵绵翼翼[30]，不测不克[31]，濯征徐国[32]。

王犹允塞[33]，徐方既来[34]。徐方既同[35]，天子之功。四方既平，徐方来庭[36]。徐方不

言王向诸位大臣下达备战命令。

言王特命程伯休父为行军主帅。

言讲被征服的徐方开始震荡。

以上两章，铺叙周朝军队的军容阵势。《孔疏》："兵法有动有静。静则不可惊动，故以山喻；动则不可御止，故以川喻。"连用"如"字句，气势如虹。

李光地：《常武》一诗，说尽兵法之要。"（《榕村语录》）

言王师征战大
告功，旋即班师。

回^[37]，王曰："还归^[38]！"

[**注释**]

[1] 赫赫明明：形容王朝威势。　[2] 卿士：西周官府有两寮，一为卿士寮，一为太史寮；卿士即卿士寮最高长官，位高权重。甲骨文显示，商代已有此官，延续到春秋。参《小雅·十月之交》"皇父卿士"句注。　[3] 南仲：周宣王朝卿士，曾率师征伐猃狁。见《小雅·出车》，又见于宣王时器铭《无更鼎》。可知宣王时期南仲为司徒。大祖：隆重举行祭祀路神仪式。林义光《诗经通解》以为祖读为"仲山甫出祖""韩侯出祖"之"祖"。参《烝民》"仲山甫出祖"句注。两句一意相贯，是说王命令卿士南仲在出师之前举行大祖之礼，同时命令大师皇甫整顿六师，准备军械。　[4] 大师：太师，即执掌王朝兵权的大臣。大读作"太"，亦见《小雅·节南山》。皇父：人名，宣王朝大臣。《小雅·十月之交》亦有"皇父"，当是此诗皇父的后人，该家族是西周晚期权贵之家。　[5] 六师：周王朝所属军队有六师。师，驻扎之地称师，金文有"西六师"，即指王朝六师。　[6] 敬：警戒。《郑笺》："敬之言警也。"戒：戒备。　[7] 惠：施恩。南国：即淮夷所居之地。实际此次征伐之地在宗周、成周东南，此处称"南国"，只是当时习惯说法。　[8] 尹氏：又称师尹，掌王朝册命。参《小雅·节南山》注。　[9] 程伯：人名，宣王朝大臣。伯是其爵位。《毛传》："始命为大司马。"据《国语·楚语》《史记·太史公自序》，休父本为史官，此次战役中始被任用为大司马，是司马氏的始祖。　[10] 左右陈行：周人的军事单位有左右之分。诗言"左右陈行"，即按左右行阵，将军队分为两支。　[11] 率：循也。浦：河畔。　[12] 省：巡视，实即征讨，用"省"，内含徐土为王朝疆域之意。徐土：即徐国。其地在今淮河下游近洪泽湖北岸西

岸地区，国君赢姓，都城在今江苏泗洪境。徐在西周是东夷人群中最大的一个政权，特别是昭穆之际曾为淮夷势力的核心，率众与周为敌。　[13]留、处：延搁、迟滞。　[14]三事：司徒、司空、司马称三事大夫。两句是说，王命下达之后，三事大夫将各项军事准备（即大祖、修戎和陈行）迅速落实。　[15]业业：浩大貌。　[16]有严：威严。"有"字无实义。　[17]"王舒保作"二句：王师虽然安然起行，却不缓慢松懈。舒，舒缓。保作，安然起行。《毛传》："保，安也。"作，起、起行。绍，迟缓。绍与"弨"音近义通。弨，松弛。游，遨游。　[18]"徐方绎骚"二句：徐方恐惧情绪渐趋严重，从扰攘不安发展到全体震动。绎骚，渐趋不安。绎，联络，牵连。骚，扰动。　[19]奋：奋发，振作。　[20]震：威。　[21]进：先遣。厥：其。虎臣：虎贲之士，周王的禁卫部队。　[22]阚（hǎn）如：猛虎发怒的样子。虓（xiāo）虎：咆哮。马瑞辰《通释》："虓虎当为虓唬之假借，虓、唬双声字，虎即唬之省耳。"　[23]铺：伐。林义光《诗经通解》据《虢季子白盘》《不其簋》为说。敦：通"憝"，杀伐，断灭。《逸周书·世俘解》："武王遂征四方，凡憝国九十有九国。"濆（fén）：河畔。此句是说王朝军队在淮水之滨展开杀伐。　[24]仍：频繁。丑虏：战俘。　[25]截：堵截。徐的都城在淮水之北，周师沿淮而下，迫近淮濆，有截取敌人后路之意。　[26]所：驻所。　[27]啴（tān）啴：马奔驰喘息声，在此形容军马声势。　[28]翰：指鹰鹯一类的凶猛之鸟，羽尾长大故称翰。　[29]苞：本，指王师稳固不可动。　[30]绵绵：形容军队阵型绵长。翼翼：形容阵容排列整齐有序。　[31]不克：不可识。"克"通"刻"，识。一说不可克服、不可战胜。　[32]濯：大。　[33]犹：谋略。允：实在。塞：切实。参《邶风·燕燕》注。　[34]来：归顺。　[35]同：朝会，小国朝拜王廷，此处即顺从。　[36]"四方既平"二句：即徐方被平定的意思。据林义光说。来，语助词。庭，定。　[37] 回：违逆。　[38] 还归：回归。此句之"曰"，一说为"聿"，语助词，如此，则此句为叙述句。

［点评］

《常武》，平定徐方庆功典礼上的乐歌。诗篇所言"徐方"在进淮河下游地区，西周早期曾臣服于周，承担沉重的贡赋，曾多次反抗周王朝的统治，诗篇记载的是西周晚期的反抗。这里的贡赋对衰落的王朝意义重大，所以，征服也不遗余力。诗颇能显示宣王时诗歌的特色，例如其第四、五章的铺陈渲染，着意在声势、气势上夸饰王师势不可挡，显示出宏大的气派，"如"字所引起的句式，博喻联翩，句法酷似《小雅·天保》，代表了当时诗歌想象力所达到的新境地。

颂

周　颂

　　今见最早的"颂"的界说，是新出土战国文献《孔子诗论》。其第五简有："'有成功者何如？'曰：'颂是也。'"可知"颂"与"成功"有关，或者说"颂"是颂扬成功的。至《毛诗序》更曰："颂者，美盛德之形容，以其成功告于神明者也。"言"颂"含形容、告成与神明。"形容"表明有舞蹈，有舞蹈的配乐。此点，清代阮元《释颂》提出"颂"即"舞容"（见《揅经室集》一集）。又，近代王国维《说周颂》不同意阮元"舞容"之说，以为"颂"之义"仍当以声求之"，并说"颂之声较风、雅为缓"（《观堂集林》一）。实则，"声缓"还是可以用宗庙祭祀或与之相关的舞蹈这一点来解释，边唱边舞，节奏自然要慢。"告成"，表明颂是歌诗，因"告"即需要有言词。第三义"神明"，则表明"颂"与神事仪式有关，即诗、乐、舞的综合性活动，是用于宗庙及天地山川神祇的。这是理解"颂"的关键，诸多典礼，以事神最神圣庄严，神事活动中的祷告、歌唱，用"颂"这个词来称之，正突出其神圣庄严。需注意的是，考察《周颂》诗篇，并不是每一位周王死后都可以享有"颂歌"，享受颂歌待遇的只有周文王、后稷、太王、武王以及成、康等几位而已。就是说，"颂歌"只献给那些对历史有贡献的人。

《周颂》三十一篇，今选其二十。

清　庙

於穆清庙[1]，肃雍显相[2]。济济多士[3]，秉文之德[4]。对越在天[5]，骏奔走在庙[6]。不显不承[7]，无射于人斯[8]！

先言清庙肃穆，再言文德之士众多，再言助祭者勤勉。《尚书大传》："古者帝王升歌《清庙》之乐……升歌文王之功烈德泽，苟在庙中，尝见文王者，恍然如复见文王。"

《孔子诗论》曰："'[济济]多士，秉文之德'，吾敬之。"

[注释]

[1] 於（wū）穆：多么的幽深、肃穆。於，叹美之词。《诗经》常见。穆，深邃、幽深。清庙：肃然清净的宗庙，此指周文王庙。　[2] 肃雍：庄严肃穆。显相：助祭者。吕祖谦《吕氏家塾读诗记》："《士虞礼》祝辞曰：'哀子某，哀显相，夙兴夜处不宁。'然则自主人之外，余皆显相也。"　[3] 济济：众多貌。多士：指参加祭祀的文王子孙。　[4] 秉：持守。文之德：文王留给人们的美德。　[5] 对越：对扬，顺承天意而发扬之的意思。　[6] 骏：脚步快。字亦作"逡"。《礼记·大传》："执豆笾，逡奔走。"马瑞辰《通释》："庙中奔走以疾为敬。"两句大意是：面对着宗庙中的神灵，人们恭敬庄严地做事，以显扬天恩和祖先之德的光辉。　[7] 不显：丕显。不，即丕、大。显，显赫。不承：极其美好。字即"丕烝"。王引之《经义述闻》谓读如"武王烝哉"之烝；烝：善美。　[7] 无射（yì）：不知疲倦、不懈怠。射字也作"斁"。

[点评]

《清庙》，祭祀文王仪式开始的序曲。细读诗义，诗篇所表为两群：一是"济济多士"，是文王的后代子孙，"对越在天"的是他们；还有一群，则是"骏奔走"者，他们不是周同姓子孙，联系《大雅·文王》"裸将于京"

及《周颂·振鹭》"在彼无恶，在此无斁"句，很明显系殷商子孙，他们是助祭者。诗不是献给文王神灵的，而是称赞文王宗庙的庄严肃穆，称赞祭者与助祭者的众多和做事敏捷，应属于祭祀前"序曲"之类的歌唱。

维天之命

维天之命，於穆不已。於乎，不显文王[1]，之德之纯[2]！假以溢我[3]，我其收之[4]。骏惠我文王[5]，曾孙笃之[6]。

诗前五句言文王纯德受自天命，后四句言文王美德保佑子孙。

《毛传》："孟仲子曰：大哉！天命之无极，而美周之礼也。"

[注释]

[1]不显：丕显，显赫。西周固定语。参《大雅·文王》"有周不显"句注。　[2]之德之纯：文王之德纯净不杂。林义光《诗经通解》谓此句即金文中常见语词"得屯"的变化形式。得屯即"德纯"，即大德纯明之义。　[3]假：嘉美。《左传》引作"何"，《说文》引作"诚"。溢：锡，赐，赏赐。句意为文王之德伟大纯粹而有赐于我。　[4]收：受。　[5]骏惠：大惠。此句为倒装句，犹言文王骏惠我。　[6]曾孙：周王在祖先神灵面前自称曾孙。笃：真诚遵守。

[点评]

《维天之命》，颂扬文王之德的篇章。赞美天道"於穆"不已，又言文王美德"溢我"，再表"笃之"的决心，应是献祭之后赞美文王之神明的歌唱。诗篇历来受重视的是开始两句，如儒家《中庸》就引用这两句形容创生万物的上天，无形无状的"形而上"特点。

烈　文

烈文辟公[1]，锡兹祉福[2]。惠我无疆[3]，子孙保之[4]。无封靡于尔邦[5]，维王其崇之[6]。念兹戎功[7]，继序其皇之[8]。无竞维人[9]，四方其训之[10]。不显维德，百辟其刑之[11]。於乎，前王不忘！

"无封靡"以下八句，四方面的意思并列而出。《孔子诗论》曰："'无竞维人'，'丕显维德'，'呜呼！前王不忘'，吾悦之。"

[注释]

[1]烈文：有功德和文采，是"辟公"的修饰语。辟公：诸侯。用"辟"字修饰"公"这样的现象金文常见，如"辟王""辟侯"等。　[2]锡：赐。祉福：福禄。《周礼·祭仆》："凡祭祀，王之所不与，则赐之禽，都家亦如之。凡祭祀致福者，展而受之。"古代祭祀之后要把祭祀用的肉或活的祭品如鸡豚等，分发给有关人员，称为赐福（字也作"锡福"）。这也是祭祀仪式重要的组成部分，接受赐福，就等于在神灵面前立下忠诚的誓言。　[3]惠：恩惠。指前王锡福而言。先王福祉永远恩惠我们这些子孙。是王对"烈文辟公"的口吻。　[4]保：有。　[5]封：自封于本邦，即积权坐大的意思。一说意为专封。据王安石说，见《诗义钩沉》。靡：积累。据林义光《通解》说。　[6]崇：尊崇。两句是说，不要在自己的封地搞独立王国，不要忘记尊崇周王。　[7]戎：大。　[8]继序：继续。马瑞辰《通释》谓序即"绪"。皇：发扬光大。　[9]无竞维人：无以竞强的只有人。　[10]训：遵循。　[11]刑：型，

效法。参《文王》篇"仪刑文王"句注。

[点评]

《烈文》，祭祀先王典礼上对诸侯的训诫诗。诗篇应是周穆王初期祭祀典礼结尾部分使用的乐章，诗的歌唱当在祭祀"前王"典礼中赐福（即分发祭祀贡品）之时。诗篇所表的对参加祭祀的诸侯的告诫，其中心含义就是尊崇周王，不要封靡自大。全篇连用四个排比句，使得篇章丰满，也使道理表述得周致、有气派。

天　作

天作高山[1]，大王荒之[2]。彼作矣[3]，文王康之[4]；彼徂矣[5]，岐有夷之行[6]。子孙保之！

牛运震："极有浑灏草昧之气。"（《诗志》）

[注释]

[1]作：生。高山：指岐山。　[2]荒：治理、垦辟。　[3]彼：指太王。作：创始。　[4]康：安之。言文王继续治理而使岐山之地可以安居。一说康为"庚"，继续的意思。据杨树达《积微居小学述林》。　[5]徂：往，成为过去。　[6]夷：平坦。行：大路。两句是说，经过从太王到文王的治理后，险阻的岐山之地，开始有了平坦大路。

[点评]

《天作》，赞扬太王与文王垦治岐山功德的颂歌。诗言周人自太王古公亶父开始治理岐山，周文王继承祖业，终于使这里成为安居之地。很明显颂扬了两代先王，这与《大雅·绵》《皇矣》详述两代人的开基立业，是存在对应的关联的。《大雅》两首长篇，是讲给参加祭祀的人听的，所以被归为《雅》，《天作》是歌唱祖先的，所以归之为《颂》。

我　将

我将我享[1]，维羊维牛，维天其右之[2]。仪式刑文王之典[3]，日靖四方。伊嘏文王[4]，既右飨之[5]。我其夙夜，畏天之威，于时保之[6]。

方玉润："首三句祀天，中四句祀文王，末三句则祭者本旨。宾主次序井然。"(《诗经原始》)

[注释]

[1]将：手持祭品放入鼎内。字当作"鬺"。一说煮。马瑞辰《通释》引庄述祖《诗义口说》："古文作鬺……《说文》作鬻，煮也。"享：进献。　[2]右：保佑，右、佑古通用。　[3]仪式刑：效法、取法。刑为"型"之本字。"仪式刑"不词，考诸金文无此例，可能是对"仪"字的解释误入正文。典：法则。　[4]伊：语气词。嘏（gǔ）：大，伟大。据王引之《经义述闻》。　[5]右：劝侑。飨：享用。两句意思是劝侑文王之灵享用祭品。　[6]于：通"聿""曰"。语助词。时：时时。这三句是表敬畏上天的决心。

[点评]

《我将》，向文王之灵献祭时的乐歌。诗先言贡献，再表继承的决心。这首诗与《清庙》《维天之命》构成祭祀文王的"组曲"：《清庙》为祭祀开始的序曲，《我将》为献祭颂歌，《维天之命》为祭祀神灵后祭者分享祭品时乐章。

时　迈

时迈其邦[1]，昊天其子之[2]，实右序有周[3]！薄言震之[4]，莫不震叠[5]。怀柔百神[6]，及河乔岳[7]，允王维后[8]！明昭有周[9]，式序在位[10]。载戢干戈[11]，载櫜弓矢[12]。我求懿德[13]，肆于时夏[14]。允王保之[15]！

[注释]

[1]时：是。指代词。迈：万。林义光《诗经通解》："读为万，诸彝器万年多作迈年，万与迈古通用。" [2]子：慈。子之即上天慈爱之。之，指周。 [3]右：助。序：我。高亨《诗经今注》：序读为予。有周：国名前加"有"为上古常语。三句言当时有上万的邦国，都是昊天的子民，其中上天唯独对周家独有厚爱。 [4]薄言：词头，无实义。震：惊动，指以兵威胁不服从者。 [5]叠：惧。 [6]怀柔：安慰，安宁。 [7]河：黄河。乔岳：高山。马瑞辰《通释》："宜通指四岳言之。" [8]允：实在、应当。后：王。古代王、后同义。两句是说，周家实应做天下的王。 [9]明昭：彰显。 [10]式：结构助词。序：按次第。在位：在王位。是说周家的人按照顺序连续地做王。 [11]戢：聚集，收起。 [12]櫜（gāo）：韬，即弓箭皮袋。在此作动词，把弓箭装入口袋的意思。 [13]懿德：美德。 [14]肆：陈，广布。时：

是。夏：华夏，指周王朝所能统治地区。　[15]保：拥有。句谓：肯定能永远保有主宰天下的大位。

［点评］

《时迈》，武王克商后告祭上天、安慰百神的乐章。先言周家的威风，继而宣示将实施"懿德"政治。诗篇气象宏大。

思　文

思文后稷[1]，克配彼天。立我烝民[2]，莫匪尔极[3]。贻我来牟[4]，帝命率育[5]。无此疆尔界，陈常于时夏[6]。

［注释］

[1]思：语助词。文：文德。　[2]立：安定。一说粒，即用粮食养育天下人。名词作动词用。　[3]极：至德，大德。　[4]贻：给予，赐予。来牟：大麦和小麦。　[5]率：遍。　[6]陈：田。于省吾《新证》："田之借字……田字在此作动词用。"时：是。夏：华夏。两句是说，广泛种植大麦和小麦，不要分彼此的疆界，要让华夏到处种植。

［点评］

《思文》，祭祀后稷的献神曲。高度赞美了后稷对生民的养育之德，继而表达了继承祖业的决心。此诗应与《大雅·生民》篇有对应关联，此篇为颂神乐章，《生民》

为讲古的诗篇。

臣 工

嗟嗟臣工[1]，敬尔在公[2]。王厘尔成[3]，来
咨来茹[4]。嗟嗟保介[5]，维莫之春[6]，亦又何求？
如何新畲[7]？於皇来牟[8]，将受厥明[9]；明昭上帝，
迄用康年[10]。命我众人：庤乃钱镈[11]，奄观铚
艾[12]。

诗由三道命令
组成。

牛运震："严
重真挚中间，正
有闲逸生动处。"
（《诗志》）

[**注释**]

[1]嗟嗟：叹词，用在正式说话之前，见诸《诗》，如《魏
风·陟岵》："父曰：嗟，予子行役。"《尚书》及金文亦有其例。
臣工：百官，古时官亦称工。 [2]在公：犹言"公职"。 [3]厘：
理，审理、考核。成：成绩。 [4]来：是。结构助词。咨、茹：
询问、度量。咨茹即"考察"。 [5]保介：负责田界的官员。于
鬯《香草校书》：保介当作"保界"，见《韩诗外传》及《章句》。
魏源《诗古微》亦有此说。 [6]莫：暮。两句是说现在是暮春时
节小麦将熟，还有什么比这更重要的。 [7]新畲（yú）：新开垦
与过去开垦的田地。《尔雅·释地》："田一岁曰菑，二岁曰新田，
三岁曰畲。"此句是问，新旧田地的作物长势如何。 [8]於皇：
犹言皇皇。叹美之词。 [9]明：收成。《尔雅·释诂》：明，成也。
马瑞辰：古以年丰谷熟为"成"。 [10]迄用：以至于有。康年：
丰年。两句是说，是因为我们侍奉上帝好，所以才有如此丰收的
好年景。 [11]庤（zhì）：收藏。《说文》："储置屋下也。"钱：翻

土工具。《说文》："铫也，古田器。"镈（bó）:《广雅·释器》："钼（jǔ）也。"据马瑞辰考定，即除草短柄锄。　[12] 奄观：眼看就。奄：速。铚（zhì）：镰刀类的农具。《说文》："铚，获禾短镰也。"艾（yì）：通"刈"，收割。

[点评]

《臣工》，暮春小麦收割的动员之歌，属于周代农耕典礼的一部分。前四句传达王命；接着的四句代王质询保介；之后的四句是保介关于收成的回答，内含丰收的喜悦；最后三句转述王下达的准备收割的命令。通篇散发着浓郁的生活气息。

噫 嘻

噫嘻成王[1]，既昭假尔[2]。率时农夫[3]，播厥百谷。骏发尔私[4]，终三十里[5]。亦服尔耕[6]，十千维耦[7]。

[注释]

[1] 噫嘻：巫祝人员呼唤神之声。戴震《毛郑诗考正》："犹噫歆，祝神之声。" [2] 昭假：昭格。《诗》凡言昭假，都是昭诚敬之意上达天神。尔：指成王之灵。　[3] 时：此。　[4] 骏：大规模。私：私田。一说耜。一说种子。　[5] 终：完成。一天完成。三十里：极言其多。《毛传》："言各极其望也。"就是极目远望的范围，表示田亩数多。一说三十里为万夫所耕之田亩数，方圆约三十里。　[6] 亦：语助词。服：操作，出力。　[7] 耦（ǒu）：两人一

组共同耕作。古人播种，一人在前，一人在后，推拉而耕。十千维耦，即一万农夫在耦耕，一说两万人，含妇女。

[点评]

《噫嘻》，表周王亲耕典礼的乐歌。据记载，西周宣王以前，每年春耕时节王朝都要举行隆重春耕典礼，周王要亲自操起农具劳作（表演）一番。诗篇即是这样的典礼上的诗篇，风格简朴，一派春耕气象。

振 鹭

振鹭于飞[1]，于彼西雍[2]。我客戾止[3]，亦有斯容[4]。在彼无恶[5]，在此无斁[6]。庶几夙夜[7]，以永终誉[8]。

[注释]

[1]振：群飞貌。鹭：白色羽毛的水鸟。一说，振鹭，手持鹭羽的舞蹈。古有鹭羽之舞，见《陈风·宛丘》及《鲁颂·有駜》等。于飞：飞翔。一说如飞。据马瑞辰《通释》。 [2]雍：辟雍。西周辟雍在丰都东、镐京西，所以诗称"西雍"。参《大雅·文王有声》注解。 [3]客：客人。照传统的理解，此处客包括夏、殷两朝后裔。其实，诗篇所表可能只有宋国来的客人。戾：至、到。 [4]亦：也。一说而。容：舞容。指前文振鹭而舞。两句是说，因为客人的到来，才在辟雍中舞起鹭羽之舞。 [5]在彼：在其本国。《郑笺》："谓居其国无怨恶之者。" [6]斁（yì）：松懈，倦怠。《韩诗》作"射"。 [7]庶几：希望。夙夜：早晚，有勤勉之意。 [8]永终：

永久。于省吾《新证》："永终古人谇语，终亦永也。"誉：于省吾
《新证》："誉、与古通……'以永终誉'应读作以永终与，与即欤，
虚词。"两句是说，希望他们永远勤勉地服侍周家，永保荣誉。

[点评]

《振鹭》，周王朝的客人来到辟雍，诗篇对此加以赞
美。需要注意的是诗中的分寸：既对客人表示欢迎，也
嘱咐他们"无恶""无斁"，是征服者对被征服者的口吻。

有 謷

有謷有謷[1]，在周之庭[2]。设业设虡[3]，崇
牙树羽[4]。应田县鼓[5]，鞉磬柷圉[6]。既备乃奏，
箫管备举[7]。喤喤厥声，肃雍和鸣[8]，先祖是听。
我客戾止[9]，永观厥成[10]。

[注释]

[1]謷：盲人。郑笺："以为乐官者，目无所见，于音声审
也。" [2]庭：庭院，宗庙之前的庭院，应指西周辟雍建筑的庭院，
《大雅·灵台》言"於论鼓钟，於乐辟雍。鼍鼓逢逢，矇瞍奏公"
可证。 [3]业：大板，即悬挂乐器横木上装饰的木板。虡（jù）：
支撑业板的支架，后世出土文物中，簨有制成人、鸟形者。 [4]崇
牙：业板上齿状的突出部分。树羽：装饰上羽毛。 [5]应田：小
鼓。应：应和。敲击时与大鼓配合，起引领大鼓作用，故名。又
"田"字，据郑玄说，为"㮷"之误。一说，应，也是一种鼓。县鼓：
悬挂起来的大鼓。古县、悬通用。《毛传》："周鼓也。"夏、商、周

三代鼓制或有不同。　[6]鼗（táo）：有两耳的摇鼓，形制如后世拨浪鼓。磬：石质打击乐器，古代八音之一。参《小雅·鼓钟》"笙磬同音"句注。柷（zhù）：木制敲击乐器，状如漆桶，以木为之，中有椎连底，挏（dòng，撞击）之，令左右击，引导演奏；其作用如同后世戏剧中司鼓用以敲击板眼的堂鼓。圉（yǔ）：木制敲击乐器，字亦作"敔"，状如伏虎，背上有锯齿形牙刻，以一尺长左右之木击之，作用或如后世是戏剧中敲击板眼的板。《尚书·皋陶谟》"合止柷敔"，即指此二物。　[7]箫：排箫，以一排竹管（商代有此器，以鸟腿骨制）缠缚而成，上沿齐整，下沿参差，长短依次排列，呈三角形或单翼状。管：管乐，如笛、篪等吹奏乐器。举：演奏。　[8]肃雍：庄严和谐。　[9]客：宋国人，殷商后裔，《左传·昭公二十五年》记宋乐大心之言曰："我于周为客。"客的本义是"敬"，但与"宾"（也含敬义）不同，宾多指礼仪招待对象，是自己人，而客则指前朝后裔，必须客气招待。据《郑笺》，客可能还包括夏朝后裔杞人。戾：到来。　[10]观：显耀。《国语·周语》"先王耀德不观兵"，"观兵"即显耀武力，此处"观"字用法相同。成：成就。

［点评］

《有瞽》，表瞽人在周庭演练鼓乐的诗篇。诗篇中的瞽人、矇瞍来自宋国，是随宋国贵族来西周参加礼乐活动的。瞽人在"周庭"的舞乐演奏，既是周人吸收殷商文化表现，也是殷、周两大人群文化融合的表现。

有　客

有客有客[1]，亦白其马[2]。有萋有且[3]，敦

琢其旅^[4]。有客宿宿^[5]，有客信信^[6]。言授之
絷^[7]，以絷其马。薄言追之^[8]，左右绥之^[9]。既
有淫威^[10]，降福孔夷^[11]。

全诗分赞客、
留客、祝客三层意
思，待客之礼甚
美。

[注释]

[1]客：先王之后，即宋国贵族。《左传·昭公二十五年》："宋
乐大心曰："我不输粟。我于周为客。" [2]白马：殷人隆重场合
用白马。《毛传》："殷尚白也。"裘锡圭《古文字论集》谓，殷人
尊尚白色的马，可从甲骨文中获得证明。 [3]萋：茂盛的样子。
且（jū）：众多貌。一说，萋、且，敬慎貌。 [4]敦琢：雕琢。本
义为治玉，在此形容客人仪容整饬。旅：队伍。 [5]宿宿：一夜
为宿。 [6]信信：两晚为信。此处未必确言，重复言之，不过表达
留客殷勤之意。 [7]絷（zhí）：绊。授絷即用绳索把马绊住，表示
挽留之意。 [8]薄言：一般加载动词，《诗经》中常见语词。追：
追赶着送别。 [9]绥：安。指赠送一些礼物。两句是说，既然留
不住，赶紧追上前去送上些路上用的礼物。 [10]淫威：大德。
马瑞辰《通释》："《广雅·释言》：'威，德也。'……'既有淫威'，
犹云既有大德耳。" [11]夷：易。即降福保其平安之义。一说大。
据马瑞辰《通释》。

[点评]

《有客》，留客的乐歌。宋国客人要离开西周，周人
表示挽留，絷马、追之，都是留客的仪式动作。礼乐文
化重视人情，此篇即充满浓浓的人情味。

武

　　於皇武王[1]，无竞维烈[2]。允文文王[3]，克开厥后[4]。嗣武受之[5]，胜殷遏刘[6]，耆定尔功[7]。

[注释]

　　[1]武王：西周王朝第一代君主的谥号。"武王"是谥号，死后才有。据出土金文资料，西周自文王、武王以下诸王都是死后有谥。　[2]无竞：无比的强劲。烈：功业。　[3]允：实在。　[4]克：能。开：开创。两句谓文王为后代子孙开创了大业的头绪。　[5]嗣武：踏着前人足迹继续前行。嗣，继承。武，足迹。一说嗣武为嗣子武王的意思。　[6]遏：阻止。刘：残杀。　[7]耆：以至。《毛传》："致也。"尔：第二人称，指上天、祖先。

[点评]

　　《武》，周初《大武》乐章第一章的歌词。诗篇盛赞武王继承文王遗志，终于战胜殷商，制止了残暴政治。风格奇崛古奥，是周初诗篇。

闵予小子

　　闵予小子[1]，遭家不造[2]，嬛嬛在疚[3]。於乎皇考[4]，永世克孝[5]！念兹皇祖，陟降庭止[6]。维予小子，夙夜敬止。於乎皇王，继序思不忘^[7]！

[注释]

[1]闵：悲伤，痛楚。小子：天子未除丧自称小子。据《礼记·曲礼》。　[2]不造：不幸。马瑞辰《通释》：造，至、成。不造犹言"不淑""不善"。　[3]嬛（qióng）嬛：孤独无依。字亦作"茕茕"。疚：忧。　[4]於乎：呜呼。　[5]克孝：能孝。　[6]陟降：往来，下降。王国维《与友人论诗书中成语书》："古人言陟降，犹今人言往来，不必兼陟与降二义……意以降为主而兼言陟者也。"在此意为请先祖神灵下降。庭：庭中，古礼野死哭之于庭，《洪范五行传》："于中庭祀四方。""四方"即死在外面的人，《礼记·檀弓》"孔子哭子路于中庭"亦此礼。此句祈求先王之灵降到宗庙中庭来。止：语气词。下一句"止"字义同。　[7]序：绪，先王遗业。思：语助词。

[点评]

《闵予小子》，昭王死于汉水，其子穆王为其招魂，因有此篇。昭王是战争中死难的，这在周人无疑是极为悲悼的。篇中"念兹皇祖，陟降庭止"，是哀哀呼告飘荡在外的昭王魂灵，回归周家宗庙的庭院。诗篇凄恻动人。

敬　之

敬之敬之^[1]，天维显思^[2]，命不易哉^[3]！无曰高高在上^[4]，陟降厥士^[5]，日监在兹。维予小子，不聪敬止^[6]。日就月将^[7]，学有缉熙于光

明[8]。佛时仔肩[9]，示我显德行[10]。

[注释]

[1]之：天命。　[2]显：显赫。思：语助词。　[3]命：天命。不易：不容易，指获得和维系天命眷顾不容易。　[4]无曰：无以，不要以为。　[5]士：事。近出《清华简》作"事"，士、事古通用。如此，则此句是说，上天实际掌握各种大事的升降变化。　[6]不：敢不。聪：马瑞辰《通释》："《广雅》：'聪，听也。'不为语词，'不聪敬止'谓听而警戒也。正承上'敬之敬之'而言。"　[7]日就月将：日积月累。　[8]缉熙：《郑笺》："光明也。"在此为动词。　[9]佛：《郑笺》："辅也。"时：此，新王自指。仔（zī）肩：《郑笺》："任也。"负担、责任。　[10]显：显明。

[点评]

《敬之》，周穆王登基典礼上君臣对答的歌唱。诗前六句是大臣对继嗣君王的诫辞，后六句是登基新王的答辞，全诗系以韵文表现即位典礼上的君臣对答。

小　毖

诗先表自我惩戒以慎防后患之意，继以桃虫变为鸟喻示邦家危险。钟惺："创巨痛深，伤弓之鸣。"（《评点诗经》）取喻新奇。

予其惩而[1]，毖后患[2]！莫予荓蜂[3]，自求辛螫[4]。肇允彼桃虫[5]，拚飞维鸟[6]。未堪家多难，予又集于蓼[7]！

[注释]

[1] 惩：惩戒、警惧。而：语气词。　[2] 毖：慎，慎防。　[3] 荓
（pīng）蜂：牵挽，辅助。参马瑞辰《通释》及于省吾《新证》。　[4] 辛
螫（shì）：剧烈的刺激。螫，《韩诗》作"赦"，且训事，即剌之通假，
刺的意思。出林义光《诗经通解》。一说辛勤、辛苦。据马瑞辰
《通释》。　[5] 肇：语助词。允：信。桃虫：鹪鹩。体形微小于黄
雀，传说此鸟可以变为大雕。　[6] 拚（fān）飞：翻飞。两句是
说，小小的鹪鹩莺鸟，翻飞之间就变成了大雕。此处桃虫喻小人
或者小错，转眼间变成大恶或者大错。一说两句是自比桃虫，本
想迅速变大，结果却落在了辛苦艰难的境地。　[7] 集：处，落在。
本义为鸟落于树木，此处为比喻义。蓼（liǎo）：苦菜，又名辛菜、
辛蓼。一年生草本，茎有节，褐红色，夏秋之间开红色花，可以
做菜蔬，也可入药。两句是说，本来邦家多难，今自己又处于很
糟糕的境地。

[点评]

《小毖》，周王悔过之诗。诗一开始就是一句悔过之
辞，悔恨之情喷薄而出，有先声夺人之效。继而连续出
现桃虫、飞鸟以及鸟集于蓼的意象，形容局势的危险。
篇章虽短，内涵丰厚，实是《周颂》中抒情最浓烈的作品。

载　芟

载芟载柞 [1]，其耕泽泽 [2]。千耦其耘，徂隰
徂畛 [3]。侯主侯伯，侯亚侯旅 [4]，侯彊侯以 [5]。
有嗿其馌 [6]，思媚其妇 [7]，有依其士 [8]。有略其

耜^[9]，俶载南亩^[10]，播厥百谷。实函斯活^[11]，驿驿其达^[12]。有厌其杰^[13]，厌厌其苗^[14]，绵绵其麃^[15]。载获济济^[16]，有实其积^[17]，万亿及秭^[18]。为酒为醴^[19]，烝畀祖妣^[20]，以洽百礼^[21]。有飶其香^[22]，邦家之光。有椒其馨^[23]，胡考之宁^[24]。匪且有且^[25]，匪今斯今，振古如兹^[26]。

诗铺叙农事，先春耕，次禾苗长势，继而言丰收，最终言秋冬之际大祭祖妣，极有次第。

蒋悌生说："'载芟载柞'至'徂隰徂畛'，言其初至田畔，除去草木。'侯主侯伯'至'俶载南亩'，言其人心齐，器用利，故田亩垦治。'播厥百谷'至'万亿及秭'，言耕耘及所得，是以有收成之利。'为酒为醴'至'胡考之宁'，言惟其收成之多，是以祭祀之礼无不足。末三句又总言稼穑丰穰，古今内外如一而无间。"（《钦定诗经传说汇纂》）

[注释]

[1]芟（shān）：除草曰芟。柞：除去杂木。　[2]泽泽：土壤疏松貌。　[3]徂：往，到。隰（xí）：低湿之地。畛（zhěn）：已经耕种过若干年的田地。　[4]侯：维，结构助词。主、伯、亚、旅：指周天子及公卿百官。于省吾《新证》："皆略举当时自天子以下卿大夫之禄食公田者。"　[5]彊、以：彊指成年人，彊即"强"；以：携带，指小孩子。这句是说不分强弱老少都来耕种。　[6]噴（tǎn）：众人吃饭的声音。馌（yè）：送饭至田间。　[7]思：语助词。媚：妩媚、美好。　[8]依：殷，众多。　[9]略：锋利。　[10]俶（chù）载：开始耕种之意。《诗经》农事诗常用语。南亩：向阳的田地。一说天子籍田在南郊，故称"南亩"。　[11]实：种子。一说是，结构词。函：指种子被土气含容。　[12]驿驿：渐渐出生貌，字当作"绎绎"。达：露出地表。　[13]厌：高出貌。马瑞辰《通释》谓厌为"壓"之借字。杰：先长出的小苗。　[14]厌厌：满满的，形容田垄中庄稼苗齐刷刷的样子。　[15]绵绵：细密的样子。麃（biāo）：禾穗尖尖的样子。　[16]济济：众多貌。　[17]实：粮食颗粒。　[18]秭（zǐ）：捆成一捆的带秆庄稼。此句是说，捆成捆的庄稼成万上亿（古一亿为十万）。　[19]醴：甜酒，酝酿

时间短，含糖量高。　[20] 烝畀（bì）：进献。妣（bǐ）：死去的祖母。　[21] 洽：周备。　[22] 馥（bì）：芳香。　[23] 椒：形容香气浓郁。　[24] 胡考：长寿先父的谥号。《毛传》："胡，寿也。"　[25] 且：此。　[26] 振：自从。

[点评]

《载芟》，周王年终祭祖的诗篇。年终祭祖却从春耕写起，其意是强调献给祖先的粮食贡品是周王亲自劳作所得。诗的风格丰腴、活泼而热烈。如对作物生长的铺叙，连用了八个句子，述说作物从种子下地到粮食归仓全过程。且八句之内，以动词、形容词刻画作物生长各环节，从发芽、抽穗，到成捆成把，笔势奔涌，意涵丰厚。其次就是对劳作场景的铺陈，"有嗿其馌"几句，春耕既是劳作，也是乡民聚集的节庆，众多的男士，还有打扮得漂亮的女子，布满田野，吃饭的声音可以响成一片，是何等阔大而带喜庆色彩的农耕景象！还有，善用联绵词，强化了诗句的音乐性。

桓

绥万邦[1]，娄丰年[2]，天命匪解[3]。桓桓武王，保有厥士[4]；于以四方[5]，克定厥家[6]。於昭于天，皇以间之[7]？

[注释]

[1]绥:安。 [2]娄:屡次。娄、屡古通用。一说,娄,大。 [3]匪解:不懈。为"匪懈天命"的倒文,即努力遵从上天不松懈的意思。 [4]桓桓:英武貌。士:杰出之人。指辅佐、随从武王夺取天下的人。一说土字之误。 [5]于以:掌控,具有。于,《诗经》往往用于动词之前组成一个语词,是虚化了的动词。 [6]厥家:指周王朝。厥,其。 [7]皇:何,遑。表反问,皇以即何以。间:取代,替代。

[点评]

《桓》,《大武》第六章所歌唱之词。诗赞美武王承天命、大有年,是上天眷顾周王朝的表现。《左传·宣公十二年》载楚庄王论"大武七德"说:"夫《武》,禁暴、戢兵、保大、定功、安民、和众、丰财者也。"此篇即含"七德"中"安民""丰财"等内容,即宣扬周家克商带给天下的和平与丰饶。

赉

文王既勤止^[1],我应受之^[2]。敷时绎思^[3],我徂维求定。时周之命,於绎思^[4]!

[注释]

[1]勤:劳。 [2]我:武王自谓。应:承当。 [3]敷:广布。时:是。指代词。绎:展开,铺展。本义为连续地抽引伸展。《毛传》"陈也"。下一"绎"字同。思:语助词。下一"思"字同。 [4]於:

叹词。

[点评]

《赉》,《大武》第二章歌唱之词。从诗中两次出现的"我"可以看出,诗是拟武王口吻而歌唱的。《礼记·乐记》载孔子述《大武》乐的演出情况时说:"天子夹振之而驷伐,盛威于中国也。"郑注:"夹振之者,上与大将夹舞者,振铎以为节也。驷当为四,声之误也。《武》,舞战象也,每奏四伐,一击一刺为一伐。"可知歌舞《大武》乐章之时,是有人扮演武王的。此诗即其所唱之歌。

般

於皇时周[1]！陟其高山[2],嶞山乔岳[3],允犹翕河[4]。敷天之下[5],裒时之对[6]。时周之命[7]！

诗言登高山俯瞰大小山峦四方高岳,它们都顺着大河的走势而绵延,普天之下的人,都像山势顺河那样,心向周朝。牛运震:"短调大气魄,有山立雷郁之概。"(《诗志》)

[注释]

[1]时:明。传写之误。一说,时,是,这。 [2]陟:升,登。 [3]嶞(duò)山:低矮狭长的山峦。乔岳:高大的山峰。乔,高。 [4]允犹:全都顺着。马瑞辰《通释》谓犹、猷古通。猷,顺也。翕:合。三句是说,登上高山,俯瞰低矮的山峦和高大的山峰,众多的山势与河流走向一致。 [5]敷:溥,普。 [6]裒(póu):聚,汇聚。时:是。对:朝向。 [7]时:是。指周王朝。一说,时,承受。句谓这是周家所肩负的大命。

［**点评**］

《般》，登山祭天时的歌唱。此诗风格简古，气象宏大，其雄视山河的气概与不忘天命的戒慎，表现出一种诚敬的心胸。

鲁　颂

　　鲁颂为春秋鲁国诗篇，内容形式与"雅"相似。鲁国诗篇而名之曰"颂"，旧说鲁因周公缘故而世代享有天子礼乐，所以诗篇称"颂"。对此，也有各种说法。或谓鲁人春秋时尚知尊王，或谓鲁之有"颂"，与编诗者为儒家、而儒又出于鲁有关；或谓鲁国不当有"颂"，而诗篇存之，以此表示鲁国的僭妄，是寄寓着讽刺之意的。在诸说中，清人尹继美《诗管见》卷一《鲁颂论》所说颇为别致，谓："称道功德则为颂，何国无之？……诸国之颂不存（即不见于《诗经》——引者）者，由风有采而颂无采也，鲁之《颂》独存者，由三百篇皆鲁乐之诗也。"是说列国本来都有《颂》诗，只是后人没有见到。《鲁颂》四篇都是与鲁僖公有关，古今学者并无异议。僖公为鲁公伯禽十九世孙。西周以来鲁国本为大国，至春秋之世沦为次等邦国。僖公在位近四十年，积极追随齐桓公建立尊王攘夷的霸业，鲁国的国势、声望得到一定恢复，是《鲁颂》诗篇问世的历史背景。

在诗篇作者问题上，今文经学家与古文经学家有分歧。今文家主张皆为奚斯所作，古文家则认为系史克所作。说奚斯为《闷宫》作者，奚斯见于《闷宫》总算是有所依据，至于其他三篇，作者是奚斯还是史克，或者其他什么人，诗篇本身是并无内证的。

《鲁颂》四首，今选其二。

驷

驷驷牡马[1]，在坰之野[2]。薄言驷者[3]，有骄有皇[4]，有骊有黄[5]，以车彭彭[6]。思无疆[7]，思马斯臧[8]！

驷驷牡马，在坰之野。薄言驷者，有骓有駓[9]，有骍有骐[10]，以车伾伾[11]。思无期[12]，思马斯才[13]！

驷驷牡马，在坰之野。薄言驷者，有驒有骆[14]。有骝有雒[15]，以车绎绎[16]。思无斁[17]，思马斯作[18]！

驷驷牡马，在坰之野。薄言驷者，有骃有騢[19]，有驔有鱼[20]，以车祛祛[21]。思无邪[22]，思马斯徂[23]！

[注释]

[1]驷（jiōng）驷：马匹腹干强壮的样子。牡：公马。古代牧马，雌雄分养，以防其交媾，到春天才令牝牡交合，所以诗只言牡马。据《颜氏家训》，当时有传本牡字作"牧"。　[2]坰（jiōng）：野外。古代邑外为郊，郊外为野。为不与农争地，故养马于郊野。　[3]薄言：词头，用在动词之前，无实义。　[4]骄（yù）：白胯的黑马。皇：《鲁诗》作"騜"，黄白色的马。　[5]骊：纯黑色。　[6]以车：用以驾车。彭彭：马奔腾貌。　[7]思：语助词。无疆：无边

无际。　[8] 臧：好。　[9] 骓（zhuī）：即后世所谓菊花青。《毛传》："苍白杂毛曰骓。"駓（pī）：黄白毛色马。　[10] 骍（xīng）：红中透黄的马。《毛传》："赤黄曰骍。"骐（qí）：黑白相间的马。　[11] 伾（pī）伾：强壮有力貌。　[12] 无期：无数。于省吾《新证》谓，期读如"记"，无期即无记，无记即无算。　[13] 才：有能力。　[14] 驒（tuó）：马身上有黑色斑纹。《毛传》："青骊麟曰驒。"骆：长鬃马。《毛传》："白马黑鬣曰骆。"　[15] 駠（liú）：枣红色而有黑色鬃毛的马。雒：黑身白鬣。　[16] 绎绎：奔驰貌。《毛传》："善走也。"　[17] 无斁（yì）：不懈怠地养育马匹。　[18] 作：驯养。　[19] 骃（yīn）：暗白、灰白色。《毛传》："阴白杂毛曰骃。"騢（xiá）：红色杂有白毛的马。《毛传》："彤白杂毛曰騢。"　[20] 驔（diàn）：马小腿部长有长毛。《毛传》："豪骭曰驔。"豪，长毛。骭，小腿。鱼：马两眼上部长有白毛。据马瑞辰《通释》。　[21] 袪（qū）袪：强健貌。　[22] 无邪：无边，无尽。言牧马繁多。据于省吾《新证》。　[23] 徂：强壮。林义光《诗经通解》：与前章臧、才、作字同意，当读为"駔"（zǎng）。《说文》："駔，壮马也。"一说，且，多。

[**点评**]

《駉》，赞美鲁国马政的诗。马是春秋时代的重要动力，是国力的象征。诗篇赞美鲁国马匹之盛，自然也含着对鲁国强盛的赞美，可谓善择角度。诗篇的特点在对马的毛色的表述，各种毛色的用词不同，显示古人对马匹了解多，观察细致，喜爱之情也是从这些对毛色的陈说中表露出来的。

有 驲

有驲有驲[1]，驲彼乘黄[2]。夙夜在公[3]，在公明明[4]。振振鹭[5]，鹭于飞，鼓咽咽[6]。醉言舞[7]，于胥乐兮[8]！

有驲有驲，驲彼乘牡[9]。夙夜在公，在公饮酒。振振鹭，鹭于下，鼓咽咽。醉言归[10]，于胥乐兮！

有驲有驲，驲彼乘駽[11]。夙夜在公，在公载燕[12]。自今以始，岁其有[13]。君子有穀[14]，诒孙子[15]，于胥乐兮！

言骏马肥壮及乘车者勤于公事；继言鹭羽之舞，舞者陶醉。表君臣共乐。

[注释]

[1]驲（bì）：马肥强貌。　[2]乘（shèng）黄：驾车四马皆为黄色。　[3]在公：在朝廷办公。　[4]明明：勤勉貌。马瑞辰《通释》："明、勉一声之转，明明即勉勉之假借，谓其在公尽力也。" [5]振振：鹭群飞貌。鹭：即鹭羽，舞者所持，或坐或伏，如鹭群飞而下的样子。　[6]咽咽：形容鼓声。　[7]言：而。　[8]于：吁，叹词。胥：相。　[9]牡：公马。　[10]归：回家。[11]駽（xuān）：青黑色。　[12]燕：宴饮，欢乐。　[13]有：有年，丰年。　[14]穀：福禄。　[15]诒：贻，留给。孙子：子孙。

[点评]

《有驲》，鲁君臣宴乐乐歌。《毛序》："颂僖公君臣之有道也。"诗言振鹭而舞,看诗中"自今以始,岁其有"
之句,应与庆丰年有关。《春秋》于僖公三年书不雨,
六月始雨。因此诗篇可能为鲁僖公喜雨欢庆而作,格调
欢快。

商　颂

《商颂》年代大有争议，一派主张为商朝诗篇，一派主张为春秋时期作品。王国维《说商颂》提出为"宗周中叶"，即西周中期诗篇，可为定论，因为王说是建立在出土文献与传世文献"二重证据"之上的。《商颂》即祭祀商代祖先的诗篇。

《商颂》共五首，今选其三。

玄 鸟

天命玄鸟[1]，降而生商，宅殷土芒芒[2]。古帝命武汤[3]，正域彼四方[4]。方命厥后[5]，奄有九有[6]。商之先后[7]，受命不殆[8]，在武丁孙子[9]；武丁孙子，武王靡不胜[10]。龙旂十乘[11]，大糦是承[12]。邦畿千里，维民所止[13]。肇域彼四海[14]，四海来假[15]；来假祁祁[16]，景员维河[17]。殷受命咸宜，百禄是何[18]！

诗前十二句言殷高宗能继承商汤之业，后十句言高宗为子孙开辟疆土。中间言时人对武丁的祭祀，承上启下。篇章结构别致。顶针格使用，使篇章节奏紧凑。

[注释]

[1]玄鸟：燕子，古又称乚。一说凤凰。可理解为被神圣化的燕子。燕子为候鸟，《毛传》："玄鸟，乚也。春分，玄鸟降。"称玄鸟为燕，见《吕氏春秋·音初》。据《史记·殷本纪》，有娀氏之女简狄，春天到野外行浴，见玄鸟堕其卵，简狄取吞之，因孕生契（xiè），后为尧帝司徒，有功，封于商，是为商人始祖。　[2]宅：居住。殷土：据载商人自商汤至盘庚，曾有八次迁徙。盘庚迁殷后，改称为殷，其地在今河南安阳一带。芒芒：广大貌。字亦作"茫茫"。　[3]古帝：上帝。据马瑞辰说。武汤：商汤，商王朝开国之君，商汤号武王，故称。　[4]正域：正其疆域。　[5]方命：广命、大命。方同"旁"，广大。厥：其，指商汤。后：做君王。后，古代与王同义，此处名词作动词用。　[6]九有：九州。　[7]先后：先王，此处指下文的武丁。　[8]殆：通"怠"，松懈。　[9]武丁：商汤第十代孙，号高宗，为商朝中兴之主。孙子：子孙。参《大雅·文王》"文王孙子"句注。　[10]胜：胜任。

两句是说，商汤能做到的，武丁没有一件做不到。　[11] 龙旂：绘有蛟龙图案的旗帜，据《周礼》，诸侯建旂。　[12] 糦（chì）：酒食。承：进献。承即"烝"。两句表对武丁祭祀，是插入语，文义也由此转入下文。[13] 畿：王朝首都附近地区，直属于王。止：居住。　[14] 肇：开启。域：开拓国土，指武丁开拓了更大疆域，以达四海。　[15] 假（gé）：至。　[16] 祁祁：众多貌。　[17] 景：广大。员：幅员，宽广度。维河：商境三面环绕黄河。　[18] 何：荷，承受。古何、荷通用。

[点评]

　　《玄鸟》，宋国人祭祀殷高宗武丁的诗篇。殷高宗武丁是商代开国以来，继大戊、盘庚之后又一位有为君主。其在位五十余年间，曾对边地部落民族大事征伐，使商王朝达到鼎盛时期。诗屡称"武丁孙子"，又强调其"肇域彼四海"，与高宗开边拓土的史实正合，为祭祀殷高宗无疑。诗篇开始言玄鸟生商朝始祖，是记录殷商鸟崇拜最早的文献，此外，在写作上与《大雅·文王》颇有类似之处，值得注意。

长　发

濬哲维商[1]，长发其祥[2]。洪水芒芒，禹敷下土方[3]。外大国是疆[4]，幅陨既长[5]。有娀方将[6]，帝立子生商[7]。

玄王桓拨[8]，受小国是达，受大国是达[9]。

言商族获得上天大命，自大禹治水以后开始，一直长久吉祥。语句参差峭拔。

率履不越[10]，遂视既发[11]。相土烈烈[12]，海外有截[13]。

帝命不违，至于汤齐[14]。汤降不迟[15]，圣敬日跻[16]。昭假迟迟[17]，上帝是祗[18]，帝命式于九围[19]。

受小球大球[20]，为下国缀旒[21]，何天之休[22]。不竞不絿[23]，不刚不柔；敷政优优[24]，百禄是遒[25]。

受小共大共[26]，为下国骏厖[27]，何天之龙[28]。敷奏其勇[29]，不震不动[30]；不戁不竦[31]，百禄是总[32]。

武王载旆[33]，有虔秉钺[34]；如火烈烈，则莫我敢曷[35]。苞有三蘖[36]，莫遂莫达[37]，九有有截[38]：韦顾既伐[39]，昆吾夏桀[40]。

昔在中叶[41]，有震且业[42]。允也天子[43]，降予卿士[44]；实维阿衡[45]，实左右商王。

先言玄王契英武刚强，大小邦国皆通行其政令，继表契之孙相土拓展疆域，至于海外。叙事跳跃。

言相土之后，至商汤更是圣德日新，为天下王。上帝云云，显系西周观念。

言汤受天之命制定大小法则，做天下的表率，行中正之政，故能聚千福百禄于一身。

言汤奉上天的大小典章，平和行政，无所畏惧。

言武王商汤之征伐，韦、顾、昆吾及夏桀，先后消灭。

回顾历史，语含自豪。最后言附祭贤臣。

[注释]

[1]濬（jùn）哲：明哲、明智。濬，通"睿"。周恭王时《史墙盘》有"睿（一说渊）哲康王"之语，与此句法相近。　[2]长：常、久。祥：祥瑞、吉利。此句言商发祥已久。　[3]敷下土：平

治天下水土。敷，布。西周中期偏晚时器铭《燹公盨》："天命禹敷土。"方：四方。　[4]外：远。　[5]幅陨：幅员。宽窄为幅，周围为员。　[6]有娀（sōng）：古国名。其地在今山西运城一带。据传商人女始祖简狄即为有娀之女。将：强大。　[7]帝：帝喾。相传简狄为帝喾妃子。立：生。子：指有娀国女子简狄。商：指商始祖契。　[8]玄王：契，殷商族群始祖。因契母简狄吞玄鸟卵而生，后人尊之为玄王。桓：英武貌。拨：刚勇。马瑞辰《通释》："《韩诗》作发。发当读如'发强刚毅'之发。"　[9]达：政令通达。　[10]率：遵循。履：礼。　[11]遂、既：既、又。结构词。视：视朝，听政，亦即主政。发：政令通行。　[12]相土：契的孙子。　[13]海外：四海之外。截：截取。《大雅·常武》："截彼淮浦。"　[14]齐：齐一。马瑞辰《通释》："诗总括相土以下诸君，谓商先君之不违天命，至汤皆齐一。"　[15]降：降生，出生。迟：不晚，当时。　[16]圣：明哲。敬：恭谨。跻（jī）：上升。　[17]昭假：敬事神灵。迟迟：持久貌。朱熹《诗集传》："昭假于天，久而不息。"　[18]祗（zhī）：敬。　[19]式：法则，动词。九围：九州。此句是说上天命商汤成为九州的法则（即做天下君王）。　[20]球：通"捄"，法则。　[21]缀旒（liú）：表章，表率，标识。旒的本义为旗帜上的缀饰。　[22]何：荷。休：通"庥"，庇护、保佑。　[23]竞：争。絿（qiú）：急迫，操之过急。　[24]敷：布。优优：从容，中和。　[25]遒：聚集。　[26]共：法则，约束。"拱"字的省借。　[27]骏厖（méng）：庇佑。马瑞辰《通释》谓恂蒙之通转。"为下国恂蒙，犹云为下国庇覆耳。"　[28]龙：宠。　[29]敷奏：表现，呈现。勇：通"庸"，平和。　[30]震：动荡。动：摇摆。陈奂《传疏》："言不震作、动摇也。"　[31]戁（nǎn）：恐惧。竦（sǒng）：惧怕。　[32]总：集中。　[33]武王：商汤。载斾：发兵，开始征伐。斾，通"发"。《荀子·议兵》及《韩诗外传》引此句均作"载发"。　[34]虔：威猛。马瑞辰《通释》："《说文》：'虔，虎行貌。读若矜。'徐锴曰：'虎之行兢兢然有威。'"钺（yuè）：大斧。古代最代表王权的兵器。《史记》："汤自把钺以伐昆吾，遂伐桀。"　[35]曷：遏，阻挡。　[36]苞：丛生貌。蘖：木斩伐后再生的枝条。三蘖：指下文韦、顾、昆吾三国，系夏朝属国。　[37]遂、达：草木畅达生长。　[38]九有：九州。截：堵塞，即政令不通畅。三句是说，因有夏及韦、顾、昆吾等邦国的存在，九州不能统一。　[39]韦：古国名。彭姓部族，又称豕韦，其地在今河南滑县东南。顾：古国名。己姓部族，其地在今河南范县一带。　[40]昆吾：古国名。妘姓部族，先后居于今河南濮阳、许昌。桀：夏朝末代君主，名癸，为商汤所灭。　[41]叶：世。中叶即中世。陈奂《传疏》："中世，汤之前世也。"[42]震：威风。业：伟大。　[43]允：诚然。　[44]卿士：辅政大臣。两句是说，因为商王是真正的上天之子，所以上天降给他辅政的贤臣。　[45]阿衡：伊尹。

[点评]

《长发》，颂赞商汤创立商朝功德的乐章。就诗篇内容看，祭祀商汤时还同时配祭功臣伊尹。诗的体式与《大雅》中赞述祖先创业事迹的诗篇相类，不言祭者仪态，不言祭奠贡品，主要述说以往祖先英雄业绩。所以，诗不是祭祀中直接向神灵表达敬意的歌唱，而是讲历史给祭祀者听的歌赞。就是说，《长发》是一篇类似《大雅》祭祖题材的诗歌。

殷　武

挞彼殷武[1]，奋伐荆楚[2]。罙入其阻[3]，袤荆之旅[4]。有截其所，汤孙之绪[5]。

　　维女荆楚，居国南乡[6]。昔有成汤，自彼氐羌[7]，莫敢不来享[8]，莫敢不来王[9]，曰商是常[10]。

　　天命多辟[11]，设都于禹之绩[12]。岁事来辟[13]，勿予祸适[14]，稼穑匪解[15]。

　　天命降监，下民有严[16]。不僭不滥[17]，不敢怠遑[18]。命于下国[19]，封建厥福[20]。

　　商邑翼翼[21]，四方之极[22]。赫赫厥声[23]，濯濯厥灵[24]。寿考且宁，以保我后生[25]！

　　陟彼景山[26]，松柏丸丸[27]。是断是迁[28]，方斫是虔[29]。松桷有梴[30]，旅楹有闲[31]，寝成孔安[32]！

言以殷商的武烈，夹击荆楚，是商汤之子孙的业绩。

言成汤时氐、羌边民莫敢不来朝拜。表"当年勇"，口气强硬。

言历史变迁，殷商子孙在新朝无过错。与前一章比，语气萧索许多。

殷之子孙从不懈怠，故能安享周人封建之福。

言宋人祖先神灵需要安顿，为下章表宫殿营造铺垫。

言建造宫殿，始明诗篇具体作意。最后一句，承上章"寿考"两句而来。

[注释]

[1]挞：奋发、张扬。殷武：殷商旧有的武威。　[2]荆楚：指南方反叛周朝的人群。西周昭王时器铭《过伯簋》"从王伐反荆"，《𧽊簋》"从王伐荆"，《𫄧驭簋》"从王南征伐反荆"；恭王时《史墙盘》亦言"宏鲁昭王，广能楚荆"；后期《逨氏盘》言昭王、穆王"伐楚荆"等等，所言"荆""反荆"和"楚荆"，所指相同，与诗篇所言"荆楚"为同一南方人群。铭文称"楚荆"，诗篇为协韵，故称"荆楚"。　[3]罙：深。一说罙即𠂹（mǐ），冒、突入。阻：

险隘。 [4]袞：聚，即合击、夹击。 [5]绪：业绩。 [6]乡：所，地带，即中原以南地区。 [7]氐羌：殷商边地人群，是所谓夷狄之国，居当时西方。 [8]享：献贡。 [9]王：朝见商王。 [10]常：通尚，尊崇。 [11]多辟：多变。指周人克商，天命变化而言。

[12]绩：通"迹"。禹迹即禹曾经治理过的地方，是华夏人群所居。诗多言"禹"或"禹绩"，如《大雅·文王有声》"丰水东注，维禹之绩"，《小雅·信南山》《大雅·韩奕》"维禹甸之"；近年发现西周中期《豳公盨》亦言"禹敷土"，是一时风气，据此知诗为西周中期作。 [13]岁事：每年中的朝觐献贡之事。来辟：朝见周王。 [14]祸：责备。王引之《经义述闻》："祸读为过，《广雅》：'谪、过，责也。'"句意为我不受过责。 [15]解：懈怠。 [16]严：敬，恭敬。 [17]僭：超越等级规定。滥：恣意妄为。此句是说上天赏罚分明，从无差错。 [18]遑：闲散。 [19]下国：属国，指宋。 [20]封建：指西周封建诸侯，殷商微子一支被封到今商丘一带。福：福利。此两句语序颠倒，其意是说，西周封建，赐福给下国（即宋），于是受到封建。 [21]商邑：京师都城。"商"，据三家《诗》作"京"，从全诗内容看，作"京"是。京邑即宗周镐京。 [22]极：准则。 [23]声：周文王的美名。《大雅·文王有声》"文王有声，遹骏有声"，《禹贡》言"声教讫于四海"。皆指德行政教的影响。 [24]濯濯：光明貌。 [25]"寿考且宁"二句：言先王生前寿命长，死后神灵安宁，能保佑后代子孙。 [26]景山：高大之山。王国维《说商颂下》以为此在宋都以北百余里。据此，或为今曹县东南之南山。 [27]丸丸：平顺条直貌。 [28]迁：搬运。 [29]方：是。语助词。虔：铲平、削平。马瑞辰《通释》："当读如虔刘之虔。" [30]桷（jué）：椽。梴（chān）：长长的样子。 [31]旅：排、列。楹：柱子。闲：高大貌。 [32]寝：殿堂宗庙。

［**点评**］

《殷武》，宋国宗庙寝殿落成，诗篇赞述此事。诗篇显示大修宫殿的背景是他们在"哀荆之旅"的战事中立下战功。种种迹象表明，这一战事就是西周早期周昭王南征的战役，宋国人作为诸侯，参与了王朝的行动。因此，他们获得了周王朝的信任，才获得一些权益，于是修建宫殿。诗篇在历述往事时，情感是有起伏的，第一二章言"殷武"不减当年，在新朝立下新功，有难掩的兴奋；继而想到天命多变，作为先朝遗民在新朝事事小心，情绪又难免压抑。最后想到要兴建新庙宇宫殿，情绪再次高涨。此等变化，是周人大小《雅》所没有的。

主要参考文献

读风臆评 （明）戴君恩撰 明万历四十八年（1620）闵齐伋刻朱墨套印本

诗志 （清）牛运震撰 民国二十五年（1936）武强贺葆真刻本

诗经通论 （清）姚际恒撰 中华书局1958年版

观堂集林 王国维撰 中华书局1959年版

管锥编 钱锺书著 中华书局1979年版

诗集传 （宋）朱熹撰 上海古籍出版社1980年版

泽螺居诗经新证 于省吾著 中华书局1982年版

经义述闻 （清）王引之撰 江苏古籍出版社1985年影印版

读风臆补 （清）陈继揆撰 上海古籍出版社2002年续修四库全书影印版

读诗识小录 （清）陈震撰 国家图书馆出版社2011年北京师范大学图书馆藏稿抄本丛刊影印版

《中华传统文化百部经典》已出版图书

书　　名	解读人	出版时间
周易	余敦康	2017 年 9 月
尚书	钱宗武	2017 年 9 月
诗经（节选）	李　山	2017 年 9 月
论语	钱　逊	2017 年 9 月
孟子	梁　涛	2017 年 9 月
老子	王中江	2017 年 9 月
庄子	陈鼓应	2017 年 9 月
管子（节选）	孙中原	2017 年 9 月
孙子兵法	黄朴民	2017 年 9 月
史记（节选）	张大可	2017 年 9 月
传习录	吴　震	2018 年 11 月
墨子（节选）	姜宝昌	2018 年 12 月
韩非子（节选）	张　觉	2018 年 12 月
左传（节选）	郭　丹	2018 年 12 月
吕氏春秋（节选）	张双棣	2018 年 12 月
荀子（节选）	廖名春	2019 年 6 月
楚辞	赵逵夫	2019 年 6 月
论衡（节选）	邵毅平	2019 年 6 月
史通（节选）	王嘉川	2019 年 6 月
贞观政要	谢保成	2019 年 6 月
战国策（节选）	何　晋	2019 年 12 月
黄帝内经（节选）	柳长华	2019 年 12 月
春秋繁露（节选）	周桂钿	2019 年 12 月
九章算术	郭书春	2019 年 12 月
齐民要术（节选）	惠富平	2019 年 12 月
杜甫集（节选）	张忠纲	2019 年 12 月
韩愈集（节选）	孙昌武	2019 年 12 月
王安石集（节选）	刘成国	2019 年 12 月
西厢记	张燕瑾	2019 年 12 月

书　　名	解读人	出版时间
聊斋志异（节选）	马瑞芳	2019 年 12 月
礼记（节选）	郭齐勇	2020 年 12 月
国语（节选）	沈长云	2020 年 12 月
抱朴子（节选）	张松辉	2020 年 12 月
陶渊明集	袁行霈	2020 年 12 月
坛经	洪修平	2020 年 12 月
李白集（节选）	郁贤皓	2020 年 12 月
柳宗元集（节选）	尹占华	2020 年 12 月
辛弃疾集（节选）	王兆鹏	2020 年 12 月
本草纲目（节选）	张瑞贤	2020 年 12 月
曲律	叶长海	2020 年 12 月
孝经	汪受宽	2021 年 6 月
淮南子（节选）	陈　静	2021 年 6 月
太平经（节选）	罗　炽	2021 年 6 月
曹操集	刘运好	2021 年 6 月
世说新语（节选）	王能宪	2021 年 6 月
欧阳修集（节选）	洪本健	2021 年 6 月
梦溪笔谈（节选）	张富祥	2021 年 6 月
牡丹亭	周育德	2021 年 6 月
日知录（节选）	黄　珅	2021 年 6 月
儒林外史（节选）	李汉秋	2021 年 6 月
商君书	蒋重跃	2022 年 6 月
新书	方向东	2022 年 6 月
伤寒论	刘力红	2022 年 6 月
水经注（节选）	李晓杰	2022 年 6 月
王维集（节选）	陈铁民	2022 年 6 月
元好问集（节选）	狄宝心	2022 年 6 月
赵氏孤儿	董上德	2022 年 6 月
王祯农书（节选）	孙显斌	2022 年 6 月
三国演义（节选）	关四平	2022 年 6 月
文史通义（节选）	陈其泰	2022 年 6 月

书　　名	解读人	出版时间
汉书（节选）	许殿才	2022 年 12 月
周易略例	王锦民	2022 年 12 月
后汉书（节选）	王承略	2022 年 12 月
通典（节选）	杜文玉	2022 年 12 月
资治通鉴（节选）	张国刚	2022 年 12 月
张载集（节选）	林乐昌	2022 年 12 月
苏轼集（节选）	周裕锴	2022 年 12 月
陆游集（节选）	欧明俊	2022 年 12 月
徐霞客游记（节选）	赵伯陶	2022 年 12 月
桃花扇	谢雍君	2022 年 12 月
法言	韩敬、梁涛	2023 年 12 月
颜氏家训	杨世文	2023 年 12 月
大唐西域记（节选）	王邦维	2023 年 12 月
法书要录（节选） 历代名画记	祝　帅	2023 年 12 月
耶律楚材集（节选）	刘　晓	2023 年 12 月
水浒传（节选）	黄　霖	2023 年 12 月
西游记（节选）	刘勇强	2023 年 12 月
乐律全书（节选）	李　玫	2023 年 12 月
读通鉴论（节选）	向燕南	2023 年 12 月
孟子字义疏证	徐道彬	2023 年 12 月
嵇康集	崔富章	2024 年 12 月
白居易集（节选）	陈才智	2024 年 12 月
李清照集（节选）	诸葛忆兵	2024 年 12 月
近思录	查洪德	2024 年 12 月
林则徐集	杨国桢	2024 年 12 月